Rojo pasión,
negro destino,
verde porvenir

Paloma Sanz

Rojo pasión, negro destino, verde porvenir

El sobrecogedor testimonio
de una española
en tierras de Alá

temas'de hoy. en primera persona

Libro basado en la vida de
M.ª Dolores Sayans Milanés

Colección: En Primera Persona

Paseo de Recoletos, 4. 28001 Madrid
www.temasdehoy.es
Primera edición: septiembre de 2009
ISBN: 978-84-8460-802-8
Depósito legal: M. 30.609-2009
Preimpresión: J.A. Diseño Editorial, S. L.
Impreso en Dédalo Offset, S. L.
Printed in Spain–Impreso en España

Índice

PRIMERA PARTE
ROJO PASIÓN

SEGUNDA PARTE
NEGRO DESTINO

Reconstruir mi vida no ha sido fácil. Zambullirme en el pasado y recordar situaciones tan trágicas ha significado una terapia a veces sangrante que me debía a mí misma y a mis cinco hijas. El tiempo transcurrido no ha borrado de mi memoria las desgracias que en las siguientes páginas les voy a relatar. Esta es mi vida. He sufrido mucho, tanto que las lágrimas no me habían permitido hasta ahora reflexionar sobre mi pasado, pero por fin puedo contarlo y contármelo.

M.ª DOLORES SAYANS MILANÉS

PRIMERA PARTE

ROJO PASIÓN

Capítulo 1

Loli

Aquel día no parecía tener nada de especial, aunque lo que iba a ocurrir ese 4 de diciembre marcaría mi vida para siempre. Me había levantado, como de costumbre, a las cinco y media de la mañana para hacerle el desayuno a Ángel mientras él se duchaba. Aún no había amanecido y la luz de la lámpara del techo impregnaba la habitación de un amarillo desvaído y proyectaba sombras chinescas en la pared. El sonido de nuestra conversación, envuelto en el silencio de aquella casa dormida, adquiría un tono cómplice. Ángel desayunó café con leche y tostadas a toda prisa para poder darme pausadamente los primeros besos cálidos del día. Olía todavía a piel mojada y a jabón, y sus labios guardaban el aroma del pan recién horneado.

—¿Qué hora es?

—Ya son las seis y cuarto.

—Me voy corriendo, que si no llego tarde.

Nos despedimos locos de amor, como siempre. Disfrutábamos de una plena luna de miel y teníamos todas las noches para dar rienda suelta a nuestro deseo.

De día apenas nos veíamos, aunque él estaba siempre presente en mis pensamientos. Le recordaba abrazado, enroscado a mi cuerpo toda la noche, invadidos los dos por la ternura, despertándonos a cualquier hora de la madrugada para hacer el amor y luego volver a dormir, sin ser del todo conscientes de que eso era la felicidad absoluta.

Como todas las mañanas, me dirigí a la zapatería donde trabajaba (antes había dejado a mi hija de un año con mi madre, que vivía en nuestro mismo edificio). Era una tienda de barrio con clientela fija, mujeres apacibles con las que yo compartía muchas horas del día y algún que otro rato de confidencias y risas. Rutina, rutina... siempre lo mismo. Tocaba colocar el escaparate y lo hice animada por mis pensamientos. «¿Qué estará haciendo ahora Ángel? ¿Pensará en mí? Le tengo que recordar que lleve el coche al taller. Si no lo hago, seguro que se le olvida, y la batería ya está fallando, ¡es tan despistado! El sábado sin falta tenemos que ir de compras al centro, a ver si por fin encuentro la bañerita que quiero comprarle a Eva.» Así estaba yo, ensimismada en mis cosas. Y entonces fue cuando recibí aquella visita inesperada. Unos compañeros del cuartel donde hacía el servicio militar mi marido se presentaron uniformados ante mí. Su mirada era amable y tímida, pero transmitía una gran preocupación. Yo no les conocía y pensé que simplemente se trataría de un grupo de militares que venían a comprar zapatos.

—Eres Loli, ¿verdad?

—Sí, me llamo Loli.

—Somos compañeros de Ángel, tu marido. Tenemos que darte una mala noticia: Ángel está ingresado en un hospital, aunque no disponemos de más información; pero, tranquila, vente con nosotros y allí te explicarán todo.

Me quedé muda. Un escalofrío recorrió mi cuerpo.

Me temblaban las piernas y las manos, pero saqué fuerzas para coger mi abrigo, decirle a mi jefe que debía irme y salir con mis acompañantes hasta el coche que tenían aparcado casi en la puerta de la zapatería.

Aquellos chicos tenían una expresión enigmática, pero se notaba en sus ojos que me compadecían infinitamente. Ninguno de ellos se atrevió a mirarme de frente; su mirada era huidiza, esquiva. Me iban a llevar hasta el hospital en el que habían ingresado a Ángel, pero seguían sin saber explicarme el motivo. Mi corazón comenzó a latir muy deprisa y los oídos me zumbaban presagiando algo terrible. Les seguí en silencio y subimos todos a un coche que debía de ser de alguno de ellos porque no era un vehículo militar. Me fijé en sus jóvenes nucas rasuradas; así también la llevaba Ángel, por exigencias del cuartel. A mí me encantaba besársela y acariciársela porque sabía que era uno de sus puntos débiles. ¡Tenía una piel tan varonil y apetecible! También me encantaba mordisquearle las orejas y apresarle el labio inferior con los míos. ¿Qué le habría ocurrido?

El cielo estaba violento y abrumador, de un negro grisáceo desagradable. Parecía haberse puesto de acuerdo con los terribles sucesos de aquel día. La lluvia caía aburrida sobre nosotros, enfriando aún más mi ánimo.

Me llevaron hasta el hospital Doce de Octubre y por el camino yo insistía en mi interrogatorio, angustiada, excitada.

—¿Qué ha pasado? Por favor, decidme lo que sepáis. ¿Ángel ha sufrido un accidente? ¿Está herido? ¿Ha sido con el coche?

—Te lo van a contar todo ahora, en cuanto lleguemos. Nosotros solo sabemos que le han tenido que ingresar, nada más —me dijo el más bajito, que tenía un rostro redondo como una moneda y las orejas de soplillo. Se le notaba muy apenado y sus ojos, de tan pequeños, parecían dos manchitas de café. Su compañero me miraba de reojo, queriendo analizar todos mis gestos.

Por fin llegamos. Fue media hora escasa que a mí se me antojó interminable y, ya en el hospital, me hicieron esperar en un despacho repleto de libros médicos y de orlas con caras de fotomatón, apartada del resto de familiares de enfermos que esperaban noticias de los suyos. ¿Por qué me dejaban sola en esa sala? Todo eran preguntas sin respuesta. Un miedo opaco y frío se había apoderado de mí infiltrándose por mis venas hasta llegar al cerebro. Me encontré sola, abatida, con las manos hundidas en los bolsillos del abrigo. La amenaza de la más terrible de las dudas se cernía sobre mí. Un poco más tarde entró una monja que cogió mi mano entre las suyas, como si quisiera transmitirme sin palabras algún terrible mensaje. Era una señora mayor de aspecto bondadoso y dulce; se notaba claramente la gran pena que yo le inspiraba. Sus mejillas flácidas y muy blancas le hacían parecerse a una raza de perro cuyo nombre yo desconocía, pero que me recordaba al de alguna película de Disney. Cinco o seis pelillos grises le resaltaban en la barbilla. «¡Pero, hija, si eres una niña! —me decía—. ¡Pobrecita mía, tan joven y qué desgracia tan grande te ha tocado vivir!» Yo no entendía nada. Me había despedido de Ángel como todas las mañanas. ¿Qué le había ocurrido? ¿Por qué no me lo aclaraban?

Un poco más tarde entró un doctor de aspecto afable y condescendiente que tampoco se atrevía a contarme la verdad. Era un hombre de unos cuarenta años, moreno y bien parecido. En otras circunstancias seguro que tenía las ideas muy claras, pero en esta divagaba. Decía que Ángel estaba muy grave. Además, tenía un tic en su ceja derecha que se acentuaba al hablar y denotaba su nerviosismo, o al menos eso me pareció a mí.

—Espera lo peor —terminó por decirme.

Pero tuve que ser yo la que lo verbalizara.

—¿Ángel ha muerto?

Asintió con la cabeza.

La palabra «muerte», pronunciada por mí, rodó por mi cerebro como si fuera un meteorito, levantando a su paso infinidad de sensaciones inquietantes, desagradables. Todo era desmesurado e indescriptible dentro de mí. ¡No podría expresar con palabras tanta desesperación! No entendía a aquellas personas que transitaban por los pasillos ajenas a mi desgracia. El cielo se me venía encima y la tierra se abría ante mis pies. Lloraba, le gritaba al médico que me contara toda la verdad. En un ataque de histeria, mi estómago se revolvía atormentado como si tuviera vida propia. La voraz muerte me había arrebatado a Ángel cuando tan solo habíamos rozado juntos la vida con la yema de los dedos. ¡Qué injusto, Dios, qué injusto!

Pensé en mi hija Eva, que con un año recién cumplido se había quedado sin padre, y en mí misma, que solo tenía diecinueve años y me tendría que enfrentar ya sola a la vida. Pero recapacité: ¡no podía ser verdad! Seguro que se habían confundido. Me había despedido esa misma mañana de Ángel lleno de vida, ¡tan joven, tan guapo! Quería verle, tocarle, que me contaran paso por paso todo lo que había ocurrido. Necesitaba comprender y, para conseguirlo, debía tener todos los datos. Miles de ideas y pensamientos se agitaban en mi cabeza como en una coctelera.

«Seguro que hay muchos chicos haciendo la mili con ese mismo nombre y es otro Ángel, no el mío, el que ha muerto», pensé. «¡Ánimo, Loli, esa debe de ser la explicación!», me dije, en un intento desesperado de encontrar algo de calma.

Me contaron que esa mañana en el cuartel militar hubo fiesta. Se licenciaban algunos soldados y lo habían celebrado bebiendo sidra y anís. Ángel no solía ingerir demasiado alcohol, solo cuando salíamos alguna noche se tomaba un vodka con limón, pero aquella mañana, de juerga con sus compañeros de cuartel, sí debió de hacerlo y comenzó a sentirse mal; quienes estaban con él se asustaron y le trasladaron inmediatamente al hospital, donde ingresó cadáver. La autopsia reveló que la muerte fue producida por un infarto de miocardio, aunque nunca antes supimos que tuviera ninguna cardiopatía. Fue una desagradable sorpresa que nos pilló a todos desprevenidos. Todo me parecía irreal, irreconocible, siniestro. Esa no podía ser mi historia. ¿Por qué me iba a ocurrir a mí? No tenía ningún sentido, y menos que Ángel hubiera muerto...

Capítulo 2

Dolor

El hospital se puso en contacto con toda la familia y, uno a uno, todos sus miembros fueron llegando: mis padres (les vi un instante, con los ojos velados como cristales opacos), mis suegros (elevando voces dantescas, iracundas, quejidos de animal herido)... y mi niña, Eva. Me abracé a ella llorando, rota de dolor, sin apenas reparar en el resto del grupo, ¡tal era mi abatimiento! El destino había sacudido con fuerza nuestra vida y el dolor se cebaba en nosotras con tanta crudeza que creí morir. Al verme en ese estado de nervios, la niña se puso a llorar también; me la querían quitar de los brazos y no fueron capaces de hacerlo entre todos. Me aferré a ella como si fuera mi única salvación. Ángel se apartaba de nosotras tan bruscamente que, solo de pensarlo, enloquecía por momentos. Ya iba a ser así para siempre y había que vivirlo día a día. «¡Para siempre!, ¡para siempre!», me repetía como una neurótica. Nosotras dos solas, sin el hombre de nuestras vidas. Mi hija se quedaba huérfana al poco de haber nacido.

La enfermera me dio una pastilla que consiguió tranquilizarme bastante, o más bien me atontó. En ese estado de semiinconsciencia pedí que me enseñaran el cadáver.

—Loli, si quieres verle, te tienes que calmar —me decía la enfermera, una chica joven, delgada, de cara agradable y ojos rasgados y verdes. La pobre ponía todo su empeño en ayudar, pero la situación se le escapaba de las manos.

—¡Si estoy muy tranquila! ¿No me veis? Estoy completamente tranquila —decía yo, elevando cada vez más el tono de voz (a pesar del fármaco, mi tensión nerviosa era muy alta).

—Está bien —dijo el doctor—. Te vamos a llevar a que lo veas, pero te adelanto que va a ser muy duro para ti, y yo más bien te aconsejaría que en este estado de excitación en el que te encuentras no lo hicieras.

—Necesito verle para comprobar que es él. Todavía pienso que se pueden haber equivocado. A lo mejor es otro Ángel. Doctor, por favor... Estoy bien, de verdad.

Me llevaron a una cámara, a la que pasé sin mi familia, acompañada solo por la enfermera y el médico. Una bofetada de olor a formol y alcantarilla nos golpeó al entrar. Hacía frío, yo no dejaba de tiritar y el lugar era inquietante. Ángel estaba metido en una especie de nicho y el enfermero tiró de la tapa para sacar el cuerpo, ya completamente rígido. Levantaron la sábana que le cubría, pero estaba tan pálido que no le reconocí. Parecía un muñeco de cera, frío y de color blanco amarillento. ¿Era mi Ángel, mi marido, el que me había estado besando esa misma mañana, con el que había hecho el amor la noche anterior? Le vi la cicatriz que tenía en la ceja izquierda, recordatorio de una travesura infantil, y por un momento pensé que me desplomaba. En un acto reflejo le cogí la cara con mis manos y se le abrió la boca; sí, eran sus dientes... Era él. Ya no cabía ninguna duda. ¡Fueron unos instantes tan dolorosos! Un escalofrío de muerte subió por mis pies hasta la cabeza, y todo el bello se me erizó. Retuve la respiración implorando a Dios que lo retornara milagrosamente a la vida, pero no obtuve respuesta. El vendaval de la muerte había sacudido con virulencia nuestro futuro apacible.

«Ángel, nunca te podré olvidar», le susurré al amor de mi vida mientras sentía que se iba para siempre de mi lado.

El cadáver de Ángel fue trasladado al tanatorio y allí se instaló el velatorio. El Cuerpo Militar se hizo cargo de todo. Al día siguiente, un coche del ejército nos trasladó al cementerio de la Almudena, donde se celebró el entierro. Las losas de mármol descansaban sobre la tierra adornadas con flores frescas y siemprevivas. El viento abrazaba la larga figura de los cipreses y transmitía un frescor saludable a nuestros rostros de ojos hinchados y envejecidos por tanto llanto. Las nubes nos sobrevolaban como algodones sucios, amenazando con descargar toda su ira encima de nuestras cabezas.

Ángel no se merecía menos. Hubiera sido imposible que el día de su entierro luciera un sol radiante.

Todos sus compañeros y los altos cargos nos acompañaron en ese día de duelo y dolor profundo, desgarrador, salvaje, hiriente, inhumano. Yo veía a mucha gente, pero no reconocía a nadie. Miré uno por uno aquellos rostros angulosos de gesto grave tratando de ponerles un nombre, un recuerdo, pero fue inútil. Me fijé en una mujer de mirada estrábica y sonrisa boba que a veces relajaba para simular un gimoteo, y de pronto se eclipsó entre la multitud. Un estado de ausencia mental me invadía. La muerte de Ángel era el final de las ilusiones de nuestra corta juventud. A los diecinueve años debía convertirme en una mujer madura, sin ningún futuro por delante.

Capítulo 3

Ángel

Nos habíamos conocido en el colegio, cuando yo tenía catorce años y él dieciséis. El edificio en el que yo estudiaba estaba muy cerca del suyo, y cuando nos encontrábamos por las calles del barrio todo un ejército de hormigas recorría mi estómago. ¡Qué miradas nos cruzábamos! Limpias como el agua del deshielo, pero cálidas como una noche de verano.

Era delgado, de mediana estatura, guapísimo, con la mandíbula cuadrada y muy varonil. Ojos castaños expresivos y rasgados, nariz fina en medio de un rostro terso y joven, pelo rubio ceniza, ondulado, ¡y tan simpático! Siempre se estaba riendo, gastando bromas a sus amigos. Era un gamberro en la mejor acepción de la palabra.

—Loli, ¿te vienes conmigo a la sierra? —me dijo un día—. Está todo nevado y nos lo podemos pasar muy bien —fue la primera vez que me dirigió la palabra. Así era él de impredecible. Y lo arreglé, ¡vaya si lo arreglé para ir! Él ya tenía diecinueve años y carné de conducir; eso facilitaba las cosas.

Cuando cumplí los diecisiete años, una tarde me sorprendió.

—Loli, sabes que me gustas mucho. ¿Yo te gusto a ti?

—Sí, también me gustas.

—Es que había pensado que podríamos salir juntos, ¿qué te parece?

Yo le miraba con los ojos chispeantes de felicidad.

—A mí sí que me gustaría salir contigo, pero me veo muy poca cosa. Casi todas las chicas del barrio tienen más pecho que yo y algunas son muy guapas. No sé qué has visto en mí, la verdad, y no quiero que me tomes el pelo. Yo aparento menos años de los que tengo y no me veo nada atractiva. ¿No te cansarás de mí enseguida?

¡Qué insegura estaba en aquella época, y era tan vulnerable!

—Loli, que sí. De verdad que me gustas mucho. Si quieres quedamos alguna tarde para ir a los coches de choque o al cine... Lo que tú prefieras.

—Yo nunca tengo dinero. Todo lo que gano lo doy en casa.

—No te preocupes, que te invito a todo.

Así empezaron nuestros escarceos amorosos. En el cine algunas veces me echaba el brazo por los hombros, otras me cogía de la mano y, entonces, todos mis sentidos se disparaban. Nos solíamos poner en la última fila para permanecer a salvo de miradas inoportunas y disfrutar a nuestras anchas de esos instantes de amor, aunque el aire allí dentro era denso y pesado.

Luego me llevaba a casa y en el portal me besaba apasionadamente en la boca, hasta que nuestros cuerpos se fundían en uno, sin poder llegar a más. Deseaba que la noche transcurriera a gran velocidad para volver a verle. Vivía para nuestros encuentros.

Yo era menor y mis padres no me dejaban salir sola con él. Sin embargo, pronto encontramos la solución; mi hermana Amelia ya era mayor de edad, veintiún años, y Ángel tenía también un hermano, Lorenzo, de la misma edad que ella. Empezamos a salir los cuatro juntos y así ya no pusieron más pegas. Amelia y Lorenzo accedieron porque estaba claro que también se atraían. Todo era maravilloso. Pasábamos unas deliciosas tardes en el campo o en el cine, arropados por la oscuridad de la sala, oliendo nuestros cuerpos y nuestro deseo mutuo de querernos apasionadamente; o paseando con las manos entrelazadas, riéndonos por todo y de todo.

Como ya éramos novios, me propuso que quería tener relaciones sexuales conmigo y así se afianzaría nuestra relación. Para mí era todo nuevo y me dejé llevar. Ni siquiera pensé que me podría quedar embarazada. ¡Era tan cariñoso! Simplemente con cogerme de la mano yo me deshacía; por la calle me echaba el brazo por el hombro, para que todos supieran que nos queríamos, que estábamos juntos, que éramos el uno para el otro. En una ocasión me besó apasionadamente para escandalizar a unas monjas que pasaban a nuestro lado con sus caras semicirculares emergiendo de sus hábitos y de sus tocas almidonadas como dos suflés. Se le ocurrían las cosas más disparatadas y siempre estaba alegre.

—Mi hermana se ha ido de vacaciones a Valencia y me ha dejado las llaves de su casa para que le riegue las plantas. ¿Me quieres acompañar? —me propuso un día.

—Bueno, vamos.

Después de estar un rato en la casa, él intentó llevarme a la cama, pero yo, en principio, me resistí.

—Ángel, me da mucho miedo. Yo no he hecho nunca esto.

—Cariño, tranquila, que no pasa nada.

Me abrazó apasionadamente. Yo estaba muy entregada, pero al mismo tiempo sentía mucho miedo. Era algo nuevo para mí y no sabía qué iba a ocurrir. ¿Me dolería?

—Tranquila, mi vida, lo hacemos otro día, no hay prisa.

—¿No te enfadas conmigo?

—¡Cómo me voy a enfadar contigo! No seas niña, lo haremos cuando tú estés preparada, no pasa nada.

—¿Pero me vas a dejar de querer por esto?

—¡Qué cosas dices! Te querré siempre, mi amor, pase lo que pase.

Yo estaba deseando hacer el amor con Ángel, pero al mismo tiempo sentía pánico a lo desconocido y, por otra parte, tenía mucho miedo a que me dejara de querer si no accedía a sus deseos, que también eran los míos.

Un día en que sus padres habían salido fuimos a su casa a ver la televisión. Era la portería de un edificio de Madrid, de escalera oscura e intenso olor a comida en la entrada. La ropa tendida escurría ante las ventanas y los gatos enredaban por los cubos de basura en la calle enmarcada por una mercería, una tienda de ultramarinos, una peluquería de señoras (peinados Paqui) y una panadería. Estábamos solos en la casa con *Atila*, su perro. Nos metimos en su habitación a «charlar» y comenzamos con los juegos amorosos. Me abrazó, me besó, me acarició el sexo... Su olor era delicioso, a hombre deseoso de mí, de hacerme suya para siempre, de quererme hasta la extenuación, de darme placer. Sus ojos destilaban un brillo especial y su cuerpo firme y joven se aferraba al mío con toda la pasión imaginable. Éramos dos locos de amor solos en el mundo, nuestras piernas hechas un nudo se retorcían de gozo, no existía nada ni nadie más. De repente reaccioné.

—Ángel, ¿y si vienen tus padres? ¡Qué vergüenza si nos ven en tu habitación!

Rodeándome con sus brazos y sin dejar de recorrer mi cuerpo con su boca me llevó hasta el cuarto de baño.

—¿Estás así más tranquila, mi vida? Si vienen mis padres, les decimos que nos estamos lavando las manos —me susurró al oído sin dejar de besarme, de acariciar mi pecho, mis muslos, mi nuca. Si el mundo se hubiera acabado en ese instante, no me habría importado en absoluto.

Me bajó los pantis lentamente, como si se tratara de un ritual ceremonioso y magnífico, y suave, muy suavemente, comenzó a penetrarme, allí, en el cuarto de baño, contra la pared. El rostro me quemaba y mis movimientos eran inseguros y torpes, pero su lengua continuaba descubriendo las zonas más sensibles de mi anatomía mientras su miembro, dentro de mí, me hacía desfallecer de placer. Abrí los ojos y descubrí por la ventana que el sol brillaba como nunca lo había visto antes. ¿Había ocurrido, por fin? ¿Ya había terminado? ¡Pues no era para tanto! El amor total que desde niña suspiraba por descubrir, ¿era esto? Tampoco hubo dolor, es cierto, pero me excitaban más las caricias y los besos que nos dábamos que esta experiencia.

—Cariño, cada día irá mejorando. La primera vez es muy difícil que todo salga perfecto —me aclaró Ángel con mucha paciencia, y parecía que incluso con experiencia. Desconozco si también para él era su primera vez.

Decidimos pasar de nuevo al dormitorio, pero dejamos la puerta abierta. Yo me había puesto la ropa y me senté sobre la cama, cubierta por una colcha azul oscuro, aunque tuve la precaución de levantarme la falda, y menos mal que se me ocurrió hacerlo. Oímos la puerta de la calle abrirse.

—Hola, Ángel, ¿estás ahí? —dijo su madre.

—Sí, estamos Loli y yo viendo unas cosas, ahora salimos.

—Muy bien, yo me voy a la cocina, ahora os veo.

Nerviosa, me levanté de un salto y vi horrorizada una gran mancha de sangre en la colcha de la cama justo donde yo había estado sentada. A punto de soltar una exclamación de espanto, Ángel tapó mi boca con sus labios.

—No te preocupes, mi amor, yo lo soluciono. Ya verás lo que voy a hacer.

El perro andaba por allí ajeno a nuestras vidas. Descansaba pacífico y confiado sobre la alfombra cuando Ángel le hizo un mínimo corte en una de sus patas con una navaja, lo suficiente para que se le viera una pequeña herida. *Atila* gruñó.

—¿Qué pasa? —dijo la madre.

—Nada, que se ha debido de hacer daño antes en la calle. Le he visto una herida en la pata —y lo colocó encima de la cama, justo en la mancha. *Atila* se quedó ensimismado mirándole, pero no se movió, afortunadamente para nosotros.

—Bueno, mamá, me voy a acompañar a Loli a su casa. Dentro de un rato vuelvo.

Y su madre nunca sospechó lo que acababa de ocurrir. Nos salió perfecto. Ella quitó la colcha, la puso a lavar y allí no había pasado nada.

Capítulo 4

Embarazada

A los diecisiete años perdí la virginidad y a los dieciocho me quedé embarazada. Lo descubrí por casualidad. Fui a hacerme unos análisis rutinarios porque me dolía el estómago y estaba muy molesta. Hacía mal las digestiones, algo raro me notaba. Y allí lo detectaron. Me llamó el médico a mí sola, y a mi madre, que me acompañaba, le hizo esperar en la sala.

—Loli, ¿tienes novio?

—Sí —le contesté con una vocecita que apenas me salía de la garganta—. Hace algunos meses que salgo con un chico.

—¿Y tenéis relaciones sexuales?

—Bueno, últimamente sí.

—Es que sospecho que puedes estar embarazada. Necesito hacerte unos análisis de orina para estar completamente seguro, así que toma este frasquito, vete al baño, lo llenas de pis y vuelves. Cuando lo hayas hecho hablamos.

El doctor estuvo delicado y amable conmigo, pero cuando me lo confirmó fue como si toda una tormenta de verano hubiera caído sobre mí.

—¿Desde cuándo no te baja el periodo?

—Creo que desde hace dos meses, pero a veces se me retrasa algunos días.

—Estás embarazada, no hay duda. ¿Qué piensas hacer?

El doctor se reía y no entendía que faltándome la regla no sospechara que podía ocurrir esto. Un sudor frío comenzó a inundarme el cuerpo, sobre todo en las manos, que estaban encharcadas. Creo que los latidos de mi corazón se podían oír a metros de distancia.

Como yo tenía ciertos desarreglos por la edad, no sospeché nada.

Jamás me habían hablado de temas sexuales, ni en el colegio, ni en casa. Nunca. Lo peor es que Ángel no había estado en casa de mis padres todavía (en aquella época que entrara en casa el novio significaba formalizar la relación oficialmente, algo así como pedir la mano).

Me parecía imposible. ¡Qué inocente era yo en aquella época! ¡Ni siquiera sabía que haciendo el amor te quedabas embarazada! Así de ignorante era, aunque ahora pueda parecer ridículo. Las niñas de aquella generación fuimos unas analfabetas sexuales. Recuerdo que la primera vez que me bajó el periodo pensé que me moría desangrada, y eso que tenía una hermana mayor, pero ni siquiera entre nosotras hablábamos de estos temas tabúes para una niña de los años sesenta.

—No temas, Loli, yo no se lo voy a decir a tu madre. Creo que eso es tarea tuya y de tu novio. Vosotros debéis decidir cuál es la mejor manera de dar la noticia, ¿de acuerdo?

¡Cómo le agradecí a aquel hombre en ese momento su comprensión y su apoyo! Mis mejillas relucían encendidas de vergüenza y me faltaban las palabras. Él me observaba con sus ojos inteligentes de viejo zorro, curtido ya por muchos avatares vividos, y por haber visto y escuchado a miles de pacientes en su consulta. Recuerdo su cara como si fuera hoy: muy masculina, de nariz prominente y dientes grandes y muy blancos; sus manos enormes y pulcramente cuidadas y su alta estatura, de uno noventa como mínimo.

Le di a Ángel la noticia, pero en un principio no se mostró muy entusiasmado, sino más bien al contrario. Su mirada, por lo general amable y muy alegre, se convirtió en severa y preocupada.

—Somos demasiado jóvenes —me dijo. Estaba confundido, indeciso. Aún no había hecho el servicio militar y le pareció una locura tener en estas circunstancias un hijo—. Nos queda toda la vida por delante, Loli, y ser padres ahora es una gran complicación.

Yo me callé. No quería discutir en ese momento, aunque todo estaba muy claro en mi cabeza. Tendría a mi hijo por encima de todos y de todo.

Al mismo tiempo mi madre empezaba a sospechar. Ella, que todo lo controlaba, notaba que mi menstruación se retrasaba demasiado. Un día se lo confesé. Al fin y al cabo, no era para tanto. Yo trabajaba en una zapatería, él era electricista y también ganaba dinero. Nos casábamos y asunto solucionado.

Pero Ángel dudaba cada vez más, y ahí saqué mi carácter.

—Cielo, has cambiado mucho desde que te he dado la noticia. Parece que estás de funeral, aunque en realidad no tienes por qué preocuparte. El hijo lo estoy engendrando yo y si quieres compartirlo conmigo, nos tenemos que casar. A mí no me importa criarlo sola, pero no volveré a saber nada de ti ni a verte nunca más.

¡Menudo órdago le lancé! Ángel se quedó callado, cohibido, confundido. Tardó varios minutos en reaccionar y cuando lo hizo fue para levantarse, besarme en la mejilla y susurrar un simple «hasta mañana».

Aquella noche lo estuvo meditando y a la mañana siguiente me dijo que nos podíamos casar cuando yo quisiera.

—He hablado con mi madre y le he puesto al corriente de todo. No te preocupes, mi amor. Lo ha comprendido perfectamente, ya sabes que te aprecia mucho. Y perdona mi indecisión del primer momento; es que me ha pillado desprevenido, pero ¡te quiero tanto! Formamos un buen equipo; vas a ver como todo saldrá bien.

Estas palabras de Ángel me devolvieron la tranquilidad. Por unas horas había temido perderle, que se asustara de la situación y que saliera corriendo. Me acababa de demostrar que su amor era más fuerte que el miedo a la responsabilidad, que al fin y al cabo es lo que le había frenado al principio.

Cuando ya estaba de vuelta en casa, acomodada en el sofá de escay del salón, me sentí llena de vida, con una fuerza y unas ganas de luchar desconocidas para mí hasta ese momento. «¿Será el embarazo?», me pregunté.

Su madre y la mía quedaron un día para hablar de todo lo que estaba ocurriendo. Parecía que nuestras vidas iban encauzándose. Las dos congeniaban bien y no tenían problemas de comunicación, pero algo, de repente, enturbió la paz.

Yo seguía haciendo mi vida normal. Iba a trabajar a la zapatería y luego quedaba con mi novio, pero una tarde me vino a buscar mi madre a mi lugar de trabajo. Le dijo al dueño de la zapatería que yo tenía que salir para ir al practicante a ponerme una inyección. Me quedé sorprendida, sin saber lo que se traía entre manos. Por el camino me contó que el farmacéutico le había aconsejado que me inyectara un fármaco que probablemente conseguiría deshacer el embarazo si el embrión no se hallaba bien enganchado todavía, aunque yo ya había tenido tres faltas.

No me lo podía creer. Mi propia madre me aconsejaba que abortara. Aunque nunca pronunció esa palabra, lo que pretendía era librarme del embarazo, pero yo no estaba dispuesta de ninguna manera. Allí, en mitad de la calle, protesté y le dije que no quería hacerlo; sin embargo, ella me rebatió alegando que era menor y que tenía que obedecerla.

—Tú te callas y te vienes conmigo —me gritó.

Me arrastró a la fuerza hasta el ambulatorio y allí, sin más palabras, un enfermero me inyectó un preparado que en ese momento pensé que podía hacerme perder al bebé. Una vez más, mi madre sacaba ese carácter imperativo que tanto daño me ha hecho en la vida. Estoy segura de que esta manera de ser provocó muchas desventuras en nuestra familia. Afortunadamente para mí y para mi hija Eva, el fármaco no me hizo efecto y el embarazo continuó su curso normal.

Capítulo 5

Mi primera boda

Durante aquellos días, seguimos con los trámites y el papeleo para la boda. Como ya he dicho, los dos teníamos trabajo y les dábamos nuestros sueldos íntegros a nuestras respectivas familias. Con ese dinero nos compramos los trajes de novios y nuestros padres aportaron una cantidad para celebrarlo en el Salón De Torres, al lado de la plaza de Las Ventas. Yo ya estaba de cuatro meses, pero llevaba muy bien el embarazo; nada de vómitos, ni mareos, ni antojos extraños. La tripa no se me notaba demasiado, aunque, por si acaso, me enfundaba en una faja que parecía fabricada de acero puro. Mi madre y la de Ángel se encargaron de organizarlo todo y nosotros se lo agradecimos, ¡menuda carga nos quitaron de encima! Fuimos de compras a las tiendas del centro de Madrid, para que me hicieran el vestido a medida. Mi gran ilusión era ir con un traje blanco inmaculado, como los que llevaban todas las novias en aquella época, pero mi madre se negó en rotundo.

—Loli, te casas embarazada, no puedes ir vestida de blanco, ¿no lo comprendes? Eso no sería jugar limpio, debes elegir otro color, hija, y nada de azahar, que es el símbolo de la virginidad; hay que regirse por las normas, ya sabes, que luego nadie nos pueda criticar por intentar aparentar que no ibas con barriga; yo para eso soy muy estricta, ya sabes, y miro mucho el qué dirán. Cuando seas mayor como yo, pensarás: ¡cuánta razón tenía mi madre!

Y yo asentí con la cabeza, aunque no entendiera esas normas relacionadas con lo que pudieran pensar otras personas que nada tenían que ver conmigo (¡era mi boda!). En fin, nunca lo entendí, pero «había sido mala» y debía complacer a mi madre. Quizá un azul claro parecería más apropiado para mi estado. A ese color no puso ningún reparo.

—Es mucho más adecuado, ¿no crees, Loli?

Yo volví a asentir con la cabeza. ¿Para qué discutir? Me casaba con el hombre al que quería con toda mi alma, iba a ser madre por primera vez y lo demás era secundario.

Nos casamos en la iglesia de San Jenaro, en nuestro barrio, por la mañana, aunque la fiesta duró hasta las diez de la noche. La capilla lucía preciosa, inundada de flores blancas por todo el altar mayor: azucenas, calas, claveles, rosas. La música del órgano nos recibió al entrar en la iglesia. Agarrada con fuerza al brazo de mi padre, hice muy emocionada el recorrido por la alfombra central, ante la vista de todos los invitados. A los pies del altar me esperaba Ángel, que sonreía y me miraba embelesado. El nuestro fue un «sí quiero» convincente, sin titubeos, y a la salida de la iglesia nos vimos envueltos en gritos de «¡Vivaaaaaan los novios!» y lluvia de arroz, todo muy tradicional. El Salón De Torres, donde dimos la comida a familia e invitados, brillaba como un ascua con sus espejos dorados, sus lámparas de araña y sus alfombras persas. Las mesas adornadas con flores naturales de distintos colores resaltaban sobre los manteles de un blanco impoluto.

Terminada la comida, los recién casados abrimos el baile con el tradicional vals. Los hombres, mientras tanto, disfrutaban fumándose el puro con el que el padrino (mi padre) les había obsequiado, y las señoras, a caladitas pequeñas, inhalaban el humo de un cigarrillo rubio (regalo de la madrina); aunque no tuvieran costumbre de hacerlo, en las bodas de aquella época era un hecho casi obligado que las mujeres fumaran. Tras nosotros, la mayoría de los invitados salieron a la pista de baile, animados por el ritmo pachanguero de la orquesta. Se atrevían con todo: coplas, pasodobles, música pop, rock... Nada se les ponía por delante. Los niños, vestidos para la ocasión, hacían sus corrillos aparte; los jóvenes casaderos aprovechaban para beber a sus anchas (había barra libre) y hacer la ronda oteando posibles parejas, mientras los más viejos mataban el tiempo observándoles sin ver. Fue un día mágico; estaban a mi lado las personas que yo más quería y en mi vientre el fruto del hombre con el que había decidido pasar el resto de mi vida. No se podía pedir más. Solo algo ensombrecía mi plena felicidad: Ángel tendría que irse en breve a hacer el servicio militar.

La luna de miel la pasamos en Tabernes, un pueblecito playero de la provincia de Valencia. Nos fuimos allí durante una semana porque un familiar de Ángel tenía un pequeño apartamento en la zona y nos dejó las llaves. El telón de nuestra vida matrimonial se acababa de levantar y queríamos comenzarla cerca del mar, bajo aquel cielo. El sol nos acunaba cada mañana tirados sobre una hamaca prodigándonos arrumacos, sin importarnos la palabrería de aquella señora entrada en carnes, que se colocaba siempre a escasos dos metros de nosotros, con el pelo tan cardado que parecía una pelota de baloncesto, para gritarle a su marido con la evidente intención de que la oyéramos:

—Míralos, Vicente, no tienen vergüenza, ¿estás viendo cómo se besan? Si además son unos niños. ¡Vaya par de frescos!

Tampoco nos perturbaban lo más mínimo las carreras de los más jóvenes jugando a la pelota. Estábamos centrados en percibir toda la belleza de alrededor, el resto no pertenecía a nuestro mundo.

Pocos días después de llegar, se nos unió una pareja, amigos de su familia, y nuestras salidas nocturnas, a bailar o tomar una copa en la discoteca de moda, proliferaron. Éramos cuatro jóvenes empezando a vivir. ¡Quién nos iba a decir que no sería así para Ángel! A él le quedaba muy poco tiempo para disfrutar de la vida.

De vuelta a la rutina diaria, iniciamos los trámites para que se pudiera librar de la mili: recorrimos oficinas, hicimos mil y una operaciones burocráticas..., pero todo fue inútil. Del servicio militar no le salvaba ni nuestro amor ni san Judas Tadeo, patrono de lo imposible. Debería ingresar en filas en unos meses.

Yo ya estaba casi de nueve meses de embarazo y, a pesar de todo, nuestras vidas apacibles predecían un futuro prometedor. Salíamos al cine casi todas las tardes y por la calle me cogía en brazos y comenzaba a darme vueltas, ¡era tan vital y tan salvajemente joven!, ¡qué divertida la vida a su lado!

Ángel ayudaba a mi padre en su cerrajería, además de seguir con su trabajo como electricista. Yo trabajaba en la zapatería y ya había pedido la baja por maternidad un mes antes de dar a luz, pero en la cerrajería aquel día Ángel había tenido un incidente.

—Siento mucha molestia en los ojos. Me deben haber saltado algunas chispas al soldar y no veo nada.

Yo me asusté mucho.

—Llévame a casa de mi madre, que guarda un colirio para estos casos, pero me guías tú porque yo no veo.

Y así lo hicimos. Yo, nerviosa, ejerciendo de lazarillo. Al pobre le dolían muchísimo los ojos. Después de ponerle las gotas, nos fuimos a casa y pasamos la noche en vela, sin poder dormir y preocupados por si el asunto pasaba a mayores. Afortunadamente, no fue así y el colirio le calmó el escozor.

Esto ocurrió de madrugada y esa misma mañana ya empecé a sentir los síntomas del parto; creo que se me adelantó del susto.

Ángel, que ya había podido ir a trabajar, se encontraba en el taller y ni le avisamos. Mi tía Maruja, hermana de mi padre y un ángel para mí (más tarde hablaré de ella porque desempeñó un papel muy importante en mi vida), al verme tan molesta me llevó al hospital de Santa Cristina, donde me controlaban el embarazo, y allí me dijeron que debía ingresar. Sufría ya fuertes contracciones.

En la habitación había nueve mujeres más, la mayoría de ellas gritando de dolor. Yo me doblaba en la cama, no podía soportar el padecimiento y enseguida me trasladaron a la sala de partos.

—Empuja, empuja... —me ordenaba la comadrona, una mujer corpulenta de unos treinta y cinco años, pelo negro canoso y unos ojos como el carbón precedidos por una sola ceja que cruzaba su cara de sien a sien. Sus manos huesudas y fuertes me inspiraban confianza.

«Con esas manos es imposible que el niño se le caiga», pensé.

—Para ahora, espera un momento —continuó ella—. Vuelve a empujar, que ya corona. Venga, venga, que se le ve la cabeza. Un esfuerzo más, Loli.

Y mi hija Eva abrió por fin los ojos a la vida. Vi cómo la limpiaba la enfermera mientras a mí me daban los puntos; no sé cuántos fueron, porque no me lo quisieron decir.

Con dieciocho años supe lo que son los dolores del parto, sin ninguna anestesia y sin Ángel al lado porque no le dejaron estar conmigo; mi tía le comunicó por teléfono que todo había ido bien y que las dos nos encontrábamos perfectamente. Cuando él llegó, la niña estaba en el nido.

—¿Qué tal mi amor, cómo estás? ¿Ha sido muy duro? —Yo le sonreí levemente, dolorida por las horas de parto, pero feliz de que todo hubiera pasado ya—. ¿Has visto a nuestra hija? ¿Cómo es?

—Está morada, es muy rara. No me parece muy guapa —le dije, poniendo gestos de duda—. Estoy deseando que tú la veas y me cuentes. Creo que es muy calva, como un muñeco pelón. Ja, ja, ja, ja... —Nos reímos los dos abiertamente—. Por favor, Ángel, no me hagas reír, que me tiran mucho los puntos, uffff. Me parece increíble que haya salido de mí. —Él se acercó y me dio un delicado beso en los labios—. Pero no te quedes aquí, vete a verla, por favor, quiero que me digas enseguida lo que te parece.

Ángel me miraba un poco asustado y expectante. Al final sonrió ante mis comentarios, propios de una madre primeriza.

Nada más nacer mi hija, me había fijado en si tenía todos los dedos en su sitio, si estaba todo bien, me pareció que la encía de abajo la tenía muy hinchada y asomaba un diente. Se lo había dicho a la enfermera y ella me sacó del error.

—La niña está perfecta, no te preocupes.

Ángel se fue al nido a verla y volvió con una sonrisa radiante de felicidad.

—¡Mi vida, no está morada, está roja! Es que acaba de nacer, no lo olvides, es preciosa.

Sus palabras me tranquilizaron. Parecía que el primer encuentro entre padre e hija había sido satisfactorio y que todo iba a salir bien. La niña había nacido sana y según Ángel «era tan guapa como yo».

Al poco tiempo me la trajeron para ponerla al pecho y fue una sensación única y muy especial. Eva, el fruto de nuestro amor, ya estaba aquí, con nosotros, y la sentía parte de mi vida. Los latidos de su corazón se confundían con los míos y Ángel nos miraba embelesado. ¡Dios mío, no cabía más felicidad!

Capítulo 6

Eva

El 1 de noviembre de 1975 nació mi hija Eva y al mes siguiente salieron las listas; Ángel debía incorporarse al servicio militar. Como ya he dicho antes, hicimos todo lo posible para que se librara de hacerlo, pero no conseguimos gran cosa: solo nos concedieron elegir destino para que estuviera cerca de nosotras. Durante los tres primeros meses, hasta que juró bandera, no le daban el pase pernocta para dormir en casa; luego ya sí. Llegaba todas las tardes y se volvía por las mañanas.

Vivíamos en el mismo edificio que mis padres; los dueños eran mis abuelos. Era una casa muy antigua en la zona de Pueblo Nuevo, una corrala compuesta por varias viviendas que mis abuelos alquilaban. Una de ellas estaba vacía y nos la arrendaron a nosotros. Talleres mecánicos, tabernas, boticas del siglo pasado... resistían en aquel barrio sin inmutarse por el paso del tiempo, esperando la llegada de otras gentes que les dieran nuevo lustre a los escaparates desvaídos, cutres, cincuenteros, aunque ya vivíamos los setenta, sin que ellos se hubieran dado por aludidos.

El día en que salimos los tres de la maternidad un sol de justicia nos recibió en la puerta. Hacía frío y viento, pero la luz era propia de un día abierto de otoño. Nos subimos en el coche que Ángel condujo hasta casa, serpenteando por las distintas calles que nos separaban de nuestro hogar. Se me hacía muy extraño llegar allí con Eva en los brazos. De la noche a la mañana nos habíamos convertido en un trío. Dos chicas caminaban por la acera del brazo, risueñas y ajenas a aquella gran novedad de nuestras vidas.

Descargamos todo el equipaje de la niña y nos metimos con ella en nuestra casa, dispuestos a envejecer juntos, viéndola crecer, casarse y tener hijos. Nuestra pequeña recién nacida convertía nuestras vidas en algo completo y placentero.

Ángel adoraba a Eva, aunque no era nada niñero.

—Amor, por mucho que me digas, nos vamos a quedar solo con Eva, ¿eh? Yo no quiero más niños en casa. Además, desde que ha nacido, a mí me haces menos caso.

—¡Qué cosas dices Ángel! Ya te convenceré yo para tener otro, por lo menos. ¡No querrás que tu hija se críe sola!

Éramos casi tan niños como ella. Al principio le daba miedo cogerla; le preocupaba que se le rompiera en las manos o que se le cayera, tan frágil le parecía. La niña lloraba por las noches y nosotros estábamos siempre asustados, pero, a pesar de tenernos que levantar continuamente para ver qué le pasaba, todo nos parecía nuevo y maravilloso. Tanto lloraba Eva que una madrugada la llevamos de urgencia al pediatra. Al hombre no le sentó nada bien aquella visita.

—Si la niña no tiene fiebre, no sé yo porque la traen aquí. Ya se podían haber esperado a llevarla a la consulta normal —nos espetó nada más entrar en el cuartito donde tenía un pequeño peso balanza y una jirafa medidor que sonreía al visitante; aunque cambiaras de sitio su sonrisa te perseguía, y sus ojos también.

—Perdone, doctor, es nuestro primer hijo y estábamos muy asustados. Parecía que le iba a dar algo del llanto tan fuerte que tenía —le dijo Ángel, suplicando comprensión con su gesto.

—Sí, además ocurre todas las noches y nos tiene preocupados —continué yo.

—Probablemente será que no expulsa bien los gases y no tenga mayor importancia —nos dijo, suavizando la expresión.

Nos recetó unas gotas para que la niña y nosotros descansáramos durante unas horas seguidas; se las dimos, pero resultó que no se despertaba para comer. Era todo un descontrol a consecuencia de nuestra inexperiencia.

Tres meses tenía Eva cuando su padre se fue a hacer el servicio militar, y tres meses más estuvo él sin poder venir a casa. Yo le visitaba los fines de semana en el cuartel, pero no le llevaba a la niña, ya que era muy pequeñita.

Cuando Ángel terminara la mili las cosas nos irían aún mejor; en dieciocho meses nuestra vida se normalizaría, pero nunca llegó a ser así. Antes de licenciarse, Ángel se fue para siempre y Eva no tuvo la suerte de conocerle apenas. Dejó una hija con un año recién cumplido y una viuda de diecinueve rodeada de hostilidad. Mi propia madre me decía que mi futuro era el trabajo y cuidar de mi niña, que ya no aspirara a nada más como mujer. Eso es lo que según todos debía hacer. Además, ¡quién iba a querer a una viuda con una hija pequeña! Mi destino estaba escrito, la fatalidad me había jugado una mala pasada y yo me debatía entre mil sensaciones desagradables. Había perdido a Ángel para siempre, mi niña se había quedado huérfana y yo como mujer estaba acabada, no valía nada. El túnel comenzaba a oscurecerse.

Capítulo 7

Mi hermana Amelia

En esos dolorosos días Amelia era mi paño de lágrimas. Vigorosa, seductora, cálida, con una piel blanca y anacarada, unos ojos limpios y expresivos, delgada, alta, morena. Así era mi hermana mayor. Salía con Lorenzo, el hermano de Ángel, que ya había terminado el servicio militar. A ella se la veía muy enamorada, pero a él se le notaba muy indeciso. No estaba seguro de querer continuar con esa relación. Era un chico alegre que se parecía mucho a su hermano, de mediana estatura, delgado, de ojos negros y muy vivos que parecían estar siempre alerta ante cualquier posible acontecimiento. Le encantaba bromear (su risa era muy contagiosa) y bailar y siempre andaba dispuesto a celebrar algo. Antes de irse a la mili mantuvieron un corto noviazgo, unos tres meses, pero cuando volvió del ejército había cambiado, no quería estar a solas con ella y normalmente quedaba con chicos que había conocido durante su estancia en el cuartel.

—No sé qué le ha pasado a Lorenzo, Loli, pero desde que ha regresado es otra persona. Estoy desesperada, no sé qué hacer ni cómo afrontar esta situación —me confesó un día.

A pesar de todo, se compraron un piso en común; Amelia pagaba el cincuenta por ciento de las letras con el dinero que ganaba, y él hacía lo mismo que ella.

El comportamiento de Lorenzo era algo incomprensible para nosotras. Nunca salían solos, siempre iban acompañados por sus amigos, se agarraba de la mano de ellos, bromeaban, y Amelia se sentía marginada, cohibida, humillada, vejada. Pobre Amelia, su físico provocaba la mirada descarada de los hombres y la envidia de las mujeres, pero su novio ni reparaba en su belleza y ella era incapaz de resolver su vida sentimental. Se encontraba noqueada, abatida, sin poder de reacción.

Al morir Ángel, yo, a veces, dejaba a la niña con mi madre y salía con ellos a dar una vuelta. Lorenzo traía a estas reuniones a su amigo especial, un chico insensible a la delicada situación, moreno, con ojos sanguinolentos que parecían tener siempre conjuntivitis, desgarbado. A mí me recordaba a un buitre, planeando sin prisa pero sin descanso, volando en círculos concéntricos sobre sus cabezas.

Un día aconsejé a Amelia que pusiera las cartas boca arriba y le exigiera una explicación: ¿qué sentía hacia su amigo?, ¿qué significaba ella para él?, ¿la estaba utilizando de escaparate?

Amelia me hizo caso y habló con él. Quedaron un día en su casa (mi hermana le exigió que a solas, sin ninguno de sus amigos delante) para hablar seriamente de su vida en común y del derrotero que debía tomar esta relación que tanto daño le estaba haciendo a mi hermana. Cuando llegó Amelia, él ya estaba esperándola, recostado sobre la silla, con aire melancólico y triste; mi hermana le expuso claramente todas sus dudas e inquietudes mientras él escuchaba en silencio con la mirada baja. Su único movimiento, el de las yemas de sus dedos contra la mesa, delataba cierto nerviosismo.

—No podemos seguir así, Lorenzo. Sabes que estoy loca de amor por ti, pero últimamente te encuentro muy raro conmigo, parece que te molesto y me haces sentir muy mal. Estás más pendiente de tus amigos que de mí. Me evitas y nunca me miras a los ojos, ¿me ocultas algo? No sé lo que pasa por tu cabeza, pero yo necesito que seas sincero conmigo.

Se produjo una pausa que a Amelia le pareció interminable y, por fin, Lorenzo habló, pero su decisión partió el corazón de mi hermana.

—Amelia, no me opongo a seguir tal y como estamos ahora, porque sabes que te aprecio mucho, pero soy incapaz de renunciar a Faustino, le quiero por encima de todo. Si tú aceptas esta situación...

Amelia, enamorada como una colegiala, siguió con él hasta que un día fue a la casa común, que estaba por la zona de Coslada, y les vio a los dos entregados a la pasión. La escena que presenció fue tan dura para ella que le faltó poco para desplomarse, pero nunca contó detalles de lo ocurrido, solo el hecho consumado. Lloró, lloró y lloró hasta agotar sus lágrimas. Una profunda angustia inundó su alma y dejó para siempre de ser la Amelia que yo conocía, distinto carácter y distinto físico. Se produjo un antes y un después.

Este fue el final de esa relación que dejó a mi hermana sumida en la desesperación; él se quedó con la casa que pagaban a medias y nosotras decidimos vivir juntas en el piso que alquilé con Ángel, muy cerca de mi madre, que había cogido la cuna y las cosas de mi hija y las había trasladado a su casa sin pedirme opinión. Poco importaba para ella mi criterio; como yo trabajaba, decidió por su cuenta que eso sería lo mejor para todos. Amelia y yo estábamos al lado, aunque solamente íbamos a mi casa a dormir, ya que desayunábamos, comíamos y cenábamos con mis padres y mi hija. Así lo había organizado mi madre y yo no tenía fuerzas para rebatirlo.

En este escenario nos encontrábamos las dos hermanas, abatidas, abrumadas, desesperadas. Un día decidimos ir a dar una vuelta al centro, por la calle Gran Vía, haciendo un gran esfuerzo porque no teníamos ganas de nada. Allí se nos acercaron tres chicos; se notaba claramente que no eran españoles. Su piel era cetrina, sus ojos negros y brillantes y su acento extranjero; se mostraron simpáticos y cercanos, pero al mismo tiempo educados y respetuosos.

—Hola, chicas, ¿queréis tomar una coca-cola con nosotros?¿Estáis solas? Nos gustaría charlar un rato —nos dijo Mohamed, el más lanzado de los tres.

Entre risas, aceptamos la invitación y entramos con ellos en una cafetería cercana. Olía a tostadas recién hechas y a sirope de caramelo, y el lugar era acogedor, con mesas rojas y sillas de madera; unas lamparitas de cristal azul colgaban sobre nuestras cabezas. La aventura nos pareció divertida, pues nos rescataba por unas horas de nuestra triste rutina.

Nos contaron que estaban en Madrid estudiando Ciencias Políticas y Sociales en la Universidad Complutense y que ya les quedaba muy poco para terminar la carrera. Eran palestinos y uno de ellos, precisamente Mohamed, se interesó por Amelia, le pidió el teléfono y ella se lo dio encantada. Creo que mi hermana necesitaba sentirse deseada después de todo lo que había pasado con Lorenzo. La pobre tenía la autoestima por los suelos. Nos tomamos unos refrescos, charlamos, charlamos, charlamos sin parar, les preguntamos mil cosas de su país, de sus familias, de cómo era allí la vida. Nos reímos un rato juntos y nos fuimos para casa.

Sin darnos cuenta se nos había hecho tarde, era la una de la mañana y yo no quería ni pensar en la bronca que nos echaría mi madre. Llegamos a casa en un taxi; la luz de los faros barría la calle mientras recorríamos a toda velocidad las calles que nos separaban de nuestro domicilio, pues así se lo habíamos pedido al conductor; me temí lo peor, presagiaba que mi madre se iba a enfadar mucho si nos descubría llegando tan tarde y, una vez en el portal, le dije a Amelia que no encendiera la luz de la escalera para que no nos descubriera, pero sintió la puerta y fue ella la que dio al interruptor.

—¿De dónde venís a estas horas? No tenéis vergüenza, sobre todo tú, Loli. ¿Te parece lógico, con una hija pequeña que tienes, volver a estas horas a casa?

Yo me quedé muda, sin poder articular palabra.

Me llamó de todo. Me dijo que lo único que debía hacer era cuidar de mi hija y trabajar como una mujer honrada. Estaba loca de ira. Yo, muy asustada, pensé que lo mejor era dejar pasar el tiempo. Al día siguiente seguro que vería las cosas de otra manera y se calmaría.

—Duérmete, Loli, no te preocupes; ya sabes que mamá es muy bruta pero luego se le pasa, no le hagas ni caso. No tiene ningún derecho a decirte esto —me dijo Amelia, intentando consolarme sin éxito.

Me desperté por la mañana con una terrible sensación de angustia, sin ganas de discutir ni de pelearme con mi madre, así que decidí irme a trabajar sin desayunar, pero a la hora de la comida no me pude escapar. Me detuve por un instante en la puerta, aguzando el oído, aunque solo alcancé a oler la comida que se preparaba dentro; conocía muy bien ese olor a macarrones con chorizo, que en aquel momento inundaba el descansillo de la escalera. Por fin me armé de valor y entré en casa de mis padres. Al encontrarse nuestras miradas saltaron chispas. Era evidente que mi madre destilaba odio hacia mí y los insultos y reproches continuaron desgranándose como un rosario de despropósitos. Me echaba en cara que criaba a mi hija, ¡pero si fue ella la que decidió que se llevaba las cosas de la niña para mayor comodidad de todos!

—Mamá, por ahí no puedo pasar, tú lo has querido así y yo no te he puesto ningún impedimento, pero ahora encima no me lo eches en cara.

—¡Cállate, desvergonzada, y no hables así a tu madre! ¡Eres una sinvergüenza!

—En este estado no se puede hablar contigo, estás sacando las cosas de quicio y ya no tengo fuerzas para discutir más, me haces mucho daño y no creo merecer estos insultos. Si te molestamos tanto, Eva y yo nos vamos y en paz.

Me di la vuelta para coger a mi hija y fue lo último que recuerdo. Cuando recuperé la consciencia me contaron que me había golpeado con el tacón de su zapato en la cabeza y que me había caído al suelo sin sentido. Mi siguiente recuerdo fue en la cama, oyendo entre sueños a mi tía Maruja, hermana de mi padre, que vivía en el piso de arriba con mis abuelos, hablar con mi madre. Había oído el golpazo que me di al caer y bajó las escaleras corriendo, asustada.

—Lola, no te vayas, que va a ser peor —le decía sollozando a mi madre.

Y esta le respondió también llorando:

—Me tengo que ir, porque como se entere su padre de lo que ha pasado, me mata.

—Lola, que no se va a enterar. Le decimos que se ha caído en la calle viniendo del trabajo y que se ha dado un golpe contra la acera, y al médico, ahora cuando llegue, le contamos lo mismo. No te preocupes, que no va a pasar nada.

Yo todo esto lo oía como si formara parte de un sueño, no era consciente de lo que había ocurrido. Abrí los ojos, pero los objetos estaban deformados, borrosos, se movían. Recuerdo cómo el armario de enfrente se inclinaba hacia un lado y que el león de peluche que reposaba encima bailaba una danza tribal. Luego distinguí las caras de mi tía y mi madre, cóncavas, deformadas, con la nariz enorme y sus bocas moviéndose descontroladas, con muecas terribles.

Capítulo 8

Mi tía Maruja

Llegó una ambulancia que me trasladó al hospital de la Cruz Roja, con el sonido de la sirena chirriándome en los oídos insultante, descarado, molesto. Mi tía Maruja venía conmigo y yo le escuchaba dar explicaciones de cómo había sido el accidente, según la historia inventada por ellas en casa. Era una mujer muy atractiva, aunque nunca se llegó a casar (no entiendo por qué). Sus facciones amables y sus labios, que casi siempre dibujaban una media sonrisa, le daban un aspecto angelical que se complementaba con un carácter conciliador y agradable. Yo le solía contar mis secretos, la parte más íntima de mí, porque me inspiraba confianza. Su discreción era elegante, compartir con ella confidencias nos convertía en cómplices y eso me gustaba.

—Ha tenido mucha suerte esta chica, ha vuelto a nacer. Si se da el golpe un milímetro más abajo, se desnuca —decía el médico, un hombre con la cara picada de viruela y la voz chillona como la de un cuervo. Me tendió su mano blanca, velluda, y estrechó con ella la mía en un intento de transmitirme seguridad, pero no lo consiguió.

Cuando llegamos al hospital, yo ya me encontraba algo mejor; mi cabeza no estaba tan desordenada como media hora antes. Una lágrima involuntaria caía por mis mejillas, abatida por mil penosos pensamientos. Dos celadores sacaron la camilla de la ambulancia y me condujeron con gran destreza hasta una de las habitaciones sorteando por los largos pasillos toda suerte de obstáculos (enfermeras despistadas con historiales de enfermos en sus manos, grupitos de facultativos, médicos con su fonendo al cuello, enfermos convalecientes con la suficiente fuerza como para pasear, etcétera). Una anciana arrastraba sus piernas por uno de los pasillos. Tenía el pelo rubio teñido, enmarañado como una madeja que dejaba ver dos dedos de raíz blanca. Preguntaba a todo el que pasaba a su lado:

—¿Tú eres el compañero de mi hijo que viene a buscarme para llevarme a casa? ¿Dónde está él? Pero primero me tengo que despedir de mis amigos. No te vayas, ¿eh?

Los interceptados dirigían hacia ella una compasiva mirada, hasta que una joven enfermera de bello rostro acompañó a la señora a su habitación con primoroso mimo.

Mi tía y yo nos quedamos por fin solas y entonces le pregunté qué había ocurrido.

—Tu madre te ha dado con un tacón en la cabeza porque le querías quitar a la niña —me dijo.

—Pero ¿qué está pasando aquí? Si es mi hija, ¿cómo puede decir que se la quiero quitar? Además, ¿te ha contado por qué ha sido la discusión? Tía, ya no puedo más, estoy sometida a unas tensiones terribles por su culpa. Quien me la está quitando es ella a mí y me siento impotente. Tengo miedo de mi propia madre, es terrible... Ha estado a punto de matarme y no sé qué será capaz de hacer más adelante. Quiero vivir mi vida con Eva, las dos solas, y que me deje en paz.

La cabeza volvía a dolerme terriblemente y llamamos a la enfermera para que me suministrase un calmante. Cuando se fue, continuamos nuestra conversación.

—Venga, Loli, tranquilízate, que ahora estás muy nerviosa. Yo voy a hablar seriamente con ella y estaré de ahora en adelante muy pendiente de ti, no va a ocurrir nada, pero por el bien de todos no le cuentes la verdad a nadie, y menos a tu padre. La que se puede armar si lo haces es terrible.

Así lo haría «por el bien de todos». En ese momento el analgésico comenzó a hacer efecto y un hormigueo agradable envolvió mi espíritu hasta que me quedé completamente dormida.

Cientos de cucarachas invadían mi cama, estaban por todas partes, y se metían por los orificios de mi cuerpo: oídos, boca, nariz... Quería gritar, pero no podía hacerlo, pretendía saltar de la cama, pero me era imposible. Intenté quitarme las cucarachas de encima dando manotazos; sin embargo, mis brazos no obedecían las órdenes de mi cerebro y permanecían inmóviles. A lo lejos vi la diminuta figura de mi hija, que me tendía sus manitas al mismo tiempo que lloraba y me llamaba a gritos. De repente me desperté empapada en sudor y oí que mi tía me decía: «Tranquila, Loli, por favor, ya ha pasado todo y pronto te vas a recuperar». En ese momento, rompí en un llanto desconsolado, amargo. Con él quería limpiar la suciedad que me rodeaba; mi terrible presente, como una tela de araña, me atrapaba hasta casi asfixiarme. No podía respirar, me ahogaba de dolor. Mi tía me abrazó contra ella y lloró conmigo infundiéndome apoyo, ternura, calor. No le puedo estar más agradecida porque en esos momentos su cercanía me devolvió la vida.

Capítulo 9

Mohamed

Estuve un mes de baja médica. No me encontraba del todo mal, pero el rostro deformado por el derrame que sufrí y los continuos mareos hacían que no pudiera salir de casa. Hasta el blanco de los ojos se me puso rojo, y las personas que me veían no me reconocían.

Me hacían pruebas médicas para averiguar por qué me había desmayado en la calle, ya que esa era la versión oficial, pero los pobres especialistas no encontraban nada. Jamás le dije a nadie que había sido agredida por mi madre, con una sola excepción: Amelia, mi hermana.

—No te enfrentes a ella porque ya sabes cómo es y cómo se las gasta. Cuídate y no le hagas enfadar más, yo que tú lo dejaba estar —me aconsejó ella, y yo pensé que tenía razón. ¡Qué podía hacer!, me encontraba atrapada.

La relación con mi madre poco a poco se fue suavizando, aunque los silencios entre las dos se repetían, tensos, inquietantes. En aquellos primeros días, después de mi vuelta del hospital, me hablaba con tono bajo y suave de mil historias de vecinos, o de cualquier anécdota que le hubiera ocurrido en el mercado, pero sin mencionar el percance vivido hacía tan solo unos días. Yo, tumbada sobre la cama, mirando al techo, la oía sin escuchar. El único pensamiento que cruzaba mi mente era: «¿Cómo mi madre ha podido llegar a hacerme eso?».

Mientras tanto, Amelia, mi hermana, ya había decidido casarse con Mohamed. Solo había pasado un mes desde el encuentro en Gran Vía y ya preparaba su boda sin contárselo a nadie, aunque a mí me lo había adelantado.

—¿Te acuerdas del chico aquel que conocimos por el centro, al que le di el teléfono? Pues nos hemos seguido viendo y me ha pedido que me case con él.

Yo alcé las cejas y me quedé mirándola con los ojos muy abiertos, atónita, sorprendidísima.

—Pero, Amelia, si le has conocido hace un mes...

—A mí eso no me importa. Ya estamos arreglando los papeles —me contestó mirándome a los ojos, con la cabeza levantada, casi sin respirar.

Me encogí de hombros porque sabía que ya nada se podía hacer ante semejante precipitación. Intuí que no podía aconsejarla y que la decisión estaba tomada; no había vuelta atrás. Intenté despreocuparme, tranquilizarme. Al fin y al cabo, era su vida.

Recordé la cara de Mohamed, alargada, enmarcada por unas cejas espesas y un pelo oscuro y rizado, su tono de voz rudo pero afable. Era un hombre de fluida y amena conversación, de cuerpo huesudo y fuerte. Lo visualicé tal y como estaba el día en que mi hermana y yo lo conocimos. Rememoré su enfado en la cafetería con un señor que fumaba constantemente a su lado haciendo anillos con el humo del cigarro. Alguna ráfaga le alcanzaba metiéndosele en los ojos y haciéndole llorar, y eso le volvía irascible. Recordé su risa potente y contagiosa, y su forma de mirar, algo esquiva. Siempre llevaba gafas de sol oscuras, probablemente para ocultar el estrabismo que más tarde le descubrí. Me acordé de su postura sentado en la cafetería ese mismo día que nos conocimos, estirándose sobre la silla y soltando de vez en cuando alguna que otra carcajada.

Amelia me contó que cuando ella salía del trabajo quedaba con él, luego llegaba a casa a su hora y, por eso, nadie se había enterado de su relación hasta pocos días antes del acontecimiento.

Fue un día a la hora de comer cuando Amelia soltó la gran noticia.

—Papá, mamá, os tengo que decir una cosa importante. Me caso la semana que viene.

Los dos se quedaron mirándola, expectantes, boquiabiertos.

—Pero ¿con quién te vas a casar, si ni siquiera sabíamos que tuvieras novio? —gritó mi madre con los ojos que se le salían de sus órbitas.

—Con un chico palestino que he conocido, ya tenemos los papeles arreglados y he subido a hablar con la abuela porque me he enterado de que el piso del patio se queda vacío y lo queremos alquilar, os lo digo para que lo sepáis. Papá, ¿quieres ser mi padrino?

Mi padre no salía de su asombro, ni se le ocurría qué decir en estas circunstancias tan inesperadas. Miraba a mi madre y luego a nosotras, atónito, aún sin creérselo del todo.

—Pero ¿dónde os vais a casar? —consiguió preguntar.

—Él es musulmán, aunque respeta mi religión como yo la suya, pero nos vamos a casar por el juzgado.

Eran hechos consumados y la decisión estaba tomada. Amelia no daba opción a réplica.

Así fue como el día de la boda de mi hermana conocí a Yusef, mi segundo marido.

Capítulo 10

Mis padres

—¡Cállate de una vez, maleducada! Lo que yo digo es lo que se hace en esta casa y no hay más que hablar. Soy tu madre y tú no eres nadie. Debes obedecerme en todo lo que yo te ordene, que para eso estás en mi casa, y no me repliques.

Este era el discurso habitual de mi madre. Con este día a día nos educó a mi hermano Pepe, a Amelia y a mí. Con mi padre no se llevaba mal, aunque siempre protestaba porque a él le gustaba mucho la caza y eso ella no lo soportaba. Como ya he dicho antes, mi padre tenía una cerrajería y había hecho una peña con otros pequeños empresarios del barrio con los que se iba al campo casi todos los fines de semana.

—Si queréis os podéis venir, pero ya sabéis que a las cuatro de la mañana hay que salir —nos decía en época de caza.

Y cualquiera se daba ese madrugón. Yo creo que, además de que le gustara la caza, la pesca y salir con los amigos, también huía del autoritarismo de mi madre. Puede que evitara estar en casa por este motivo.

Lo que ella dijera es lo que se hacía, y si le apetecía nos levantaba a mis hermanos y a mí a las cuatro de la mañana y todos teníamos que ir al campo. Íbamos a una casa en el centro de Iruestes, un pueblo de Guadalajara, que alquilaban los miembros de la peña; a unos doscientos metros del centro del pueblo estaba la piscina municipal, donde pasábamos casi todo el día con las familias de los amigos de mi padre. Recuerdo en el jardín los parterres de lavanda dibujando una continuidad visual, olorosa y cromática, las mesas y bancos de granito sin pulir al lado, la melodía del viento en las ramas de los pinos piñoneros, los cedros, los olivos a los que nos subíamos para retarnos a ver quién se tiraba desde más alto, y el olor a hierba salpicada por el rojo intenso de las amapolas inodoras aunque bellísimas, las lilas perfumando nuestros juegos y la hiedra aferrada a los muros de la vieja casona. Recuerdo también esos amaneceres rojos y malvas y el perfume de una zarzamora que crecía fuera, en el muro de entrada, cuyo fruto constituía una rica golosina para nosotros; sus espinas rasgaban nuestras pieles infantiles, lo que solucionaba mi madre echándonos alcohol (¡cómo escocía!), y las lagartijas que se paseaban por las piedras con sus movimientos cíclicos, y las margaritas que deshojábamos preguntándoles cuestiones relacionadas con el futuro: «¿Mi novio será guapo? Sí, no, sí, no, sí, no... Sí, ¡me ha salido que sí! ¿Papá me comprará la muñeca que tanto me gusta?», y otra margarita pelada. Resultaba divertido adivinar a través de ellas el porvenir, como buscar tréboles de cuatro hojas o jugar a «¡Tú la llevas!».

Mi madre nos organizaba la vida a todos, aunque mi padre no se dejaba dirigir e iba por libre. Llegaba a casa a la hora de comer, después de trabajar en su cerrajería durante toda la mañana. Le gustaba mucho la cuchara, por eso mi madre cocinaba con frecuencia legumbres y platos de puchero. Él se sentaba en la gran mesa del comedor y daba buena cuenta de las viandas. A mi madre entonces se le relajaba el gesto por unos minutos para enseguida rehacerse en su actitud habitual y le malmetía, siempre quejándose y contándole nuestras «fechorías» infantiles. Mi hermano y mi hermana se llevaban tan solo unos meses y sus peleas eran continuas, por cualquier nimiedad. Los dos querían los mismos juguetes o sentarse en una determinada silla: el caso era discutir, y mi madre se enzarzaba con ellos hasta terminar pegándoles con la zapatilla o con la mano, daba lo mismo. Yo me salvaba porque era la pequeña e iba más a mi aire, pero ellos terminaban magullados y llorando. Mi hermano se metía debajo del armario, aunque la pierna de mi madre se alargaba hasta allí pateándole implacable. Más tarde llegaba mi padre de la cerrajería y mi madre le daba su versión de los hechos. Entonces era aún peor porque él solía castigar a mis hermanos con lo que más les dolía: no salir a jugar a la calle con los otros chicos del barrio, ¡le teníamos tanto respeto! Mi casa era un matriarcado machista, donde prevalecía el criterio materno, pero se rendía pleitesía al hombre, que en este caso eran dos, mi padre y mi hermano, que gozaban de todos los privilegios. Nosotras les debíamos complacer y servir: limpiábamos la casa, hacíamos las camas, fregábamos los cacharros... Ellos se dejaban hacer.

Yo adoraba a mi padre, quizá porque le veía poco, tan solo a la hora de la comida, en la cena o algún fin de semana en el campo, y así nuestra relación no se desgastaba. Me parecía guapísimo, con ese bigote tan característico suyo, como un galán de cine; alto, de nariz griega, ojos castaños y frente ancha rodeada de cabellos ondulados. Sus mejillas morenas estaban marcadas por unos hoyuelos muy varoniles que se le acentuaban cuando reía y en la barbilla también lucía uno que se la dividía en dos partes. A su lado me sentía protegida, como en los días de invierno cuando ves la escarcha desde la ventana de tu casa y te sabes a salvo del frío. Le asociaba siempre con acontecimientos agradables, como las vacaciones, cuando nos llevaba a toda la familia a Caldas de Reyes, en Pontevedra, su pueblo natal. Recuerdo el color blanco que predominaba en la casa de mis abuelos, presente en paredes, cortinas y colchas de las camas. También me vienen a la memora las estancias bañadas de una luz extraordinaria, la viguería y las ventanas de madera, la lamparita de cristal de Bohemia en la mesilla de noche de su dormitorio, donde a veces yo dormía la siesta reposando la mejilla en la almohada blanca, bordada a mano por alguna antepasada mía. Me acuerdo de los ruidos misteriosos que hacían los muebles de madera y que constituían uno de mis miedos infantiles, o el trinar lejano de los pájaros que a veces se entremezclaba con el sonido chirriante de un reloj de cuco que cada hora perturbaba nuestro sosiego y que a los niños nos encantaba.

El pueblo era de cuento, con ríos cristalinos, aguas termales, balneario y un mesón, que había sido un antiguo molino, donde íbamos a veces a comer. Mis padres alquilaban todos los años una casa muy cerca de la de mis abuelos, aunque solo la utilizábamos para dormir y el resto del tiempo disfrutábamos de la familia. Me acuerdo de que nos ponían para desayunar vino tinto con pan porque decían que llegábamos de Madrid muy blancos y así nos salían los colores. Y lo bien que nos lo pasábamos en el parque, donde se celebraban las fiestas del pueblo.

Mi padre nos llevaba allí y a los tres o cuatro días volvía al trabajo, a su cerrajería (que siempre permanecía abierta), dejándonos solos con mi madre y mis abuelos. Ellos me contaron que mi padre tuvo una novia antes de casarse con mi madre, pero que se ahogó en el mar, y este siniestro acontecimiento significó un gran trauma para él, que solo tenía veintidós años. A los veinticinco se casó con mi madre, una sevillana alegre y extravertida de dieciocho años que con el tiempo se convirtió en la mujer autoritaria y severa que yo conocí. Siempre tuvo un código de conducta intransigente y abundante para juzgar las cosas que hacíamos los demás, y otro muy benevolente para regirse ella misma. A mí nunca me pareció tan guapa como mi padre, aunque debió de serlo. Yo la recuerdo siempre entradita en carnes, ojos expresivos y vigilantes que cambiaban de color según la luz que les diera (verdosos, marrones, pardos...), mirada acusadora y aquejada constantemente de una ansiedad injustificada.

Cuando yo me quedé viuda, mi padre se volcó conmigo dándome todo su cariño y apoyo, y sin embargo mi madre me quitó a mi hija en un momento en el que yo carecía de capacidad de reacción por la inexperiencia y por el drama que me tocaba vivir. Creó en su pensamiento una personalidad para mí (mujer malvada que quería quitarle a su nieta) que no tenía nada que ver con la real (pobre niña asustada y vapuleada por su cruel destino) y me convirtió en su enemiga. Tenía que soportar cómo le decía a mi hija que la llamara mamá y no abuela.

—No equivoques a Eva —le decía mi padre—, la niña tiene su madre y tú eres su abuela.

Yo sentía un dolor profundo ante este comportamiento, pero al mismo tiempo la protección de mi padre me daba fuerzas para seguir adelante. Sus ojos profundos acariciándome con la mirada me infundían el valor suficiente para continuar.

Al margen de las desgracias que se cernieron sobre mí, creo que mi madre tiene mucha culpa de todo lo que he sufrido. Si hubiera sido una mujer comprensiva, si hubiera oído de su boca alguna palabra de consuelo que yo necesitaba con desesperación, si hubiera salido de sus labios: «Hija, tienes que estar tranquila, que entre todos vamos a sacar a tu niña adelante», si hubiera tenido una madre que me hubiera expresado las cosas tal y como yo se las diría a una hija mía..., pero siempre fue déspota y autoritaria conmigo. Yo creo que sentía celos porque hubiera querido tener más hijos y no pudo. Padecía un problema de glándulas y con la medicación que tomaba no se quedaba embarazada, aunque con cuarenta y dos años ella lo deseaba fervientemente. Por aquellos años, empezaba ya con los desarreglos de la menopausia y cada dos por tres nos daba la noticia.

—Creo que estoy embarazada. Se me está retrasando mucho la menstruación este mes y los síntomas que tengo son de embarazo. Me noto mareada por las mañanas.

Estas palabras provocaban una reacción inmediata en mi padre, que la colmaba de regalos, le traía ramos enormes de rosas rojas que perfumaban nuestra pequeña casa durante días, o algún anillo bonito. Pero luego, con la bajada del periodo, llegaba la desilusión y el estar una temporada con un carácter endemoniado.

Nunca me trató con demasiada consideración, y con la niña por medio los sentimientos se dispararon. Agradezco infinitamente a mi padre que siempre estuviera al quite, defendiéndome y apoyándome.

En medio de esta situación no es de extrañar que cuando conocí a Yusef en la boda de mi hermana Amelia fuera para mí como una tabla de salvación. Vi en él un hombre que se interesaba por mí, ¡a pesar de tener yo una hija!, y pensé que debía aferrarme a ese tren, que probablemente fuera el último.

Capítulo 11

Yusef

Encontrar en mi vida a Yusef fue como ver esa rendija de luz que asoma bajo la puerta cuando estás en una habitación oscura. La relación con mi madre se deterioraba por días y la convivencia comenzaba a ser insostenible. Comprendía muy bien a mi hermana y los motivos que la empujaban a casarse con tanta premura, aunque no estaba convencida de que esta relación llegara a buen término. Sentía miedo por ella, ¡había sufrido tanto con Lorenzo!, se merecía ser feliz y tener a su lado a un hombre bueno que la cuidara y la respetara, y yo no sabía qué clase de persona era Mohamed; no le conocíamos apenas. ¿Sería un buen hombre? Sabía que Amelia se casaba empujada por el carácter insoportable de mi madre, y por sus veinticuatro años, que a ella le parecían muchos. Temía que si rechazaba a Mohamed se quedaría soltera para siempre. Por otra parte, los motivos que empujaban a Mohamed a esta boda no me quedaban claros; no se le notaba muerto de amor, ni mucho menos; era un hombre correcto y educado, pero yo no creía que fuera solamente eso lo que se debía buscar en un marido. Llegué a pensar que él pretendía con este enlace regularizar sus papeles, conseguir pasaporte español. Para Amelia, sin embargo, significaba una escapatoria y el tener por fin un hombre a su lado.

Llegó el día de la boda y mi hermana resplandecía realmente guapa. Iba vestida de blanco con un traje de cuello a la caja y encaje en bordes y dobladillo. Las mangas largas terminaban en un volante y la falda arrastraba una cola de metro y medio. En la cabeza prefirió sustituir el velo por un tocado de flores y el ramo de novia le caía en cascada desde sus manos por la falda; eran azucenas y calas, sus flores preferidas. Toda la familia partió hacia el juzgado, incluida, por supuesto, mi hija Eva, que estaba preciosa. Parecía un angelito de Murillo, con sus mejillas sonrosadas y sus piernas regordetas llamaba la atención de todos. Le había puesto un vestidito blanco y una cinta en la cabeza con una flor rosa bordada y estaba preciosa, y ¡tan graciosa!, con la sonrisa siempre en los labios, rubia, blanca, celestial. Por parte del novio solo vinieron diez invitados, algunos primos que tenía aquí, en Madrid, y amigos, entre los que se encontraba Yusef. La ceremonia fue rápida, como un trámite (con mi padre de padrino), y después todos nos fuimos a celebrar la unión con una comida. Amelia, como ya he dicho, estaba guapísima, y si bien es cierto que su cara no reflejaba un amor loco, sí parecía alegre y relajada. Miraba a Mohamed con cariño y quizá también con cierta atracción física, y una sonrisa de satisfacción iluminaba su rostro cuidadosamente maquillado para la ocasión. La mitad del dinero para el convite lo aportaron mis padres porque Amelia trabajaba de auxiliar administrativo y toda la nómina la entregaba en casa para el fondo común, igual que yo, con lo que ninguna de las dos teníamos ni una peseta (el resto lo pagó Mohamed). Cuando cumplimos los catorce años, que era la edad mínima de escolarización, mi madre nos sacó del colegio tanto a ella como a mí y nos puso a trabajar, aunque las dos queríamos seguir estudiando, pero éramos chicas y no se nos concedía ese privilegio, reservado solo para mi hermano por ser hombre. Él, sin embargo, no lo quiso aprovechar, contradicciones de la vida. Pepe empezó el bachillerato superior, que eran dos años, pero mis padres descubrieron que faltaba a clase y que les tomaba el pelo; no le gustaba el colegio, así que decidieron ponerle a trabajar en la cerrajería familiar. Mi hermano siempre ha ido a su aire, sin preocuparse de ningún problema de la casa. Hemos tenido muy buena relación, pero él nunca se mete en nada, ni para bien ni para mal. Es el gran ausente.

Yusef se encontraba en la boda acompañando al novio, pues era uno de sus amigos. Cuando le conocí no me pareció ni demasiado guapo ni muy simpático, pero sí educado y respetuoso. Le adornaba cierto atractivo: más alto que Ángel, delgado, piel canela, ojos grandes negros y expresivos, y lo más importante: se interesaba por mí. Ya en la ceremonia le descubrí mirándome de reojo en alguna ocasión y, más tarde, en la fiesta, también, pero no se dirigió a mí en ningún momento. Luego me enteré de que tenía veinticinco años, cuatro más que yo. Después de la cena, el grupo de los más jóvenes nos fuimos a la discoteca Bocaccio a terminar la fiesta bailando y allí se sentó a mi lado. La música estaba altísima; sonaba la voz de Camilo Sesto, potente, que decía: «Siempre me voy a enamorar de quien de mí no se enamora, y es por eso que mi alma llora, ya no puedo mááááás.... ya no puedo más.... siempre se repite la misma historia, ya no puedo máááááas..... estoy harto de rodar como una noooooria... Vivir así es morir de amor, por amor tengo el alma heridaaaa....», y yo la tarareaba en mis pensamientos. Me encontraba aislada del resto del grupo porque por dentro así me sentía. No creía ser capaz de mantener una conversación ni de poder interesar a nadie; tan vacía estaba, y entregada en cuerpo y alma a la nostalgia. Veía a todos reír, bailar, gastarse bromas... con sus caras despreocupadas, relajadas, pero la mía no, y mi corazón tampoco. Seguía devorada por la peor de las angustias, el haber perdido al hombre que yo quería, del que seguía locamente enamorada.

Yusef se me acercó para que me uniera al grupo y yo le dediqué una tímida sonrisa. Un chico alto y muy pálido, con un enorme flequillo que le tapaba toda la frente y parte del ojo derecho y que no pertenecía a nuestra fiesta, me pidió que bailara con él. Le rechacé, pero él insistió una y otra vez.

—Oiga, ¿la quiere dejar en paz? Es mi mujer y ya le ha dicho varias veces que no quiere bailar. ¿Es usted sordo? —me sorprendieron estas palabras en boca de Yusef, un hombre al que apenas conocía y con el que tan solo había cruzado un par de frases.

—¿Cómo has dicho eso?

—Disculpa si te he molestado, pero me parecía que se estaba poniendo muy pesado. Solo pretendía que te dejara en paz.

—No me ha molestado, te agradezco el detalle; me ha sorprendido lo que has dicho, que eras mi marido...

—Bueno, la cuñada de mi amigo no se merece menos y me parece lógico intentar quitarte a los pelmas de encima, ¿no crees?

Los dos reímos abiertamente.

Yusef se sentó a mi lado y comenzamos una conversación casi a gritos (el sonido de la música no nos lo ponía fácil). Hablamos del tiempo que llevaba él en España, de lo que había hecho aquí, de cómo era su país, pero no tocamos el tema de mi viudedad, ni tampoco el de mi hija. Aunque él me había visto con ella en la cena, en ese momento de nuestra conversación no me pareció oportuno abordar el asunto, ni él me preguntó nada, pero estoy segura de que ya lo sabía a través de Mohamed. Allí acabó ese encuentro. Luego cada uno se fue para su casa y tardé tiempo en volver a verle porque mi hermana y su marido se fueron de viaje de novios a Beit Hanún, en Gaza, donde vivía la familia de él y donde permanecieron seis meses. A su vuelta, como en Madrid vivíamos en el mismo edificio, me llamaban algunas tardes cuando yo salía de trabajar para que fuera a tomar el té con ellos, y allí estaba Yusef (Amelia me decía que siempre preguntaba por mí y se le notaba muy interesado). Comenzamos a vernos asiduamente, yo llevaba a mi hija a estas reuniones y ya no tuvo más remedio que preguntarme, no le dejé otra alternativa.

—¡Qué preciosa es Eva! ¿Por qué la traes siempre?

—Porque es mi hija y tiene que estar conmigo. Paso muchas horas al día trabajando y cuando vuelvo a casa estoy deseando encontrarla y disfrutar de ella. Es mi angelito. Sé que ella me va a preservar de todo lo malo que me pueda ocurrir.

—¿Me quieres contar tu historia? Eres una mujer muy enigmática.

—Claro, ¿por qué no? Se resume en pocas palabras. Me casé muy joven, tuve a mi hija Eva y en poco tiempo me quedé viuda.

—Tienes mucha suerte, es una niña preciosa, encantadora.

Creí que se iba a asustar apartándose de mí, pero no fue así. Él seguía viniendo a las reuniones en casa de mi hermana para tomar el té, y yo continuaba asistiendo con mi hija.

—Loli, ¿qué te parece si el domingo por la mañana nos vamos a pasear con la niña por el Retiro? Los tres solos, ¿te apetece?

Yo asentí complacida.

Resultaba muy agradable pasear con él y con Eva por ese parque tan lleno de vida, con parejas de enamorados besándose, ancianos leyendo en un banco a la sombra de un sauce con sus ramas enclenques al alcance de todos y señoras mayores que le llevaban comida a los pájaros y a una camada de gatitos cuya madre les acababa de parir. No es mal sitio para tener a tus hijos, pensé mientras observaba a la felina. Las ardillas se acercaban con unos ojos redondos color marrón avellana. Alquilamos una barca y remamos plácidamente por el estanque observando a los patos comerse las migas de pan que les tirábamos o la sombra majestuosa y alegre de los pájaros que nos sobrevolaban. Poco más tarde nos sentamos en un banco a mirar a los patinadores. Nos asombramos con los echadores de cartas, que tenían su clientela, aunque pueda parecer mentira. Eran unos paseos soleados, agradables y placenteros, con algunas nubes que viajaban a toda velocidad adoptando formas diversas y majestuosas, donde notaba la presencia de Ángel entre nosotros, infundiéndome fuerza y apoyándome en mis decisiones. «¡Debes seguir para adelante, mi amor!», le oía decir en mi subconsciente. Y un escalofrío recorría todo mi cuerpo, echándole en falta, añorando sus besos y su presencia. ¡Tan lejos, pero tan cerca le percibía!

Otro domingo elegimos el circo, algún espectáculo itinerante que pasaba por la ciudad. Yo disfrutaba enormemente con la cara de Eva. Miraba alucinada a los leones y a su domador, un hombre de pelo liso y grasiento, y pies planos. La niña se reía embobada con los payasos y sus narices de bola roja, y se angustiaba con los trapecistas, que podían caerse con un mal movimiento. Muchas tardes, Yusef venía a buscarnos para ir a pasear un rato los tres juntos. Yo no salía de mi asombro. Era hombre, musulmán, y no le importaba que yo fuera viuda y además tuviera una hija. «¡Vamos a ver qué nos depara el futuro!», pensé.

Transcurrieron así cuatro o cinco meses y partió hacia Gaza para ver a su familia.

—Loli, me tengo que ir un tiempo a Palestina porque necesito arreglar unos papeles y, de paso, ver a mis padres. Estaré fuera unas semanas.

Y aunque no hablamos de relación ni de amor, se sobrentendía que me pedía guardarle ausencia. Yo le respondí con una amplia sonrisa cargada de gratitud. Sí, le agradecía infinitamente que se hubiera fijado en mí, en una viuda con una niña pequeña sin esperanzas de futuro, machacada por el infortunio. A finales de los años setenta, una viuda tenía pocas probabilidades de rehacer la vida en pareja. Sin embargo, a este hombre no solo le interesaba yo como mujer, sino que además sentía cariño por mi hija. Me hacía experimentar una gran complacencia y ganas de corresponderle. Desde la muerte de Ángel, no me había vuelto a arreglar ni a maquillar y Yusef imprimía en mí un soplo de esperanza. Aquella noche salí yo sola a la calle para reflexionar, las estrellas coronaban el cielo negro destellantes y una luna como una hamaca amarilla y luminosa parecía hacerme un guiño de complicidad. ¿Eran signos de que mi vida cambiaba? Lo deseaba tanto... ¿Por qué no? Todo es cíclico, pensé, y ahora toca descansar de tanto dolor, desesperación y angustia. Pero tampoco me debo hacer demasiadas ilusiones. Él ahora se va y quién sabe si nos volveremos a ver...

Capítulo 12

La primera mentira

Seguí yendo a casa de Amelia y Mohamed a tomar el té casi todas las tardes y un día mi cuñado insistió en hablar a solas conmigo.

—Loli, Yusef ha vuelto a Madrid —habían transcurrido dos meses desde su marcha—, pero se ha casado en Gaza, así que ten cuidado y no te veas con él.

Aunque no me sentía enamorada de Yusef, la noticia me cayó como un jarro de agua fría. No entendía nada. «¡Cómo son estos árabes!», pensé, pero sin darle demasiada importancia.

—Me he enterado por mi familia de que se ha casado allí. A ver si te va a venir a buscar y quiere algo contigo. No le hagas caso; ya te seguiré contando —continuó diciendo Mohamed, y en sus palabras se apreciaba buena intención. Quería protegerme.

Y, efectivamente, Yusef me fue a buscar a la zapatería un día por la tarde, poco antes de la hora de salida.

—Hola, Loli, ¡qué alegría verte de nuevo! Ya he vuelto de Palestina para quedarme durante mucho tiempo en Madrid. He terminado la carrera, pero ahora debo hacer el doctorado.

Yo le recibí seria, aportando al tono de mi voz una severidad intencionada.

—Hola, Yusef, si quieres salimos a dar un paseo, pero no sé de qué vamos a hablar. Quizá pretendas contarme que te acabas de casar en tu país, ¿no? Eso me gustará, que me describas cómo ha sido la ceremonia y los pormenores del enlace —le contesté en tono irónico.

—Pero ¿quién te ha dicho eso?

—Me lo ha dicho Mohamed, y no disimules porque me creo todo lo que me ha contado.

—Eso no es cierto, lo que he hecho es un documento de compromiso, pero se puede romper cuando yo quiera.

—Pero ¿por qué te has comprometido con una mujer? Eso es que pretendes casarte con ella. No es que me importe, pero me gustaría que jugaras limpio. No entiendo por qué, después de esto que me ha contado Mohamed y que tú ni siquiera puedes desmentir, vienes hoy a buscarme a mi trabajo como si no hubiera pasado nada. Esto que haces no está bien, Yusef.

—Te estoy contando la verdad, Loli. No me he casado, te lo aseguro, y lo diré delante de Mohamed si así lo quieres.

Estábamos paseando por un jardín cercano, la vegetación exultante adornaba los recodos de las veredas y perfumaba nuestra conversación, sobre todo los rosales de copa que expulsaban a nuestro paso un delicioso aroma. Pensé que, después de lo pasado, poco importaba esto. Cerré los ojos para notar más intensamente lo que me decían mis sentidos, mi olfato, mi oído, mi piel. Me acordé de Ángel una vez más y de nuevo le eché de menos. «¿Por qué te has ido, Ángel, por qué me has abandonado tan pronto? ¡Cuánto te necesitamos tu hija y yo! ¿Qué hago aquí sin ti, vida mía? ¿Qué hago al lado de este hombre que no conozco apenas? Tendrías que ser tú quien estuviera a mi lado, besándome, contagiándome tu risa joven y fresca.» Qué terrible angustia la de estar enamorada de un hombre que ya solo existe en el recuerdo, de un fantasma del pasado que ya no volverá. Y maldije una y mil veces mi mala suerte; él, al fin y al cabo, se había ido para siempre y ya no sufría, pero yo me había quedado aquí, con nuestra hija, pensando en él, en sus caricias, en sus risas, en sus besos, en sus miradas. Una vez más me desesperé con su recuerdo.

Nuestra siguiente cita fue en casa de Amelia y Mohamed, como siempre para tomar el té. Nada más entrar, cuando vi que Yusef también estaba presente, le dije a mi cuñado:

—Oye, Mohamed, me dice Yusef que él no se ha casado, que solo ha hecho un papel de compromiso y que lo puede deshacer.

—Ya, Loli, pero ese papel en nuestro país es ley. Yusef se ha comprometido a casarse con esa mujer y, según nuestras costumbres, así debe hacerlo.

Yusef intervino en la conversación.

—No, Mohamed. Ya he llamado a mis padres y les he dicho que deshagan el compromiso, que hablen con esa familia porque no me voy a casar.

—Bueno, si eso es cierto, entonces no tengo nada que decir —contestó Mohamed, acompañando sus palabras con un gesto dubitativo, interrogante e incluso algo burlón, como si no se terminase de creer lo que estaba oyendo—. Pero vuelvo a decirte —continuó— que si has firmado un documento persiste el compromiso de casarte con esa mujer y para nosotros eso es sagrado.

Yo, en aquella época, no conocía sus normas, ni sus leyes, ni sus costumbres. Lo extrapolaba a España, donde te podías comprometer o deshacer el compromiso cuando te viniera en gana. Años más tarde, cuando estuve viviendo allí, descubrí que tenía razón Mohamed. Cuando un palestino firma ese documento es como si estuviera ya casado, a falta de consumar el matrimonio; romper ese papel significaba deshacer el casamiento por no haber tenido relaciones sexuales.

Cuando Yusef se despedía para marcharse, me pidió que le acompañara a la calle. Quería hablar un rato conmigo.

Los coches, aparcados junto a las aceras, ponían la única nota de color. Una farola iluminaba el pavimento mojado (había llovido durante toda la tarde). Nos cruzamos con dos vecinas ávidas de información sobre nuestras vidas; se notaba por sus miradas escurridizas que inspeccionaban nuestros cuerpos, nuestras actitudes, para poco más tarde contárselo a otras igual que ellas, deseosas de recibir noticias, impacientes por descubrir aspectos de otras existencias que no fueran las suyas; así de rutinarias y monótonas debían de ser sus vidas. Pero las disculpé, pues solo eran unas chismosas. No suponían ningún peligro. Las conocía desde niña y sabía perfectamente cuáles eran sus gustos y debilidades. Parecían cortadas por el mismo patrón: entradas en carnes, de mediana estatura, el pelo corto y cardado. Solo se ponían sus mejores galas los domingos, para salir con el marido a dar un paseo o para ir a misa. El resto de la semana se conformaban con la bata, tan cómoda en cualquier estación del año. Escuchaban todas las tardes su radionovela preferida y, al caer el sol, se reunían o hablaban puerta a puerta contándose unas a otras las incidencias del día.

—Mi Carlos se ha colocado muy bien en el taller mecánico de la esquina. Es *mu* majo el chaval que lo lleva, sobrino de Pascual el carnicero —la que hablaba era Elvira, que regentaba una pequeña tienda de ultramarinos dentro del mercado y mi madre siempre le compraba a ella el aceite, el azúcar a granel, los rollos de papel higiénico El Elefante y alguna cosa más de primera necesidad.

—Mi Pili ha entrado de aprendiza en la peluquería de Juani y también estamos contentos, parece que le gusta el oficio, y así, de paso, tengo a la peluquera en casa —le contestaba Manoli, que vivía justo enfrente de nuestro edificio.

—Pues este sábado nos vamos toda la familia al pantano de San Juan a pasar el día... —comentaba Pauli, la lechera. En su tienda se vendían huevos, yogures, hielo... y poco más.

Yo intuía que con frecuencia mi vida debía de ser el foco de sus conversaciones.

Yusef y yo caminamos un rato soportando un silencio denso y plomizo. No hacía frío, pero yo estaba destemplada. Por fin me cogió de los brazos con sus manos huesudas y fuertes obligándome a mirarle.

—Loli, lo que yo quiero es casarme contigo y con nadie más, ¿no lo entiendes?

Nos miramos fijamente a los ojos; los suyos parecían convincentes, los míos tristes y rebosando lágrimas que comenzaron a resbalar por mis mejillas. Ni yo misma sabía por qué lloraba, pero no podía impedirlo. Él me besó en los labios, sin ningún apasionamiento, de forma pausada y serena, y yo me dejé hacer, ansiosa de cariño, implorando con mi gesto un poco de ternura.

Deseaba que llegara este momento (era mi salvador, el que me libraría de mi madre), pero no me lo esperaba en absoluto. Me pilló desprevenida. Aún hoy no puedo entender por qué motivo un hombre musulmán, soltero y joven se quiso casar conmigo, viuda y con una niña pequeña. Analizándolo de manera retrospectiva, creo que lo hizo para conseguir la nacionalidad española y regularizar sus papeles. Así tendría su vida resuelta mientras hacía el doctorado, pero tampoco lo podría asegurar. ¿Quién sabe?

—Pero ¿lo has pensado bien? —le contesté—. Ya sabes que yo tengo una hija y que para mí es lo más importante del mundo.

—Ya te he demostrado, Loli, que a mí eso no me importa. Todo lo contrario: le he cogido mucho cariño a la niña y estoy dispuesto a ser un buen padre para Eva.

Era perfecto, parecía que este hombre nos quería a las dos y con él recuperaría una familia propia apartándome por fin de las garras de mi madre y educando a mi hija como yo creyera conveniente. Estaba viendo día tras día que perdía a Eva y esta era una buena ocasión de recuperarla.

Al día siguiente, a la hora de la comida, se lo dije a mis padres. El sol caía a plomo sobre nuestra casa y el calor era agobiante. Las persianas del salón estaban cerradas para impedir el paso de la calorina callejera. Eran de madera, de color verde y permitían la entrada de algunas rayas de luz que entrecortaban nuestros rostros. El ventilador de pie construía una atmósfera más llevadera, esparciendo el aire caliente por todo el comedor y contribuyendo a crear una sensación refrescante a los sentidos.

—¡Otro palestino! —dijo mi padre con cara de susto.

Ellos le conocían por sus continuas visitas a casa de mi hermana y alguna vez se habían saludado por la escalera.

—Sí, papá, otro palestino. La única condición que le he puesto para casarme con él es que la boda debe ser por la Iglesia católica. Es mi religión y así lo deseo, y me ha dicho que acepta lo que le pido.

Me había casado con Ángel por la Iglesia y quería hacerlo del mismo modo con Yusef. La boda de mi hermana no duró más de cinco minutos y no parecía una ceremonia. ¡Fue algo tan frío!

Mi madre permanecía callada; poco tenía ya que decir, según se habían puesto las cosas entre nosotras en los últimos tiempos. Miraba la escena con cara de circunstancias, pero yo no hacía caso de sus gestos y me centraba en mi padre.

—Muy bien, hija, si tú crees que es lo mejor para ti y para Eva, pues adelante. Nosotros no somos quiénes para impedirlo. Ya eres una persona adulta y lo único que queremos es que te vaya muy bien. Sabes que siempre puedes contar con nosotros. Enhorabuena, cariño —y mi padre, tras decirme estas palabras, se levantó y me abrazó tiernamente mientras se le escapaban unas lágrimas.

Mi madre se incorporó de la silla y comenzó a recoger la mesa. Almacenaba, como una autómata, los platos, los vasos, los cubiertos, las servilletas, y los colocaba en la encimera de la cocina. Parecía que le habían dado cuerda. Mientras yo permanecía abrazada a mi padre, recordé su imagen cuando mis hermanos y yo éramos pequeños. Todos los domingos nos acompañaba a misa de doce, con su sombrero, muy elegante. Nosotras llevábamos velo y manguitos. Llegábamos a la iglesia sin haber desayunado para poder comulgar y al salir de misa todos juntos íbamos a tomar el vermú (los niños un refresco con patatas fritas). Ese recuerdo me emocionó y me apreté fuertemente contra su pecho. ¡Cuántas cosas me habían ocurrido desde entonces, pero qué cercano me parecía todo! Aún no era consciente de lo que me quedaba por sufrir.

Capítulo 13

Mi segunda boda

Enseguida nos pusimos a arreglar los papeles para la boda. Tuvimos que ir al obispado y preguntar qué trámites debíamos seguir; rellenamos unas solicitudes para dejar constancia de que él, siendo musulmán, se quería casar por la Iglesia católica; tuvimos que llevar unos testigos que le conocían y podían asegurar que no estaba casado en su país (un tío de él y un amigo). Llegado este punto, debo resaltar un hecho que me llamó la atención. Mohamed se negó a participar como testigo, sin darnos ninguna razón que justificase su negativa. Aún a día de hoy desconozco sus motivos, que supongo tendrían que ver con aquel documento que Yusef firmó en Palestina comprometiéndose a casarse con otra mujer.

Esos días anduvimos muy ocupados con los temas burocráticos. Yusef consiguió que le mandaran su partida de nacimiento desde Gaza y nos empleamos a fondo para casarnos lo antes posible.

Por fin llegó el día de mi segunda boda. El padrino volvió a ser mi padre, que llegó a la iglesia muy guapo con su traje negro (el mismo de mi primera boda y de la de Amelia), camisa azul clara y corbata de rayas. La madrina fue la suegra de mi hermano, ya que Yusef no tenía familia en España. Nos parecía una señora muy agradable con la que manteníamos cierto trato. Yo, por fin, iba vestida de blanco, como había querido en la primera ocasión sin conseguirlo. Una amiga mía me había prestado su traje de novia, de encaje y raso, ¡precioso!, y me quedaba como hecho a medida. El velo lo sustituí por un tocado de flores. Me sentía guapa aunque desconcertada.

Comenzó la ceremonia y mis pensamientos se hallaban muy lejos de aquel lugar. Recordaba mi boda con Ángel, lo ilusionada y contenta que llegué al altar. Me venía a la memoria cómo nos amábamos, su lengua recorriendo mi vientre, sus muslos firmes..., pero volví en mí al escuchar la voz pausada del sacerdote advirtiéndole a Yusef que se casaba por la Iglesia católica y que eso le comprometía, a pesar de ser musulmán, a criar a sus hijos en la religión católica, a permanecer a mi lado hasta que la muerte nos separara. Una lágrima de tristeza resbaló por mi mejilla, mientras él, solícito, me la limpió con su mano.

Terminada la ceremonia, todos nos fuimos a celebrarlo al mismo sitio que había elegido mi hermana poco tiempo atrás. Amelia ya se había quedado embarazada de su hijo mayor y estaba muy guapa, con un vestido azul cielo y unos zapatos blancos de tacón. El pelo negro hacía resaltar aún más su rostro rosado de piel fina; los primeros meses de matrimonio le habían sentado muy bien y lucía una abierta sonrisa de satisfacción.

Ese día, no sé muy bien por qué, se me agudizó el oído de una manera alarmante y escuchaba todas las conversaciones que fluían en los corrillos de la familia y amigos.

—Pobrecita, mira, por lo menos ha encontrado a alguien que se quiera casar con ella. Yo pensé que no lo iba a conseguir —decía una invitada.

—Pero yo no creo que esto salga bien. Y, además, las dos hermanas con palestinos, con árabes, como si en España no hubiera hombres —contestaba otra.

A pesar de todo, fue un festejo agradable, muy parecido al de Amelia por las características tan semejantes en ambos casos. Cuando acabó la cena, nos fuimos para casa sin más celebraciones.

Cuando me quedé viuda había solicitado un piso al Ivima (Instituto de la Vivienda) y poco antes de casarnos me lo habían concedido. Me lo notificaron coincidiendo con la declaración de Yusef (sin ánimo de ser mal pensada, ¿tendría eso algo que ver con su enamoramiento?). Lo habíamos estado arreglando y amueblando los días previos a la boda y allí fue donde pasamos nuestra primera noche de casados. Yo pensaba que nos esperaba una velada deliciosa, pero me equivocaba; nos abrazamos, nos besamos y nos acariciamos sin ningún ímpetu por su parte. Eva pasó esa noche con mis padres, y cuando desperté, me encontraba vacía, sin ganas de nada, echando de menos a mi hija. Ni siquiera nos fuimos de viaje de novios. Con el paso del tiempo he visto claro que Yusef encontró en mí una mujer con piso propio, que trabajaba y ganaba dinero para mantener la casa, y que casándose conmigo conseguía la nacionalidad española. Todo eran ventajas para él, que podría terminar su doctorado tranquilamente y, además, se convertiría en ciudadano español, con los beneficios que eso le reportaría.

Habíamos hecho el amor dos o tres veces antes del día de la boda. Para evitarme sorpresas, yo quería saber cómo era Yusef sexualmente antes de casarme, como es natural. La primera vez que lo hicimos fue cuando me pidió en matrimonio. Nos fuimos al piso que él tenía alquilado con su tío, una casa pequeña y destartalada a pocas paradas de metro de la mía. Estábamos los dos solos y empezamos a besarnos y a jugar, pero fui yo, como siempre desde esa primera vez, la que tomó la iniciativa de hacer el amor y allí descubrí que era un amante mediocre y poco apasionado (si quería sexo, lo debía provocar yo). Aquella primera vez cerré los ojos, me imaginé que estaba con Ángel y me convertí en un volcán, aunque su pasividad me devolvió a la realidad.

Comparado con mi primer marido, Yusef salía perdiendo por muchos puntos en todos los aspectos y eso me sumergió en un mar de dudas. Unas veces pensaba que había cometido un grave error, y otras no me importaba: me había casado con él para escapar de mi madre (más o menos como Amelia), para darle una familia a Eva, para tener un hombre a mi lado y dejar de ser la pobre viuda a ojos de todos... La misión estaba cumplida. Él quería a mi hija, o al menos eso es lo que yo creía entonces, y gracias a su presencia me libraba de la presión de mi madre. Dejaría de sentirme humillada y presionada por ella, era una escapatoria. Al principio de nuestra vida en común le llegué a coger cariño porque se portaba bien con nosotras, pero cuando sentía sus pisadas por la escalera esperaba que se abriera la puerta y encontrarme cara a cara con Ángel, mi único amor, al que era capaz de reconocer a oscuras. Pero no era él quien entraba en casa, ni su piel, ni su voz, ni su olor, ni sus caricias, ni sus risas, ni sus besos apasionados... Era Yusef, mi presente, el padre que necesitaba para mi hija y el hombre que compartía ahora mi vida.

Yusef quería ser pronto padre y no utilizábamos ningún método anticonceptivo cuando hacíamos el amor, y como consecuencia de esto me quedé embarazada el primer mes de casados. Le di la noticia en cuanto me enteré.

—Yusef, vas a ser padre. Se me ha retrasado la regla, he ido a la farmacia para hacerme la prueba del embarazo y ha salido positiva.

Él alzó los brazos en señal de triunfo, e incluso comenzó a dar saltos de alegría. Me cogió en volandas y me zarandeó de un lado a otro eufórico gritando:

—Vamos a ser padres, Loli, ¡qué bien, cariño!

Me gustó que le hiciera tanta ilusión y yo también recibí la noticia como llovida del cielo. Ángel no era niñero, pero yo sí y me encantaba la idea de tener otro hijo. Íbamos a ser una familia completa y pensé que a Yusef el tener un hijo biológico (estaba convencido de que sería varón) le vendría muy bien. Sería positivo para todos, incluso para Eva, que compartiría juegos con un hermano. La niña vivía con nosotros en la nueva casa desde que nos casamos y la relación entre ambos era aceptable. Yo me iba a trabajar todas las mañanas a la zapatería y Yusef dejaba a Eva en casa de mis padres y luego mi madre la llevaba al colegio (ya tenía cuatro años y estaba en preescolar). Por las tardes, como salía de clase antes de que yo entrara en la zapatería, algunos días la iba a recoger con el coche (me había sacado el carné cuando murió Ángel para poder conducir su vehículo).

—No me gusta nada que conduzcas estando embarazada, Loli. Que vaya a buscar a Eva tu madre, pero no quiero que corras ningún peligro —me dijo un día Yusef.

Yo ya le notaba que se iba distanciando de mi hija a pasos agigantados. Su actitud hacia ella había cambiado; distaba mucho de cómo la trataba cuando éramos novios, cuando jugaban como dos niños y se la subía sobre los hombros mientras yo les miraba embelesada y satisfecha por su comportamiento.

—¡Qué pesadez! Todos los días igual. Mañana tengo que llevar de nuevo a tu hija a casa de tus padres. ¡Menudo rollo!

Comenzó a protestar por todo lo que tuviera que hacer que estuviera relacionado con Eva, y el colmo fue cuando nació su propia hija. Al ponerme de parto, llevó a la niña a casa de mis padres, en principio para que se quedara allí mientras yo permaneciera en la clínica. Pero cuando me dieron el alta médica y regresé a casa, entre mi madre y Yusef me volvieron a apartar de Eva. La niña terminó por quedarse con mis padres todos los días.

—Loli, es por tu bien —decía mi madre—. Estás recién parida y Eva en tu casa lo único que puede hacer es estorbar. Hija, la niña está mucho mejor ahora con nosotros.

—Bueno, mamá, está bien, que se quede con vosotros, pero me la tenéis que traer los fines de semana. Quiero verla y creo que es muy conveniente que se familiarice con su hermana.

Y así lo hacía. Eva se quedaba con nosotros sábados y domingos, pero Yusef no dejaba a la pobre ni moverse.

—Eva, deja al bebé tranquilo, ¿eh? ¿No ves que es muy pequeña? No te acerques a ella para nada —le reprochaba Yusef, y la pobre hacía pucheros y se refugiaba en mí por un tiempo.

—Pero, Yusef, deja que se acerque a su hermana, si no le va a hacer nada, no te preocupes, que estoy yo pendiente. Venga, hombre, tranquilízate.

—Es que Eva es muy pesada, siempre haciendo ruidos y molestando. ¡Ya me tiene harto esta cría!

A mí, con esta actitud, me clavaba mil puñales en el pecho, pero al margen de esto nuestra vida transcurría con total normalidad; yo seguía trabajando en la zapatería, él en casa aportaba su granito de arena fregando los platos o pasando la aspiradora, al mismo tiempo que trabajaba en su doctorado, y en ocasiones participaba en algún programa de radio (una emisora árabe ubicada en España) que dirigía un amigo suyo. Por sus intervenciones le pagaban algo de dinero, pero casi todo lo aportaba yo con mi trabajo en la tienda. Al casarme con él había perdido la pensión de viudedad y la Seguridad Social me había dado lo que se llamaba entonces la dote (cierta cantidad de dinero), que sirvió de ayuda para pagar la boda y los gastos de la nueva casa (electrodomésticos, muebles, televisión...). Lo que sí seguía cobrando era la orfandad que el ejército le había concedido a Eva cuando Ángel murió.

Mientras yo trabajaba, mi madre se hacía cargo de llevar a Eva al colegio y de cuidar a la pequeña Soraya. Si Yusef no tenía nada que hacer, era él el que se quedaba en casa con las dos pequeñas, pero las tensiones entre él y Eva fueron aumentando por momentos. También es cierto que mi hija mayor (iba a cumplir cinco años cuando nació Soraya) sentía algunos celos por su hermana, típico y normal en estos casos. Aquello se convirtió en una batalla campal. Lo que Eva quería era llamar la atención porque la pobre había perdido el protagonismo y eso, como a todos los niños, le molestaba. A consecuencia de esto, Yusef comenzó a sentir un rechazo absoluto hacia ella.

—¿Dónde está el libro que había dejado encima de mi mesilla de noche? Eva, ¿lo has cogido tú?

—Solo quería ver las fotos y jugar a pintar los ojos de las señoras.

Yusef se desesperaba, le gritaba, le daba un manotazo en las manos y la niña rompía a llorar. Antes de nacer Soraya, Eva también hacía travesuras como cualquier niño de su edad, pero Yusef las encajaba de forma muy diferente. Le hablaba con cariño y utilizaba un tono conciliador en sus explicaciones.

—Yusef, por Dios, ¡que es una niña, solo tiene cinco años! No la trates así, hombre. Si muchas veces se acerca a ti para ver lo que estás haciendo.

Yo esperaba y pedía a todos los santos que Yusef volviera a ser como antes con mi hija. Me dolía muchísimo cuando se enfadaba con ella, que era ya constantemente.

Nuestro día a día de pareja era monótono, tedioso y aburrido. Nos levantábamos, desayunábamos, nos duchábamos, ni beso en la despedida, ni a la vuelta, ni nunca. ¡Todo lo contrario que con Ángel! ¡Cuánto le seguía echando de menos! Por la calle nunca me cogió de la mano, o del brazo; salíamos a pasear con el carrito de la niña por algún parque cercano y nuestras conversaciones eran para salir del paso, sin contenido. Alguna vez le invitaron a una fiesta en la Embajada de Líbano.

—Loli, ponte muy guapa porque irá gente importante, pero a Eva no la llevamos, ¿eh?

En cambio su hija Soraya sí podía asistir.

—¿Por qué no puede ir Eva? Eso no es justo, tenemos que ir toda la familia. ¿Por qué una niña sí y otra no?

—Pues porque si va Eva se darán cuenta de que no es mi hija. Han venido a nuestra boda, saben cuándo nos hemos casado, Eva ya tiene cinco años y van a percatarse de que no es mía. Yo no quiero que se enteren, ¿no lo comprendes?

—No, Yusef, no lo comprendo. Cuando nos casamos yo tenía una hija y todo el mundo lo sabe. No me podía imaginar que tú te ibas a comportar de esta manera después de nuestra boda.

La conversación terminó con malas caras por parte de ambos.

Eva se mostraba encantada con su hermanita pequeña; la quería coger a todas horas, para peinarla como si fuera su muñeca, para abrazarla, pero comenzó a sentirse incómoda delante de Yusef porque era consciente de su rechazo. Cuando sabía que iba a llegar a casa decía:

—Si viene Yusef yo no quiero estar, me tengo que ir al colegio.

Pobrecita, yo me sentía fatal. Cuando nos encontrábamos las tres solas era todo felicidad, pero en cuanto aparecía él por la puerta, todo cambiaba. Se había convertido en un rechazo mutuo; ninguno de los dos se soportaba, y Eva prefería irse a casa de mis padres.

Yo hablaba con él, pero no había nada que hacer porque negaba la evidencia.

Ante esta nueva situación tan desagradable que debía soportar día tras día no me parecía oportuno quedarme de nuevo embarazada y, aunque Yusef estaba deseoso de tener más hijos, me fui por mi cuenta al centro de planificación familiar de mi barrio para que me recetasen la píldora anticonceptiva. Me la llevaba tomando unos diez días cuando él la descubrió en el cajón de mi mesilla de noche y, sin contar conmigo ni decirme una palabra, tiró la caja a la basura.

—Yusef, ¿no has visto tú un paquete de pastillas que yo tenía en este cajón?

—¿Te refieres a las que te tomas para no quedarte embarazada? Sí, las he visto y las he tirado. ¿A quién has pedido tú permiso para tomarte esas pastillas?

—Tener otro hijo ahora es una decisión que debo tomar yo, ¿no te parece?

—No estoy de acuerdo en absoluto. Yo también tengo algo que ver en esto, ¿no?

Y las dejé de tomar, con los desarreglos hormonales correspondientes. A partir de ahí vigilaba todos mis movimientos y horarios. Me resultaba muy complicado actuar sin su consentimiento.

—Loli, cuando salgas de la zapatería te espero aquí, ¿vale? —comenzó a ejercer un control salvaje sobre mí.

Capítulo 14

Soraya. Mi primera hija árabe

Soraya tenía cuarenta días cuando yo partí sola con ella hacia Jabalia para que la familia de mi marido la conociera. Lo hicimos así porque cuando él anunció a sus padres por teléfono que se iba a casar conmigo, la noticia cayó como un alud sobre ellos y le repudiaron.

—Si te casas con una extranjera, renunciamos a ti —le dijo su madre—. No queremos saber ya nunca más nada de tu vida.

—Está bien, vosotros lo habéis querido. Desde este momento yo tampoco tengo padres —les contestó, y así terminaron la conversación.

Yo me sentía culpable de esta mala relación familiar y cuando me quedé embarazada le insistí.

—Tienes que llamar a tus padres para contárselo. Seguro que la buena nueva servirá para suavizar tensiones. Hazme caso, por favor.

Así lo hizo y, aunque al principio no recibieron de buen grado la llamada, al contarles que iban a ser abuelos sus voces se ablandaron.

—¡Qué alegría nos das, hijo mío! ¿Cuándo vas a venir? Tenemos muchas ganas de verte, de conocer a tu mujer y también a la niña.

—Muy bien, le preguntaré a Loli si se atreve a viajar sola con Soraya, porque yo estoy muy ocupado y no puedo desplazarme, pero si ella quiere, las conoceréis a las dos.

Cuando nuestra primera hija nació, con tal de evitar desavenencias familiares, me presté a viajar con ella a Gaza para conocerles a todos y no puse ningún reparo cuando Yusef me lo propuso sin pensar que eso, a medio plazo, iba a significar la más terrible de las pesadillas en mi vida. Él no podía acompañarme porque estaba en plena elaboración de su doctorado y en ese momento era complicado dejarlo. Me pareció una buena idea, y no caí en que la diferencia de idiomas pudiera significar una barrera insalvable.

El padre de Yusef, su tío y el conductor de un taxi propiedad de mi suegro me fueron a buscar al aeropuerto de Ben Gurión en Tel Aviv (las tensiones entre palestinos y judíos en aquella época no eran como las actuales y con un simple permiso se podía entrar y salir de la zona sin problemas). Yo había visto fotos de todos ellos y más o menos les reconocí al llegar. Lo mismo les ocurrió a ellos conmigo. Salí cargada con el carrito de la niña y el equipaje y me encontré a mucha gente esperando a los viajeros que llegaban. Era noche cerrada, debía de estar nublado porque no se veían las estrellas ni la luna. De repente, empecé a oír gritos.

—Ama Ali, Ama Ali, Ama Ali... —así me llamaron allí desde el primer momento (luego explicaré por qué).

Les reconocí enseguida; además, no paraban de hacerme señales evidentes con los brazos para que me percatara de que estaban ahí esperándome. Yo me fui acercando despacio hacia ellos. Eran tres hombres corpulentos vestidos con pantalón y chaqueta de verano de manga corta. Comenzaron a saludarme, a darme la bienvenida con muchos gestos y risas, pero todo en árabe. Yo no entendía nada, pero también sonreía; era lo único que podía hacer. A un lado y a otro escuchaba distintas lenguas de las que no comprendía ni una sola palabra: los judíos hablando en hebreo, los palestinos en árabe, también se oía alguna frase en inglés o francés, pero no distinguí ni una sola palabra en español. Cada vez que mis tres acompañantes se dirigían a mí riéndose amigablemente, yo les devolvía una tímida sonrisa. No se me ocurría nada mejor que hacer.

Nos subimos en el coche, un mercedes ranchera negro grande, no demasiado antiguo, que nos llevaría a la casa familiar, y yo seguía sin entender nada. «¿Qué dirán?», me preguntaba, perturbada pero en cierto modo divertida por la absurda escena que me tocaba vivir. Todos hablaban en árabe, ni una palabra en inglés o español, y la situación para mí era, cada minuto que pasaba, más violenta. Miraba hacia todos los lados, sonreía; yo en árabe solo sabía decir «habibi», que significa «querido», y «marhaba», «hola» en castellano, y con ese amplio vocabulario ¿adónde iba? Estaba muy asustada cuando llegamos a la casa después de atravesar el paso militar de Eretz (frontera entre Israel y Gaza), aunque en 1980 no ponían impedimentos para salir o entrar del territorio con el pase que previamente habían pedido. El oficial que se encontraba en la aduana tomó nota de los nombres de los ocupantes del coche, escribió unas anotaciones en un cuaderno y realizó un ademán con el brazo para que siguiéramos nuestro viaje. Fue una hora larga de camino por una confortable carretera en zona judía que se convertía en un camino de tierra pedregosa cuando pasabas la frontera y llegabas a Gaza. El paisaje también cambió radicalmente; en Israel la arquitectura de los edificios no distaba mucho de la europea, pero Gaza era un campamento de refugiados, con muchas chabolas apiñadas, y la casa a la que íbamos estaba dentro de este campamento pero en zona privilegiada, entre el hospital y el almacén de alimentación de la ONU. A pesar de la escasez de tendido eléctrico, pude ver por el camino rebaños de cabras y ovejas paciendo a su libre albedrío, incluso a veces interceptando nuestro paso. El chófer tocaba el claxon constantemente para que se quitaran de nuestro camino. En la radio la voz de un locutor emitía quinientas palabras en árabe por minuto... Estaba impresionada. «Pero ¿dónde me he venido? ¿Qué es esto? Yo aquí sola con mi hija pequeña, sin entender ni una palabra. Creo que me he precipitado, no debí venir», pensé. Se les veía buena gente y que se esforzaban enormemente por complacerme; me decían alguna frase en inglés, que yo entendía a medias, y contestaba a mi manera porque debo reconocer que tampoco lo domino demasiado.

Por fin llegamos a la casa. El olor que percibí al llegar era muy especial, una mezcla entre alcantarilla y desinfectante. Atravesamos un portón de hierro que daba a un pasillo descubierto. Mientras lo recorríamos divisé las primeras estrellas en el cielo de Gaza, luminosas y centelleantes, haciéndome guiños de complicidad, arropándome en mi desconcierto. Llegamos a otra puerta de madera que también atravesamos y me encontré de pronto en una gran sala con estanterías metálicas repletas de colchonetas y mantas. Al día siguiente comprobé el uso que hacían de ellas (las estiraban en el suelo y allí se sentaban). Después de la sala me encontré otro pasillo con puertas a los lados. Como era de noche, por suerte para mí, casi todos dormían, solo nos esperaba despierta mi suegra, vestida con una chilaba rosa hasta los pies, manga larga y un pañuelo atado detrás de la cabeza. De figura corpulenta, cara redonda y labios gruesos, era una mujer de aspecto agradable que después de besarme y abrazarme cogió durante unos minutos a la niña, la miró detenidamente y la besó eufórica.

Nos llevaron a una habitación preparada para nosotras, con una cama grande de matrimonio cubierta por una manta de colores llamativos y sin sábanas (solo otra manta cubría el colchón), un armario de cuatro cuerpos, dos mesillas de formica rojo burdeos y una coqueta con su espejo, y allí me quedé con Soraya. Para la niña me dieron una cunita de hierro de forma ovalada, como medio huevo. Nos mirábamos las dos, y la pobre parecía que me quería decir algo con sus ojitos abiertos, como dos alabastros. ¡Era tan bonita! Tan solo hacía cuarenta días de su nacimiento en el hospital de O'Donnell de Madrid. Me provocaron el parto porque empecé con hemorragias antes de terminar el séptimo mes de embarazo y todas las enfermeras venían a verla de lo preciosa que estaba, con la cabeza redonda, la piel muy blanca y mucho pelo negro. Ahora, sin embargo, nos encontrábamos las dos solas en una tierra desconocida, a muchos kilómetros de nuestra casa y de nuestra familia. Así permanecí durante un tiempo indeterminado, mirándola. Sentí de pronto que un sueño reparador me envolvía dulcemente. Descubrí que a mi hija le ocurría lo mismo y las dos dormimos hasta el amanecer.

Llegó la mañana y con ella tomé aún más consciencia de mi realidad. Me encontraba en una casa baja, antigua; se veía el tejado de cemento con barrotes de madera. A simple vista me impresionó el aspecto de aquella vivienda, pero pensé: «No te preocupes, Loli. Has venido solo para quince días y debes causar la mejor impresión posible a tu familia política. Transcurrido el plazo, te vuelves a España y tan contentos». Pero me daba pánico salir de la habitación. ¿Qué me iba a encontrar detrás de aquellas paredes? La diferencia de idiomas era el mayor obstáculo que debía salvar, pero necesitaba ir al servicio. Pegué el oído a la puerta para ver si sentía algún ruido que me decidiera a salir y escuché voces de mujeres hablando. Salí al pasillo y me encontré a la madre y las hermanas de Yusef sonrientes y dándome los buenos días en árabe. Yo aún no conocía a mis cuñadas porque la noche anterior, cuando llegamos, ellas ya dormían, así que hicimos las presentaciones como pudimos y no fue nada fácil, lo aseguro.

—Necesito ir al aseo —les dije por señas, batiendo mis manos y haciendo como que me lavaba la cara.

Me enseñaron un servicio ubicado muy cerca de mi dormitorio; a plena luz del día, los objetos y las formas cobraban otra dimensión. Todo era mucho más nítido, más real. Abrí la puerta y me encontré un agujero en el suelo y dos plataformas pequeñas para poner los pies, en la pared un grifo y una jarra colgada de un clavo. Eso era todo, ni papel higiénico había. Menos mal que yo llevaba pañuelos de papel en el bolso. Luego me explicaron que ellos, cuando terminaban de hacer sus deposiciones, siempre se lavaban sus partes y por eso no utilizaban el papel. También descubrí más tarde el cuarto de baño, donde el agua caía directamente de la ducha al suelo y salía por una rejilla o desagüe. Con las gashatas, cepillos anchos de goma, arrastraban el agua hasta la rejilla; allí no existían las fregonas. Luego dejaban las puertas abiertas para que se creara una corriente de aire y, de esta forma, el suelo se secara antes. En esa estancia también había un pequeño lavabo y una taza de váter. Levanté la tapa y me encontré que salía una tubería de dentro de la taza. Muerta de curiosidad, abrí el grifo y empezó a salir agua hacia arriba. Era un sistema que a mí me revolvió el estómago. Hacían allí sus deposiciones, pero los excrementos caían encima de este extraño chorro, con lo que el tubo siempre estaba muy sucio, aunque el agua «limpiaba» tus partes. Descubrí con el tiempo que los habitantes de la casa estaban muy orgullosos de «este invento». Yo me pasaba muchos ratos limpiándolo con lejía.

Todo era amabilidad hacia mí por parte de mi familia política, integrada por mis suegros, su hija pequeña, Saira, y Asima, la mayor, ya casada y con niños. Más tarde descubrí el jardín, en el que habían construido una casa adicional pequeña (allí vivía mi cuñada Asima con su marido y sus hijos). Todo este terreno estaba ubicado entre el ambulatorio y el almacén de alimentos de la ONU.

Por lo que les oí contar, la finca donde vivíamos pertenecía a la Organización de las Naciones Unidas, que disponía allí de distintos almacenes, y el padre de Yusef era el encargado del departamento de construcción (además de tres taxis en propiedad, trabajaba también con ladrillos, cemento, azulejos, etcétera). Supuse que la casa era una concesión que hacía la organización a algunos de sus trabajadores (eran tres viviendas adosadas) e incluso una de las puertas del pasillo que he descrito antes daba directamente al ambulatorio de la ONU. A primera vista la familia gozaba de algunos privilegios dentro del entorno catastrófico en el que vivían sus vecinos, y económicamente no les iba mal.

Cuando llegó la hora del desayuno en el patio, saqué a la niña de la habitación en la cunita de hierro, que se balanceaba. En su interior, mi suegra había colocado una almohadita a modo de colchón. Dejé al bebé al lado de una gran mesa baja, donde descansaban, cubriéndola casi por completo, platos con aceitunas, aceite de oliva, salsa y rosquillas de garbanzos, queso, hogazas de pan y té con hierbabuena. Nos sentamos todos en el suelo y empezamos a comer (yo soñaba con mi café con leche y tostadas). Hablaban entre ellos y yo no entendía nada, ¡me sentía tan mal!, incómoda y algo avergonzada por aquella situación tan extraña.

«Pero ¿qué he hecho? —me preguntaba—. ¿Adónde he venido? Me quedan todavía quince días que pasar aquí y no lo voy a poder soportar.» Me dediqué a observar el jardín; dentro de todo aquello, era un oasis, repleto de limoneros que perfumaban la atmósfera con frutos brillantes expuestos al sol de la mañana, resplandecientes ante nosotros, rosales de copa con flores de color rojo terciopelo, amarillas, blancas, ocres; con un poyete donde ponían a veces edredones para sentarse y tomar el fresco por las noches, y un emparrado de lifas que se desplegaba encima de nuestras cabezas, con su fruto enorme parecido a un pepino gigante y que, una vez seco, utilizaban como esponja para lavarse. Un poco más allá, los olivos aportaban tradición y solera al entorno.

Ellos estaban pendientes de que no me faltara de nada, me hablaban por señas. Yo tímidamente les contestaba como podía y cuando la situación se tensaba demasiado, cogía en brazos a la niña para disimular mi desasosiego. Así pasaba las horas, e incluso los días.

Su madre y sus hermanas se reunían para hacerme los platos más exquisitos, intentaban complacerme en todo, pero seguíamos sin entendernos a causa del idioma y a mí me daba por llorar. La tensión nerviosa a la que estaba sometida las veinticuatro horas del día comenzaba a hacer mella en mí y no encontraba ninguna solución por mucho que tirara de diccionario, aunque algo ayudaba, pero las distintas costumbres y maneras de hacer suponían un océano de distancia entre nosotros. Me entretenía lavando la ropa de la niña a mano, porque aunque tenían en la casa una lavadora antigua de hélices en la base que solo enjabonaba (para aclarar llevaban la colada a una pila con agua corriente), las prendas de los pequeños no se podían mezclar con las de los mayores porque los niños no rezaban, se hacían pis y vomitaban, por lo que no eran puros. También observaba la elaboración de la masa del pan con sus rituales o cómo hacían la limpieza de la casa, descalzas o con chanclas de goma para no escurrirse: arrojaban al suelo cubos de agua con jabón y luego frotaban con unos escobones grandes, de largas y aplanadas varas y de palo corto. Lo secaban con las gomas anchas de palo largo que utilizaban también en el cuarto de baño para dirigir el agua hacia la rendija del desagüe. Iban llevándola de una habitación a otra, utilizando el mismo agua, hasta que arribaban al patio y allí la arrojaban. Luego abrían todas las puertas para formar corrientes de aire que hacían de secador.

Me llamaban también la atención los platos que elaboraban, tan distintos a los nuestros. Por ejemplo, la milojiye, una verdura que picaban muy menuda y que solo he visto en España en algunas tiendas árabes, donde la venden desecada. Cocían aparte carne de cordero y en el caldo añadían esta verdura. Hacían también arroz blanco y lo servían todo junto en una fuente, con pan; les gustaba mucho mojar en las salsas. Me deleitaba la magluba, una paella árabe, con arroz, berenjena, patata, tomate natural, cebolla y piñones. Cocían pollo y el caldo se lo añadían al resto de los ingredientes. Las mujeres de esta familia trabajaban todo el día, desde por la mañana (y además allí amanece muy temprano: a las cinco de la madrugada ya es de día) hasta la noche, y todo lo hacían a mano: la sémola, la masa para el pan, ordeñar, hacer el queso, teñir las telas, la ropa que se ponen... Todos rezaban cinco veces al día, la primera al amanecer. Se colocaban de rodillas encima de una alfombra especial que guardaba cada uno para este menester, siempre mirando a La Meca, por donde sale el sol. Generalmente las oraciones se hacían en casa, excepto los viernes, día festivo para ellos, en el que los hombres, nunca las mujeres, iban a la mezquita a orar. En el primer rezo del día, como estaban recién duchados, se sentían puros, pero en los siguientes, como ya habían hecho sus necesidades y muchos se encontraban trabajando, debían realizar un ritual que consistía en lavarse tres veces las manos, otras tres veces los codos, otras tantas la nariz y el resto de la cara. Así lo repetían una y otra vez, siempre antes de la oración.

En el transcurso de estos primeros días tuve tiempo de hacer todas estas observaciones, ya que me era imposible comunicarme con nadie.

—Hola, ¿qué tal? ¿Cómo estás?

¿Era verdadera esa voz en castellano o lo estaba soñando? Levanté la mirada hacia la dueña de aquellas simples palabras que iban dirigidas a mí, sin duda, ¡y en mi idioma! Con qué poco, a veces, te puedes sentir inmensamente feliz. Llevaba ya tres días en aquella casa sin poder hablar con nadie y, de repente, escuchaba a alguien con quien podría dialogar. Era una chica de mediana estatura, sonrisa abierta y un peculiar lunar cerca de su ojo derecho que le hacía parecer muy especial.

—¡Ay, muy bien! ¿Sabes hablar español?

—He estado seis meses en Barcelona y sé un poquito.

Sus palabras eran vacilantes, pero se entendían perfectamente. Me puse a dar saltos de alegría y la chica debió de pensar que estaba un poco loca. Todos me miraban divertidos.

—Quiero que vengas a menudo a hablar conmigo, por favor. ¿Va a ser posible?

—Sí, no te preocupes, vendré.

Desde aquel día Fushilla me acompañaba durante horas y hacía de traductora. Era vecina de mis suegros y mis cuñadas la invitaron una mañana a desayunar para hacerme más llevadera la estancia. ¡Cómo se lo agradecí!

—Te quieren mucho y están muy contentos de que hayas venido. Ellos intentan agradarte e inventan todo lo que está en su mano para conseguirlo; se esmeran y te preparan platos que piensan te van a gustar —me decía con frases entrecortadas.

Hasta el tercer día de mi llegada no salí de aquella casa; no había visto nada del exterior porque todas las ventanas daban al patio de los limones. Oía los ruidos de los coches desde dentro, pero desconocía cómo sería el paisaje de día. Comenzó a visitarnos por las tardes Abu Fesal, el tío de Yusef, cuñado de su padre, el mismo que fue a recogerme al aeropuerto. Era un hombre afable aunque de aspecto rudo; alto, fuerte, moreno. En su rostro sobresalían unos ojos pequeños y toscos pero que acariciaban con la mirada. Me hizo señas con la mano para que le acompañara hasta el poyete del patio y me sentara junto a él. Yo accedí tímidamente a acercarme y ese día empezó para mí el curso especial de árabe.

Con el dedo me señalaba la mesa y me decía: «taule». Yo repetía: «mesa, en árabe taule». Más tarde la silla: «cursi». Yo repetía y él aplaudía entusiasmado diciendo «cuelles, cuelles», que significa «bien» en árabe. Y así fue poco a poco enseñándome vocablos nuevos, un día tras otro, pero ya a partir del cuarto día no me recordaba la palabra y debía decirla yo sola. Al mismo tiempo que me entretenía, Abu Fesal me fue enseñando su idioma con una paciencia infinita. Era muy simpático y guardo de él un gran recuerdo. También yo prestaba mucho interés por aprender y me quedaba con todas las frases curiosas que oía: «sabajalger», así se pronunciaba, y me lo decían todas las mañanas al despertarme, con lo que saqué la conclusión de que significaba «buenos días»; «marhabá», que quería decir «hola»; etcétera.

Cuando llevaba allí tres días ya sabía alguna palabra suelta en árabe y más de una frase hecha; entre esto y la vecina traductora, las mujeres de la casa pudieron contarme que iba a celebrarse una boda.

Para que acabara de entender, me enseñaron fotos de otras celebraciones anteriores, con lo que me puse al corriente de la situación y me pareció divertido. Ya iba cogiendo cierta confianza con ellas. Se casaba Saira, la hermana pequeña de Yusef. Era una chica de físico agradable, cuatro años más joven que yo. La recuerdo paciente, cariñosa y, sobre todo, muy alegre. Pretendía decirme algo y, como yo no la entendía, se partía de risa por las caras que yo debía de poner; las dos terminábamos riendo a carcajadas durante varios minutos. Esta escena se repetía con frecuencia.

Esa mañana, mi joven cuñada se había sometido al martirio de la depilación total. Para ello, utilizaron una mezcla casera que fabrican con limón, agua y azúcar, y que transforman en una pasta pegajosa; van aplicando la melaza sobre la piel, para después tirar y arrancar el vello de axilas, piernas, brazos, pubis, bigote... No dejan ni un solo pelo en el cuerpo, con la excepción de la cabeza y las cejas. Por la tarde, a Saira, como era la novia, una mujer experta en estos menesteres primero le aplicó una ligera capa de henna sobre las manos y los pies, que luego retiró con leche. Después complementó el ritual dibujándole también en manos y pies un fingido tatuaje a base de arabescos, caligrafías y signos simbólicos que el resto de las mujeres aplaudimos. Ese primer día de las celebraciones, la novia recibía en casa a sus amigas y demás mujeres de la familia. Se reunían para divertirse todas juntas con el ritual de la henna, que para ellos es la reina de todas las flores y una de las plantas mas apreciadas por sus cualidades medicinales, antisépticas, antibacterianas, cosméticas e incluso mágicas. La utilizan para teñir y suavizar sus cabellos, para embellecerse las manos y los pies e incluso como talismán contra el «mal de ojo», y es la protagonista en todos los acontecimientos familiares, festivos o religiosos.

Al día siguiente, me explicaron que querían llevarme a la peluquería para que me arreglaran el pelo. Me encantó la idea. Desde que llegué había estado encerrada en la casa y pensé que ya era hora de conocer cosas nuevas. Esa excursión constituía toda una aventura.

Capítulo 15

El entorno

Mi suegro llamó a uno de los conductores que trabajaban para él y le ordenó que nos recogiera en la puerta de la casa y nos llevara a mis cuñadas, a mi suegra y a mí a la peluquería. Salimos por el pasillo descubierto que recorrí la noche de mi llegada y el taxi ya nos esperaba, pero tuve tiempo de vislumbrar todo lo que nos rodeaba. Mis ojos, como un abanico, hicieron en segundos un recorrido de 180 grados y se abrieron de forma alarmante al descubrir la carretera o calle principal, que era de arena (desconozco si debajo del polvo se encontraba el asfalto), en primer término, y enfrente un montón de chabolas con los techos de uralita, apiñadas unas contra otras. Entre ellas, algunas callecitas tan estrechas que solo permitían el paso de una persona. El paisaje era desalentador y el sol implacable que se cernía sobre nuestras cabezas dejaba al descubierto, con su luz cegadora, todo aquel panorama que solo había podido intuir la noche de mi llegada. Una mujer desdentada, cubierta de ropa por completo, pasaba a nuestro lado subida en un burro famélico, de caminar cansino. Su rostro arrugado y muy moreno (lo único que se hallaba descubierto) no cambiaba nunca de expresión, como si de una careta se tratara. Un rebaño de cabras cruzaba la calle y los coches tenían que sortearlas como podían. Pregunté con la mirada qué era aquello y me contestaron que estábamos en el campamento de refugiados palestinos de Jabalia. El impacto fue tremendo. El olor a basura y orines revolvía el estómago; tiraban los desperdicios en un lugar asignado, pero allí mismo, al lado de las viviendas (si así se podían llamar), y una vez a la semana los quemaban. En la misma chabola en las que vivían las personas, dormían los animales. Por la mañana los soltaban, con lo que corderos, ovejas, cabras, asnos... campaban a su libre albedrío. Las aguas fecales, en ausencia de alcantarillados, transcurrían por un canal abierto de cemento; su olor nauseabundo era insoportable y una nube gigantesca de insectos revoloteaba a sus anchas ante la impasibilidad de todos, acostumbrados a esa cotidianidad.

Puestos ambulantes con manzanas, gallinas vivas, huevos, verduras, plátanos, telas, jabones... se organizaban en filas desiguales sin ninguna coordinación. Algunos estaban cubiertos con un pequeño lienzo a modo de toldo para evitar la solanera, pero otros eran carros con su burro o mula correspondientes; amo y animal pasaban el día a pleno sol. Las bestias, como es natural, hacían sus necesidades, aportando más olores al paisaje dantesco. Como era la calle principal y enfrente estaba el ambulatorio de la ONU, resultaba ser la zona más «comercial» y por ese motivo proliferaban los puestos ambulantes. Los palestinos acudían a los almacenes para recoger harina de trigo, garbanzos, aceite, azúcar, la leche que les daban como ayuda para los niños, o iban a vacunar a sus hijos o a visitar a algún médico, y de paso hacían alguna pequeña compra necesaria: un poco de champú, un par de manzanas, dos o tres huevos. Me sentí una privilegiada rodeada de tanta miseria. La casa de mi familia era un palacio comparándola con todo aquello y nosotros, luego lo pude comprobar, gozábamos de muchas prebendas al ser el padre de Yusef trabajador de la ONU; teníamos prioridad siempre que necesitábamos cualquier cosa. Cuando ellos lo creían conveniente, pasábamos con mi hija por la puerta de la casa que daba directamente al ambulatorio, atravesando un pequeño descampado, y los médicos dejaban lo que estuvieran haciendo para atendernos. Afortunadamente, Soraya nunca enfermó estando allí; íbamos simplemente a pesarla o revisarla. El lugar estaba formado por naves habilitadas para distintos usos y en una de ellas se encontraba la sala de partos, con camas blancas cubiertas por mosquiteras. Varias matronas realizaban a diario su trabajo ayudando a venir al mundo a los pobres niños, cuyas madres carecían de bienes para dar a luz en un hospital.

El cielo, de un azul tan intenso que hacía daño mirarle, cobijaba bajo su inmenso manto todo tipo de alimañas e insectos que proliferaban por doquier alimentados por el calor y los residuos orgánicos presentes. Moscas, mosquitos, cucarachas, arañas, ratas... cohabitaban con el resto de la población y por mucho que echaran en el agua de limpiar zotal, que yo descubrí por el olor, los bichos no desaparecían nunca. Incluso mis suegros tenían en el jardín un pequeño corral con una cabra, gallinas y conejos, foco importante para que proliferaran los parásitos, pero los huevos frescos que recogían todos los días me encantaban (un día pretendí hacerlo yo misma, pero me llevé unos cuantos picotazos de las aves y desistí para siempre), así como la leche y el queso de cabra que hacía mi suegra; todo, por supuesto, sin pasar por ningún control sanitario.

«Aquí no cogemos cualquier cosa porque Dios no quiere», pensaba yo mientras me bebía la leche todavía con espuma, caliente, recién ordeñada de la cabra.

Capítulo 16

La boda de mi cuñada Saira

Subimos en el taxi que nos tenía que llevar a la peluquería. Por el camino, una nube de polvo envolvía el coche mientras el conductor daba continuos y bruscos frenazos para no atropellar a un animal suelto que entorpecía el paso o a alguna anciana cargada con cántaros a ambos lados de su cuerpo, apoyados en sus caderas y bien amarrados por sus brazos. Carruchos tirados por burros entorpecían nuestro recorrido mientras yo miraba por la ventanilla del coche reteniendo en mi retina todas esas imágenes tan nuevas para mí que parecían irreales, como extraídas de una película de aventuras, aunque era consciente de su autenticidad por los olores que nos envolvían. Y por fin llegamos. La peluquería era un establecimiento pequeño con dos lavacabezas a la izquierda, nada más entrar, y unos secadores de pelo al frente, en forma de huevo, que hacía tiempo dejaron de ser nuevos. Una de las peluqueras se acercó a nosotras y comenzó a decir en árabe frases ininteligibles. Me dejé hacer. Era una mujer corpulenta, de cara morena y cejas pobladas, de sonrisa fácil, agradable y voz chillona. Yo tenía el pelo liso, fino y muy largo, casi hasta la cintura y aquella chica me lo empezó a cardar hasta que mi cabeza adquirió un volumen descomunal. Continuó trabajando conmigo y me hizo una cola de caballo que luego transformó poco a poco, con ademanes artesanos, en un precioso moño. Era muy llamativo y me gustó. Ya estaba peinada para asistir esa misma tarde a la boda de mi cuñada Saira.

La celebración de la boda me deslumbró. Todo me parecía exótico y llamativo. Cuando llegamos de la peluquería, mi suegra organizó una comida en el patio de la casa para familia, amigos y vecinos; condimentó para todos una magluba, que en esta ocasión la hicieron de arroz con cebolla frita, garbanzos, y muchas especias (comino, pimienta negra, cilantro, etc.) y la sirvió en bandejas grandes. Había cocido pollos que luego troceó y metió al horno para dorarlos y colocarlos encima del arroz. Era tal la cantidad de invitados que no llegaba la vajilla ni la cubertería para todos, por lo que muchos de ellos hacían con la mano una bolita de alimentos y se la comían. ¡Qué maña derrochaban con estas prácticas! Se notaba que estaban acostumbrados y lo hacían en su lado de la bandeja para no molestar al comensal de al lado. Pude comprobar en el tiempo que permanecí allí que utilizaban habitualmente las manos para comer, aunque también es verdad que se las lavaban constantemente. El apartado de bebidas lo cubrieron con el omnipresente té y con unos refrescos que elaboraban a base de unos polvos con sabor a limón, cola o naranja que mezclaban con agua. Por supuesto, nada de alcohol.

Y llegó el gran momento, cuando el novio, acompañado por sus parientes, entra en casa de su prometida para sacarla de allí y llevarla a su nueva casa. A la novia la subieron a una especie de altar. Allí estaba sentada en un sillón grande vestida de blanco impoluto, donde esperaba que compareciera el novio para recogerla. Meses antes ya habían rubricado un documento donde constaba que se iban a casar. «Ese informe debió de ser lo que firmó Yusef en aquel viaje que hizo a Palestina, cuando Mohamed me refirió que se había casado y por eso no aceptó ser testigo de nuestra boda —pensé—, ahora lo comprendo todo.»

Este era el gran día de la «recogida» de Saira en la casa de sus padres, que para nosotros los occidentales equivale al día de la boda porque por la noche consumaron el matrimonio y las invitadas pudimos comprobarlo.

El novio previamente había pagado una dote a la novia para que se comprara joyas de oro, los vestidos que luciría en la boda, y su ajuar; la cantidad estipulada la deciden los padres de la chica según el color de su piel (cuanto más blanca, más se cotiza) y el linaje de la familia a la que pertenece (ella era de una «buena familia» y, en consecuencia, recibió una importante dote). El novio era un primo por parte de padre; aunque la fueron a pedir varios pretendientes, ella eligió a este como su favorito y fue entonces cuando comenzaron a tramitar la boda.

Saira estaba allí sentada, esperando al novio, con su vestido blanco de encajes y tules. Mientras, la gente (familia, amigos, vecinos) bailaba moviendo las caderas; otros tocaban instrumentos típicos palestinos, para mí desconocidos. Algunos visitantes llegaron a alquilar sillas para contemplar más cómodamente a la novia. De repente, entró el novio con un traje gris y corbata de rayas haciendo juego, con su comitiva de familia y amigos (Saira entonces se puso una capa blanca con capucha para evitar que los hombres vieran su escote y brazos al descubierto). Los dos jóvenes se miraron y se dedicaron una sonrisa de complicidad.

Cuando el novio llegó con su séquito, los invitados fueron subiendo a autobuses alquilados para la ocasión que les trasladarían al salón del convite. Los novios iban en coche y algunos familiares ilustres también, como fue mi caso. No había duda de que pretendían que me llevara una imagen magnífica de mis anfitriones.

Llegamos al lugar de la celebración y mujeres y hombres se concentraban en salones diferentes. El novio y la novia abrieron el baile con una canción de amor y, acto seguido, las mujeres, en su zona, se pusieron a gambetear una danza parecida a la del vientre, mientras los hombres permanecían en un salón contiguo fumando las pipas de agua, shishas, o bebiendo té o algún refresco.

—¡Que van a entrar los hombres! —anunció alguien en árabe, y todas las mujeres se apresuraron a ponerse el pañuelo, y la novia la capa y el capuchón.

Entonces comenzaron los asistentes a desfilar delante de los novios y les entregaron dinero que la novia aceptaba con agrado, sonriendo sin descanso mientras lo introducía en su bolsito.

Terminado el festejo, los invitados partieron cada uno hacia sus respectivos domicilios, pero la madre de la novia y las mujeres de su familia nos dirigimos con los recién casados a la vivienda de los padres de él, que es donde ellos desde ese momento establecerían su residencia. Esta casa estaba cerca del mar; la brisa húmeda de la noche nos lo anunció. Llegamos allí y entramos a un gran patio en el que visualicé varias puertas; una de ellas daba a la habitación de los novios. Estos, antes de cruzarla, tenían que pintarse las manos y dejar las huellas impregnadas como señal de que la iban a ocupar. La estancia estaba amueblada con un armario blanco inmaculado, muy bonito decorado, la cama, la coqueta, las mesillas, etcétera. Yo esperaba pacientemente con mi hija en brazos y la bolsa donde llevaba los pañales y el biberón que me dijeran cuándo me llevarían a casa, pero me encontré con la sorpresa de que la madre y la hermana mayor de Yusef me señalaron que ellas iban a pasar allí la noche, en una habitación contigua con colchonetas en el suelo. Podía volverme a su casa con mi suegro y al día siguiente por la mañana regresar, pero me dio reparo rechazar su invitación y, por no desentonar, me quedé con ellas. El padre de Yusef recibió el encargo de traerme más pañales para la niña a la mañana siguiente, cuando él regresara.

En esa habitación dormimos unas treinta mujeres. Encima de las alfombras pusieron unas colchonetas y nos tapamos todas con mantas; no creo que ninguna de nosotras conciliara el sueño más de dos horas seguidas, pero mi hija parecía tranquila, que era lo que a mí más me preocupaba.

Permanecimos quietas, calladas durante toda la noche, esperando el despertar de los novios, pero en cuanto amaneció, a las cinco de la mañana, todas nos pusimos en pie, esperando yo no sabía qué. Hacía una temperatura muy agradable y salimos al patio, donde nos tomamos un té, comimos un poco de queso con pan, paseé un rato con la niña y enseguida tuvieron la deferencia de traerme una silla para que descansara. El trato no podía ser más afable.

Se abrió de repente la puerta de la habitación a las nueve de la mañana y el primero en salir fue el novio, que se dirigió hacia el cuarto de baño. Las mujeres mayores comenzaron a mover sus lenguas haciéndolas vibrar, ofreciéndonos ese sonido árabe tan característico mientras todas aplaudían y tocaban unos tambores de arcilla y piel curtida que sujetaban con su brazo izquierdo y aporreaban con su mano derecha. Permanecí quieta, impresionada y expectante ante tanto exotismo que descubría por vez primera. Ni Yusef me había contada nada al respecto, ni yo lo había leído ni oído narrar a nadie.

Pocos minutos más tarde salió la novia, revestida de una timidez extrema, con la cabeza agachada, sin mirar a nadie, pero con una media sonrisa en la boca. Las mujeres seguían agitando sus lenguas, mientras yo observaba la escena casi sin respirar, intentando que no se me escapase ni un solo detalle, impresionada por lo que me estaba tocando vivir, tan ajeno a la sociedad en la que me educaron. Las mujeres gritaban, hablaban, la algarabía era impresionante, pero yo no entendía nada. «Maldita diferencia de idioma», pensé. Una vez más se convertía en una barrera infranqueable.

Saira continuaba con la cabeza agachada, la mirada fija en el suelo y una sonrisa bobalicona en sus labios cuando su madre, su hermana, sus primas y sus amigas se tiraron literalmente sobre ella sin dejar de hacer vibrar sus lenguas, emitiendo un sonido muy característico. Mi suegra y mi cuñada entraron en la habitación, nido de amor de la pareja recién casada, y a los pocos segundos salieron con el camisón y con una sábana blanca manchada de sangre, lo que constituía la prueba de la virginidad de la novia. Ataron las dos pruebas a un clavo hábilmente situado para la ocasión encima de la puerta. «Aquí sí que ponen sábana», pensé yo riéndome por dentro y recordando mi desconcierto el primer día de mi llegada al comprobar que en mi cama solo había una manta. Una vez hubo quedado claro que Saira había perdido la virginidad esa misma noche, se pudo ir ya a lavarse y asearse; apareció minutos más tarde con una bata. Desayunó someramente y un taxi la esperaba en la puerta para conducirla de nuevo a la peluquería. Allí la maquillaron, la peinaron y la trajeron de vuelta a casa, donde comenzó el desfile con los siete vestidos que lució durante los siete días de fiesta, aunque nosotros ya no nos quedábamos a dormir allí; llegábamos a la hora de la comida y nos volvíamos a la casa de mis suegros por la tarde. Con tanta celebración, a mí se me hizo la estancia mucho más divertida. Salíamos, entrábamos, íbamos y veníamos... Apenas me daba tiempo de pensar; solo observaba el paisaje y a la gente en nuestros recorridos con el taxi de una casa a otra, y lo que veía era desalentador: montañas de basura en los márgenes de la carretera fermentando de tanto tiempo como llevaba acumulada, muchas mujeres cargadas como burros con el rostro cubierto por el chador, las aguas fecales prácticamente estancadas muy cerca del camino, los vehículos tirados por mulas que entorpecían la circulación, los socavones que convertían el asfalto en una montaña rusa y que el conductor sorteaba generalmente con mucho acierto... «¡Madre mía! ¿Qué es esto? ¿Adónde me he venido yo? Menos mal que quince días pasan enseguida y luego vuelvo a la normalidad», pensaba mientras llegábamos a la nueva casa de Saira.

La novia se había puesto un vestido azul claro largo, muy bonito, y se paseaba entre las invitadas con una amplia sonrisa, bailando, repartiendo saludos, hablando con todas.

Al día siguiente se lo cambió por uno rojo y se repitió una escena muy parecida a la anterior; le siguió un vestido amarillo, otro verde, rosa... Para terminar con uno negro. Así durante siete días; era una fiesta para mujeres donde todas bailaban con Saira. Solo el primer día, después de la noche en la que la novia fue desvirgada, regresaron los hombres, e inmediatamente antes de su llegada, las mujeres se cubrieron el pelo; la novia se subió de nuevo en un pedestal para que fueran pasando los invitados en procesión regalando por segunda vez dinero o joyas.

Capítulo 17

De vuelta a casa

Se acabó la boda y también mi estancia en Gaza. Respiré profundamente y sentí un gran alivio. La prueba estaba superada y yo volvía a mi casa. Todos se despidieron de mí con grandes muestras de cariño: abrazos, besos y alguna que otra lagrimita al contemplar a la niña. Me llevaron al aeropuerto de Ben Gurión en Tel Aviv los tres hombres que me habían ido a recoger el día de mi llegada: el padre de Yusef, su tío y el chófer, pero ya no me sentía tan desprotegida como aquel día. Los trámites al pasar la frontera fueron los mismos que a la llegada y no hubo problemas. Había aprendido durante estos intensos días bastantes palabras en árabe y por el camino iba hablando con ellos, aunque mi pronunciación debía de ser demencial y provocaba carcajadas en los hombres. Todos reíamos.

Me dirigí con mi hija al departamento de Iberia, compañía con la que volábamos, para facturar el equipaje, y oí por primera vez en mucho tiempo mi idioma, que me sonó a cánticos celestiales. Me atendió un joven amabilísimo uniformado con una chaqueta azul y una corbata verde. Sus manos perfectamente cuidadas y su sonrisa blanca como sus dientes configuraban un aspecto de absoluta limpieza.

—Hola, buenas tardes. ¿Viaja con equipaje de mano? Qué niña más preciosa. ¿Van a Madrid? ¿Necesitan ayuda?

—No, no necesitamos ayuda, está todo perfecto, no se preocupe. Llevo una bolsa de mano con las cosas necesarias para la niña y una maleta grande para facturar.

—Permítame que le ayude —me decía, tan cordial y tan amable que me sentí feliz.

—Muchas gracias por todo, de verdad. No sabe la ilusión que me ha hecho oírle hablar español. Llevo aquí quince días con la familia de mi marido y ya necesitaba comunicarme en mi idioma.

—Ya no le queda nada; solo el viaje, que espero les resulte cómodo, y estará de nuevo en su casa. Tiene prioridad para subir a la nave por viajar con la niña, así que puede hacerlo en primer lugar. El personal de Iberia que permanece en la puerta de embarque le va a informar en todo momento.

En el camino de vuelta, mientras volábamos, recordé, como si de una película se tratara, todo lo vivido los últimos quince días. Mi llegada a la casa de los padres de Yusef, descubrir toda la miseria que nos rodeaba puertas afuera, la pena que me producían los niños caminando descalzos y con los mocos surcándoles la cara, rodeados de moscas, los ancianos arrastrando sus débiles vidas por aquellos caminos polvorientos y pedregosos... Y, como contrapunto, la exótica boda de Saira, con sus rituales casi mágicos. Durante esas cuatro horas y media que duró el vuelo me dio tiempo a recopilar recuerdos tan cercanos que no costaba ningún esfuerzo revivir. Pero pensé: «En este viaje ha habido de todo, bueno y malo, pero no volvería nunca más a repetirlo. Debe quedarse en una experiencia única». Una vez más, me equivocaba.

En el aeropuerto de Barajas nos esperaba Yusef. El encuentro fue como siempre, aséptico, sin ninguna euforia por su parte. Llegamos a casa y allí comenzamos a hablar de todo lo que había pasado.

—¿Qué tal te recibió mi madre?

—Muy bien. Fue la primera mujer que conocí de la familia porque cuando llegamos era ya muy tarde y tus hermanas dormían.

—¿Qué dijo de la niña?

—Le pareció preciosa, se la comía a besos. Ha estado todo el tiempo muy pendiente de ella.

—¿Y cómo ha sido la boda?

Yo se la narré con todo lujo de detalles, como Sherezade en *Las mil y una noches.* Hablé sin parar de mi viaje. Parecía muy contento con las noticias y los comentarios que yo iba desgranando sobre mi estancia y me sometió a un largo interrogatorio que interrumpíamos en ocasiones porque nuestra hija requería atención. Le tocaba el pecho o debía cambiarle el pañal.

A partir de ahí nuestras vidas volvieron a la normalidad, a la rutina del día a día. A mí aún me quedaba mes y medio para incorporarme al trabajo en la zapatería y empleaba el tiempo libre arreglando cosas de la casa, llevando a Eva —que estaba con mis padres todavía— al colegio, paseando a Soraya por algún parque cercano, y Yusef seguía muy ocupado con su doctorado aunque ayudaba en los quehaceres domésticos. A veces llevábamos nuestra comida a casa de mis padres y almorzábamos allí todos juntos, hasta que se agotó el permiso por maternidad y volví a la zapatería.

Los días se sucedían unos a otros tan parecidos y tan tediosos que no merece la pena recordarlos. Ida y vuelta al trabajo, cuidar de la niña, ir a ver a Eva a casa de mis padres y, muy de vez en cuando, hacer el amor con Yusef, si se le podía llamar así, porque éramos como dos robots.

Soraya ya tenía siete meses cuando a mí me empezó a dar pánico quedarme de nuevo embarazada, por lo que decidí visitar un centro de planificación familiar para que me recetaran la píldora anticonceptiva. Me la empecé a tomar y no había terminado el primer paquete cuando desapareció del cajón de mi mesilla. Yusef no tuvo ningún reparo en confesar que las había tirado él y dejó bien claro que nunca más las podría tomar mientras fuera su mujer. Pretendía seguir teniendo todos los hijos que vinieran, sin utilizar ningún método anticonceptivo. Su decisión era firme y tajante y yo la debía aceptar si quería permanecer con él.

—Pero, Yusef, estoy trabajando, tengo que atender a Soraya, que es aún muy pequeña, y Eva también me necesita, pasa mucho tiempo en casa de mis padres porque tiene celos del bebé y siente tu rechazo, pero yo quiero que vuelva con nosotros lo antes posible. Es una locura que ahora tengamos otro hijo, ¿no lo entiendes?

No hubo argumento posible que le pudiera convencer. Yusef era un hombre introvertido y frío. Adiviné en su mirada que iba a hacer todo lo posible para que yo me quedara embarazada cuanto antes.

Interrumpir la ingestión de la píldora me produjo desarreglos hormonales y, aunque fui al día siguiente a comprarme otra caja del fármaco, él la volvió a descubrir y realizó la misma operación que con la primera. Yusef estaba enseñándome otra cara, distinta a la que yo conocía hasta entonces. Autoritario, machista, frío. No era cariñoso conmigo, pero tampoco con su hija. Lejano, poco comunicativo y tajante; cuando decía algo, era inamovible. Fui descubriendo cosas en él que no me gustaban, y si las hubiera visto antes, seguro que me hubiera echado para atrás. Pero había tomado la decisión: estaba casada, con una hija y mi responsabilidad era seguir adelante. No me planteé en ese momento la separación ni remotamente. Mi concepto de matrimonio era para toda la vida, como nos había dicho el sacerdote en nuestra boda.

Pasó lo que tenía que ocurrir y que yo tanto temía. A los dos meses de descubrir y tirar Yusef la caja de píldoras me quedé de nuevo embarazada, y eso que hacíamos el amor como mucho una vez por semana; mi fertilidad era evidente. Soraya era un bebé de nueve meses, y una profunda tristeza me invadió. Me sentía desolada por varios motivos. Para empezar, estaba descubriendo en la forma de ser de mi marido características muy poco recomendables. Yusef sentía un rechazo visceral cada vez más acentuado hacia mi hija Eva; insistía en que la niña debía permanecer el mayor tiempo posible en casa de los abuelos, y eso a mí me hacía mucho daño; además, Soraya era demasiado pequeña para tener otro hermano.

—Mira, Loli, Eva está mucho mejor en casa de tus padres. ¿No comprendes que el colegio lo tiene al lado? Así madruga menos y nosotros nos podemos dedicar mejor a la pequeña, que es la que más lo necesita ahora. Eva está muy contenta allí, no te preocupes. Tú, trabajando fuera de casa, no puedes con todo. Lo digo por tu bien.

Este era su discurso diario cuando yo protestaba porque quería que Eva viviera con nosotros. Resultaba envolvente, manipulador.

—Puede que tengas razón, Yusef. Al fin y al cabo, veo todos los días a Eva a la hora de comer —le contestaba poco convencida de lo que le estaba diciendo.

Aunque la noticia me cayó como un tiro en la boca del estómago, «a lo hecho pecho», pensé, y seguí adelante con este nuevo embarazo que yo consideraba precipitado e innecesario en aquellos momentos.

«A ver si por lo menos es un niño», imaginé, acordándome de que él deseaba tener un hijo varón. Ali se llamaría, por supuesto, como el padre de Yusef; en Palestina, su familia me llamaba Ama Ali, que quiere decir «madre de Ali», ¡tanto añoraban todos un varón! Ya a la primera niña la llamamos Soraya, como su madre, para que se percataran de mi buena predisposición hacia ellos.

Aun embarazada, continué trabajando en la zapatería hasta que mi jefe se dio cuenta de la situación. Era el dueño de la tienda y yo, su única empleada. Cada embarazo mío significaba un serio trastorno para él.

—Loli, ¿estás otra vez embarazada?

—Sí, Juan, otra vez —le dije dibujando con mi boca y mis ojos una mueca de resignación.

—¡Qué le vamos a hacer! Tú verás lo que haces.

El embarazo transcurrió con total normalidad y, en noviembre de 1981, año y medio después del nacimiento de Soraya, nació Hanna.

Capítulo 18

Hanna, mi segunda hija árabe

Hanna no se parecía en absoluto a ninguna de sus dos hermanas. Eva era rubia, muy blanca de piel y con la cara redonda. Soraya era morena, rosada y con mucho cabello. Sin embargo, Hanna, el poco pelo que tenía cuando nació, estaba mal colocado; su tez era más oscura y le brotaba vello por todas partes (frente, sienes, brazos...); parecía un monito. Su cara alargada le confería un aspecto extraño para un recién nacido. «Ay, mi niña, qué fea es», pensé nada más verla, pero era mi hija y desde el primer momento la quise con toda mi alma. «Ya cambiará —me dije a mí misma—, los bebés evolucionan de un día para otro.»

Todo fue tan rápido y favorable que a los dos días ya estábamos de nuevo en nuestra casa. A todo esto, Eva permanecía expectante; ya tenía seis años y se daba perfecta cuenta de lo que estaba pasando. Cuando me quedaba a solas con ella, la encontraba distante. Me veía con sus hermanas pequeñas, ella hacía la vida en casa de mis padres, y yo cada vez más liada con las dos bebés. Pienso ahora, después de tanto tiempo transcurrido, que lo debió de pasar muy mal. Yo no tenía tiempo de mimarla, me volqué en las pequeñas y quizá no supe tampoco dirigir en aquel momento mi relación con ella. Soy consciente de que mi padre repetía constantemente a mi madre que Eva era hija mía y eso no debía olvidarlo. Mi hermana Amelia me lo contaba. Pero las circunstancias eran complicadas, difíciles de conducir de manera que nadie saliera dañado emocionalmente.

—No te olvides de que Eva es hija de Loli. Ahora les estamos ayudando por las circunstancias, pero ellas no tienen ninguna culpa de lo que ha ocurrido. Bastante desgracia cargan; una se ha quedado sin padre nada más nacer y otra sin marido en plena juventud, y si ahora Loli está rehaciendo su vida, debemos apoyarla. No te hagas ilusiones porque Eva no es tu hija, es tu nieta —le recordaba constantemente mi padre a mi madre, aunque ella no lo veía así.

—Pero si la estoy criando yo, ¡de qué me estás hablando! Eva se considera más hija mía que de Loli. Te lo puedo asegurar, y es lógico, además. ¿Quién la lleva al colegio? Cuando está enferma, ¿quién va con ella al pediatra?

—Te estás equivocando y vas a provocar mucho daño. No debes pensar así. Es nuestro deber ayudarlas, tanto a nuestra hija como a nuestra nieta, y además de manera desinteresada. Yo te quiero mucho y tú lo sabes, por eso te digo todo esto, para que luego no sufras ni hagas daño a nadie. Son madre e hija y en el fondo es lo que prevalece, aunque la vida les haya jugado una mala pasada.

Así de reflexivo y sabio era mi padre, y así me transmitía mi hermana las conversaciones que les oía. ¡Cómo le echo de menos!

Otros nueve meses tardé en quedarme de nuevo embarazada de mi tercera hija con Yusef. Me hallaba en una espiral sin fin y la noticia me inquietó de manera alarmante. Si ya estaba sobrecargada de trabajo con las dos niñas y angustiada porque Eva no vivía con nosotros, un hijo más era demasiada carga para mí, pero ¿qué podía hacer? Ningún método anticonceptivo me había funcionado porque Yusef los saboteaba... y menos mal que nuestras relaciones sexuales eran muy esporádicas; si no, me hubiera quedado embarazada antes. Y la compensación era inexistente porque ni siquiera tuve nunca un orgasmo con él; todo pura rutina y satisfacer sus deseos. Me levantaba, me duchaba, les daba el desayuno a todos y el pecho a la pequeña, me iba a trabajar, llegaba a casa de mi madre a la hora de la comida, comíamos, volvía al trabajo, salía de la zapatería a las ocho y media, llegaba a casa, hacía la cena, cenábamos, preparaba todo lo de las niñas para el día siguiente, nos acostábamos, dormíamos... y así un día tras otro, sin ninguna variación. Insoportable, insatisfactorio, deprimente, pero esa era mi vida y así debíamos seguir para siempre. Yusef estaba allí sin aportar nada a nivel afectivo, un pedazo de hielo que no se derretía por ningún acontecimiento o circunstancia. Aburrimiento de matrimonio, de vida... Rutina, rutina, rutina... Me había tocado eso y debía dar gracias a Dios porque al fin y al cabo no era un maltratador. Él hacía más vida social pero sin nosotras. A veces le invitaban a alguna fiesta que organizaba gente de su entorno y no nos llevaba.

Yo trabajaba el sábado por la mañana y el resto del fin de semana nos quedábamos con las niñas en casa o salíamos a dar una vuelta los cuatro por el barrio, una hora como mucho, porque enseguida volvíamos a casa para bañarlas y acostarlas.

Capítulo 19

Mi tercera hija árabe

—¿Pero otra vez estás embarazada, Loli?

—Sí, Juan, otra vez —le contesté a mi jefe con la cabeza agachada, avergonzada y sin saber muy bien qué decir.

Comprendía su postura. Él tenía un humilde negocio y que yo faltase tanto por permisos de maternidad siendo su única empleada le producía un grave descalabro. Le entendía perfectamente. Llevaba soportando, laboralmente hablando, tres de mis embarazos. Se enfrentaba al cuarto, y además tan seguidos... Y eso que no se lo comuniqué hasta el tercer mes, cuando físicamente se me empezó a notar la tripa y no tuve más remedio que decírselo.

—Esto no puede seguir así. Tantas bajas por maternidad y yo pagando no me lo puedo permitir. Ya sabes que es una empresa pequeña y que siempre te he apoyado en todo porque eres como de mi familia, pero ya no puedo más. Hasta aquí hemos llegado.

—Yo te comprendo, Juan. Hacemos lo que tú me digas, pero date cuenta de que Yusef aún no tiene trabajo fijo y los únicos ingresos de mi casa son los míos.

—Si te parece te preparo el finiquito. Será un despido improcedente y yo no podré darte la cantidad legalmente estipulada, pero si quieres llegamos a un acuerdo económico; yo hago mis cuentas y te ofrezco un dinero a ver si te cuadra. Así tendrás derecho a cobrar el paro. Yo creo que es la única solución para ambos, porque, además, tú ahora con tres bebés no tendrás tiempo de nada.

Me pareció muy sensato su planteamiento, pero los únicos ingresos de la casa eran los míos. ¿Qué pasaría cuando dejase de cobrar el paro? Lo hablé con Yusef. Necesitaba conocer su opinión.

—Dile a tu jefe que se espere hasta que estés de seis o siete meses. Yo, en primavera, ya termino el doctorado y tendré más opciones de trabajo. Que te dé entonces el finiquito y así, cuando des a luz, te puedes quedar en casa con los niños y el que trabajaré fuera seré yo. Sales de cuentas en julio, con lo que, si te despide en junio, yo ya habré terminado y me pondré enseguida a buscar empleo.

Así se lo planteé a mi jefe y en el mes de mayo recibí el finiquito con la cantidad que estipulamos. También arreglé los papeles del paro, que domicilié en una cuenta del banco.

El padre de Yusef vino desde Gaza para asistir a la ceremonia de doctorado de su hijo y después se quedó en nuestra casa durante dos semanas. Esos días a mi marido se le veía feliz. Padre e hijo salían y entraban recorriéndose la ciudad; Yusef le enseñaba los edificios más emblemáticos y luego los comentaban a su regreso. Tuvieron mucho tiempo para hablar y planificar el futuro durante esos quince días. Yo, embarazada y con las dos pequeñas, solo podía trabajar y, como ellos hablaban en árabe, no me enteraba prácticamente de nada.

Estando en Madrid su padre, ocurrió un hecho tremendamente doloroso para mí: Ali conoció a mi hija Eva. Hasta ese momento no sabía nada de su existencia y se quedó impactado.

—¡Pero, Yusef, cómo no me has hablado de esta niña! ¿Por qué no me has dicho que Loli tenía una hija antes de casaros? Si lo hubiera sabido, les habríamos comunicado a todos que también era hija tuya, pero ahora ¿cómo lo hacemos?

Al día siguiente de la marcha de su padre, Yusef me habló de que debíamos ir a Gaza toda la familia junta: él, yo y las niñas. Su madre aún no conocía a nuestra segunda hija y ya iba siendo hora.

—He pensado que podríamos viajar a Palestina a últimos de junio. Tú darás a luz en julio y creo que sería buena idea que nazca allí el bebé. Estoy seguro de que en esta ocasión va a ser un niño y nos harán una gran fiesta, matando corderos e invitando a toda la familia. Será una celebración muy especial.

—Bueno, no me parece mal, pero ¿y si es una niña?

—Lo mismo, no te preocupes. Además, ha sido idea de mi padre. Me ha dicho que ellos estarían encantados si lo hacemos así.

—Bueno, me parece bien. ¿Cuánto tiempo vamos a estar?

—Dos o tres meses, hasta que te recuperes, así estarás con mi madre y ella te ayudará en todo.

—Pero el ginecólogo que me sigue el embarazo está aquí en Madrid. En Gaza, ¿dónde voy a dar a luz? ¿No será peligroso?

—No, mujer. Ya has visto como tratan a mi padre en las dependencias de la ONU cuando ocurre algo urgente, pero tendrás al niño en el hospital americano. Yo me ocuparé de todos los trámites. No te preocupes de nada.

—Pero me habías dicho que te pondrías a buscar trabajo enseguida. Yo ahora he cobrado este dinero y tenemos lo que me dan todos los meses de paro, podemos ir tirando, aunque no por mucho tiempo. Si tú no encuentras pronto trabajo, ¿qué haremos?

—Ya he estado mirando alguna cosa y no veo difícil conseguir un empleo. Serán dos o tres meses de vacaciones para empezar a la vuelta con más fuerza. Los dos necesitamos este descanso.

—Bueno, está bien, nos vamos unos meses a Gaza.

—También he pensado que como tú ya estás con el embarazo tan adelantado y muy pesada, para que no te resulte tan duro el viaje te vas sola hasta el aeropuerto de Ben Gurión en Tel Aviv, como la otra vez, y yo viajo con las dos niñas hasta Jordania, porque al ser palestino a mí me pueden poner alguna pega en Israel, y así lo evitamos. Además, en Jordania yo tengo que solucionar algunos temas burocráticos y, de esta forma, aprovecho el viaje.

—¿Y no puedo ir con vosotros? Yo preferiría que fuéramos todos juntos. Es que yo sola otra vez...

—Loli, va a ser solo durante el viaje. Lo hago por ti. Ya estás muy molesta y casi de nueve meses. Se te haría muy pesado ir por Jordania y, de esta otra manera, cuando lleguemos las niñas y yo, tú ya estarás allí en casa de mis padres. En el aeropuerto de Ben Gurión a mí me pondrían muchos problemas por ser palestino, pero a ti no, al ser de origen español.

—Pero, Yusef, tú también tienes pasaporte español. No lo termino de entender.

—Claro, tengo pasaporte español, pero soy palestino y ya sabes cómo están las cosas. Es mejor no arriesgarnos. Si, total, es un día y ya nos vemos allí enseguida.

—También podemos hacer otra cosa. Nos vamos todos juntos por Jordania.

—Tú, siendo española, por Jordania no puedes entrar. Hazme caso, vete tú por Tel Aviv y allí te recoge mi padre. Irás mucho más cómoda y es menos complicado para todos.

Y me lo explicó de tal manera que me lo creí.

Todo aquel discurso me pareció razonable. Era lógico que en Tel Aviv le pudieran poner alguna pega por ser palestino, y tampoco me pareció disparatado que quisiera llevarse a las niñas con él en el viaje, puesto que yo ya estaba muy pesada, con ocho meses de embarazo a mis espaldas. Todo resultaba razonable; no había por qué desconfiar.

Debo aclarar en este punto, tan decisivo para todo lo que ocurrió posteriormente, que tanto él, por haberse casado conmigo, como mis dos hijas tenían pasaporte español, y que él había renunciado a otras nacionalidades, pero Yusef además poseía un pasaporte jordano que el Gobierno de este país concedía a algunos palestinos y que él tenía escondido. Para viajar en esta ocasión, utilizó, ocultándomelo, el pasaporte jordano e incluyó en él a nuestras dos hijas. No necesitó para hacerlo ningún consentimiento por mi parte. Lo consiguió simplemente presentando en la Embajada de Jordania el libro de familia, donde constaba que eran hijas suyas. Por supuesto, lo que no declaró es que también tenía pasaporte español. Yo me tragué el anzuelo sin sospechar absolutamente nada; incluso me creí lo de que yo, siendo española, no podía pasar a Gaza por Jordania. ¡Qué inocente fui! Pero ¡cómo iba a desconfiar de mi marido en ese momento! Hasta entonces no me había dado motivos para no creer en él. Viajé sola hasta Tel Aviv, donde de nuevo me esperaba mi suegro, su tío y el chófer. Él llegó al día siguiente por Jordania con las niñas y entró a Palestina con su pasaporte jordano (las niñas como si fueran árabes). En ningún momento sospeché nada. ¡Cómo me iba a imaginar que mi marido me iba a engañar de esta manera! Ni en la peor de las pesadillas lo podría haber soñado. Sabía que Yusef era un hombre introvertido, seco, aburrido, poco apasionado, pero nunca sospeché que estuviera tramando algo tan ruin contra mí. Yo siempre me había portado con él de manera intachable. Aún hoy no lo puedo entender. ¡Cómo pudo obrar de una manera tan sucia con la madre de sus hijas, con la mujer que le había confiado su vida, que en un país extranjero le había abierto las puertas de su casa y de su alma!

Yusef me tendió una trampa mortal que tardé tiempo en descubrir. Sus consecuencias fueron devastadoras tanto para mí como para mis hijas. Toda su familia estaba al tanto de lo que se había tramado contra mí, a sangre fría, sin mi conocimiento, pero no me di cuenta hasta mucho más tarde, cuando ya poco se podía hacer. Mi destino se convertía en algo muy negro, tan negro como el alma de Yusef, que fue capaz de engañarme de esa manera tan vil. Daba comienzo un capítulo muy trágico de mi vida: mis años en Gaza.

SEGUNDA PARTE

NEGRO DESTINO

Capítulo 1

Jabalia

Llegué a Gaza un día antes que Yusef y las niñas, cargada de maletas. Ya éramos cuatro de familia más el bebé que nacería enseguida. Traía conmigo trajes, vestidos, biberones, para dos o tres meses. También llevaba sábanas, porque en el primer viaje me di cuenta de que ellos no utilizaban y me sentí incómoda durmiendo con tan solo la manta por encima que lavaban de uvas a peras. También les quería enseñar los álbumes de fotos de la boda y del nacimiento de las niñas, y regalarles objetos españoles; a mi suegra le llevaba un abanico de madera pintado a mano por una conocida artista, a mi suegro pañuelos bordados con sus iniciales, etcétera. El dinero que me correspondió de la liquidación nos lo repartimos entre Yusef y yo. Cada uno llevaba una parte y serviría para cubrir las necesidades que se presentaran en Palestina. Además, cada mes me ingresarían en una sucursal bancaria de España el dinero del paro. Todo parecía en orden. Yusef me dijo:

—Si vamos a permanecer tres meses allí, será mejor que nos llevemos todo el dinero por lo que pueda pasar; no sé a cuánto ascenderá la cuenta del hospital donde darás a luz. A la vuelta tendremos aquí el colchón del paro hasta que encontremos trabajo. Es mejor que cojamos colchas y edredones, no vaya a ser que el último mes se nos eche el frío encima.

Y yo le hice caso en todo... paso por paso. ¡Me parecía tan razonable! ¡Yo misma discurrí de igual manera!

A mis padres les dejé las llaves de nuestra casa para que fueran de vez en cuando a echarle un vistazo y Eva se quedó con ellos; en realidad iba a ser un periodo muy corto de tiempo y la niña ya asistía al colegio, no me gustaba que perdiera clases.

De pronto, sin venir a cuento, Yusef me advirtió:

—No digas allí que tienes otra hija. No debemos dar explicaciones de nuestra vida, a nadie le importa.

Le miré fijamente a los ojos durante unos largos segundos, unos ojos que rehuían mi mirada, franca y sincera, sin ganas de esconder nada y menos algo relacionado con mi hijita.

—¡No entiendo tu secretismo! Cuando te casaste conmigo conocías bien la existencia de Eva, la aceptaste e incluso te casaste por la Iglesia católica, y ahora me encuentro con la desagradable sorpresa de que ¡no se lo has contado a tu familia! ¡Esto no me gusta! No eres el mismo hombre con el que me casé. Actúas como un desconocido y desde que nació tu primera hija has cambiado de actitud hacia Eva. Tu «discreción» hace que me sienta mal. Actúas como si en mi vida algo fuera reprochable; tú sabes bien que no es así y me gustaría que de ahora en adelante fueras más sincero. Tu comportamiento no es correcto, demasiado introvertido, solo cuentas medias verdades. Puedes confundir y causar mucho daño. Yo digo lo que siento, pero tú callas y más tarde me encuentro con situaciones inesperadas.

Él me escuchaba sentado en una mecedora, acunándose en ella, con la mirada baja, sin rechistar. Yo continué mi discurso, dolida, agraviada por el trato hacia Eva. ¡Pretendía anular a mi niña, como si no existiera!

—Viviremos allí dos o tres meses y no mencionaré a mi hija, pero a nuestro regreso exijo que Eva conviva definitivamente con nosotros. ¿De acuerdo, Yusef?

Su respiración se había acelerado al escuchar mis palabras y las manos le temblaban, lo que evidenciaba su nerviosismo. ¿Por qué esa excitación?

—Lo que tú quieras, Loli, no te enfades. Cuando regresemos, Eva convivirá con sus hermanas. Yo también lo deseo —su tono y actitud habían cambiado; en esta ocasión eran conciliadores y consiguieron transmitirme cierto sosiego.

Nos pusimos en camino. Yo sola y muy pesada, con un embarazo de ocho meses, partí del aeropuerto de Barajas hacia el de Ben Gurión, el más grande de Israel, en vuelo directo y sin ninguna incidencia. Las nubes formando suelo dibujaban bajo nuestros pies esculturas de animales diversos, de árboles gigantescos... Hasta una figura de Charlot conseguí descifrar. Por encima, el firmamento limpio, azul en toda su intensidad, solo roto por el gris metálico de la nave que brillaba como una gran bombilla reflejando en su cubierta la luz intensísima del sol. Cuatro azafatas uniformadas atentas a mis necesidades, aunque nunca serviles, ayudaron con su trato afable a que las casi cinco horas de vuelo me parecieran más cortas. Una de ellas, pelirroja y muy pizpireta, me trajo un sonajero en forma de avión, el primer regalo que recibió mi hija Fátima antes de nacer.

—Es usted muy valiente. Se atreve a viajar sola a punto de dar a luz.

—¡No pasa nada! Tampoco es un vuelo muy largo, y si tiene que nacer en el aire, bienvenido sea —nos reímos las dos abiertamente.

—No diga usted eso, por Dios. Será mejor que venga al mundo en un hospital. ¿Dónde lo va a tener?

—Aún no lo sé. Cuando llegue a Gaza mi marido me lo dirá. Voy allí a dar a luz y luego regresaremos a España.

—¿Va a dar a luz en Gaza?

—Ese es el plan.

La chica me dedicó una sonrisa enigmática y siguió con sus quehaceres. Evidentemente, se había quedado con ganas de decirme algo, pero se arrepintió antes de comenzar a hablar.

Llegué a Tel Aviv con casi una hora de retraso y en el aeropuerto me sometieron a un pequeño interrogatorio. El agente de aduanas, un judío de rasgos característicos, no me miró en ninguna ocasión abiertamente a la cara, pero se comportó conmigo de manera educada y respetuosa. Su trabajo consistía en ejecutar sistemáticamente una cadena de trámites, ni más ni menos, y así lo entendí yo.

—¿Usted para qué va a Gaza?

—Porque tengo allí familia. Me esperan mi marido y sus padres. He venido a verlos.

—¿Está casada con un palestino?

—Sí, Yusef es palestino.

—Acompáñenos, tenemos que revisar sus maletas.

Una mujer se unió a nosotros; le quedaba el uniforme estrecho. Me fijé en su barriga, casi tan abultada como la mía; entre los botones de la camisa se apreciaba una piel morena, brillante y estirada por la cantidad de grasa acumulada en su cuerpo.

Registraron todo detenidamente: las sábanas, los álbumes de fotos, los regalos... Me requisaron dos tabletas de turrón (ellos sabrían por qué), pusieron un sello especial en mi pasaporte y me indicaron que podía continuar. Todo en regla; mi visado me permitiría permanecer en Gaza tres meses, como programamos.

El rótulo de salida en inglés me indicó la dirección en la que me esperaban mi suegro con sus acompañantes, sonrientes y amabilísimos como la primera vez, aunque en esta ocasión sin llamarme a voces ni hacer aspavientos con los brazos. Recorrimos de nuevo el camino que nos separaba de Jabalia sin problemas. Lucía un hermoso día y me pude recrear en el paisaje. Grandes carteles publicitarios bordeaban la carretera con eslóganes en hebreo, árabe e inglés. Conducía el chófer por un firme perfectamente asfaltado de tres carriles; a los lados, árboles frondosos bordeándolo como centinelas, sus ramas danzaban al ritmo de la brisa, abrazándose en un ir y venir majestuoso. Divisé campos inmensos de algodón, según me iban contando, sembrados por agricultores palestinos. Muchos de ellos residían en Gaza e iban y venían todos los días hasta la zona judía (no existían ni remotamente los problemas actuales, ya que era el año 1983 y aún no se había producido la primera Intifada). El paisaje verde y rico se perdía en el horizonte en una estampa de inmensidad hasta la línea final donde se unía el verde del campo con el azul turquesa del cielo, y llegamos al paso fronterizo de Eretz, donde mis acompañantes entregaron sus permisos correspondientes y yo mi pasaporte y visado. ¡Todo en regla! A partir de ahí el panorama cambió. El verde fue marchitándose y dio paso a un ocre amarillento para regresar poco después con otras tonalidades, convertido en inmensas extensiones de naranjos y limoneros.

—Esto es Beit Hanún —me explicó mi suegro.

Poco a poco, pude comprobar cómo la carretera se transformaba. Proliferaban los socavones, el firme no hacía honor a su nombre y el conductor maniobraba continuamente para evitar los baches. A derecha e izquierda se empezaba a vislumbrar terreno ya desierto, con dunas amarillas, sin vegetación. Llamó mi atención, al fondo, una tienda de campaña baja de forma rectangular habitada por beduinos. Hombres, mujeres, niños, cabras, camellos... parecía una secuencia de película.

—Ellos van y vienen, son nómadas —me explicaba mi suegro entre risas, divertido al ver mi cara de asombro.

—¿De qué se alimentan? —pregunté acercándome la mano a la boca para que me entendiera.

—Crían ganado y organizan la vida alrededor de él. Beben leche y fabrican con ella una manteca que se llama ghee. Está buena. Se desplazan constantemente buscando oasis donde encontrar agua y pastos y recogen dátiles de las palmeras y otros frutos que da el desierto.

Hablaba medio en árabe, medio inglés, medio comunicación no verbal, mediante signos, gestos y señas, pero conseguí hacerme una idea bastante concreta de lo que me estaba contando.

—Van muy tapados para el calor que hace.

—Es una ropa muy ligera, de algodón... el thawb les protege del sol —afirmó señalándome con el dedo la túnica blanca que vestía uno de los hombres, tapado hasta los ojos.

—¿Duermen todos juntos?

—Una parte de la tienda está reservada a los hombres e invitados, son muy hospitalarios y fomentan el sentido del honor. La otra parte es para mujeres y niños.

Continué observando aún algunos segundos a aquella gente tan peculiar que arrastraba un modo de vida tan distinto al habitual.

—Ten cuidado con los agujeros, no vayas a provocar que mi nieto nazca antes de tiempo —le dijo al conductor, soltando al mismo tiempo una sonora carcajada.

«Según parece, todos esperan que sea niño», pensé preocupada. Existía un cincuenta por ciento de posibilidades de que acertaran, pero ¿y si no fuera así?

Impresionaba sobre todo la gran diferencia de paisaje e infraestructura entre un territorio, el judío, y otro, el palestino. Por la parte alta de Jabalia comenzaron a aparecer casas de dos plantas, edificaciones construidas con cemento sin enfoscar, algunos marcos puestos en las ventanas y otras solo con la abertura. También había vigas que sobresalían más de tres metros por encima de la vivienda, etcétera.

—Ali, ¿por qué todas estas casas están sin terminar?

—Porque los hijos se van casando y aquí se sigue construyendo la vivienda hacia arriba dando cabida a las nuevas familias —me explicó mi suegro.

Me contó algunas historias de amigos suyos que yo, con mi precario árabe, no llegué a comprender y me limité a dedicarle un amplio surtido de sonrisas y afectuosas miradas.

Al llegar a Jabalia el caos se adueñaba de la vista. Coches, cabras, burros, gentes, todos entremezclados en un amasijo sin pies ni cabeza. Viejos coches desvencijados que cargaban en sus bacas un sinfín de objetos disparatados, desde percheros hasta secadores de pelo enormes. Por las ventanillas asomaba su cabeza alguna que otra cabra. Una anciana sentada ante un diminuto taburete vendía dos dentaduras postizas usadas. Un camionero había tenido un accidente, y allí mismo había improvisado un tenderete con la carga de agonizantes gallinas que vendía a pie de camino mientras una brecha abierta en su frente chorreaba sangre roja. ¡Pobres, pobres! ¡Qué inhumano!

Y llegamos a casa, donde nos esperaban las mujeres. El recibimiento fue efusivo, afectuoso, caluroso... «Bienvenida de maraharjá», pensé. Tanto mi suegra como mi cuñada Asima se alegraron sinceramente al verme. Se lo noté en su expresión, en su manera de actuar. Yo significaba la avanzadilla de su hijo Yusef, la vanguardia que se adelanta. Le tendrían con ellas enseguida, y se quedaría para siempre. Yo aún no lo sabía, pero ellas sí; formaban parte de la trampa tramada entre todos contra mí.

Al día siguiente, Yusef llegó desde Jordania con las niñas.

—Mamá, mamá... guapa. Hemos venido en un coche muy grande que volaba por el cielo —me decía Soraya, que ya con tres años hablaba español perfectamente.

No conocían a nadie y miraban extrañadísimas y recelosas todo lo que les rodeaba; aquellos ojos que se clavaban insistentes en sus infantiles caritas, esos rasgos desconocidos. Las dos se abrazaron a mis piernas, aferrándose como ventosas; era imposible separarlas.

Hanna había cumplido año y medio, y balbuceaba alguna palabra suelta...

—Mamaá, tatatata..., hola —parloteaba, mientras todos reían sus gracias y los extraños sonidos que profería.

¡Qué preciosas las dos con sus vestidos rosas iguales! Las miré embelesada, orgullosa de estas pequeñitas adorables que me aportaban tanto cariño.

Me faltaban pocos días para dar a luz y tanto mi suegra como mi cuñada Asima me continuaban colmando de atenciones.

—Tú no hagas nada, ya lo hacemos nosotras —me decían mientras elaboraban la masa del pan o preparaban la comida.

Pero no me sentía cómoda. Me había precipitado. Había accedido a los deseos de Yusef de viajar tres meses a Gaza, pero una vez allí me di cuenta del grave error cometido. «¡Dios mío, para qué he venido! ¡Qué atolondrada! ¡No debí haber accedido nunca!», me reprochaba, aunque sabía que ya no había vuelta atrás.

Me encontraba mal, extraña, como la primera vez que fui con Soraya. Entendía pocas palabras en árabe y comenzaba a sospechar algo que no podía explicar. Percibía que me faltaba información, que existían elementos que ellos conocían y yo no. ¿Qué me ocultaban?

Yusef seguía tan introvertido como siempre, lo habitual en él. Contaba las cosas como yo quería oírlas, me envolvía con su charla; todo lo que decía en teoría resultaba razonable, pero otra cosa era la práctica. Una parte de lo contado era cierto y otra, inventado. La mezcla significaba un engaño en toda regla.

Mi estancia allí los primeros días transcurrió con total normalidad. Mi suegra, al principio, se mostraba hiperbólica y exagerada con las niñas: las quería coger, abrazar, besar, no las dejaba ni a sol ni a sombra, pero poco a poco se fue normalizando. Muy pendiente de mí, demostraba una amabilidad exagerada, deseosa de que en mis últimos días de embarazo me encontrara a gusto.

Nos visitaba con frecuencia un primo de Yusef, médico especializado en pediatría, para comprobar que todo seguía su curso adecuado; un hombre educado, de refinados modales y sonrisa fácil, que lucía unas manos impolutas perfectamente cuidadas.

—Ama Ali, tienes que andar mucho para que el niño vaya bajando y se encaje —me aconsejó en árabe, y Yusef tradujo.

Pero las calles que nos rodeaban no resultaban muy transitables, por lo que me dedicaba, siguiendo sus consejos, a dar vueltas por el patio y el jardín de limoneros, que tanto me gustó en mi primer viaje. Las urracas enredaban entre los árboles y el incesante trinar de los gorriones se confundía con los ruidos lejanos de la calle, el quiquiriquí del gallo, el cacareo de las gallinas, el chillido de los conejos, el arrullo de las palomas... Sin olvidar los balidos de la maloliente cabra, que me embestía en cuanto me descuidaba.

Me acercaba hasta el corral y entretenía mis horas observando la difícil relación de gallinas y conejos, todos juntos, recelando unos de otros con miradas asustadizas.

Sentí lástima de aquellos bichos de orejas largas en posición habitual de letargo; los terribles picotazos que me propinaron las aves en mi primera visita al recoger sus huevos me obligaron a desistir para siempre de volver a intentarlo, y los recelosos mamíferos debían, por obligación, compartir su espacio con ellas. «¡Pobres! —pensé—. Triste destino el suyo.» La cabra campeaba a sus anchas dándose importancia, sabiéndose más grande y fuerte que el resto del grupo. Todos olían muy mal, pero en lo más alto del podio, los conejos. ¡Uffff, qué peste! Situado muy cerca, se encontraba el palomar con sus estanterías artesanales, en las que descansaban las palomas y sus pichones. Estaba construido en madera, aunque casi no se distinguía por la cantidad de excrementos que acumulaba. No me acercaba demasiado a él; había oído que las palomas transmiten ciertas enfermedades, contagian hongos y una bacteria que se encuentra en los excrementos. Pero sí alzaba la cabeza hasta llegar con mi mirada a apreciar el robusto cuerpo de las aves, su pico delgado y corto, y cómo encubaban los huevos, macho y hembra indistintamente, en un reparto equitativo de obligaciones paterno-filiales. Alimentaban a sus pichones ambos también, desde el buche, en una estampa verdaderamente enternecedora. Tan entrañable me pareció que corrí el riesgo de convertirme en una apasionada de las palomas, si no hubiera sido por aquel olor tan desagradable y el riesgo que entrañaban para la salud. Debo reconocer que su modo de vida me parecía muy curioso. En esa casa uno de los platos preferidos era el pichón; sin embargo, las palomas no se comían. «No sirven, saben mal», decía mi suegra, pero consideraban a las crías el plato más exquisito, y su carne constituía un sabroso bocado; primero la cocían durante unos minutos con agua para más tarde introducirla en el horno sazonada con sal y especias. Ya dorada, la servían con arroz y salsas. ¡Exquisito!

Contando ya los días que quedaban para dar a luz, recibimos una visita inesperada. Se trataba de una mujer, a la que yo recordaba porque fue la que había depilado a mi cuñada Saira un día antes de su boda; venía acompañada por una hermana de Yusef a la que yo no conocía porque vivía fuera. Comenzamos a charlar sentadas en el poyete del jardín, muy cerca de los rosales, que aún mantenían algunas flores inundando la atmósfera con su sutil fragancia.

Bromeábamos, nos reíamos... Resultaba simpático su comportamiento, desinhibido y cordial. Me hicieron sentir cómoda por primera vez desde mi llegada. El aspecto de la «depiladora» era peculiar, cómico, y sus gestos también. Sonaba en la radio música árabe y aquella mujer se dejaba llevar por su ritmo moviendo las caderas y el vientre con mucho arte, al tiempo que cantaba presumiendo del don que le había sido concedido: su voz resultaba melodiosa y sensual.

—Ama Ali, ¿tienes el pubis limpio? Te quedan muy pocos días para parir y debes irte preparando —me soltó sin venir a cuento.

Su rostro rudo de nariz prominente albergaba una boca grande que había perdido quién sabía cuándo varias piezas dentales dejando al descubierto una cueva negra salpicada por tres o cuatro dientes cuando se reía abiertamente, algo que ocurría con frecuencia.

—No puedes llegar al hospital con «eso» lleno de pelos —continuó diciendo.

La simpatía que había despertado en mí se esfumó instantáneamente y me puse en guardia, con los músculos de todo el cuerpo agarrotados.

—No te preocupes, cuando llegue a la clínica ya sabrán ellos lo que deben hacer y me prepararán adecuadamente, como ha ocurrido en los otros partos.

Pero ni a ella ni a mi cuñada les resultó satisfactoria esta contestación y le pidieron a mi suegra (sin que yo en ese momento lo pudiera entender) que me espiara cuando entrara en la ducha. De esta forma averiguarían si era necesaria su intervención.

Y, efectivamente, cuando por la tarde me fui a duchar, oí la voz de mi suegra que me avisaba:

—Ama Ali, voy a entrar.

—Me estoy duchando, pero no tardo nada. Ahora mismo acabo.

—No te preocupes; solo es para recoger una cosa del lavabo.

Entró y, sin encomendarse ni a Dios ni al diablo, corrió la cortina de la ducha mirando descaradamente mis partes pudendas entre risas y bromas. Me di inmediatamente la vuelta, pero le dio tiempo a ver mi pubis cubierto de vello y corrió a contárselo a las dos mujeres, que aún estaban en la casa.

—Ama Ali, debemos limpiarte —me espetaron nada más salir.

Simulé en un principio no entender a qué se referían. «¡Huy, madre! ¡Qué me querrán hacer estas dos!», pensé asustada.

—Ven con nosotras. Mira.

Y me enseñaron aquella pasta que elaboraban con agua, azúcar y limón.

—Con esto te quitaremos todos los pelos —me decían en árabe.

Continué sin darme por aludida.

—No entiendo... No sé lo que me queréis decir.

Y fueron a buscar a Yusef para que tradujera.

—Loli, te quieren depilar. Insisten en que no puedes llegar en estas condiciones a dar a luz. Debes entrar al hospital limpia.

—No, no y no... Me niego. No quiero que ellas me depilen. Cuando llegue a la clínica ya se encargarán de rasurarme, pero yo no tengo por qué ponerme ahora en sus manos. Además, cuando se casó tu hermana Saira fui testigo del daño que le hicieron; es una zona pudorosa, me da vergüenza. No quiero que me la manipulen. ¡No!

—Aquí es diferente. Son otras costumbres. Puede que llegues al hospital y, como las parturientas van depiladas, no te quieran afeitar.

—Me rasuro yo, pero ellas no me van a tocar.

—Es como un rito y no te debes negar. No va a pasarte nada.

—Ni se me ocurre dudar de sus buenas intenciones, pero me va a doler muchísimo... Lo sé.

—Loli, tranquila. Si no quieres que te depile la otra señora, se lo decimos a mi hermana, que es una experta. Ya verás como no te duele. Debes ser condescendiente, mujer. Es una nimiedad. Dales gusto en esto, no seas niña. Además, recuerda lo que decís en España: «Allí donde fueres, haz lo que vieres».

Una vez más, Yusef y su familia se salieron con la suya y cedí. Mi marido, el encantador de serpientes, me envolvió de nuevo con su verborrea y yo asentí como un cordero que llevan al matadero.

Esa misma tarde se pusieron manos a la obra. Yo me moría de vergüenza, pero lo peor fue el terrible dolor que aquello me produjo, y encima con una tripa descomunal a punto de dar a luz. ¡Qué sensación tan desagradable! Me aplicaban el emplaste, que era una especie de caramelo casi hirviendo, y estiraban. Sentía que iba a perder la piel y que mi carne se quemaba. La sensación era mucho más dolorosa que cuando en España nos depilamos con la cera; dolía más, mucho más. Además, hay ciertas partes que las occidentales no nos solemos depilar, pero las orientales sí lo hacen. Son las zonas más delicadas y dolorosas. Aunque después me pasaran las manos y me frotaran para paliar el dolor, no lo lograban en absoluto.

—Tranquila, que ya queda poco. Respira hondo, venga, cuenta hasta tres.

Y cuando menos me lo esperaba daban el tirón. ¡Qué dolor! Utilizaron la misma pasta una y otra vez, llena de pelos... ¡qué asco! Los del pubis se entremezclaban con los de brazos, piernas...

Sudaba, gritaba, parecía que estaba ya pariendo. Me depilaron de arriba abajo sin dejarme ni un solo pelo: brazos, piernas, axilas, pubis... Como decían ellas, me limpiaron, pero pelándome como a una gallina cuando le arrancas las plumas.

Salía de cuentas a principios de agosto y, sin embargo, al día siguiente de este martirio, antes de lo estipulado, me puse de parto; yo lo achaco al mal rato que pasé; creo que aceleró el proceso. Me noté mucho flujo y comencé a encontrarme mal, así que me llevaron rápidamente a la clínica de la ONU (nuestros vecinos). Atravesando un descampado donde crecían a su antojo las malas hierbas, entramos a las dependencias, unos ochocientos metros cuadrados repartidos en dos plantas diáfanas coronadas por un gran patio en el centro. Y llegamos al departamento donde trabajaban las matronas; allí, una de ellas me realizó una minuciosa revisión tumbándome en un potro rodeado de mesas, todo blanco, impoluto; me introdujo los dedos, cerciorándose así de que me encontraba de parto, pero, según afirmó, todavía iba para largo. No vi ni un solo instrumental ginecológico y menos una incubadora. En caso de existir un imprevisto, no sé cómo habría actuado esta mujer. Quedó claro que mi hijo no vendría allí al mundo; el ambulatorio lo reservaban para gente menesterosa, sin recursos económicos, y nosotros disponíamos de ellos.

—Que se quede en casa por el momento. Si veis que esta noche se encuentra peor, la lleváis al hospital donde vaya a dar a luz —le dijo la matrona a Yusef, demostrando la práctica y la experiencia adquiridas a base de tratar parturientas; su universidad era el día a día, solventando en ocasiones complicados partos. ¡Cuántas situaciones límite habrían sostenido sus manos! ¡Y cuántas vidas debían de agradecerle haber nacido!

Regresamos a casa atravesando la sala ocupada por las recién paridas, una nave grande con unas cien camas muy cerca unas de las otras, recubiertas por mosquiteras y con su cunita al lado, también a salvo de insectos. La mayoría se encontraban vacías; las mujeres daban a luz y, si todo salía bien, las mandaban a casa a las pocas horas de haber traído su hijo al mundo. Acababan de parir tres; ellas se quejaban quedamente mientras sus retoños lloraban abriendo por vez primera sus ojos, sus bocas y sus pulmones a la vida. «¡Pobrecitos, qué duro es llegar a este mundo!», pensé al escuchar su llanto sutil, parecido al maullido de un gato.

Pasé la noche intranquila y con muchas molestias. Tras permanecer un mes en Jabalia, me encontraba ya de parto y aún no sabía dónde daría a luz; no había ido a hacerme ningún análisis ni ecografía.

Me hallaba ante la más absoluta improvisación. A las cuatro y media de la madrugada (ya era de día) comencé a sentirme muy mal. El dolor me doblaba, ¡no podía soportarlo! Me levanté al servicio y tuve una contracción tan fuerte que me obligó a gritar de manera desaforada. Al oírme, Yusef y su padre decidieron llamar un taxi (las mujeres se quedaron con las niñas) y llevarme al hospital americano privado de Gaza. Dos celadores aguardaban con una silla de ruedas en la recepción mientras yo sangraba abundantemente, y una enfermera me condujo de inmediato a una sala atravesando varios patios árabes, con su cerámica característica y sus fuentes. Cuatro grandes macetones repletos de flores multicolores se entremezclaban con una buganvilla que abrazaba impetuosa uno de los muros aferrándose a él como un pulpo expandiendo sus tentáculos rosa fucsia de esplendorosa floración. Me llamó la atención tanta belleza inesperada en este lugar. Respiré tranquila porque el sitio me inspiraba confianza, las dependencias olían a limpio y me sentí segura. ¡Aspira, espira, aspira, espira...! Y allí di a luz el 31 de julio de 1983 a mi hija Fátima, la única nacida en Gaza.

Todo el personal del hospital me hablaba en inglés y yo no les entendía, pero la experiencia no la recuerdo con desagrado.

Entré con la dilatación muy adelantada y en una hora escasa, Fátima descansaba en mis brazos; serían las seis de la mañana, al alba, ¡qué bella hora para nacer!, cuando la oscuridad da paso a la luz de la mañana, la más limpia y especial del día. Por la ventana los colores malvas del cielo dibujaban en el rostro de mi hija un reflejo mágico. Suspiré feliz al contemplarla con ese gesto tranquilo.

Me hizo gracia recibir enseguida la visita de mi suegra y mi cuñada cargadas de comida para mí: un caldito de gallina, conejo tiernito... todos productos caseros, del corral. ¡Qué bien me trataban! Igual que en mi primera visita. Desde luego, no me podía quejar. Con ellas venía mi marido, que miró a su hija con gesto inexpresivo.

—Yusef, lo siento mucho, ha sido otra niña.

—No te preocupes, Loli, ya llegará el chico. Lo mismo que se traen niñas nacen niños. Es cuestión de tiempo.

Esta reacción de Yusef me tranquilizó por el momento. Todo, en apariencia, había salido bien.

Capítulo 2

La abuela de Yusef

Los primeros días, después de volver a casa con la recién nacida, fueron apacibles, aunque yo seguía preocupada e incluso me sentía culpable por haber dado a luz una tercera niña. Mi yo interior me juzgaba sin piedad: «¿Qué pensarán de mí?», me preguntaba abochornada, pero decidí relajarme y centrarme en atender a mis hijas. ¡Qué culpa ni qué culpable! Me negaba a convertirme en una desgraciada por algo que no se encontraba en mis manos solucionar. Mi suegra y mi cuñada continuaron realizando los abundantes trabajos domésticos; no disponían de muchos utensilios que les facilitaran las tareas del hogar y lo realizaban casi todo a mano, incluida la masa de sémola, el queso, el pan, matar a las gallinas, recoger los huevos, ordeñar la cabra, sacrificar a los pichones... ¡Trabajaban como mulas!

La gastronomía de la casa me resultaba curiosa y muchas veces apetecible, con lo que me interesé por la elaboración de los platos observando cómo manipulaban los alimentos para cocinarlos, y cuando no entendía algo, le pedía a Yusef que me lo explicara.

Continuábamos desayunando en el patio de los limoneros, como en mi primer viaje, y poco a poco comencé a aprender el nombre de todos los platos que tanto me gustaron en mi primera estancia en Palestina. Lo que no podía faltar en estos desayunos era el labneh, un queso hecho con yogur natural y sal; lo escurrían sobre una gasa durante veinticuatro horas, le daban forma de bolitas y las rebozaban en orégano. Resultaban sabrosas y apropiadas para iniciar al paladar en las primeras horas del día. Llegué a acostumbrarme a ellas, olvidándome del café con leche y las tostadas.

También eran habituales las sambusaks, unas pastas rellenas de carne, y abundantes dulces como los pastelitos katayef; las ghraybeh eran galletas de mantequilla y las kunafas, galletas de cereales. Aprendí a saborear estos alimentos, todos muy especiados y sabrosos.

Además de dedicarme a mis tres hijas y de observar cómo las mujeres de la casa cocinaban, dedicaba parte del día a atender a la abuela de Yusef, de la que aún no he hablado, pero que jugó un papel importante en mi vida. Su marido se había casado con tres mujeres, siendo ella la segunda, cuando casi alcanzaba la cuarentena. Yo la conocí en mi primera visita a Palestina, ya muy anciana, medio ciega y cuando apenas se mantenía en pie, pero aún se desenvolvía sola e incluso salía de vez en cuando a comprar algún alimento necesario para la comida; era la sirvienta de mi suegra. Llevaba y traía leña y obedecía en todo a la madre de Yusef, que reinaba como dueña y señora. Pero ahora Gestah (así se llamaba) había perdido la vista por completo y se desplazaba de un lugar a otro de la casa reptando. Siempre sentada en el suelo, vestida con la chilaba típica palestina, negra bordada en colores a punto de cruz. Daba mucha penita contemplarla. Dormía en un cuchitril cerrado con una puerta bajita de lata (un metro de altura) que lindaba con nuestra habitación. La entrada al cuartucho se hacía a través del patio. Dentro, había un somier con un viejo colchón y, al lado, una lata vacía de aceitunas de cinco kilos para que hiciera sus necesidades por la noche... Solo eso. Al encontrarse tan cerca de nuestra habitación, escuchábamos todo lo que le pasaba por las noches y cómo se arrastraba para hacer sus necesidades en la lata. A mí se me partía el corazón y no comprendía por qué mi suegra era tan cruel con ella. Ali, mi suegro, era el único hijo de esta anciana (tenía hermanos, pero de la primera mujer de su padre y de la tercera) y no supe nunca por qué consentía que su mujer infligiera esta cadena de vejaciones a su propia madre. Sé por Yusef que vivió siempre con ellos, ya que mi suegra se casó muy joven, con quince años. Ama Yusef nació en Siria, donde vivía toda su familia, y de recién casada se encontraba muy sola en Gaza; como, además, Ali era hijo único por parte de madre, decidieron convivir con Gestah.

Los agravios continuos resultaban un insulto a la vista de cualquier bien nacido y a mí me daba mucha pena esta pobre mujer maltratada por la vida, por cuyas venas corría la misma sangre que la de sus verdugos. Cuando en la casa cocían pollo, apartaban las patas, la cabeza y el cuello para Gestah.

—¿Cómo le dais a la abuela los despojos de la comida? —preguntaba yo con grandes dosis de indignación y reproche en mi tono de voz.

—Porque le encanta chupar los huesos —respondía mi suegra.

—Gestah, ¿cómo te puede gustar eso, que son los desperdicios del animal?

—No te preocupes por mí, hija, yo con esto ya como bien.

Ni siquiera le permitían sentarse con nosotros en la mesa. ¡Me parecía vergonzoso!

Por las noches, a veces, la sentíamos levantarse para ir al servicio (el del agujero) a hacer sus necesidades. Debía por fuerza salir al patio hasta llegar a él, en verano y en invierno, arrastrándose, y, una vez allí, subirse la falda, bajarse la ropa interior...

A veces nos despertaban los gritos de mi suegra.

—¡Gestah, puerca, te has vuelto a ensuciar! —le gritaba indignada mientras le arrojaba dos o tres cubos de agua por encima para limpiarla.

¡Bonita manera! A mí me impresionaba tanto que rompía a llorar desolada. Estas escenas sucedieron de manera continuada desde que llegué hasta que Gestah falleció, durante un periodo de tiempo de unos seis o siete meses. Sentía que a esta pobre mujer se la trataba peor que a un animal.

—Yusef, ¿cómo pueden comportarse así con tu abuela?, y tú ¿por qué lo permites? No lo entiendo, pobrecita —le recriminaba entre sollozos.

—Loli, no la tratan mal, no exageres. La limpian, le dan de comer...

—Pero ¡qué dices! No he visto a nadie de esta casa que le dé un mínimo de cariño. Me muero de pena solo de oírla.

Como la pared de nuestra habitación colindaba con la suya, algunas noches llamaba a su nieto a gritos.

—Yusef, Yusef... Tráeme un trozo de pan con aceitunas y tomate.

—Abuela, ¿qué quieres?

—Hijo, tengo hambre.

Y Yusef se lo llevaba. Pero cuando por la mañana mi suegra abría la puertecita del cuchitril donde dormía la anciana desde el patio de los limoneros, el olor que despedía la estancia echaba para atrás. Se fijaba en los huesos de las aceitunas en la lata, mezclados con el orín, y la viejecita rebozada en excrementos y montaba en cólera.

—¿Quién te ha traído esta noche aceitunas? Pero ¡no saben que no puedes comer porque luego te haces caca! —gritaba de manera desaforada, como poseída por Lucifer.

Cuando llegaba Yusef, yo le contaba todo entre sollozos.

—Por Dios, Yusef, debes tomar las riendas de este asunto. Yo no puedo seguir permitiendo que traten así a un ser humano. ¡Pobrecita! Me muero de dolor cada vez que tu madre la maltrata. Ella es una mujer estupenda que toda la vida ha estado a su servicio. ¿Por qué no le pone unos pañales como hacemos con los niños? Sería una solución.

Los últimos días de su vida los pasó desnuda por dentro. Llevaba la chilaba, debajo de ella un camisón, y nada más, sin ropa interior. A la pobre mujer, ciega e inválida, le resultaba prácticamente imposible subirse la ropa y se ensuciaba, ¡normal!

Intuí que toda su vida se había desarrollado entre desprecios y órdenes. De rostro cuadrado, ancho, facciones duras por haber sufrido enormemente, surcaban su cara infinidad de arrugas. Distaba mucho de haber sido una mujer hermosa, saltaba a la vista; daba la impresión de que siempre había sido vieja, como ocurre con ciertas personas. El abuelo de Yusef se debió de casar con ella por pena; era ya mayor y poco agraciada físicamente cuando celebraron el enlace. Una mujer árabe que llega a esa edad soltera es indicativo de fealdad y de que ningún hombre la ha querido desposar. La pobre tuvo la gran suerte de parir este hijo, el único, una bendición, según pensó al traerlo al mundo. Puede que más tarde cambiara de opinión... o quizá no. El grado de resignación de las mujeres árabes alcanza cotas incomprensibles. ¿Cómo sería su retrato interior? ¿Qué pensaría esta anciana apocalíptica de la vida?

—Yusef, tus padres deberían darse cuenta de que todos, en el mejor de los casos, llegaremos a viejos y que si una anciana se hace encima sus necesidades, lo lógico es lavarla con cariño y no a base de golpes. Igual que Gestah ha servido a tu madre durante toda la vida, ella podría corresponder en lugar de protestar tanto. Ahora le toca cuidarla con ternura, y en lugar de eso... ¡qué pena me da!

—Mujer, no seas tan severa con mi madre —me contestaba mi marido dibujando una sonrisa burlona queriendo quitar hierro al dramático asunto.

Empecé a descubrir a través de estos y de otros comportamientos la categoría humana de mi suegra y que, a pesar de estar en Palestina, aquella casa era un matriarcado.

Gestah me llegó a tomar un gran cariño. Me acercaba a ella, le cogía su huesuda mano; aunque no me veía, percibía toda la ternura que le quería transmitir con mi gesto y me dirigía una sonrisa angelical rebosando gratitud.

—Ama Ali, Ama Ali, eres tú... Déjame que te toque. Que Alá te bendiga y te dé un hijo varón pronto —me repetía sin cesar mientras acariciaba mi cara. Su piel áspera me transmitía el calor que yo tanto necesitaba, huérfana de afectos.

—Si Dios quiere —le contestaba yo—. ¿Necesita usted algo?

—Bueno, hija... tráeme un poco de shattack.

El shattack nunca lo he visto en España, pero allí se comía mucho. Es un polvo de sésamo que se unta en pan con aceite y se mete al horno. A Gestah le encantaba, como todas las comidas picantes.

—Le voy a traer un poquito, pero Gestah, cuando quiera hacer caca dígamelo y le traigo la lata, ¿vale? No se lo haga encima si no quiere desatar la ira de Ama Yusef.

Ella me miraba sin ver, con esa carita de desvalida... Aún me resulta difícil no contener las lágrimas al recordarla. ¡Me inspiraba tanta ternura!

Capítulo 3

Fátima

Mi cuñada Saira se había quedado embarazada un mes más tarde que yo de Fátima; por lo tanto, cumplió mi hija un mes cuando ella dio a luz... y fue un varón, lo peor que me podía haber pasado, porque empezaron a dispararse los comentarios y las comparaciones.

—Mira cómo mi hija Saira ha parido un varón y la mujer de Yusef solo sabe traer niñas al mundo —le oía yo comentar a mi suegra a espaldas mías.

Mi conocimiento del árabe seguía siendo limitado, pero sí que acertaba a traducir algunas palabras sueltas que me permitían construir frases y entender gran parte de las conversaciones, siempre y cuando no hablaran demasiado deprisa.

Las atenciones hacia mí se paralizaron desde ese momento, concluía así mi primera etapa amable en Palestina y comenzaba una nueva era áspera y terrible. En teoría el nacimiento de mi hija Fátima fue motivo de alegría, pero en la práctica distaba mucho de se ser así. Ellos seguían convencidos de que yo debía parir diez hijos, cinco niñas y cinco niños; que llegaran primero las hembras no significaba ninguna tragedia, apostillaban sin cesar. Les escuchaba hacer estos comentarios como si hablaran de otra persona; los realizaban delante de mí, sin pedirme ni importarles mi opinión... ¡Qué disparate! ¡Como si ellos poseyeran mi voluntad e incluso mi destino les perteneciera! Afortunadamente, las relaciones sexuales que manteníamos Yusef y yo, cada vez más esporádicas (como mucho una vez al mes), favorecían la ausencia de embarazos; la pasión que nunca existió alimentaba la falta de contactos. Nos metíamos en la cama, nos acercábamos el uno al otro, copulábamos no más de cinco minutos y cuando él, y no yo, se aliviaba, nos dormíamos hasta el día siguiente. En esto consistía nuestra vida sexual, impropia en una pareja tan joven. Nuestro cerebro no producía la sustancia de la satisfacción y el placer; no nos atraíamos lo más mínimo. Aun así, deseaba volver a España, entre otras cosas para acudir a un centro de planificación familiar y conseguir un método anticonceptivo que Yusef no me pudiera descubrir, por si acaso.

Mi refugio en esos iracundos, frustrantes y tenebrosos días era la abuela.

—Gestah, ¿quiere que le haga un poquito de té? ¿Necesita algo?

Me encantaba cuidarla, ofrecerle cariño y mostrarle respeto, lo que el resto de la familia le negaba, y al mismo tiempo veía en ella una aliada (tan necesitada me encontraba yo de afecto como ella). El resto del tiempo se lo dedicaba a mis hijas, y sobre todo a Fátima, la recién nacida. Tocaba darle el pecho cada tres horas, como hice con sus hermanas, durante sus tres primeros meses de vida. Era un bebé tranquilo y apacible, solo lloraba por hambre o cuando se mojaba; sus enormes ojos oscuros ocupaban buena parte de su cara de piel clarita. Nació, al contrario que Hanna, con muy poco pelo. Se parecía más a la familia de Yusef que a la mía, pero su tez anacarada recordaba a la de mi hermana Amelia.

Por aquellos días la postura de mi suegra se radicalizó en relación con la ropa de las pequeñas. No podía, de ninguna manera, lavarla con el resto y debía hacerlo a mano, tarea laboriosa al tratarse de tres niñas que ensuciaban a diario gran cantidad de prendas. Me sentía retroceder en el tiempo. Estaba acostumbrada a vivir en España con un mínimo de comodidades y ese trabajo, recién dada a luz, me resultaba pesado; el esfuerzo me parecía innecesario.

—La lavadora se utiliza solo para la ropa de los mayores. Nosotros rezamos, pero los niños no; son impuros. Debes lavar sus prendas a mano... No insistas —me recordaba continuamente como si de una letanía se tratara.

Nuestra ropa sí la lavaban en una máquina antigua, y esa agua la sacaban en cubos y la aprovechaban para fregar los suelos. El procedimiento resultaba prehistórico: introducían la ropa con agua y jabón en la lavadora; cuando había dado unas cuantas vueltas, la sacaban y reservaban el agua jabonosa para utilizarla más tarde. Volvían a llenar la lavadora con agua limpia, esta vez sin jabón, e introducían de nuevo la colada para aclararla. Ponían otra vez la máquina en marcha para concluir sacando la ropa y trasladándola a un barreño donde terminaban la operación de aclarado, ¡todo muy laborioso!

La primera norma que me impuso mi suegra fue esa (hacer la colada de las niñas a mano); luego siguieron muchas más. Me ponía en cuclillas ante un grifo en el patio, sentada en una banqueta baja con un barreño. Me abría de piernas y entre ellas situaba el recipiente; así lavaba la ropa, con el cuerpo inclinado hacia delante, recién parida y con el agravante del sofocante calor insoportable en esa época del año. Chorreaba sudor desde la frente al escote. Las gotas me resbalaban por cara y cuello, empapándome el cuerpo, y los mareos, a consecuencia de la extrema calorina, se sucedían en el tiempo; vahídos desgarradores que nublaban la visión produciendo espejismos histéricos donde las formas se distorsionaban hasta alcanzar categoría de monstruos, en una desagradable metáfora visual.

Nos levantábamos muy temprano, a las siete, para poder soportar las temperaturas, menos agresivas a primeras horas de la mañana, y después de comer nos acostábamos la siesta todos los días. Los cinco dormíamos en la misma habitación: a las dos mayores les habían instalado una cama al lado de la nuestra y la pequeña dormía en la cuna que heredó de sus hermanas.

Me obsesionaba limpiar concienzudamente el inodoro porque, aunque ellos se sentían muy orgullosos del invento, el chorro que salía por dentro era a mi parecer un foco de infección; aquella tubería permanecía constantemente embadurnada de porquería al caerle los excrementos encima. Como no salía a comprar, le pedía a Yusef que me trajera lejía en abundancia para limpiarla, cosa que hacía cada vez que entraba a usar el baño. Le ponía el pretexto de que la necesitaba para desinfectar la ropa de las niñas. ¡Cualquiera le hacía ver que aquel sistema era insalubre, ni a él ni a nadie de su familia! Aunque me corriera prisa usar el sanitario, me daba lo mismo; dedicaba un tiempo razonable a desinfectarlo antes de utilizarlo. ¡Hasta le sacaba brillo!

Además, yo todas las semanas cambiaba las sábanas que me había traído de España.

—¿Por qué lavas tan a menudo esas sábanas? ¡No es necesario! —me reprochó mi suegra agarrándome con fuerza de los brazos para impedir que las metiera en la lavadora—. No se debe poner tantas veces. ¡Pero si no hace ni diez días que las has lavado! —su tono imperativo y desagradable iba acompañado de gestos exagerados, disconformes...

—Ya, pero yo en mi país las cambio todas las semanas. Creo que es lo adecuado.

—No hace falta tan a menudo. Tiéndelas al sol para que se oreen y será suficiente. ¡No pueden estar sucias! ¡Las usáis vosotros nada más!

—El sudor. Los seres humanos transpiramos y por eso es necesario lavarlas al menos un día por semana.

—Tonterías, las pones al sol y es lo mismo.

—Acostumbro a hacerlo de toda la vida y me parece lo más higiénico. ¡Déjeme que lo siga haciendo! —le contesté yo en actitud sumisa, aunque al mismo tiempo reivindicando mi criterio. Pero la diferencia de idiomas jugaba también en nuestra contra; nos entendíamos a medias y así resultaba mucho más complicado—. Cuando llegue Yusef le pediré que le explique por qué las lavo —continué diciéndole, nerviosa e impotente ante mi falta de vocabulario árabe e intentando por todos los medios que nuestra relación no se deteriorara, pues sabía las consecuencias lamentables que eso supondría.

En realidad (pensaba muy equivocada), faltaban pocos días para nuestro regreso a España y la perdería de vista, al menos por algún tiempo. La diferencia cultural y educacional entre las dos resultaba más que evidente y la convivencia muy complicada. Como una loba en celo marcaba su territorio y me enseñaba unos dientes bien afilados, sintiéndose segura de la victoria en caso de producirse algún conflicto. Su comportamiento prepotente me relegaba a la nada.

—Yusef, lo estoy pasando muy mal. Cuando llegamos aquí todos me dijisteis que me sintiera como en mi casa e intento comportarme como soy, con naturalidad. Tú sabes que me he traído sábanas de España, pero tu madre no permite que las lave todas las semanas. Me sujeta las manos para impedírmelo. Aún no sé expresarme en árabe como me gustaría y no puedo comunicarme al cien por cien con ella. Explícale, por favor, que cada una tenemos derecho a ejercer nuestras costumbres. No quiero causar problemas, solo pretendo mantener unas mínimas reglas de higiene.

—No te preocupes, hablaré con ella, pero me extraña lo que cuentas. ¿No estarás exagerando?

—Habla muy deprisa en árabe y la mitad de las palabras no las entiendo, pero me ha agarrado fuertemente de las manos para evitar que metiera las sábanas en la lavadora, y gesticula agresiva. Creo que no me equivoco en lo que te digo.

—¡Qué exagerada eres, Loli! —y comenzó a reírse a carcajadas ante mi explicación.

Le resultaba inadmisible que su madre ejerciera contra mí ni un atisbo de agresividad. «Imaginaciones tuyas», decía.

—Solo te pido que hables con ella; si no, los dos meses aquí se me van a hacer eternos.

—¡Está bien, lo haré!

Desde ese día, Ama Yusef relajó un poco el carácter, aunque a veces se le olvidaba la conversación que sin duda había mantenido con su hijo y recargaba la artillería pesada.

Llevaba semanas sin salir de aquella casa y no entendía el motivo. En mi primera visita a Gaza, el padre de Yusef nos llevó al zoo de Israel, un recinto pequeño y de escaso interés, pero la excursión resultó divertida, e incluso estuvimos paseando por la playa con los pantalones remangados y remojando los pies aprovechando el devenir de las olas. Pero en este segundo viaje a Palestina nadie me había propuesto salir de la casa.

—Yusef, ¿por qué no me llevas nunca a ninguna parte? ¡Podríamos hacer una excursión como la que organizó tu padre la primera vez que vine! Me encantaría conocer algo de los alrededores. Volveremos a España sin visitar nada.

—Pues ya sabes lo que tienes que hacer, Loli. Encima de tu ropa te debes poner el daier [faldón típico palestino negro con mucho vuelo] y el chal abiat [mantón blanco muy grande con el que se tapan la cabeza y parte del cuerpo].

—¡Cómo me puedes pedir esto! No soy musulmana y estoy aquí de visita. Continuamente vienen a esta casa familiares y vecinos vuestros que me ven como soy y nunca me has dicho nada, ¿por qué ahora este cambio?

—También te quería hablar de eso. Muchos hombres de la familia se sienten incómodos ante ti porque estás delante de ellos sin el pañuelo en el pelo.

—Soy española y no tengo por qué ponerme nada en la cabeza. He ido a dar a luz a mi hija vestida de occidental, lo mismo que en las visitas al ambulatorio de la ONU.

—Si quieres empezar a salir, te lo tendrás que poner. No puedo pelearme con mi familia por tu culpa.

—No hace falta que discutas con ellos, Yusef. Solo debes hacerles comprender que tu mujer es extranjera y vamos a permanecer aquí unos meses. Podemos convivir en paz, yo con mi manera de ver la vida y ellos con la suya, respetándonos mutuamente.

«El que calla otorga», pensé cuando Yusef se dio media vuelta y salió de la habitación, pero me confundía. No he conocido a nadie tan introvertido como él. Nunca sabía lo que pasaba por su cabeza. Con el tiempo comprobé también que era profundamente mentiroso. Las medias verdades maquilladas las convertía en auténticos embustes... Nunca hablaba claro. En España esa faceta suya no resultaba tan agresiva, ni tan negativa. Aquí llegó a engullirme hasta conseguir llenarme de amargura.

Continuaba fijándome en el trabajo de las mujeres, sobre todo en la cocina. Me interesaba mucho cómo hacían el ayin (masa para el pan) y cómo encendían el «foron et tina» (horno de arcilla) en el patio con la leña que traía mi suegro. Este horno, que se utilizaba cada dos días (a no ser que las inclemencias del tiempo lo impidieran), construido de ladrillo por dentro y forrado de barro con forma redondeada, disponía de una base plana donde colocaban las bandejas para hornear el pan, y un fondo donde encendían el fuego. También lo utilizaban para asar los otros alimentos, como las berenjenas, materia prima fundamental en sus platos, con las que preparaban ricas ensaladas o salsas (pelándolas y machacándolas en el mortero con ajo y aceite de sésamo). ¡Qué rico aroma! Las servían en una salsera para mojar el pan; es costumbre poner en la comida varias salsas de distinta base para mojar. La carne de pollo, cordero, cabra, pichón... La cocían hasta ablandarla para meterla al horno sazonada con especias hasta que se dorara y cogiera sabor. Cada dos días elaboraban varias hogazas de pan; las que no se consumían se introducían en bolsas de plástico y se metían en el congelador para sacarlas al día siguiente y calentarlas. Así conseguíamos tomar siempre el pan caliente. Cuando llovía, utilizaban la típica cocina de gas con cuatro quemadores que lanzaban un fuego azulado, y el horno interior; se abastecían con bombonas de butano y la encendían sobre todo en el invierno. Para elaborar aquí el pan usaban la «tanyara lel jobes», una olla de mango largo y tapadera con resistencias eléctricas. La masa se hinchaba rápidamente al cubrirla y se horneaba la hogaza en muy poco tiempo.

Muchas tardes, la familia se preparaba para salir y, como ya he dicho, a mí nunca me invitaban a unirme al grupo, aunque tampoco me dejaban sola en la casa; siempre se quedaba alguien conmigo de «guardia». Comencé a darme cuenta de mi situación real: si no accedía a los deseos de Yusef, permanecería recluida, como en una cárcel durante toda mi estancia en Gaza.

—¿De dónde venís?

—Hemos ido a llevar azúcar a una prima mía que se va a casar. Aquí es costumbre como señal de respeto y como regalo. Luego tomamos el té con la familia.

—¿Por qué no me habéis invitado a ir con vosotros?

—Ya lo sabes tú bien, Loli. Si no te vistes con falda y pañuelo, no puedes salir. ¡Pero, mujer, si solamente es ponértelo encima de tu ropa! ¡Qué más te da!

—¿Me vas a tener aquí los tres meses?

—Si quieres salir, estas son las condiciones. No quiero que la familia y los vecinos nos critiquen por tu culpa.

Me quedaba muda, sin saber qué contestar, y siempre que les veía coger azúcar o los vasitos que solían regalar en estas ocasiones, ya me imaginaba a dónde iban. Mientras, yo esperaba en casa con alguien de la familia que se quedaba haciéndome compañía. Lo justificaba porque, como todavía no sabía hablar bien árabe, no se atrevían a dejarme sola por si llegaba alguna visita inesperada.

Una mañana le dije a Yusef:

—Tráeme unos huesos de vaca, carne y garbanzos; quiero prepararos un cocido madrileño, a ver si les gusta a tus padres.

Yo sabía que allí no encontraría jamón ni otros ingredientes necesarios, pero estaba dispuesta a emplearme a fondo para que probaran un plato típico de mi país. Preparé el cocido esmerándome en el empeño y debo reconocer que me quedó buenísimo, pero allí estaba mi suegra para enseñarme a hacerlo... a su manera.

—Ama Ali, ¿cómo vas a presentar los garbanzos secos con patata y zanahoria? ¡Eso no puede ser!

—Lo mismo que me como yo sus platos, puede probar usted los míos tal y como se cocinan en mi país, ¿no?

—Pero es que no están buenos. Los tienes que machacar en el mortero para hacer la salsa de garbanzos, o echarlos en el arroz de la magluba. ¡Que no, que no... así no! ¡Qué comida es esta! ¡No hay quien lo pruebe! ¡Está asqueroso!

Yo no sabía si reír o llorar. La situación resultaba tragicómica. ¡Me había empeñado tanto en que saliera perfecto! y ahora me echaba todo por tierra intentando reciclar mi cocido madrileño en un engendro a su modo y manera. No le parecía bien ni la sopa, ni los garbanzos con patata y zanahoria, ni la carne de pollo y de vaca con sus huesos (aunque faltara el jamón, el chorizo y el tocino, estaba exquisito). ¡Qué desilusión! De nada servían mis esfuerzos por resultar útil. «¡Qué señora! —pensé—. Le es imposible salir ni lo más mínimo de su rutina. ¡Qué cerrada es! ¡Siempre tiene que imponer su criterio!»

—No te desanimes, mujer —me dijo Yusef—. Ella está acostumbrada a otras comidas, pero si tienes paciencia, poco a poco le gustarán también las tuyas.

Y, siguiendo su consejo, a la semana siguiente volví a la carga. Les propuse cocinar una sabrosa carne con patatas. Ella frunció el ceño, pero aceptó, porque tanto su marido como su hijo la miraban expectantes. Hice un refrito con cebolla, ajo y tomate que rehogué con la carne; añadí caldo que había cocido anteriormente con huesos de vaca y eché la patata y la zanahoria, por supuesto sin olvidarme de la sal y una especia picante que le gustaba mucho a ellos, parecida a nuestro pimentón. El resultado fue espectacular, pero tampoco le gustó, porque debíamos comerlo con cuchara y eso rompía sus esquemas.

—La salsa debe ser mucho más espesa y hay que presentarlo con arroz aparte —decía impartiendo sabiduría y conocimientos culinarios.

A mi suegra le gustaba poner arroz en todo para llenar los estómagos y muy poca cantidad de lo demás. Elaboraba la salsa con mucho tomate y verduras, con lo que bautizábamos el arroz, o mojábamos el pan en ella.

—¡Eso es otra comida! —contestaba yo—. Lo he cocinado como en España, para que probéis sabores nuevos...

No había manera. Se negaba en rotundo a adaptarse a mis aportaciones gastronómicas españolas.

Con el tiempo, comenzó también a reprocharme que hablara a mis hijas en castellano.

—¡No te entendemos! —me espetaba a gritos.

—Yo sé poco árabe todavía y a mis hijas les hablo en español porque van a vivir allí.

La situación se tensaba cada día más y solo se suavizaba cuando le llamaban la atención, cosa que olvidaba enseguida y contraatacaba de nuevo.

—¡Aprende el árabe de una vez y enséñaselo a tus hijas! ¡Es el idioma de tu marido!

—Poco a poco... estoy en ello —le respondía derrochando paciencia, pero con una profunda angustia.

Me desahogaba con Yusef, pero sin llegar a contarle todo por precaución.

—Es imposible convivir con tu madre. Cuento los días que nos faltan para volver a España. Me impone que me adapte a vuestras costumbres, pero ella es incapaz de tomarse una cucharada de algo cocinado por mí. Me exige que hable en árabe. Cada día resulta más difícil el trato con ella. Me ridiculiza constantemente. Yo no os quiero imponer nada, pero sí pido respeto, ¡qué menos! ¿Cuándo volvemos a España, Yusef? ¡Se me está haciendo interminable!

—Todavía no lo sé. Estoy mirando unos posibles trabajos que quizá pueda enviar desde España, ya te contaré. Loli, te debes adaptar.

—Si pongo todo mi empeño en ello, pero tienen que comprender que soy extranjera.

Mientras mi suegra marcaba su territorio y afilaba sus dientes contra mí, la actitud de mi suegro resultaba bien distinta. Se mantenía imparcial y a veces se sentaba conmigo a tomar el té; yo ya había aprendido a prepararlo y lo hacía para los dos. Ponía agua en la tetera con varias cucharadas de azúcar; cuando el líquido rompía a hervir, le echaba una cucharada pequeña de té en grano de sabor muy fuerte, lo retiraba de la lumbre y lo dejaba reposar durante cuatro minutos. Luego lo llevaba en una bandeja y lo servía en vasos con hierbabuena. Ellos también le ponían otra planta, la maramiya, algo amarga; les gustaba mucho. La bebían las mujeres como analgésico contra los dolores de la menstruación.

Ali no se metía en conflictos. Era un hombre pacífico que acataba lo que ordenaba su mujer, pero no le podía considerar mi enemigo; se mostraba cercano, comprendiendo mi situación de extranjera inmersa en una civilización distinta a la mía. Aunque rara vez tomó partido por mí de palabra, sí notaba en sus miradas gestos de aprobación y acercamiento cuando ocurría algún altercado desagradable, cosa que llegó a ser muy frecuente.

—No seas tan complaciente con Ama Ali —le reprochaba su mujer—. ¿No ves que debe aprender?

Y él callaba. Llegué a la conclusión de que debía permanecer allí el tiempo que me faltara, obedecer en todo a mi suegra y olvidarme de aportar absolutamente nada de mi cosecha.

—Loli, nos vamos de visita a casa de unos tíos que viven aquí al lado, en el campo de refugiados. Si quieres unirte, ya sabes lo que debes hacer. Llevas dos meses sin salir de casa y, si no te pones la falda negra y el mantón, vas a seguir así... Tú verás —me dijo una tarde Yusef.

En ese momento, sentí que Yusef me vencía. No podía seguir encarcelada en aquella casa. Lo pensé bien y tomé la decisión de ceder, me pareció la postura más inteligente en la situación en la que me encontraba. La ropa palestina sobrepuesta encima de la mía significaba el salvoconducto para salir de allí y ya no tenía fuerzas para resistirme. ¿Qué podía hacer si no? Total, nos quedaban muy pocos días de estancia, suponía.

—Bien, Yusef, me lo pondré —contesté agachando la cabeza, avergonzada de mí misma por haber tirado la toalla; derrotada, sin dignidad ni valor para seguir adelante con ese pulso que me estaba echando mi marido.

Me debía etiquetar como sumisa, aceptando algo que no pertenecía a mi realidad, asumiendo que, de ahora en adelante, tenía que acatar todas sus órdenes (los deseos del hombre prevalecen sobre los de la mujer; la mujer no cuenta, no es nada). Yo no era musulmana y, sin embargo, debía obedecer los mandatos de Yusef sin rechistar. ¿Y mi criterio? ¿Y mi dignidad? Estaban anuladas, aniquiladas. Mi opinión ya no contaba para nada. En mi interior persistía la lucha, pero sabía que había vencido el pragmatismo frente al pundonor y mi decisión estaba tomada.

—Me parece muy acertada tu postura. Además, no significa tanto sacrificio. Una vez allí, cuando estés sola con las mujeres, te lo puedes quitar. Solo es para ir por la calle y por si en casa de mi prima hubiera algún hombre que no fuera de la familia.

—¿El pañuelo es solo para que no me vean el pelo los hombres que no son de la familia?

—Ya te lo explicaré con más detalle. Ahora póntelo y vamos, que nos esperan mis padres. Se casa Amaraya, una prima mía, con un chico que también es pariente nuestro.

Yusef me trajo a la habitación una falda de talla única y un pañuelo prestado por su madre; aquel faldón negro se sujetaba con una goma que se ajustaba a cualquier cintura. Tenía muchísimo vuelo para que la mujer se pudiera sentar en la postura del yoga en el suelo, encima de las colchonetas, que no faltaban en ninguna casa. En el último momento tuve que hacerme un arreglo porque la falda se me caía en cuanto daba dos pasos. ¡Me sentía tan ridícula! En la cabeza me coloqué un pañuelo color crema y por encima la mantilla blanca grande. Me miré al espejo y no me reconocí. ¡Qué rara me encontraba! Una sensación perturbadora inundaba mi cerebro. ¿Quién era aquella mujer que me devolvía su imagen? ¿Hasta dónde me había anulado Yusef?

Cuando salí a la calle y vi a todas las mujeres vestidas igual que yo, me tranquilicé un poco; parecía una de ellas, me mimeticé en el paisaje. Solo las adolescentes llevaban vaqueros y un vestido por encima hasta las rodillas; algunas con pañuelo en la cabeza y otras sin él.

Caminamos hasta la casa de Amaraya, lo que significó toda una experiencia. Cruzamos la calle principal y nos dirigimos hacia las chabolas del campo de refugiados: callejones estrechos, canales caseros en el suelo por donde corría el agua sucia de las viviendas con olor a alcantarilla, un taller mecánico, cutre y maloliente, donde reparaban lavadoras, frigoríficos y televisores. Algunas puertas se encontraban abiertas y yo miraba a través de ellas, ávida de información después de tanto tiempo enclaustrada. Niños descalzos, sucios, con dos surcos de mucosidad resbalando desde la nariz a la boca, hombres y mujeres con el rostro tallado por el sol. En una de esas chabolas jugaba una niña de piel morena pero con unos ojos azules que resaltaban como destaca en el cielo el planeta Venus en una noche de verano. Me llamó la atención porque bajo esa capa de mugre se intuía una cara preciosa. El suelo era arena que se metía en los zapatos, convirtiendo el paseo en una experiencia incómoda. Hileras de vehículos a tracción animal, chatarras de recuperación, colchones de espuma, patinetes con una sola rueda, muñecas sin cabeza.

Mi marido estaba a mi lado y, aunque no nos dirigíamos ni una mirada, el paisaje me soliviantó hasta el punto de tenerle que preguntar:

—Yusef, ¿desde cuándo viven en estas condiciones? Da pena verles.

—Este campo de refugiados está aquí desde que terminó la guerra árabe-israelí de 1948. Se construyó para treinta y cinco mil personas que huyeron de sus ciudades en el sur de Palestina.

—Hay muchísimas chabolas.

—Sí, la extensión es de un kilómetro y medio, más o menos; al principio colocaron tiendas de campaña, que luego sustituyeron por estas casitas.

Llegamos a una calle más ancha (podían pasar dos personas al mismo tiempo y en las anteriores no) y a punto estuve de meterme en un gran charco de aguas putrefactas. Di un salto para sortearlo y lo conseguí. En la esquina había una tienda de ropa con maniquíes medio calvas en el escaparate (les faltaba algunos trozos de pelo) donde se vendía de todo: botones, vestidos, bragas, sostenes, almohadas... Los diseños que lucían aquellas muñecas desaliñadas consistían en vestidos de manga larga, chilabas, pañuelos. Al lado una perfumería, una droguería, un bazar... Yo todo lo miraba con gran interés y mi cuñada debió de imaginarse que me deslumbraban los modelos que allí se exhibían.

—Vendremos a que te pruebes ropa. Te gusta, ¿verdad?

Yo le respondí con una sonrisa. ¿Cómo me iba a gustar? Parecían sacos. Con ellos sí que me encontraría a salvo de miradas. Cubrían todo; a la vista no quedaba ni un centímetro de piel. También vendían recortes de telas multicolores. Podías comprarlas por metros que luego llevabas a la modista para que te confeccionara un traje, me explicó Asima. «Igual que en cualquier sitio —pensé yo—. ¡Vaya novedad!», pero agradecí sus ingenuas y bienintencionadas explicaciones.

Llegamos al mercado con los puestos apiñados unos contra otros. Daba la impresión de improvisación, pero me explicaron que estaban allí de manera permanente. El olor resultaba irrespirable, putrefacto... Las gallinas se alborotaban a nuestro paso, vivas, en jaulas de madera, ¡qué peste! Me iban explicando, como guías turísticos, que las blancas procedían de Israel y las palestinas eran marrones con pintas (las ponedoras que criaban ellos en casa). Grandes piezas de carne de cordero o de vaca estaban colgadas al aire, plagadas de moscas, soportando un calor de más de treinta grados centígrados. Cuando alguien compraba, el carnicero envolvía la pieza en un papel cualquiera, en el mejor de los casos de periódico. Conejos vivos en jaulas alambradas. Por fin, una tienda de especias y su olor, mucho más agradable que los anteriores, a comino, tomillo, pimienta, azafrán, albahaca, canela, clavo, hierba de limón, hinojo y otras muchas hierbas desconocidas para mí con olores y colores exóticos y atrayentes.

—¿Este mercado abre todos los días? —le preguntaba yo a mi cuñada.

—Sí, desde las cinco de la mañana hasta que anochece a las cinco de la tarde —me contestó.

Seguí inspeccionándolo con gran curiosidad. Intenté descubrir alguna pescadería, pero fue inútil.

—¿Aquí no venden pescado?

—No, cuando queremos comerlo voy a comprarlo al puerto —respondió mi suegro.

Y, en efecto, recordé haber comido en su casa alguna vez un pez parecido a la anguila, sin espinas. Lo había visto preparar macerándolo con especias (hierba de limón y clavo) y friéndolo al día siguiente rebozado en harina. Otra especie que recordaba haber comido era un pececito pequeño, entre sardina y boquerón. Lo abrían, le quitaban la espina, lo colocaban en bandejas, lo regaban con aceite de sésamo y especias y lo metían al horno. ¡Resultaba un sabroso bocado!

Entramos en casa de Amaraya con nuestros regalos (dos kilos de azúcar, una docena de vasos y una jarra). Me recordó el día en que llegamos nosotros; también la familia y amigos vinieron a traernos los mismos presentes. La madre de Yusef los guardó en una habitación y, cuando tenían que hacer algún obsequio, como sucedía en esta ocasión, los sacaban de allí. Era una rueda. Iban legándose unos a otros los mismos regalos en una cadena sin fin; un intercambio de obsequios.

La casa de Amaraya, una de las chabolas, formaba parte del campamento de refugiados. Entramos a un patio de cemento con un canal en el suelo para que corriera el agua. A mano izquierda, una puerta escondía el agujero del servicio y, en el mismo patio, el lavabo, al aire libre. De frente estaba la cocina y, a los lados, tres habitaciones multiuso donde dormían, comían, tomaban el té... En esta ocasión habilitaron una para los hombres y otra para las mujeres. En un espacio tan reducido convivían el matrimonio, un hijo ya casado con su mujer y dos niños, más dos hijas solteras; lo que parecía imposible ellos lo convertían en realidad. Otros dos hijos varones estudiaban fuera. Una de las salas soportaba en sus muros estanterías metálicas donde reposaban las colchonetas para sentarse o dormir, cubiertas por una sábana grande que las convertía en elementos más discretos. Otra habitación se veía repleta de mesas y sillas. Una de las cosas curiosas que descubrí en Jabalia era que todas las casas, por muy humildes que fueran, contaban con placas solares para abastecerse de agua caliente, y esta no era una excepción. Allí se encontraba su barril de agua con el panel solar. Lo que no vi fue la ducha; supongo que se lavarían en barreños.

Al entrar en la sala de mujeres lo primero que hice fue quitarme el pañuelo. ¡Uf, qué alivio! Me sentía incomodísima con él. Conocía a todas las mujeres, porque eran de la familia. En Palestina descubrí, entre otras muchas cosas, que se suelen casar entre primos, por lo que cada vez la familia se va alargando más y más. Nos sirvieron el té nada más llegar; resultaba evidente que me querían agradar y se dirigían a mí con frecuencia dedicándome gestos y sonrisas de complicidad, transmitiéndome solidaridad y empatía. Por fin podía comportarme como era, sin escudos protectores ante la hostilidad que por unos instantes desaparecía de mi vida; aunque aquella reunión me resultara ajena, agradecí a aquellas mujeres su amigable recibimiento.

—¿Cómo lo estás pasando?

—Bien, me ha gustado mucho el camino que hemos recorrido hasta llegar. No lo conocía y me parece muy interesante, distinto a mi país. He salido muy poco desde que llegamos y estoy empezando a conocer vuestro entorno.

—Eres muy bien recibida por toda la familia. Nos sentimos contentos de tenerte entre nosotros y de que ya seas uno de los nuestros.

—Muchas gracias. Sois muy amables. Intentaré corresponderos.

Nos trajeron unas bandejas con frutas: sandía ya cortada, manzanas, peras, melón... y por último un café de puchero en tazas diminutas, muy concentrado y con posos, tan amargo que tan solo mojé en él los labios por educación, pero no lo bebí. A ellas parecía encantarles y lo saboreaban adoptando gestos de placer.

—¡Que viene Yusef! —se oyó decir, y todas se alborotaron poniéndose inmediatamente el pañuelo en la cabeza. Yo ni me inmuté, pero una mujer me advirtió que debía colocármelo.

—¡Nos vamos! —dijo mi marido en tono imperativo.

Allí el hombre decidía los movimientos. No permanecimos en esa casa más de veinte minutos y yo me había sentido muy extraña, con sensaciones difíciles de explicar. La nostalgia se apoderó de mí comenzando a desatar los recuerdos anclados en mi mente. Ángel, Eva, mi barrio, mi casa, mi vida anterior. No pertenecía a ese mundo ni me apetecía integrarme en él, aunque me exigían lo contrario.

¡Qué contradictorio! ¿Cómo había llegado hasta allí? ¿Qué hacía vestida de árabe con el pañuelo y la falda negra? Me sumergí por un instante en una profunda melancolía, pero me rehice enseguida.

En pocos días volveríamos a casa y todo habría terminado. ¡Lo deseaba tanto! ¿Qué haría mi niña en esos momentos? ¡Cuánto la quería y cómo necesitaba su cariño! ¿Qué pensaría Ángel si me viera así? Evoqué su figura y sonreí al recordar sus gamberradas. Seguro que me tomaría el pelo.

Al regreso, en lugar de volver por el camino del mercado, nos desviamos por otra calle un poco más ancha, también de arena, y plagada de animales (cabras, corderos, gallinas...) que se entremezclaban con la gente. El panorama era pintoresco, delirante. Me sentía observada. Los chicos que montaban carros tirados por burros decían cosas a mi paso que yo no comprendía. Asima les contestaba, pero yo no captaba el significado de la conversación. Se daban cuenta de que era extranjera, resultaba evidente, pero ¿qué murmuraban a mi paso?

—¿Qué tal, Loli? ¿Te ha gustado el paseo? —me preguntó Yusef

—Como experiencia no ha estado mal, pero ¿toda tu familia vive así?

—La mayoría. Date cuenta de que somos refugiados y esto es el campamento de Jabalia. Mi familia carece de medios económicos. Ellos no son de los que peor viven, al fin y al cabo, dos hijos estudian fuera y para eso se necesita mucho dinero. Cuando vuelvan se podrán colocar mucho mejor en alguna empresa extranjera. Uno estudia medicina y el otro ingeniería; seguro que no les va a faltar nunca un sueldo.

—No estoy acostumbrada a esta vida, ¡lo siento! Me dan mucha pena, carecen de lo más elemental. Lo paso mal y echo de menos mi país, con sus costumbres y tradiciones. Estoy habituada a esa otra vida. Yusef, esto es lo que siento, no te puedo mentir —y agaché la cabeza avergonzada por pensar de esa manera, por no ser capaz de integrarme de inmediato en esa sociedad controvertida.

—Te debes ir acostumbrando, Loli, no exageres. Poco a poco te irás integrando. Nuestro pueblo es único y maravilloso.

—Es muy duro, rodeados de pobreza, de miseria... ¡Se podrían hacer tantas cosas aquí!

—Los judíos no nos dejan. Ya has visto que al lado del ambulatorio de la ONU tienen ellos su cuartel militar. Desde esa torreta vigilan toda la ciudad. Observan lo que hacemos cada minuto del día.

—Pero ¿por qué toda esta sinrazón? Si este territorio es vuestro, ¿qué pintan aquí los judíos? ¿Y la ONU?

—¡Qué largo es de explicar! Después de la Segunda Guerra Mundial, los judíos, que nunca habían tenido un Estado propio, decidieron crear un país y eligieron como territorio Palestina, y la Organización de las Naciones Unidas se lo permitió; tenían remordimientos por los más de seis millones de judíos asesinados en el holocausto nazi. Le pudo tocar a otro país, pero fuimos nosotros al final los elegidos; la ruleta macabra que contenía otros países del mundo se detuvo justo en el nuestro.

—¡Eso es increíble! ¡No se puede despojar a un pueblo de su tierra para dársela a otro!

—Efectivamente, Loli, cualquier persona en su sano juicio lo ve como tú y como yo. Los judíos, como era de esperar, aceptaron la resolución de la ONU de inmediato, pero los palestinos la rechazamos y comenzó la guerra. Fue entonces, en 1948, cuando los judíos crearon el Estado de Israel y ocuparon el 55 por ciento del territorio palestino designado por la ONU y un 33 por ciento más conquistado por la fuerza. Muchos palestinos huyeron a los países árabes más cercanos y otros, como mi familia, se refugiaron aquí como pudieron. El resultado es que cuarenta años después disponemos de menos territorio del que rechazamos en 1947. Creo que es la mayor injusticia que se ha cometido con un pueblo a lo largo de la historia.

Los ojos de Yusef soltaban chispas y yo ya no quise continuar con mis preguntas. La situación política y social de su pueblo le sobrepasaba. Una jauría de perros rabiosos acosaban su sangre, que hervía cuando se tocaba este doloroso tema.

Capítulo 4

Nos quedamos en Gaza

Pasaba el tiempo y Yusef seguía sin darme explicaciones sobre nuestro regreso a España. Mi visado era válido para tres meses y el tiempo se agotaba al mismo ritmo que mi paciencia.

—Yusef, ¿cuándo volvemos a Madrid? Esto se va alargando y ya necesito estar en nuestra casa, ver a mi hija Eva, buscar trabajo, hacer una vida normal.

De repente, con una tranquilidad que me asustó, con una frialdad mucho más distante, me comunicó lo que llevaba fraguando desde España.

—Sí, te lo quería comentar precisamente hoy. He estado echando solicitudes de trabajo en Nablus [en Cisjordania, cerca de Jerusalén], en Gaza... y me han aceptado en la Universidad Islámica de aquí para dar clases.

Se hizo un silencio profundo mientras yo clavaba mis ojos en él sin dar crédito a lo que escuchaba. Mi energía emocional se desbordaba descontrolada.

—¿Me estás diciendo que has buscado trabajo aquí sin contar conmigo? ¿Y te lo has reservado durante todo este tiempo?

El corazón me latía desaforado y un escalofrío recorrió mi cuerpo. No me lo podía creer, pero empezaban a encajar las piezas del puzle. Lo que venía intuyendo se convertía en realidad. No, no, no podía ser verdad.

—Yusef, no me gastes bromas pesadas, debemos volver a España inmediatamente. Mi hija Eva se encuentra allí, nuestra casa... Somos españoles. Tú, al casarte conmigo, aceptaste mi nacionalidad como tuya. En Madrid nos esperan y la vida allí es más fácil y agradable. Podemos venir a visitar a tus padres cuando tú quieras y lo necesites, por eso no te preocupes —le expliqué en un intento desesperado por mantenerme correcta y serena.

—Loli... Lo más conveniente es que nos quedemos aquí una temporada para probar. Las características del contrato son buenas y no debemos desaprovechar la ocasión.

¡Su tono era tan convincente! En ese momento, comprendí que iba en serio, pero esta vez no me embaucó.

—La decisión la has tomado tú solo, sin consultármelo. Yo no estoy mentalizada para quedarme aquí, ni lo voy a poder soportar.

Estábamos en nuestro dormitorio y yo levantaba cada vez más la voz. Las niñas dormían a nuestro lado, ajenas a que el futuro de sus vidas daba un giro radical. Comencé a sollozar. ¡Era tal mi impotencia! Era la única manera de expresarme, a falta ya de razonamientos, que él desechaba sin ni siquiera rebatir. Yusef permaneció tranquilo, sin inmutarse, haciendo gala de una frialdad extrema, como si con él no fuera la historia.

—Me has estafado y engañado. Me siento muy mal. ¿Por qué me tratas así, Yusef? ¿Qué te he hecho yo? ¡Por Dios, ten compasión! Allí puedes encontrar también un buen trabajo, y yo me volveré a colocar. Tendremos más oportunidades. ¿Cómo nos vamos a quedar aquí... y Eva... y el piso? —instalada en el dolor y la desesperación, destrozada, engañada... escuchaba sus palabras frías y calculadas, propias de un monstruo sin sentimientos.

—Te debes ir haciendo a la idea. Yo quiero quedarme en Gaza, Loli. El único hijo varón de mis padres soy yo y debo cuidar de ellos.

—¿Por qué no me dijiste todo esto en España? Me has traído engañada, Yusef... Eso es jugar sucio. Tanto las niñas como yo tenemos un visado que nos permite quedarnos solo tres meses en Gaza. ¿Cómo vas a solucionar esto?

—No te preocupes. Tu visado lo llevaremos mi padre y yo a la policía y te lo renovarán por otros tres meses. Lo iremos solicitando periódicamente. La tarjeta de residencia palestina te la darán inmediatamente por estar casada conmigo.

—¿Y las niñas?

—Con las niñas no hay problema porque están inscritas ya como palestinas. Mira, aquí lo tengo —y me enseñó el papel, equivalente a nuestro documento nacional de identidad, donde figuraban mis tres hijas en una hoja adjunta escrita en hebreo, inscrito por la Administración judía.

—¿Cómo es posible que las niñas figuren en tu documentación palestina si han venido como españolas?

—Porque yo las incluí en mi pasaporte jordano. Mi padre me lo aconsejó para evitar problemas.

—¡Evitar problemas! ¡Ya venías con la intención de quedarte y me lo has ocultado hasta ahora! ¡Eres un tramposo, falso! ¡Me has destrozado la vida! ¡Todo lo que hemos hablado, proyectado y preparado en España para nuestro futuro era una mentira! ¡No te puedo mirar... me das miedo... no te conozco! ¡Estás viviendo en una mentira! ¿Qué va a pasar con mi hija Eva? Me pediste que se quedara con mis padres mientras durara nuestro viaje, pero ahora que todo ha cambiado... ¿debo renunciar a ella? ¿Por qué no me has planteado la verdad en España?

—No te lo podía contar en Madrid porque tú no habrías aceptado.

—Claro que no. Me has engañado a mí y a las autoridades españolas y jordanas trayendo a las niñas con tu pasaporte jordano, que ya no tenía validez, porque al casarte conmigo y adquirir la nacionalidad española renunciabas a cualquier otra. Has sido muy astuto engañándonos a todos. ¡Te puedes sentir orgulloso de lo que estás haciendo! En la Embajada de Jordania no dijiste que tenías nacionalidad española, ¿verdad? ¡Mentiroso! ¡Mentiroso! De ahí tu interés en venir solo con las niñas por Jordania. Ahora lo comprendo todo.

—Loli, ya sabes lo que hay. Te lo he contado y me he quedado tranquilo.

Mi llanto eran los gemidos de una madre herida a la que quieren separar de sus crías, despojándola de lo que más quiere en el mundo. La otra opción, quedarse en Gaza para siempre... ¡Qué desesperación! Yusef, sin alterarse lo más mínimo, salió de la habitación. Afortunadamente, las niñas no se despertaron, dormían profundamente; los juegos de todo el día las habían dejado rendidas. Escuché desde dentro cómo mi marido hablaba con su padre en el salón, supongo que contándole los pormenores de nuestra discusión. Cuchicheaban en voz baja mientras yo me revolvía de dolor. Mi tristeza se expandía y oleadas de pena me anegaban de sufrimiento.

«Debo irme de aquí como sea. Debo ser más lista que él y salir con mis hijas, pero ¿cómo? ¿Qué hago? ¡Voy a enloquecer! Ángel, por Dios, inspírame... ayúdame en estos momentos tan difíciles. Me he metido en un callejón sin salida, pero seguro que existe alguna solución. Debe de haberla y la voy a encontrar.» La situación parecía irreal y me miré en el espejo de la coqueta para cerciorarme de que era yo la que me encontraba allí desesperada. Mi vida, una vez más, se ennegrecía. «Ya sé lo que puedo hacer. Mañana le hablaré tranquila y le haré reflexionar. No es razonable lo que ha hecho y conseguiré que lo reconozca. Seguro... reaccionará.»

Aquella noche no salí a cenar con el resto de la familia. Me quedé con mis hijas en la habitación, mirándolas sin ver, con la cabeza vacía. Un fuerte dolor físico me azotaba las sienes; los músculos agarrotados me hacían percibir mi cuerpo como un instrumento de tortura. Temí enfermar de dolor. Intentaba animarme pensando que sus proyectos de trabajo se podían frustrar. ¡No encuentro palabras para describir el impacto que la noticia me produjo!

Tras ocho horas en la cama sin poder dormir, no me quedó más remedio que salir a desayunar con el clan. Recopilé todo el valor del que fui capaz para enfrentarme a la familia con calma. Intenté permanecer serena, aparentando una seguridad que no poseía, pero conseguí mis propósitos y el desayuno transcurrió en paz y armonía. Cuando terminamos de comer entré de nuevo en nuestra habitación, donde me encontré a Yusef recogiendo unos papeles del cajón de la mesilla.

—Como, según lo que me dijiste ayer, nuestra situación cambia radicalmente, debo llamar a mis padres para mantenerles informados. No tienen ningún documento que certifique su tutoría sobre Eva y, además, debo solucionar otras cosas relacionadas con la casa.

—Está bien, llámales por teléfono, pero... ¡a ver qué les dices! —su mirada desafiante me traspasó.

Salimos hacia el salón y marcó en el fijo los dígitos de la casa de mis padres.

—Hola, ¿qué tal, Lola? Soy Yusef. ¿Cómo están?

—¿Qué tal, hijo? ¡Qué sorpresa! ¿Cuándo volvéis?

—Le paso con su hija y ella les contará. Un abrazo para todos.

—Loli, ¿qué tal, hija? ¿Cuándo vais a volver? Os echamos mucho de menos.

—Mamá, es que le ha salido a Yusef un trabajo de profesor en la universidad y quiere probar cómo le va. No sé cuándo regresaremos.

—Sabes que Eva en mayo hace la primera comunión.

—Ya lo sé, mamá... No te preocupes, que allí estaré para entonces. ¿Cómo va todo?

—Bien, lo único que nos preocupa es la salud de tu padre. Le duele el estómago y no sabemos de qué puede ser; pronto nos darán los resultados de las pruebas médicas.

A mi madre se la notaba contenta a pesar de todo, encantada con disponer de Eva para ella sola. Le pregunté por Amelia, que ya tenía tres niños, y por la casa. Las respuestas fueron satisfactorias; todo en orden. Colgué el teléfono aliviada, aunque no pude hablar ni con mi hija ni con mi padre porque estaban fuera de casa.

—Podré ir a la comunión de Eva, ¿verdad?

—Sí, mujer, no te preocupes. Te sacaré un billete de ida y vuelta, tranquila —me contestó, satisfecho de que nuestra conversación se hubiera desarrollado de forma adecuada a sus intereses, pues no le había delatado.

Mis suegros eran propietarios de un local que habían alquilado hacía tiempo a un farmacéutico. Estaba ubicado en el patio de los limoneros con puerta a la calle principal y, cuando mi marido me contó sus planes de permanencia en Gaza, Ali, mi suegro, contrató los servicios de unos albañiles para edificar una planta encima de la farmacia y habilitarla como nuestra vivienda. «Así dispondréis de más independencia», me dijeron. Descubierta la trama que me mantendría en Jabalia por tiempo indefinido, comenzaron la obra de inmediato, sufragada con el dinero que aún quedaba de mi liquidación (allí la mano de obra era muy barata y los materiales prácticamente les salían gratis por el negocio que tenían).

Aquella misma noche ocurrió un suceso extraordinario. Serían las tres de la madrugada, los cinco dormíamos en nuestra habitación, cuando a Yusef y a mí nos despertaron unos ruidosos golpes que provenían de la puerta de hierro que daba a la calle. Voces en hebreo que se alzaban en la oscuridad de la noche y que perturbaban nuestro descanso como rayo mortal en mitad de una tormenta; sobresaltados, nos tiramos de la cama. Salimos medio dormidos al pasillo, donde nos topamos con mis suegros. Los golpes y gritos persistían cada vez más fuertes y Ali ordenó:

—¡Meteos cada uno en vuestra habitación! Voy a abrir yo. No os preocupéis.

Recorrió el pasillo gritando en árabe: «¡Ya voy! ¡Ya abro! ¿Qué prisas son estas?».

—¡Como no salgas ahora mismo, tiramos la puerta abajo! —gritaban desde fuera en árabe (algunos judíos conocían el idioma).

Mi suegro se apresuró y a los pocos minutos se encontraban dentro de la casa, recorriendo las dependencias, dando golpes en todas las puertas, hasta que llegaron a la nuestra, que aporrearon insistentemente. Abrió Yusef; ante nosotros, dos militares altos y fuertes nos observaban con el ceño fruncido aferrándose a una metralleta cuyo ojo vigilaba nuestros cuerpos. Mientras uno de ellos entraba, el otro permanecía parado en la puerta.

—¡Encended la luz ahora mismo! —ordenó el joven soldado.

Yusef le obedeció de inmediato. Mi corazón latía deprisa, como una bomba de relojería a punto de estallar; afortunadamente, las niñas dormían ajenas a todo lo que estaba ocurriendo.

—¡Retírate! —le exigió a mi marido, que de nuevo acató la orden de inmediato.

Tragué saliva, respiré hondo y por un momento pensé que nos podía pasar lo peor. El soldado registró el armario, miró debajo de la cama, nos observó durante unos segundos y, dándose la vuelta, le hizo un gesto de retirada con la cabeza a su compañero. Cuando salieron de la habitación pude ver a tres militares más; uno por la cocina, otro en el salón y el último en la puerta de entrada a la casa.

—¡Aquí no hay nada, sigamos! —vociferó uno, y el grupo le obedeció caminando de espaldas, sin perdernos de vista, apuntándonos con el arma.

En su retirada, desde el pasillo, me fijé en sus caras. No tendría ninguno más de veinte años y sus rostros morenos se asemejaban en todo al de cualquier palestino. No existían diferencias apreciables. «¿Qué buscaban?», me pregunté (una incógnita que no logré resolver jamás). Siempre recordaré sus ojos ávidos de no sé qué furor pero duros e impropios en gente de esa edad. Aún siento pena al recordarlos. Observando ese gesto hostil de sus caras podías temer cualquier cosa. Una sospecha infundada, un ruido extraño, un movimiento que les hiciera recelar... y habríamos muerto. No me cabía la menor duda.

Todo pasó en cuestión de minutos y volvió la calma. Yusef salió de la habitación para hablar con su padre alterado por el suceso.

—¿Qué buscarán? —pregunté.

—Algún chivatazo de alguien, pero no sé qué investigarán. Abren todas las casas de la zona. Mira, se les sigue oyendo.

Efectivamente, el alboroto a su paso se sentía desde nuestra posición. Ali sabía hebreo y captó parte de la conversación de los jóvenes militares judíos. Nos quedamos unos minutos intercambiando impresiones con mi suegro, pero volvimos de nuevo a la cama, aunque el sueño ya no fue reparador, sino inquieto y perturbador.

Al día siguiente, en el desayuno, le contamos el infortunado incidente a mi cuñada. En su casa no entraron y, aunque habían oído los ruidos, desconocían lo ocurrido.

Capítulo 5

Las visitas

Mis hijas, afortunadamente, se criaban sanas. Fátima, la más tranquila, era preciosa, con esos enormes y bellísimos ojos redondos de mirada viva, la frente ancha y despejada, moviendo sus manitas como una bailarina y sonriendo constantemente a todo aquel que se le acercaba. Su piel continuaba siendo muy blanca, con las mejillas rosadas como una princesa de cuento. El pelo le tardó en crecer y parecía una muñeca pelona. Se pasaba el día haciendo pedorretas ella sola; muy pocas veces se ponía pesada y, cuando esto ocurría, era señal de que algo le molestaba. Hanna resultaba por aquel entonces la menos agraciada de las tres y la más llorona. Había nacido con mucho vello y parecía un monito. Tenía pelo por la espalda, brazos, cara. Su tono de piel rojizo se fue oscureciendo con el paso de los años, transformándose en una tez morena acanelada preciosa. Se parecía mucho a mi hermana Amelia, ¡tan bellas las dos! Ha sido un patito feo convertido en cisne. Puede que Soraya fuera la más guapa; morena, con una melena larga que yo me entretenía peinando y recogiéndosela en unas graciosas coletas que le daban un aspecto muy simpático. Llamaba la atención más que sus hermanas. No se parecían mucho entre ellas, ni en sus rasgos físicos ni en el carácter, pero siempre se mantuvieron muy unidas. Constituían mi bien más preciado y las jornadas transcurrían llevaderas gracias a su existencia. Mi suegra demostraba sus preferencias, en las que Hanna no salía bien parada. Tardó más que sus hermanas en quitarse el pañal y su abuela se desesperaba. Le pellizcaba una oreja y se la retorcía, con gran enfado por mi parte, que no soportaba ese maltrato hacia la niña; a mí me ocurrió lo mismo de pequeña y aquellas no me parecían formas de solucionar el problema.

«Cochina, puerca... eso no se hace... Debes hacer pis en el váter y no encima... Ya es hora de que aprendas», le recriminaba con muy malos modales, y ella rompía a llorar, aunque tardaba un suspiro en olvidarse y hacerlo de nuevo sin importarle lo más mínimo permanecer mojada.

Soraya, por el contrario, no soportaba la suciedad. Cuando hacía caca, ella misma se lavaba el culito con agua. Todos nos reíamos mucho con su obsesión por la limpieza. Comenzó a ir muy pronto a la guardería, en cuanto me enteré de que nos quedábamos allí, y aprendió el árabe en pocos meses, indicio de su inteligencia, que con el tiempo ha demostrado con creces. A mí también me obligaban a conversar en su idioma, y cuando me escuchaban hablar español con Yusef o las niñas, me lo seguían recriminando a gritos.

—¡Está muy feo que hables en tu idioma cuando los demás no lo entendemos! ¡Practica el árabe, es tu obligación, y así lo comprenderemos todos!

—Sé muy poco árabe todavía.

—¡No importa, esfuérzate, es la única manera de aprender! —gritaba mi suegra en cuanto le daba la más mínima ocasión.

Aunque nuestras salidas de la casa eran esporádicas, a ella venían con asiduidad familiares y amigos, de manera que casi nunca nos encontrábamos solos. Uno de los habituales era Abu Fesal, tío de Yusef y mi profesor de árabe, un hombre excepcional del que ya he hablado en varias ocasiones; me inspiraba confianza, gratitud, cordialidad... sensaciones muy positivas. Siempre se portó conmigo de manera intachable y constituyó mi refugio en los peores momentos. También nos visitaba con frecuencia Abu Yidalha, nuestro vecino más próximo y ahora mi consuegro; con el tiempo, uno de sus hijos se casó con mi hija Soraya, es cirujano y le aprecio mucho, pero esa historia la contaré más adelante. Abu Yidalha no era un hombre joven, pero poseía el atractivo de la sabiduría. Casado con tres mujeres, todas ellas cohabitaban en edificios colindantes y en apariencia se soportaban muy bien. De piel morena, resaltaban en su rostro de facciones dulces unos bellísimos ojos azules que le imprimían un aspecto especial, diferente al resto. Su tercera esposa, con la que compartía ocho hijos, poseía una belleza árabe de piel oscura, pelo rizado negro y unos veinte años menos que él; le acompañaba en estas visitas, aunque permanecía siempre a su sombra, casi sin hablar; se notaba de lejos que no pertenecía a la esfera cultural de su marido.

Este hombre, de palabra pausada e inteligente, embelesaba con su discurso cargado de bondad, imaginación y talento. Llamaba la atención en este mundo en el que el analfabetismo imperaba a sus anchas y se cebaba en la población, que no podía hacer otra cosa más que esperar que su situación cambiara. De las otras dos mujeres, tenía ya hijos mayores; en total sumaría unos quince vástagos; uno de ellos, la chica que hablaba español porque había residido en Barcelona durante seis meses, que fue mi voz salvadora durante mi primera visita, cuando yo no entendía nada de lo que me decían y ella se prestó como traductora. ¡Siempre se lo he agradecido! Sufría un problema de visión, una nube que le impedía ver con nitidez por el ojo derecho, y ese fue el motivo de su visita a la Ciudad Condal.

Pertenecían también al grupo de los visitantes habituales la familia de Abu Yusef, hermano del padre de mi marido, un hombre de avanzada edad, hijo de la primera mujer del padre de Ali. Resaltaba su extrema religiosidad; cuando él llegaba, los hombres debían colocarse en un lado y las mujeres en otro, nunca juntos. Su mirada escurridiza no se dirigía jamás de frente a los ojos de una mujer. Si me veía con un toque de rimel o carmín en los labios no me hablaba, pero si me encontraba con la cara limpia su actitud cambiaba. Llegamos a profesarnos un mutuo y sincero cariño.

Las que conseguían el récord de permanencia en nuestra casa eran una mujer con su hija, supuestamente parientes de Yusef, pero nunca llegué a enterarme de en qué grado. Las dos aparecían por la mañana y no se marchaban hasta bien entrada la noche. Charlaban sin descanso, tomaban el té, ayudaban en alguna faena doméstica, comían con nosotros. La hija, en ocasiones, se presentaba acompañada por sus siete críos y la casa se convertía en una guardería. Resultaba distraído, mucho más que ver la televisión, que tan solo encendían por la noche, y eso si no cenábamos en el patio, cosa que ocurría con frecuencia, a no ser que el tiempo lo impidiera; allí nos reuníamos al amparo de una bombilla. Cuando veían la luz, los insectos enloquecían revoloteando a su alrededor como una plaga de zombis, sin ningún sentido: polillas, mosquitos, moscas... Mientras, nosotros degustábamos los platos de la última comida del día sin reparar en ellos; formaban parte del decorado, de la cotidianidad.

Como venía accediendo a todas las peticiones e imposiciones de la familia, un día mi suegra me invitó a acompañarla al mercado. Ya había asumido que no me quedaba más remedio y, desde una postura que en ese momento me pareció inteligente, sabía que debía adaptarme. No podía huir y dejar solas a mis hijas pequeñas. Así que me puse la falda negra y el pañuelo y salí corriendo feliz como una niña cuando la llevan de excursión, tratando de anular todos mis pensamientos negativos. Por el camino, muchos hombres se nos quedaban mirando. Hicimos nuestras compras en aquel gran bazar, nos entretuvimos mirando algún que otro escaparate y dimos la vuelta a casa. Ya por la tarde llamaron a la puerta de la calle. Fue a abrir la madre de Yusef y se demoró varios minutos hablando con alguien cuya voz me resultaba desconocida. Cerró de nuevo el portón y regresó hasta donde nos encontrábamos Asima y yo, sentadas en el poyete del patio escuchando música árabe.

—Ama Ali, venían a pedirte como esposa. Se han creído que eras una de mis hijas. Ya les he explicado que estás casada con Yusef.

Todas nos reímos de aquella confusión y cuando llegó mi marido se lo contaron con todo lujo de detalles. A él también le hizo mucha gracia. Se le notaba satisfecho.

Cada salida constituía una fiesta para mí y en esta ocasión fue mi marido el que me dijo:

—Esta tarde mi madre visitará a mi tío Abu Yusef. Ha llegado un hijo suyo de fuera y, como sabes, es costumbre irle a ver. ¿Quieres acompañarla?

—Claro, estoy deseando salir de aquí. ¿Cuándo nos vamos?

—Después de comer.

Pero nos demoramos recogiendo la cocina y se nos hizo un poco tarde; acabábamos de llegar a la casita cuando sonaron sirenas en el campamento de Jabalia alertando de algún peligro desconocido. Comenzaba a anochecer, aunque no pasaban de las cinco de la tarde; el firmamento se convirtió en una paleta de azules grisáceos exclusivos e irrepetibles; ninguna mano humana podría crear tanta belleza. El sol caía anaranjado ocultando gran parte de su esfera allá en el horizonte y las sombras de la noche envolvían el campamento. Ali, que no vino con nosotras, entró en la estancia corriendo, sofocado.

—Han dado el toque de queda y nadie puede salir de las casas. Resulta muy peligroso hacerlo —comentó casi sin aliento.

Los judíos disponían de un potente foco en la torre de control que barría con su luz todo el campamento de refugiados.

Las estrechas calles solitarias y negras inspiraban desconfianza, sin un punto de referencia; las pequeñas bombillas que alumbraban habitualmente encima de la puerta de cada choza permanecían apagadas. La chabola, de dimensiones muy reducidas, no nos podría albergar a todos (mis suegros, las tres niñas y yo); Yusef esperaba en nuestra casa, suponía que intranquilo. Miré a mis hijas, a mis suegros, a los familiares de Yusef... ¡Qué hacer! Ya bastantes malabarismos debían de realizar los que habitaban aquella vivienda para acomodarse ellos; imposible acoger a más, y menos que se quedaran a dormir. Precisamente en los pocos minutos que permanecimos allí, me distraje imaginando cómo convivirían todas aquellas personas en un espacio tan pequeño. Niños, mayores, casados, solteros... cohabitaban y dormían juntos habitualmente. «¿Cómo se las arreglarán para hacer el amor?», pensé. Por fuerza las escenas que debían presenciar algunos niños y adolescentes serían traumáticas para ellos. En esa chabola, que se reducía a dos diminutas habitaciones y un patio, vivían el matrimonio, uno de sus hijos (ya casado y con un niño) y el hijo pequeño, que estudiaba fuera y acababa de llegar. El propósito de nuestra visita era precisamente para darle la bienvenida.

Unos trescientos metros nos separaban de nuestra casa por un descampado, espacio abierto, sin una sola edificación donde podernos esconder. Las calles desiertas asemejaban un campamento fantasma, un agujero negro sin vida; hasta los animales desaparecieron de nuestra vista y dormitaban en las chabolas compartiendo espacio con sus amos. Comenzamos a maquinar, a elaborar alguna estrategia para salir de allí y conseguir alcanzar nuestra casa sanos y salvos, pero no resultaba fácil. La idea de morir acribillados a balazos mientras corríamos me perturbaba; las piernas me temblaban solo de pensarlo.

Miré a mi suegro con ojos interrogantes. Sentía los músculos agarrotados. Tan solo imaginar que podía caerme por el camino mientras corría me angustiaba. El suelo era arenoso, como de playa, poco apropiado para echar una carrera en circunstancias tan extremas.

Mi suegro tomó las riendas de la situación.

—Debemos salir de aquí cuanto antes. Yo llevaré en brazos a Soraya, tú a Hanna y Ama Ali a Fátima, ¿de acuerdo? El foco de luz hace un barrido de ciento ochenta grados. En cuanto pase por donde nos encontramos ahora, nos ponemos a correr y no paramos hasta alcanzar la casa. ¿De acuerdo? No miréis hacia atrás. Tendremos tiempo suficiente para llegar antes de que la luz nos descubra. ¿Habéis entendido bien?

Asentimos con la cabeza, sin ganas de hablar; sobraban las palabras. Abracé con fuerza a mi hija Fátima y besé a las otras mientras Ali y su mujer las cogían en brazos. Nos jugábamos la vida. Un tropiezo de alguno de nosotros podía costarnos muy caro.

Ali calculó el tiempo de la luz en su recorrido, que, según nos dijo, era el justo hasta llegar al esquinazo de nuestra casa. Allí nos esconderíamos hasta que volviera a pasar y entonces nos podríamos sentir a salvo.

—¡Venga, ya... salimos... pero no os paréis! ¡Corred!

Corría con toda la potencia que me permitían mis piernas sin mirar a nadie. Los pies me dolían, inundados los zapatos de arena. Uno se me salió y cerca estuve de tropezar.

A punto de llegar a la esquina vimos cómo la luz llegaba hasta donde nos encontrábamos. ¡Nos descubriría seguro! «¡Dios mío, que nos matan!», pensé. Nos quedamos pegados a la pared, pero sin doblar la esquina, iluminados por aquella luz cegadora. «¿Qué va a pasar ahora?» Pero la torre de control se erguía muy cerca de donde nos encontrábamos, de manera que los militares que la ocupaban no debían de tener ángulo para vernos en ese momento.

Los latidos de mi corazón se confundían con los de mi hija Fátima, aunque los míos se escuchaban mucho más acelerados. Miré el reloj; tan solo marcaba cuatro minutos más que antes de salir, pero se me habían hecho interminables. Vimos que la luz soltaba su potencia hacia otro lado, olvidándose por un instante de nosotros, y aprovechamos para entrar en casa precipitadamente.

Nos mirábamos sin pronunciar ni una palabra, respirábamos hondo. No hacía falta verbalizar lo que sentíamos tras aquella carrera con las niñas en brazos, con los zapatos llenos de arena y temiendo por nuestras vidas. ¡Qué experiencia, Dios mío! Las niñas se portaron muy bien, afortunadamente, casi dormidas mientras los adultos nos enfrentábamos al peligro.

El viento resoplaba furioso levantando nuestros ropajes y cegándonos los ojos con el polvo y las hojas que volaban por los aires, mientras Yusef nos esperaba impaciente en la sala de las colchonetas. Su padre le hizo una crónica detallada de todo lo ocurrido y, mucho más tranquilos, tras recomponernos, nos pusimos a ver la televisión.

—Vamos a cenar algo —dijo mi suegra mientras las niñas seguían dormidas en el suelo como tres ángeles encima de los colchones.

Capítulo 6

Primera agresión

Entre mi suegra y yo preparamos la mesa y nos pusimos a cenar los cuatro mientras las niñas yacían rendidas dormitando a nuestro lado. Hacía días que Yusef, mis hijas y yo dormíamos en la nueva casa construida encima de la farmacia, distribuida en dos habitaciones, una pequeña cocina y un servicio. A los albañiles se les pagó por adelantado con el dinero de mi liquidación, aliciente que sirvió para que la terminaran rápidamente. Continuábamos haciendo la vida en familia y solo subíamos a dormir (desayunábamos, comíamos y cenábamos con sus padres, su hermana, su cuñado, los sobrinos, las visitas...). En uno de los dormitorios instalaron una cama de matrimonio y unas mesitas de noche, y en el otro, comunicado por una puerta con el nuestro, otra cama donde dormían las dos niñas mayores y un gran armario empotrado para guardar toda la ropa. Fátima pernoctaba con nosotros en su cuna. Llamaba mi atención que las puertas en aquella casa, y también en la de mis suegros, incluyeran un cajón secreto en el cerco de arriba, donde escondían el dinero y las joyas, en lugar de depositarlos en una entidad bancaria. «¡Sería mejor que lo metieran en el banco!», pensé cuando me enseñaron esa trampilla. Eran sus costumbres, que, al igual que muchas otras cosas, me costaba trabajo asimilar, tan distintas y distantes de las mías.

Con el susto y la carrera se nos agudizó el hambre y llenamos la mesa de platos con queso, aceitunas y tomate. Aquella mañana me había sobrado un poco de tiempo y cociné una tortilla de patatas; siempre que la cuajaba llegaban espectadoras como por arte de magia. Se corría la voz y las mujeres de las casas vecinas me pedían que les enseñara (les avisaba mi cuñada); sobre todo lo de darle la vuelta les costaba y terminaba siendo motivo de risas y de fiesta. Llegó a hacerse muy popular la «tortilla de patatas hispanilla», como ellas la bautizaron.

La cena me pareció deliciosa, tortilla incluida, pero no habíamos terminado todavía de cenar cuando Fátima se puso a llorar desconsoladamente; estaba empapada de pis. Las otras dos se despertaron también sobresaltadas con los llantos de su hermana y la imitaron vociferando desesperadamente. Aquello se convirtió en un concierto discordante a tres voces.

—Yusef, las voy a subir para acostarlas. Fátima está empapada.

—No. Primero sube sola, me bajas el pijama y luego haces lo que quieras.

—¿Cómo que te baje el pijama? ¿No oyes cómo lloran? Es mejor que me las suba y le doy a Soraya tu pijama para que te lo baje. Mientras tanto, voy durmiendo yo a Fátima; mira el ataque de llanto. Debe de estar muy incómoda. No la he cambiado de pañal en toda la tarde.

—¡Te he dicho que me bajes el pijama inmediatamente! ¡Deja aquí a las niñas y vete a por mi pijama!

—Yusef, ¡qué más te da! ¡Si no voy a tardar nada! Las acuesto y te lo bajo en un momento.

—¡Te he dicho que me lo bajes ahora! ¡Yaaa!

Me volví hacia la puerta para salir con la pequeña llorando en brazos y las otras dos agarradas a mi falda.

—¡Que sí, ahora te lo bajo!

—¡Me estás desobedeciendo!

Se levantó de un salto, tiró a las niñas en las colchonetas y comenzó a golpearme en la cabeza, en la cara, donde alcanzaba.

—¡Te he dicho que me lo bajes y no me estás haciendo caso! ¡Deja a las niñas!

Las pobres, asustadas, sollozaban sin consuelo al ver cómo me pegaba, con golpes fuertes, contundentes, con la mano abierta, en la cabeza, en la cara.

—¡Que te lo bajo, que te lo bajo, no me pegues más, por favor!

Ya éramos cuatro sollozando: mis tres hijas y yo.

Ali se levantó y fue hacia nosotros, poniéndose en medio y retirándole.

—Venga, hija, deja a las niñas y sube a por el pijama de tu marido.

—Pero, Ali, mira cómo están, no paran de llorar.

—Sube, bájale el pijama. Anda..., ve a por él. Nosotros tranquilizamos a las niñas.

Las cuatro llorábamos desesperadas; las dos mayores se venían detrás de mí, mientras ellos las sujetaban de sus bracitos para que no me siguieran.

Conseguí zafarme de ellas y subí las escaleras hasta la habitación. Ya dentro, me miré al espejo y contemplé que en mi rostro habían quedado reflejados algunos golpes. «¡Dios mío, qué me ha hecho! ¿Y por qué?», pero me acordé de mis hijas y bajé de inmediato con el pijama saltando las escaleras de tres en tres.

—Toma, aquí lo tienes —y se lo dejé en la colchoneta, a su lado.

—¡Dámelo en la mano! ¡Te he dicho que no me lo tires!

¡Dios mío, continuaba igual de agresivo! Intenté coger a mi hija Fátima, que seguía llorando, cuando sentí otro golpazo en la cara. Me retiré con la mayor rapidez de la que fui capaz, pero me alcanzó de nuevo. Entonces Ali se levantó alzando la voz como nunca le había oído, imponiendo su autoridad de patriarca por primera vez desde que yo le conocía.

—¡Basta, Yusef, para de una vez! ¡Deja a tu mujer tranquila!

Jamás vi yo a Ali maltratar a su mujer de esa manera; muy al contrario, mi suegra era la que a veces le gritaba y le manejaba como a una marioneta. Madre e hijo tenían muchas cosas en común. Su padre poseía empatía y humanidad; ellos desconocían lo que significaban esos conceptos.

Cogí de nuevo a mis hijas y salí precipitadamente de la sala hecha un mar de lágrimas. La tristeza anidaba de nuevo en mi corazón, como una sanguijuela que te seca por dentro. Mi suegro me había salvado de otra buena sesión de golpes al recriminar a Yusef su comportamiento, pero no estaba segura de que la bestia que le habitaba en ese instante no volviera a resurgir. ¡No me esperaba ese comportamiento! ¡Nunca me había pegado hasta entonces! Me pilló desprevenida. Subí de nuevo las escaleras intentando calmar a las niñas, que lloraban sin cesar, y me encerré con ellas en el dormitorio de las dos mayores después de coger una colchoneta del nuestro y cambiar a toda prisa a la pequeña. «¡Dios mío, ¿adónde me he venido? ¿Qué hago yo aquí sola y desprotegida, sin poder recurrir a nadie? ¿Por qué me pasa esto?», sollozaba sin cesar, presa de la desesperación. «Ángel, ayúdame desde donde estés, por favor. Amor mío, ¡cuánto te echo de menos!» Ni se me pasaba por la cabeza recurrir a mis padres, entre otras cosas porque Yusef no me dejaba usar el teléfono y yo no disponía de dinero ni medios para salir sola a la calle e intentar realizar una llamada a mi casa. Y, además, ¿cómo les iba a dar ese disgusto? Con lo lejos que se encontraban, ¿qué podían hacer ellos por mí?

Le oí entrar en nuestra habitación al cabo de unos veinte minutos; afortunadamente, no nos molestó.

Pasé la noche llorando y reflexionando sobre lo ocurrido. ¿Por qué de repente Yusef había reaccionado así? ¿Le habría envenenado alguna conversación mantenida con su madre o con algún otro miembro de la familia? Me faltaban datos, pero ese comportamiento seguro que se debía a algo que a mí se me escapaba; no era normal ni lógico.

Me levanté esa mañana con los ojos hinchados como dos pelotas de golf, con agujetas por todo el cuerpo y un malestar enfermizo que me mantenía paralizada. Miré a mis hijas que aún dormían y pensé: «¿Y ahora qué hago? ¿Cómo me comporto? Salgo de aquí, pero ¿qué me va a pasar? No puedo quedarme todo el día encerrada en esta habitación. Cuando escuché que se marchaba entré en nuestro dormitorio. Inconscientemente esperaba una nota de disculpa, alguna señal de arrepentimiento. No había nada de eso, solo la cama revuelta con ropa sucia esparcida por encima... sus calzoncillos. Me fijé en ellos, manchados de esperma, algo premeditado, sin duda. Evidentemente, los dejaba allí para que yo me los encontrara cuando fuera a arreglar la cama. Se había masturbado y así me demostraba su desprecio. ¡Qué comportamiento tan extraño! ¡Quién podía entender todo aquello! Nuestras relaciones sexuales, cada vez más esporádicas (como mucho una vez al mes), seguían siendo rutinarias, sin pasión, sin orgasmos, solo para procrear. Se aliviaba y, en unos minutos, fuera.

Un desaliento melancólico me gritaba al oído que mi desamparo persistiría para siempre, pero me rehice como pude y rechacé esta invasión de mi yo paralizante. Vestí a las niñas y bajé con ellas a desayunar. Aunque disponíamos de cocina, no estaba habilitada; solo un infiernillo por si a Yusef se le antojaba tomar un té por la noche. Envolví toda la ropa sucia con las sábanas y me las llevé para meterlas en la lavadora, pidiendo permiso para ello a mi suegra, como me obligaba a hacer. Ella revisaba prenda por prenda, no se fuera a colar algo de las niñas (yo seguía lavando su ropita a mano todos los días).

En la cocina, me encontré con Asima, que preparaba el desayuno con su madre; sus hijos jugueteaban por el patio. Las mujeres machacaban en el mortero tomate con cebolla para luego freírlo (untado con pan resultaba un bocado exquisito). Asima y yo manteníamos una relación cordial; éramos más o menos de la misma edad y le preguntaba palabras nuevas en árabe para ir mejorando mi pronunciación. Nos entendíamos bien y yo me aferraba a ella como un náufrago al lomo de una ballena creyendo que es una isla; más tarde o más temprano el cetáceo se sumerge y te ahogas sin remedio. Desayunamos las tres con los niños sin mencionar mi percance del día anterior y mi suegra decidió ir al mercado, dejándonos a Asima y a mí a solas realizando las tareas domésticas; a los niños les llevó el abuelo a la guardería.

—Ama Ali, ¿qué te pasa? Tienes mala cara y señales de golpes. ¿Ha ocurrido algo? —me preguntó Asima.

Ella, la noche anterior, dormía en su casa con su marido y sus hijos y no se enteró de nada de lo ocurrido. Desconozco si su madre esa mañana le puso al corriente, pero ante mí parecía no saber lo sucedido y cometí la gran torpeza de contárselo todo, con mi árabe precario... Hasta el episodio de los calzoncillos manchados. Como no sabía decir «esperma» en árabe, inocente de mí, le enseñé la ropa interior manchada para que se hiciera una idea más exacta de lo ocurrido.

—Esto no está bien, Asima —le dije, y ella sonrió con un gesto forzado, indicativo de que mi confidencia no era adecuadamente recibida.

—No pasa nada, Ama Ali, olvídalo —me contestó restándole importancia, al menos en apariencia, porque en cuanto llegó su madre le puso al corriente de toda nuestra conversación en una versión actualizada que corrió como un leopardo de la madre al padre y del padre al hijo.

Mi intento de confidencia entre dos mujeres supuestamente amigas se convirtió en un secreto compartido por toda la familia; quedé como una chismosa incapaz de resolver los asuntos de pareja sin airearlos a los cuatro vientos. La víctima pasaba a ser el verdugo.

Pasé todo el día intranquila, acobardada, asustada..., pero Yusef no dio señales de vida; por ese lado me encontraba segura. Hasta las siete de la tarde, momento en el que hizo acto de presencia. Nos encontrábamos en el patio cuando él entró. Mi instinto me advertía de que yo corría serio peligro.

—Loli, ven aquí, que necesito hablar contigo muy seriamente.

Su tono resultaba duro, autoritario. Me lo dijo en español, en presencia de toda su familia, que le reprochó no utilizar su idioma.

—Habla en árabe, que no te entendemos —decían.

—No, no, dejadme, que tengo que conversar muy en serio con mi mujer.

Y yo pensé: «Si anoche me pegó de aquella manera, ¿hoy qué me toca?». Me agarró de un brazo con fuerza y me introdujo en la habitación que utilizábamos antes de construirnos nuestra casa, cerrando la puerta con llave.

—¿Qué vas contando de mí por ahí?

—¿A quién? ¿A qué te refieres?

Temblaba como una hoja bamboleada por el viento con todos los músculos contraídos en un torbellino paralizante que asolaba mi cerebro.

—Has dicho que en vez de hacer el amor contigo me masturbo en la cama, que hago cosas raras. ¿Qué hablas de mí? Dímelo ahora a la cara... anda.

—¿Yo? No he dicho eso, Yusef.

La tensión iba en aumento y la voz no me salía de la garganta, pero armándome de valor le dije:

—¿Qué pasa? ¿Tu hermana ha visto los calzoncillos que dejaste esta mañana encima de la cama?

—¡No, mi hermana no ha visto nada! ¡Tú te dedicas a airear nuestras intimidades!

—Esta mañana yo le he enseñado a tu hermana tus calzoncillos manchados de semen. Necesito desahogarme con alguien para no volverme loca. No entiendo tu comportamiento, Yusef. Ayer me pegaste delante de tus padres y cuando he ido a hacer la cama me he encontrado con esta sorpresa. ¿Por qué haces todo esto? ¿Qué te he hecho yo para que me castigues de esta forma? Te has convertido en un maltratador. ¡Cómo has podido llegar a esto!

—Hago lo que quiero y como quiero. Si me apetece eyacular encima de ti lo hago, o donde me dé la gana, ¡te enteras! Eso corresponde a nuestra intimidad y te prohíbo que se lo cuentes a nadie, ¿me has entendido?

Poco a poco me iba alejando de él para evitar que me alcanzara con su ira y comenzara de nuevo a golpearme.

—Como se vuelvan a repetir estos chismorreos, lo que te hice ayer te parecerá una broma; por esta vez lo dejaré pasar. Te aviso con tiempo. Ten cuidado con lo que dices y a quién se lo cuentas. Algo grave te puede ocurrir si no me obedeces. ¡Ya lo sabes!

—¡Cómo que a quién se lo cuento, si solo hablo con tu familia, si aquí estoy sola, no tengo a nadie! ¡Por no tener, no tengo ni marido!

Al oír esto último se fue hacia mí, pero yo ya había alcanzado la puerta, que, aunque cerrada con llave, la mantenía puesta en la cerradura.

—Bueno, vamos a dejarlo, ¡vale ya!

—Pero, Yusef, si es que no tengo apoyo ni amparo de nadie. Estoy en un país extraño, me has traído engañada y, por si esto fuera poco, has comenzado a pegarme.

—¡Basta ya, te he dicho, y te lo vuelvo a advertir! ¡Cuidado con lo que cuentas!

Yusef ya no era el hombre al que yo conocí en Madrid; ni siquiera se le podía considerar persona. El muy cobarde se atrevía a maltratarme física y psíquicamente porque se sabía en superioridad de condiciones. Su rostro desfigurado por la ira me recordó al de una alimaña que acorrala a su víctima segura de su poderío físico, sintiéndose arropada por otras iguales que presencian el ataque sin realizar ningún movimiento para impedirlo, aun siendo conocedoras de la terrible injusticia.

Abrí la puerta y salí al patio, donde la familia permanecía todavía reunida. Me recibieron con sonrisitas de complicidad.

—Ama Ali, siéntate, que vamos a tomarnos un té —dijo Asima.

«El té de Judas», pensé. Se notaba de lejos que cotillearon a sus anchas en nuestra ausencia.

—Vale, sí, venga, vamos a tomar el té —contesté yo con un hilo de voz.

Debía seguir hacia adelante, no quedaba otra.

Capítulo 7

Segunda agresión

Llegó el invierno, cálido pero en ocasiones fresquito. Mi suegro encendía todos los días en el patio un brasero de latón rectangular, con dos asas que agarraba con unos trapos para no quemarse y que reposaba sobre cuatro patas. Lo prendía con chasca, a la que echaba un líquido inflamable que olía fuertemente a petróleo para avivar el fuego y cuando derivaba en ascuas lo introducía dentro del salón, donde solíamos pasar el día en los meses más fríos (enero y febrero). En el resto de las habitaciones no existía ningún calefactor, ni falta que hacía; llevábamos siempre tanta ropa encima que parecíamos esquimales. Una mañana Ali tuvo que salir temprano y, cuando llegó Yusef por la tarde de su trabajo en la universidad, el brasero permanecía apagado.

—Loli, enciende el brasero. Tú, que ves a mi padre por las mañanas cuando lo prende, habrás aprendido a hacerlo, ¿no?

—Es verdad que le veo, pero nunca me he fijado; no tengo ni idea de cómo se hace. No he prestado atención ni sé dónde guarda la leña o cómo utiliza el líquido inflamable.

—Si le ves todos los días encenderlo, debes saber hacerlo tú también.

—Yusef, te digo que no sé, no tengo ni idea. No quiero arriesgarme a prender fuego a la casa.

—¡Ya estamos! Cuando yo te ordeno algo, lo debes hacer de inmediato, y si te digo que enciendas el brasero, no sé qué haces aquí parada. ¡Ponte a hacerlo ya!

—Tú sabrás mejor que yo cómo se enciende. Son las costumbres de tu casa. Este es el primer invierno que paso aquí y tampoco le he visto tantas veces a tu padre encenderlo.

Estaba indignada; me ordenaba las cosas como si yo fuera su esclava. Comenzaba a hartarme de tanta sumisión. ¡Qué se había creído! De pronto sentí un fuerte golpe en el pecho: se había quitado un zapato y me lo arrojó con todas sus fuerzas, dándome de lleno. La sangre me hervía, recorriéndome las venas como si fuera lava de un volcán en erupción. Necesitaba rebelarme ante tanta presión e hice ademán de imitar su gesto, pero no me dio tiempo. Venía hacia mí a grandes zancadas y salí corriendo aterrorizada ante aquella mirada salvaje que me perseguía, cada vez más cercana. Como nos encontrábamos en el patio, alcancé la primera puerta que hallé en mi camino y salí por ella a toda velocidad; era una salida secundaria, que daba a una calle más estrecha y a las dependencias de la ONU. La crucé y no paré hasta llegar a la esquina, donde me encontré con unos vecinos que venían frecuentemente a tomar el té con nosotros por las tardes y que ahora son los suegros de mi hija Soraya. Les saludé cordialmente y ellos siguieron su camino. Yusef, pensé, podía salir detrás de mí en cualquier momento y esperé durante unos minutos sin saber adónde ir. El foco de la luna iluminaba la áspera noche y las estrellas destellaban sobre mi cabeza. En la casa solo se encontraban él y las niñas; mis suegros habían salido y mi cuñada cosía, como muchas noches, en su casa, que daba justo a la esquina donde yo me encontraba. Me mantuve a la expectativa un tiempo prudencial, pero, sabiendo que la única opción que me quedaba era entrar de nuevo, me fui acercando poco a poco hacia la puerta y descubrí que al salir la había cerrado. ¡No podía entrar!

—Asima, Asima..., estoy aquí fuera, ábreme.

Veía su cabeza iluminada por un viejo flexo tras los cristales de la ventana. Se inclinaba remendando un pantalón de uno de sus hijos.

—Sí, ¿quién es?

—Asima, soy yo. Estoy aquí, en la puerta, pero por fuera.

—¡Y qué haces fuera!

Después de lo pasado me daba miedo decirle la verdad, no confiaba en ella.

—He salido un momento y se me ha cerrado la puerta sin darme cuenta.

—¿Adónde has ido? Anda, pasa.

Me abrió y entré recelosa, mirando a todas partes. Descubrí el brasero al fondo, tal como lo dejé, pero Yusef no se encontraba por allí. Temiendo que saliera en cualquier momento, medí mis pasos, observándolo todo a mi alrededor, intentando oír cualquier sonido. Escuché a las niñas jugar dentro y, armándome de valor, entré a la cocina. Los padres no tardarían en llegar, así que me puse a preparar algo para la cena cuando sentí un fuerte golpe en la espalda y una mano que me agarraba la nuca y la presionaba con fuerza.

—¡Ni se te ocurra volver a salir corriendo cuando te estoy hablando! ¡Tú no sabes lo que te juegas con este comportamiento!

Su mano continuaba presionando cada vez con más intensidad mi cuello y permanecí quieta, muda. Sabía que si abría la boca, Yusef podía cometer cualquier barbaridad porque nos encontrábamos solos. En esta ocasión, el padre no me podía defender; miré a mi alrededor sin mover la cabeza y mis ojos descubrieron los instrumentos que se utilizan habitualmente en la cocina (cuchillos, rodillos, sartenes...). «Mejor quedarse callada», me dije a mí misma. Por fin me soltó la nuca y escuché sus pasos acelerados salir por el patio hasta la puerta principal de hierro, que cerró de un fuerte portazo.

Mi llanto, una vez más, no hallaba consuelo; mi capacidad de raciocinio me había abandonado; vacía, sola, anulada... ¿Cuánto tiempo más podría soportar en este infierno? «¡Dios mío, ¿por qué me mandas estas pruebas tan duras? ¡Quiero volver a mi país! ¡Ayúdame, por favor! Dame una señal para salir de aquí. Como esto continúe así, un día me va a matar... y ¡qué va a ser de mis hijas!», pensaba sin dejar de llorar. ¡Pero si en España nunca me había puesto la mano encima! Rodeado de los suyos, se había transfigurado, mutando en un ser carente de humanidad. ¡Qué daño me hacía y qué sola me encontraba!

Mis oídos se centraron de pronto en los gemidos de la abuela, que, desahuciada por los médicos, ya no salía de su habitación. La pobrecita orinaba sangre y apenas comía. Me recompuse pensando en ella. No me podía ayudar, pero la seguía sintiendo muy cercana. La cabeza no la perdió nunca y sus palabras, en muchas ocasiones, me habían alentado a seguir adelante.

—Ama Ali, no te preocupes, hija mía. Tendrás pronto un hijo varón y todo se arreglará —repetía con frecuencia.

Dentro de la gravedad de su enfermedad, se daba cuenta de todo. Ciega, veía más que el resto. En mi desesperación, comencé a analizar sus palabras. Seguro que el maltrato al que me sometían se debía a que no tenía un hijo; una vez más, me sentí culpable por haber parido solo niñas. Un amasijo de sensaciones negativas me paralizaba sin permitirme pensar con coherencia.

Por la mañana, la madre de Yusef nos anunció:

—La abuela ha muerto.

A las mujeres no nos dejaron entrar en su habitación (allí a los difuntos los velan los hombres), que olía a excrementos acumulados. Afortunadamente, era invierno, pues con el calor el hedor se habría acentuado; en sus últimos días de vida, la pobre no podía ni salir al patio para llegar al baño. Yo, todas las mañanas, me acercaba a darle los buenos días, pero no podía permanecer más de dos minutos allí porque el olor echaba para atrás. En ese cuchitril murió, sola, con la tenue luz de una bombilla que apenas alumbraba, pasando frío, sin calefacción y rodeada de suciedad.

Comenzaron a llegar los hombres (las noticias volaban a gran velocidad) y corrimos a ponernos el pañuelo. Me habían comprado vestidos con manga, largos hasta los pies, y me puse uno de ellos para recibir y atender a las visitas. Los hombres que velaban a la pobre anciana soportaban estoicamente ese olor nauseabundo que despedía la pequeña habitación, aunque ninguno de ellos lo hizo por mucho tiempo y se fueron turnando sin que nadie verbalizara los motivos. Mientras tanto, las mujeres esperábamos en la casa haciendo el café amargo con posos, símbolo de fallecimiento de un ser querido, y unos pastelitos especiales, típicos en los funerales, que sabían como polvorones algo amargos.

Envuelta en un sudario, colocaron a la difunta en una camilla con palos que portaron los más allegados hasta la puerta principal (a los finados no los meten en cajas). A mi suegro se le veía muy afectado.

—Pobrecita —decía—, siempre nos ha ayudado mucho. Ha sido una buena madre —su dolor parecía sincero, pero yo seguía sin entender por qué permitió a su mujer un trato tan vejatorio hacia su progenitora. El pobre Ali bailaba al son que quería mi suegra; era un títere en sus manos.

La comitiva fúnebre se encaminó, según me contaron, hacia el cementerio cercano a Gaza y las mujeres nos quedamos en la casa preparando comida para todos. Bandejas grandes de arroz, la famosa magluba, pastelitos de carne. Comida natural y sabrosa cargada de especias. Lo único que no me gustaba era la bamia, una verdura en forma de bellota rodeada de pinchitos que raspa el paladar.

Cuando se cocina, suelta una especie de gelatina viscosa y su contacto con la lengua a mí me resultaba desagradable, aunque a mucha gente le parecía deliciosa.

La comida duró hasta bien entrada la tarde, entre charlas y recordatorios de la abuela. Comenzó a caer el sol y los visitantes fueron saliendo, dando por concluido el duelo. La tierra se tiñó de crepúsculo, el último en despedir a la bondadosa anciana, y nosotros descansamos al fin.

La muerte de la abuela me afectó; perdí con ella mi única aliada en esa casa y me encontré aún más triste de lo habitual. A la mañana siguiente, mi suegra tuvo que salir a comprar, dejando a mano los ingredientes para el pan y, como les había visto a ellas en muchas ocasiones elaborar la masa, me puse yo a hacerlo echando en un barreño de metal la levadura, la harina, la sal... regándolo todo con agua templada, removiendo y amasando hasta que no se pegara en las manos ni en el recipiente. Una vez realizada esta operación, lo tapé como hacía mi suegra, con una manta, para que con el calor se hinchara y, transcurrido el tiempo adecuado, quité la manta, extendí en el suelo otra con una sábana blanca por encima y troceé la masa en forma de bolas que fui colocando sobre la sábana. En una mesa de madera espolvoreada de harina casi a ras del suelo dispuse una bola tras otra para irlas aplanando con el rodillo, dándoles forma de círculo, y luego volví a colocarlas una por una en la sábana. Tras terminar este trabajo puse otro lienzo y otra manta encima para dar calor a la masa y que las formas redondas fueran subiendo. Todo exactamente igual que lo hacían ellas, paso a paso, sin saltarme un solo punto. Comenzaba a encender el horno de leña para meter las veinticuatro hogazas que nos comeríamos en los dos próximos días, cuando llegó mi suegra del mercado. Me sentía contenta por haber sido capaz, yo sola, de elaborar todo aquel pan.

—Mira, Ama Yusef, he hecho el pan porque Asima no ha bajado todavía. Ahora estoy encendiendo el horno —le dije sonriente y satisfecha conmigo misma mientras ella entraba por la puerta.

Mi suegra abrió la manta y cogió uno de los panes.

—Están mal hechos; demasiado delgados. ¿No te das cuenta de que no son como los que yo hago?

Empezó a insultarme en árabe: me llamó idiota, estúpida, tonta, loca.

—¿Por qué no has subido a buscar a Asima a su casa? ¡Eres una imbécil! ¡No sirves para nada, extranjera de mierda!

—Yo lo he amasado como usted —le contesté, pero ella continuaba chillando y pronunciando algunas palabras que yo no entendía.

Asustada, acobardada, aguanté como pude los improperios que me cayeron encima. «¿Tan mal lo habré hecho?», me preguntaba mientras veía cómo ella volvía a pasar por el rodillo una tras otra todas las piezas. «Pero, si estaba fino, ¿para qué le pasa otra vez el rodillo?» ¡Qué disparate! Aquella mujer había enloquecido. Se comportaba como una histérica y yo no sabía cómo poner fin al percance. Ella chillando, yo llorando... Esta es la escena que presenció el padre de Yusef cuando entró en la cocina; como trabajaba en el edificio de al lado, a ratos se escapaba para tomar un té con nosotras y, al oír los gritos y los insultos que me dirigía su mujer y el estado de excitación en el que se encontraba, comenzó a regañarla.

—¿Por qué te pones así con ella, si ha obrado con su mejor intención?

—Todo lo hace mal. Tenía que haber llamado a Asima. Esta mujer es tonta, ¡está loca!

—Deja de insultarla, ¿no ves que lo que pretende es agradarte? ¡Y tú mira cómo la tratas!

Nunca le había visto así de enfadado con su mujer; le reprochó seriamente su comportamiento, como el día en que le recriminó a Yusef que me pegara. Pero si él alzaba la voz, ella utilizaba un tono aún más elevado; se enzarzaron en una cruenta discusión que mi suegra finalizó dándose media vuelta y subiendo a casa de su hija Asima.

Capítulo 8

Rezando a Alá

Entre Asima y yo terminamos de hacer el pan, ella sentada delante del horno y yo llevándoselo en bandejas para que lo introdujera en él. Las hogazas constituían el alimento esencial de la casa mañana, tarde y noche; sobre todo, los hombres podían comerse tres o cuatro piezas diarias untándolas en las salsas.

—¿Qué piensas hacer de comida, Ama Ali? —me preguntó Asima con gesto serio y voz preocupada.

—No sé, miraré ahora a ver lo que ha traído tu madre y cuando baje le preguntaré qué prefiere que hagamos.

—Mi madre no va a bajar. Ha subido muy enfadada y me ha dicho que se queda en mi casa.

No supe qué contestar. Mi suegro había regresado al trabajo y no conocía esta decisión. Busqué entre las sobras del día anterior, saqué de la nevera una pieza de carne para hacerla con patatas y me puse a prepararla.

—Ama Ali, yo me voy a subir con mi madre. Luego bajo otro rato a ver qué tal vas y, si lo necesitas, te echo una mano.

Asentí con la cabeza sintiéndome culpable de lo ocurrido, avergonzada, sin saber qué decir. «El padre me ha defendido, pero el hijo, cuando venga y se entere... ¿qué me va a pasar? Seguro que me echa la culpa a mí por meter la mano donde no debía. Pero si ella me dejó la harina preparada para que lo hiciera... Claro, que no sabía que Asima tardaría en bajar. Pensó que lo haríamos entre las dos», reflexioné con preocupación, temiéndome otra paliza. Ensimismada entre mis pensamientos y mis temores me encontraba cuando llegó de nuevo Ali.

—¿Dónde está mi mujer? —me preguntó.

—Me ha dicho Asima que está en su casa, pero que no piensa bajar.

—¿Cómo que no va a bajar?

—Sí, que fuera yo cocinando, porque su madre se iba a quedar en su casa.

—Muy bien, ella sabrá lo que hace.

Salió hacia el patio y se metió en la farmacia. Solía hacerlo a veces para charlar o tomar algo con el farmacéutico y otros hombres con los que compartía tertulia y té. No habían transcurrido más de cinco minutos cuando llegó Yusef.

—¿Estás sola? ¿Y mi madre?

—Se ha enfadado y ha subido donde tu hermana. Dice que no va a bajar.

—¿Qué ha ocurrido?

La profundidad de su mirada delataba la preocupación que le causaba la noticia y, sin siquiera esperar respuesta, salió en dirección a la casa de Asima. «¡Dios mío! ¿Dónde me escondo? Se está organizando una muy gorda y toda la culpa recaerá sobre mí con total seguridad», presentía yo horrorizada. «¿Qué va a ocurrirme cuando baje Yusef?» Mi día a día a partir de aquellas dos agresiones sufridas se había convertido en un continuo sobresalto. Me levantaba siempre con una misma obsesión: «¿Por dónde saldrán hoy? ¿Qué me va a pasar?». Y si, terminada la jornada, no había sucedido ninguna desgracia, respiraba aliviada y me preparaba para lo que pudiera ocurrir al día siguiente.

Di el biberón a Fátima temblando de angustia. Las mayores jugaban por el patio después de volver de la guardería (su abuelo las llevaba todas las mañanas y las recogía a mediodía); mi suegro descansaba sentado en la mesa cuando bajó Yusef y se puso a hablar con él en voz muy baja mientras yo en la cocina preparaba una ensalada de tomate, pepino y pimiento verde picante cortándolos en taquitos y aderezándolos con comino, albahaca, sal, pimienta, aceite, limón y un yogur. Coloqué en una fuente la carne estofada con patatas y zanahoria, gratiné al horno un poco de pollo cocido que saqué de la nevera y avisé a los hombres para que se sentaran a comer.

—Loli, ahora me vas a contar tú qué es lo que ha pasado —me habló en español con tono desafiante mientras su padre comía en silencio con la cabeza agachada.

—Que tu madre me ha dejado la harina preparada con la levadura y la sal para que amasara el pan, y me he puesto a hacerlo antes de que bajara tu hermana. Ya había amasado otras veces delante de ella. Pensé que se pondría contenta cuando regresara, pero, en lugar de eso, se ha disgustado y me ha llamado de todo... Tonta, loca, idiota... y más cosas que no he entendido. Ha llegado tu padre en ese momento y le ha recriminado sus ofensas. Me llamaba sarmuta, ¿qué quiere decir?

Ante este último insulto, Yusef se echó a reír.

—Está enfadada contigo, por eso te lo dice.

—¿Qué significa? ¿Que soy imbécil... tonta... idiota...?

—Sí, más o menos —concluyó, lanzándome una mirada que se hundió en mis ojos.

Para mi sorpresa y alivio, no me pegó.

—¿Te ha dicho si piensa bajar más tarde?

—Se tomará unos días de descanso; se va a quedar por el momento donde mi hermana, así que te vas a encargar tú de todo. Mi padre irá al mercado a comprar y Asima bajará a ayudarte, pero mi madre ha decidido descansar una temporada.

Pasaron tres días y mi suegra no aparecía por la casa. Yo me encargaba de las tareas de limpieza y cocinaba. Desayunábamos, comíamos y cenábamos en silencio, casi sin mirarnos, y al cuarto día le dijo Yusef a su padre:

—¿Por qué no sube a hablar con ella?

—Yo no tengo que decirle nada —contestó él—. Se ha ido porque ha querido y ahora tiene que volver cuando le parezca oportuno.

Yusef sí que la visitaba a diario; pasaba horas conversando con ella y siguió insistiéndole.

—Esto no nos lleva a ninguna parte. Creo que lo mejor para todos es que suba, y si le tiene que pedir perdón, hágalo.

—¿Yo pedirle perdón? ¿Por qué? ¿Qué le he hecho para que me

tenga que perdonar? Se ha ido ella y, cuando decida volver, la puerta la tiene abierta. Nunca la he echado.

—Bueno, padre, no sea así. Vaya a hablar con ella y solucione las rencillas de una vez por todas. Lo estamos pasando mal y ya es hora de cortarlo.

Escuchando sus palabras, me quedaba estupefacta. Si los consejos que le daba a su padre se los aplicara él en nuestra relación, la vida parecería una comedia romántica. Su actitud hacia mí distaba mucho de lo que predicaba. Utilizaba raseros distintos para valorar los sentimientos: los de su madre contaban, los míos no.

—Aunque tenga la culpa ella, ¿qué le cuesta a usted pedir perdón? Es la única manera de que se quede satisfecha porque se siente agraviada, aunque sin motivo, ya lo sé.

Seguí escuchando sus palabras, que parecían pronunciadas por otra persona. No podía ser el mismo Yusef que me pegaba, que me mentía, que me anulaba. Gracias a él y a su madre mi autoestima había desaparecido; me consideraba culpable de todo lo que sucedía por el solo hecho de existir, de vivir en esa casa. Desprotegida, vejada, aniquilada.

—Está bien, Yusef, te haré caso, voy a subir.

Dicho esto, Ali se encaminó hacia la casa de su hija Asima.

—No sé muy bien qué habéis hablado, pero me ha parecido entender que aconsejabas muy sensatamente a tu padre. Tus palabras eran conciliadoras cuando le has dicho que pida perdón a tu madre, a pesar de que ella es la que se ha ido y la que ha insultado. Tú no me tratas a mí como aconsejas a tu padre que actúe, aun sabiendo que estoy aquí sola y no tengo ninguna casa donde pueda retirarme a descansar.

—¡Tú te callas! —gritó—. ¡A ti no te importa lo que yo le diga a mi padre! ¡Estás aquí para obedecerme y hacer lo que yo te ordene, en las condiciones que yo te exija y como yo crea que debes estar! ¡No te permito ni un solo reproche, ni que me señales cuál debe ser mi comportamiento!

Su mirada tan fiera me dañó el alma y sus palabras me hicieron sentir que mi identidad desaparecía convirtiéndome en menos que nada, un ser insignificante al que mi marido podía vapulear a su antojo.

¡Qué vida me esperaba aquí! Me odiaba, lo leí en sus ojos. Me llevé las manos a la cara, horrorizada, pero callé por temor a una nueva paliza. Comencé a recoger los platos de la mesa y los fui llevando a la cocina mientras reflexionaba sobre mi futuro: «No podré soportar esta situación por mucho más tiempo. Necesito encontrar una solución. ¡Por Dios, Ángel, enséñame el camino!». Pero Ángel ya no contestaba; su fuerza, su energía, su sentido del humor, su pasión amorosa desaparecieron de mi vida para siempre. Ya no volverían. Mi presente constituía mi realidad; mi pasado yacía enterrado en Madrid, donde me esperaba Eva. Pensando en ella, decidí seguir adelante. La existencia de mis cuatro hijas me obligaba a no desistir.

Los padres de Yusef bajaron juntos de la casa de Asima y la vida de la familia se normalizó. Si percibía el desprecio de mi suegra anteriormente, desde esa fecha lo notaba con mayor intensidad. Ella imponía su ley, dejando claro que yo pisaba su territorio; ¡cuidado con invadirlo! Si a Ali se le hubiera ocurrido casarse con otras mujeres, como algunos de sus vecinos, Ama Yusef no sé lo que habría hecho con ellas. Por mucho menos, a mí me sacrificaba.

Pasaban los días y yo me sentía cada vez más rechazada. Sin embargo, sí percibía el cariño de la gente que nos visitaba, e incluso su admiración.

—Eres maravillosa, Ama Ali —me dijo una tarde el primo pediatra de Yusef—. Te vistes como las mujeres árabes, haces el pan, limpias, te has amoldado a nuestras costumbres a la perfección. Yusef no puede quejarse. Te admiro por tu comportamiento.

Y yo pensaba: «¡Si tú supieras lo que estoy viviendo puertas adentro cuando nadie nos ve...!».

Llegó el Ramadán y decidí celebrarlo con ellos. Mi religión seguía siendo la católica y mi mentalidad occidental, pero no me pareció coherente continuar comiendo como siempre mientras la familia ayunaba desde el alba hasta que se ponía el sol, así que me levantaba con Yusef a las tres de la madrugada y preparaba sandía y dátiles, que engullíamos al instante. A la hora del almuerzo daba de comer a las niñas y nosotros nos echábamos a dormir sin probar bocado, levantándonos cuando caía el sol para preparar la cena, que resultaba contundente (era la comida fuerte del día). Como anochecía temprano, a las cinco de la tarde en invierno, antes de acostarnos volvíamos a ingerir algo y poníamos el despertador a las tres de la madrugada para tomar fruta antes de la salida del sol. En eso consistía nuestro ciclo alimentario. Descansé de ayunar únicamente los días de la menstruación, pero el resto del mes seguí la tradición musulmana como ellos, incluidos los rezos. Tan desesperada me encontraba viviendo esa cadena de malos tratos y vejaciones que le pedí a Alá que se apiadara de mí y me librara de ese infierno, rezándole como el resto de la familia, cinco veces al día: al amanecer, al mediodía, por la tarde, a la puesta del sol y por la noche. Me aprendí en árabe sus principales oraciones y las recitaba con devoción implorándole ayuda. Recuerdo que una de ellas decía: «Dios no tiene misericordia del que no la tiene con los demás». Eran palabras del profeta, que mi familia obviaba.

Les quería demostrar con mi comportamiento que estaba dispuesta a todo con tal de ser aceptada; necesitaba desesperadamente su aprobación y que me incluyeran en su clan. Si para ello era necesario hacer gala de una infinita sumisión, yo lo aceptaba con tal de conseguir paz y sosiego; por mi bien y por el de mis hijas.

Capítulo 9

De nuevo embarazada

Terminado el Ramadán, la vida continuaba su curso racionada en días clónicos. Las comidas en familia, las tareas domésticas... Desayunábamos una mañana en el patio cuando comenzaron a aporrear insistentemente la puerta lateral, por la que yo había salido días antes huyendo de Yusef. Nos miramos unos a otros asombrados sin hallar explicación a tanto escándalo y fue Asima la que se levantó a abrir a tan ruidosos visitantes. Ante nuestros ojos aparecieron cinco militares judíos; dos de ellos permanecieron en la puerta mientras tres de sus compañeros entraban al patio apuntándonos con sus armas. Se les veía nerviosos, hablaban entre ellos excitados y se movían mirándonos con recelo. Las niñas, asustadas, comenzaron a llorar agarradas a mis piernas mientras yo protegía a Fátima entre mis brazos, la única que por su corta edad se mantenía al margen de lo que estaba ocurriendo. Pasaron uno detrás de otro delante de mí, mirándome fijamente con descaro, mientras se dirigían hacia la cocina. La escena implicaba una tensión absoluta.

—Mamá, me hago pis —me dijo Soraya sin dejar de llorar.

Le ordenaron a mi suegra que les acompañara al salón y aproveché para entrar con las niñas al servicio: una en brazos y las otras dos agarrándolas como pude. Senté a Soraya en el retrete mientras a Hanna le limpiaba la boca en el lavabo dibujada con unos grandes bigotes por la comida del desayuno. En estas me encontraba cuando la puerta se abrió de golpe dando paso a uno de ellos, que me apuntaba con una metralleta, contundente en sus gestos. Al ver la escena, las niñas lloraron aún más fuerte presas del pánico y yo le lancé al joven una mirada de súplica, esperando que se compadeciera de nosotras, implorando lástima con los ojos. No sabía lo que podía pensar ese hombre en aquel momento, pero sus ademanes distaban mucho de parecer amigables. Fueron segundos densos en los que los pensamientos se acumulaban en mi cabeza. «Habrá oído ruidos aquí y pensará que hago algo prohibido, o que estoy escondiendo quién sabe qué», supuse, pero él por fin se marchó uniéndose a sus compañeros y desapareciendo por la misma puerta que habían cruzado minutos antes. Respiré profundamente y cerré los ojos para recomponerme; las niñas habían dejado de llorar y salí con ellas de nuevo al patio; necesitaba información y mis suegros me la podían proporcionar. En el transcurso de unos pocos meses habían registrado nuestra casa dos veces. ¿Era habitual? ¿Me tendría que acostumbrar también a estas entradas aterradoras?

Al salir encontré a mi suegra y a Asima sentadas en el patio, aún pálidas por el mal trago vivido.

—¿Qué buscaban? ¿A qué han venido? —pregunté todavía asustada.

—Han estado mirando por la cocina los cubiertos, los cuchillos, las estanterías, pero como hablaban entre ellos en hebreo, no me he enterado de lo que decían —contestó mi suegra.

—¿Esto ocurre con frecuencia?

—De vez en cuando realizan un reconocimiento. Les llega un chivatazo de que hay algún terrorista que se esconde por la zona, pero al no saber exactamente dónde se encuentra, registran todas las casas de los alrededores. Entre los palestinos existen algunos colaboracionistas con los judíos que les informan de hechos puntuales —me explicó—. Intentan sorprender entrando en las casas de improviso cada cierto tiempo.

Las relaciones sexuales con Yusef continuaban tan monótonas como siempre; seguíamos haciendo el amor muy de vez en cuando y era yo la que provocaba los encuentros, en parte temerosa de que se enfadara si no lo hacía y también por la necesidad de recibir algo de cariño, aunque fuera de ese modo tan forzado. Cuando llevábamos más de tres semanas sin relaciones yo le comenzaba a acariciar en la cama, le besaba suavemente la nuca, metía mis dedos por su cabello, rozaba con la punta de mi nariz su oreja queriéndole transmitir sensualidad, susurrándole un «te quiero», haciendo de tripas corazón para olvidar sus agravios y reinventar una relación que cada día se me hacía más cuesta arriba. Él, tras dejarse querer durante unos minutos, se volvía hacia mí y comenzaba a penetrarme sin más; ni una caricia, ni un beso apasionado. Descargaba en mí su semen, permanecía unos segundos jadeando sobre mi cuerpo desnudo y se retiraba hacia el otro lado de la cama, quedándose dormido al instante. Así transcurrían nuestros escasos encuentros amorosos.

El día 10 de ese mes de marzo tendría que haberme venido la menstruación, pero, alcanzada la quincena, seguía sin bajarme y, como era tan regular, me temí un nuevo embarazo. Unas noches atrás había soñado con la abuela, pero la visión resultó tan real que pensé haberlo vivido; salía al patio y la veía a ella sentada con su postura habitual de yoga, mirándome con los ojos muy abiertos, rodeada con un halo de luz, vestida de blanco. «Gestah, ¿qué haces aquí?», le pregunté, pero ella no contestó. Continuó mirándome con una media sonrisa dibujada en los labios. Había recobrado la vista y sus ojos eran hermosos; transmitían serenidad y mucha paz. «Entonces la muerte de la abuela no era real, la he debido de soñar», pensé al despertarme, tan auténtico me pareció aquel sueño. Incapaz de discernir entre lo onírico y lo verdadero, me levanté y abrí la puerta de nuestra habitación que daba al patio. Miré, segura de encontrarme con la anciana, pero no estaba. «Ha sido un sueño. Gestah ha muerto realmente», me dije. Esto sucedió tres días antes de mi retraso menstrual e inmediatamente lo relacioné: «A ver si la abuela pretendía anunciarme que estoy embarazada de un niño». Recordé cómo me repetía una y otra vez que cuando tuviera un hijo varón todo cambiaría en mi vida y creí que me mandaba una señal desde el más allá. Tal era mi obsesión por darle a Yusef un varón que mis deseos se reproducían en los sueños y mis divagaciones posteriores derivaban en esta conclusión.

Les di la noticia a todos una mañana durante el desayuno.

—Llevo un retraso de cinco días en la regla. Puede que esté de nuevo embarazada.

Se hizo un silencio que apenas duró unos segundos, los suficientes para darles tiempo a levantar la cabeza del plato y quedarse mirándome con los ojos muy abiertos. Todos, sin excepción, parecían muy contentos con la novedad.

—¡Esta vez seguro que es un chico, lo has conseguido con tus oraciones! ¡Alá te compensa con este regalo! —decía mi suegra riendo y haciendo aspavientos de felicidad.

—Vamos a ir al ambulatorio de la ONU para que te realicen la prueba de embarazo —me dijo mi suegro.

Así lo hicimos esa misma tarde y el resultado fue positivo; me había quedado embarazada de nuevo y mi familia política demostraba un entusiasmo desbordante. Con su actitud parecían querer decirme: «Pide por tu boca, que tus deseos serán concedidos. Chica, en esta ocasión has sido buena y estamos dispuestos a compensarte». ¡Qué despropósito! Yusef me recordaba a un gallo en su corral satisfecho de su hombría, y yo pensaba: «Solo me tratan bien si me quedo embarazada, ¡vaya cambio!».

Como era habitual, la noticia corrió veloz entre familiares y vecinos, que desfilaron por la casa dándome parabienes, enhorabuenas, abrazos, regalos. Yo estaba feliz. Todos repetían sin cesar la misma frase.

—Alá quiera que venga Ali.

—Alá quiera que venga Ali.

Me sentí aliviada. Yusef y su madre me habían dejado de torturar y me trataban de forma correcta, incluso cariñosa. Una duda me preocupaba: existía la posibilidad de que no naciera Ali y el bebé fuera de nuevo una niña. «Pero ¿por qué amargarme ahora con estos pensamientos?» Quedaban nueve meses por delante y parecía que embarazada me tratarían bien; mejor vivir el presente sin preocuparme de nada más.

El 26 de mayo mi hija Eva hacía la primera comunión en Madrid y a principios de abril le dije a Yusef que debíamos planificar mi viaje a España. No podía perderme por nada del mundo este acontecimiento tan esperado por la niña.

—No te preocupes, que falta mucho tiempo todavía; ya me encargaré de sacarte el billete más adelante. Aún nos quedan casi dos meses —me contestó Yusef en un tono cordial.

Habíamos consultado al ginecólogo si podría volar sin peligro y nos tranquilizó afirmando que el viaje lo realizaría cuando llevara tres meses y medio de gestación, por lo que el riesgo de un aborto era muy pequeño, casi inexistente.

El único contacto que mantenía con mis padres consistía en las cartas que nos cruzábamos (en los años ochenta tardaban semanas en llegar a su destino). Yo las mandaba por correo y no obtenía contestación hasta pasados dos o tres meses. Me prohibían llamar por teléfono; lo mantenían cerrado con llave en el salón. «Es muy caro —decía Yusef—, mejor os escribís; te pones muy contenta cuando recibes sus cartas y a ellos les pasará lo mismo con las tuyas», intentaba venderme la burra y yo callaba y obedecía. ¡Qué podía hacer! Estaba educada en la idea del matrimonio para toda la vida, aunque eso me costara la vida.

Aquella primera semana de abril, dos días después de recordarle a Yusef que debía viajar a España para asistir a la comunión de Eva, llegó una carta de Madrid cuya remitente era mi hermana Amelia. En ella me transmitía su preocupación por la salud de mi padre.

Querida Loli:

Ya sé que vendrás a Madrid para la comunión de Eva y cuento los días que nos separan de tu llegada. Todos sufrimos tu ausencia, pero muy especialmente tu hija y papá, que se encuentra delicado de salud. ¡Quiero compartir contigo tantas cosas, querida hermana! ¡No sabes cuánto te echo de menos! La vida no es la misma estando tú tan lejos.

Te mando muchos besos, para ti y para las niñas. Deseo abrazar pronto a Fátima y conocer por fin su carita de ángel. Trae fotos de todas.

Cuídate mucho, hermanita.

Amelia

Los comentarios de mi hermana me intranquilizaron. Ya no podía esperar más.

—Yusef, Amelia me cuenta en su última carta que mi padre se encuentra mal de salud; me gustaría llamarles. Estoy angustiada porque no sé lo que está ocurriendo.

—No te preocupes demasiado. En unos días vas a ir y los verás a todos. Comenzaré a mirar lo de tu billete mañana mismo y te iré contando.

—Sí, pero me gustaría hablar con ellos antes de ir para allá. Los comentarios de Amelia son preocupantes; no sé el alcance de la enfermedad de mi padre. Me preocupa.

—Está bien, si te vas a quedar más tranquila, mañana llamamos.

Lo primero que hice esa mañana al despertarme fue recordarle lo que me había prometido el día anterior.

—Venga, mujer, está bien, vamos a llamar —marcó el número de la casa de mis padres y me pasó el auricular.

—Sí, dígame —era la voz de mi madre la que se escuchaba al otro lado del aparato.

—Hola, mamá, soy Loli. ¿Cómo estáis?

—¡Ay, hija, qué desgracia más grande! —y lloraba, y se lamentaba, gemía.

—Pero ¿qué te pasa? ¿Por qué lloras? ¡Cuéntame!

—No puedo hablar. Espera, que te paso a tu hermano.

Capítulo 10

La muerte de mi padre

Se hizo un silencio profundo dentro de ese aparato que yo sujetaba nerviosa, con fuerza, entre mis dos manos, imprimiendo así en él mis miedos y mi angustia. Mi padre se encontraba muy enfermo, no cabía la menor duda. El llanto de mi madre debía de ser por ese motivo. ¿O le habría ocurrido algo a Eva? ¡Qué incertidumbre! Y yo en Jabalia, tan lejos, sin poder reaccionar...

Por fin se puso mi hermano.

—Hola, Loli.

—Pepe, ¿qué está pasando para que me coja mamá el teléfono y se ponga a llorar desconsolada?

—Loli, es que... verás. Te tengo que dar una mala noticia... Muy mala... Acaba de morir papá. Hace una hora que ha ocurrido. Le tenemos en la cama y empezábamos a vestirle cuando has llamado.

—¿Cómo que ha muerto papá? Pero ¿qué ha pasado? Por Dios, ¿qué me estás diciendo? ¡Explícate!

—Hace cuatro meses le detectaron un cáncer de hígado y todo ha pasado muy rápido. Pensábamos que el proceso de la enfermedad sería más largo y, para evitar preocuparte, no te lo dijimos.

—¿Pero cómo me hacéis esto? ¿Por qué no me contasteis lo que pasaba?

Se hizo un silencio salpicado de lamentos que interrumpió mi hermano.

—Sí, Loli. Le hicieron una biopsia y descubrieron una cirrosis.

El estómago se me revolvió y la cabeza me daba vueltas. Necesitaba estar allí, cerca de ellos.

—Dios mío, ¿quieres decir que ya no puedo hablar con papá?

Mi desesperación era total.

—No, tranquilízate, no te pongas así. Ha muerto hace una hora y no se puede hacer nada por él. Estamos aquí todos pasándolo fatal, así que perdona, pero te tengo que dejar.

—Por Dios, Pepe, dime cuándo le entierran... Espérate un minuto... No me cuelgues... Cuéntame algo más.

—Lo único que te puedo decir es esto, que acaba de morir, que nos pasaremos la noche velándole aquí en casa y que mañana le enterraremos, pero aún no sé a qué hora.

¡Mi padre había muerto! Con él desaparecía la mejor parte de mi vida. Había sido mi guía, mi defensor, mi maestro, la fuerza, la vida, la protección, y ni siquiera me pude despedir de él. Me sentía indignada con mis hermanos y con mi madre por no haberme avisado de algo tan grave. De habérmelo dicho, yo habría viajado a España mucho antes. No concebía la vida sin él.

Yusef escuchó toda la conversación en silencio, mirándome con los ojos a veces muy abiertos; otras paseando nervioso por el salón.

—¿Qué ha pasado, Loli?

—Que mi padre acaba de morir —respondí abatida—. Está en la cama y yo necesito verle antes de que le entierren... Lo necesito... Lo necesito... —repetía mientras lloraba enloquecida de dolor—. Mañana debo estar allí en su entierro... No me puedo esperar a la comunión, ¡qué importa ahora eso! No me vengas poniendo más disculpas ni retrasos porque es mi padre y quiero estar allí con él, ya que no he tenido la suerte de dedicarle unas palabras antes de morir.

—Tranquilízate, que ahora mismo lo voy a mirar.

—Por favor, Yusef, consígueme un billete para esta misma tarde, te lo suplico.

Me encontraba cada vez peor y fui al servicio presa de terribles náuseas; al limpiarme, comprobé la braga algo manchada de sangre y se lo dije a mi suegra.

—Hija, tranquilízate, que por ponerte así no vas a devolver la vida a tu padre. Relájate un poco, túmbate en una colchoneta y pon las piernas hacia arriba. Te voy a hacer un zumo de limón; piensa también en el bebé y procura calmarte; lo de tu padre ya no tiene remedio.

—Yo debía estar ahora allí con ellos. ¡Si hubiera sabido que mi padre se encontraba tan grave, nada ni nadie me hubiera impedido ir antes a verle! Me quedo sin decirle todo lo que ha significado para mí y ya nunca lo sabrá. Hay cosas irrecuperables en la vida y esta es una de ellas. Nunca le dije que fue mi mayor apoyo cuando me encontraba más perdida y que si no llega a ser por él, la enfermedad de la tristeza habría acabado conmigo.

Hablaba para mí misma, sin darme cuenta de que en mis palabras Ama Yusef no hallaría un significado coherente. ¡Qué sabía ella de mi vida! Mi marido le ocultó hasta la existencia de mi hija Eva; este secreto constituía un dolor que se agitaba en mi corazón destrozándome el pecho.

—No te lo han dicho y ya no tiene solución, así que ahora tranquila, que Yusef te va a sacar el billete para que puedas darle el último adiós.

Como siempre ocurría, la noticia se expandió de forma inmediata y vecinos y familiares vinieron a expresarme sus condolencias. Y por fin llegó Yusef con novedades sobre mi pasaje de avión.

—Mira, Loli, hoy es viernes [día festivo para los musulmanes] y todas las oficinas se encuentran cerradas. He conseguido hablar con un amigo que trabaja en una agencia y me ha asegurado que lo mirará a ver qué puede hacer, pero tampoco promete nada concreto, tenemos que esperar. Considera probable que como muy pronto salgas mañana; nos hace un favor especial dadas las circunstancias. Me ha dicho que se pone ya mismo a buscar porque, aunque aquí al ser festivo se encuentra todo paralizado, las oficinas de Madrid están abiertas. A ver si a través de ellos consigue un billete; luego vendrá a contarnos a qué hora puedes volar.

—Yusef, debes tranquilizarla. Esta mañana ha empezado a manchar —le comentó mi suegra.

—¿Manchas mucho?

—No, muy poquito, no te preocupes.

—A ver si encima vas a perder el niño —susurró con cara de preocupación.

Su temor terminaba ahí, cuando el mío se centraba en ver a mi padre por última vez y acompañar a mi familia en estos terribles momentos de pérdida irrecuperable.

Cerré los ojos tumbada en la colchoneta y procuré seguir sus consejos. Al fin y al cabo, tenían razón: poco se podía ya hacer. Recordé a mi padre sonriéndome, tendiéndome la mano los domingos para salir juntos a misa de doce, todos emperifollados o disfrutando abiertamente con sus amigos mientras pescaban en el río. Los recuerdos se acumulaban en mi cerebro. Pensé en mi hija Eva; para ella, mi padre era un dios. Lo estaría pasando muy mal, no me cabía la menor duda, aunque gracias a su corta edad su grado de conciencia sería menor, pero debía estar con ella inmediatamente para consolarla. Quería abrazarla y besar una y mil veces su preciosa carita que tanto añoraba; estaba siempre presente en mi pensamiento. Ni siquiera conocía aún a su hermana pequeña. ¡Qué destino tan extraño el nuestro, viviendo separadas a la fuerza casi desde que nació!

Inmersa en mis recuerdos, volví en mí al escuchar la voz de Yusef, que entraba en el salón con su amigo.

—Loli, ¡te ha conseguido el billete!, pero para que salgas mañana por la mañana. Hoy imposible.

Su aliento acelerado dejaba a las claras que no mentía; los dos hombres habían hecho lo posible para que yo volara esa misma tarde, pero no pudo ser.

—Te aseguro que no he parado de buscar desde que me lo comunicó Yusef, pero esto es lo único que he encontrado —agregó su amigo, cabizbajo, como disculpándose por no traer mejores noticias.

La nuez de Adán ascendía y descendía por su largo cuello según hablaba. Carraspeó y me ofreció sus condolencias, que yo agradecí sinceramente. Observé por unos instantes su cuerpo corpulento y él me devolvió una mirada afectuosa, de comprensión ante el dolor.

—A ver si con un poco de suerte le entierran por la tarde y puedes llegar a tiempo —agregó, arrastrando las palabras.

Con el billete en mi poder me encontré más tranquila. Lo compró de ida y vuelta, desde primeros de mayo hasta junio, ¡todo un mes! Además, mi viaje les favorecía a nivel legal; me renovaban el visado cada tres meses y mi marcha a España permitiría que lo tramitara desde allí, lo que resultaba ventajoso y eliminaba posibles sospechas por parte del gobierno israelí. Volvería a entrar con un visado nuevo.

Mi suegro y Yusef me llevaron en uno de sus taxis a Ben Gurión, donde embarqué sin problemas hacia Madrid, pero mis deseos no se cumplieron y, cuando llegué a casa de mis padres, ya le habían enterrado. Me encontré con una gran reunión familiar: mi madre, mi hermano, mis tíos, Amelia... ¡Me sentía tan mal, tan triste, tan abatida, tan desolada! Al verme así, Amelia insistió en llevarme con ella un rato a su casa para que pudiéramos hablar a solas.

—¿Por qué no me avisasteis de que se encontraba tan grave? Tú sabías lo que significaba papá para mí y no podré perdonarme el no haberle acompañado en los últimos días de su vida. Debíamos decirnos muchas cosas los dos, y ahora... ya no podremos.

—Loli, no te castigues de esta manera. Papá sabía todo lo que le querías y le sigues adorando. Disfrutasteis toda la vida de una relación excelente. Ha muerto, descansa en paz. No te lo dijimos porque hasta hace tan solo tres meses no nos dieron los resultados de la biopsia y todo ha ocurrido a una velocidad vertiginosa. No nos culpes tampoco a nosotros. Aquí no existen responsables; es la vida, que va por su camino, haciendo y deshaciendo.

—Pero lo sabíais desde hace tres meses. ¿No me lo podíais haber dicho? Una llamada, una carta...

—No teníamos ni idea de que iba a morir tan pronto y, puesto que venías a la comunión de Eva, pensamos que ya te enterarías para entonces. Papá ha permanecido en cama un solo día, el anterior a su muerte. El resto del tiempo pasó la enfermedad trabajando, yendo y viniendo.

—Amelia, no me convences. Me ha sentado muy mal que me ocultarais un hecho de tanta importancia para mí. Todos lo sabíais y no os puedo entender.

—Loli, solo me queda entonces pedirte perdón. Lo siento. No ha sido de mala fe y tú lo sabes. Pensamos que era lo mejor para todos dentro de la terrible desgracia que nos tocaba vivir.

Dicho esto, Amelia se me abrazó llorando, hermanándonos también en el dolor, huérfanas para siempre de nuestro querido padre.

Entre mis hermanos y yo comenzamos los preparativos para el funeral, pero mi madre ya tenía comprado el vestido de comunión de Eva y la niña seguía con la ilusión de hacerla. El dinero que se gastaba en mi hija y en los escasos pagos de mi casa lo sacaba de la cuenta del banco inscrita a nombre de las dos, donde ingresaban la paga de la orfandad de Eva y lo que yo seguía percibiendo por el paro.

Mi padre, cuando ya se encontraba mal, le hizo prometer que, aunque él no pudiera asistir a la comunión, se debería celebrar para no frustrarle la ilusión a Eva y porque, además, llegaba yo de fuera; según Amelia, esto le obsesionaba, fue su última voluntad. Antes del fallecimiento habían concertado un menú en un restaurante cercano a nuestro domicilio, pero en estas circunstancias no teníamos el cuerpo para fiestas y decidimos anularlo sustituyéndolo por una comida familiar en casa; de alguna forma, así también cumplíamos los deseos de él.

El azul tenaz del cielo presagiaba un bello día cuando nos despertamos para ir a la iglesia. Preparé a mi hija para que recibiera por primera vez la comunión viendo a su madre feliz, pero no lo conseguí; intentaba aparentar una ilusión inexistente, sin embargo. La sombra de su abuelo nos envolvía transmitiéndonos grandes dosis de melancolía imposibles de repeler. Más bien al contrario, nos regodeábamos en el recuerdo de aquel buen hombre tan importante en nuestras vidas que nos había dejado demasiado pronto.

—Es una pena que hoy no esté aquí el abuelito. Le echo mucho de menos. ¡Pobrecito!

—Sí, hija, pero seguro que desde el cielo te estará viendo guapísima con este vestido de princesa. Cierra los ojos cuando comulgues y dile con el pensamiento todo lo que le quieres. Verás como te llega una de sus sonrisas.

Eva estaba preciosa. Después de la iglesia, paseamos y nos hicimos fotos en un parque cercano plagado de flores y de columpios. Un corrillo de mirlos picoteaba insistente algo del suelo y Eva sonreía abriendo a la vista su dentadura infantil con algunos dientes ya cambiados.

—Mamá, he hecho lo que me has dicho y tenías razón. He sentido como si el abuelito se encontrara a mi lado. ¡Cuánto le quiero! Y a ti también, mamaíta.

Preparamos la comida el día de la comunión en casa de mi madre y lo que en principio se había pensado como una celebración íntima se transformó en un tumulto infantil. Ya solo con Eva, los tres hijos de Amelia y los tres de mi hermano Pepe sumaban siete. Habían transcurrido más de veinte días desde la muerte de mi padre y su recuerdo permanecía tan vivo que notábamos su presencia entre nosotros, real e insistente; su sonrisa burlona, el acento malicioso cuando pretendía gastarnos una broma, su cara serena de hombre de bien.

Los únicos que disfrutaron un buen rato fueron los niños; los adultos, con un nudo en la garganta, tragábamos saliva para recomponernos y aparentar una normalidad muy lejos de ser verdadera. Faltaba el patriarca; le había vencido la enfermedad, dejándonos huérfanos, rodeando aquella precaria mesa que tantas horas soportó encima sus corpulentos brazos. Su olor aún persistía impregnado en todos los rincones de esa casa en la que vivió durante tantos años.

Capítulo 11

Los días con Eva

Los últimos días de la enfermedad de mi padre, Eva los pasó en la casa de Amelia y Mohamed para que la niña no sufriera viéndole retorcerse de dolor. Mi hermana ya tenía tres hijos y Eva se entretenía jugando con sus primos: un chico y dos chicas. Subíamos la escalera cuando Amelia, oyendo por la ventana su algarabía infantil, le gritó:

—Eva, ¡que ha llegado mamá!

—Ahahahahahahah... —se le escuchaba gritar, y detrás de ella, sus tres primos, a los que manejaba a sus anchas porque eran más pequeños.

Cuando atravesamos la puerta, se tiró literalmente a mi cuello, impidiéndome la respiración.

—Tranquila, hija, que me ahogas —le susurré yo entre risas y lágrimas.

Miraba a sus primos y les decía:

—Es mi madre; yo también tengo, ¿veis?

Me llamó la atención que no preguntara por sus hermanas. Que no lo hiciera por Yusef lo entendía, ya que la relación entre ambos era delicada, pero a las niñas las quería mucho.

Nos abrazábamos, nos acariciamos... No nos podíamos despegar. Me contaba atropelladamente lo que hacía de la mañana a la noche, cómo eran sus nuevos amigos, las buenas notas en el colegio. Me besaba constantemente sentada encima de mis rodillas y yo le acariciaba su melena rubia despejándole la frente de cabello y observando con detenimiento los cambios físicos que había experimentado. Tenía ocho años y era una niña preciosa, muy parecida a Ángel, al que me recordaba en sus gestos e incluso en su manera de hablar. Misterios de la genética; apenas le conoció y ¡cuánto heredó de él!

Mi padre murió el 2 de mayo y yo desde ese día me instalé en casa de mi madre, con ella y con Eva, aunque iba a visitar asiduamente a mi hermana Amelia, con la que me sentía más unida. Siempre procuraba llegar cuando no estuviera su marido, que se pasaba la mayor parte del tiempo trabajando en la cerrajería de mi padre, negocio que comenzó a explotar mi hermano con grandes ideas innovadoras que mi madre truncaba advirtiéndole:

—¡Cuidadito, que yo soy la dueña y me tendrás que pedir permiso de todo lo que pretendas hacer!

Y eso que el local estaba alquilado; lo único en propiedad era la empresa, pero ella quería imponer su criterio.

—¡Se hace lo que yo diga y ahora que tu padre ha muerto, se pone a mi nombre!

A mi hermano todo esto le sentó francamente mal. Mi madre era analfabeta y carecía de capacidad operativa. Todo el papeleo burocrático lo gestionó él, lo que ocasionó el primer enfrentamiento entre ambos. Por su parte, Pepe, como era el hombre, se quedó con el coche de mi padre y con un anillo de oro que siempre llevaba puesto en su mano derecha. Entendí que Pepe se quisiera quedar el vehículo, un ranchera nuevo (mi padre cambiaba de coche cada cuatro años); mi madre y Amelia no sabían conducir y yo, la única que disponía de carné, me volvería en breve para Gaza. Yo misma le ayudé a realizar los cambios de titulación para que figurara a su nombre, pero mi madre le advirtió:

—Me parece muy bien que te quedes con el coche, pero lo justo es que lo tasen y nos des a cada una el dinero que nos corresponda.

Aunque nos metía a nosotras en el mismo saco, ella se dedicaba a recaudar fondos para su causa particular (siempre fue muy tacaña).

—Tranquila, mamá, lo tasaré y os iré dando el dinero que os corresponda poco a poco, porque ahora no tengo posibilidades económicas de hacerlo.

—Y del taller también me tendrás que dar una cantidad como traspaso. Siempre he comido de este negocio y lo seguiré haciendo.

—Muy bien, te daré una cantidad al mes, no te preocupes.

Parte de mi tiempo en Madrid lo dediqué a acompañarla para que arreglara el cobro de su viudedad, cosa que conseguimos no sin alguna dificultad, y como padecía hipertiroidismo, también fui con ella al facultativo de medicina nuclear para que le administrara yodo radiactivo. «Antes me traía tu padre, menos mal que estás tú aquí ahora», se lamentaba entre lágrimas.

Mi embarazo transcurría con total normalidad y nos presentamos las dos en el centro médico: yo enfundada en un vestido premamá y ella, de mi brazo, apoyada en mí como si fuera su bastón. Tras unos interminables minutos de espera en la sala, la enfermera pronunció en voz alta su nombre para que entrara a consulta.

—Perdona, ¿vienes con ella? —me susurró al oído.

—Sí, vengo a acompañarla. Es mi madre.

—¿Estás embarazada?

—Sí, de tres meses y medio.

—Debes irte de aquí inmediatamente y cuando salga tu madre, no estar cerca de ella porque le estamos realizando pruebas nucleares y se encuentra radiada; esto es peligroso para tu embarazo. Permanecer a su lado puede perjudicar al feto. Mantente alejada de ella, no te lo tomes a broma. No sabemos cómo puede reaccionar tu organismo.

—No te preocupes, me salgo y cuando ella termine, le dices que la espero fuera.

Así lo hice y, cuando terminó la consulta, le conté lo sucedido, pero no me sentía con fuerzas de exigirle que se fuera ella por un lado y yo por otro para evitar posibles complicaciones en mi embarazo, por lo que volvimos juntas y dormimos en la misma cama; así me lo pidió. Faltaban pocos días para mi regreso y no quise contrariarla.

Siempre que podía visitaba a mi hermana, mi confidente. Mohamed, además de trabajar toda la jornada en la cerrajería con mi hermano y cuatro empleados más, los domingos se sacaba un plus vendiendo cosas en un puesto del Rastro, por lo que la mayoría de las veces nos encontrábamos a solas, o con los niños, que jugaban ajenos a nuestras conversaciones, en las que yo le narraba una por una las desventuras y vejaciones a las que me veía sometida en Gaza.

—Loli, tienes que aguantar, no te queda otra. Yo también me voy para Beit Hanún dentro de un mes escaso. Mohamed está sacando billetes y arreglando papeles. Pronto estaremos juntas.

—¡Qué alivio, Amelia! Contigo allí todo será distinto. Estando a diez minutos en coche, nos veremos a menudo. Creo que, al nacer el niño, la relación con mi suegra mejorará y puede que las cosas se vayan solucionando. Solo me falta llevarme a Eva conmigo.

—¿Por qué no llamas a Yusef? —me aconsejó entusiasmada—. Puede que en estas circunstancias y estando tú embarazada, acceda a que Eva viaje contigo a Jabalia.

La idea de mi hermana me pareció brillante, consiguió transmitirme su entusiasmo, y así lo hice.

—Hola, Yusef, ¿cómo va todo? Cuéntame qué hacen las niñas.

—Están bien, lo de siempre. Las dos mayores por la mañana van a la guardería y Fátima está con mi madre y mi hermana. No te preocupes, que las cuidan muy bien. Se acuerdan de ti y preguntan continuamente que cuándo regresas. ¿Y por allí qué tal?

—De eso te quería hablar. Mientras mi padre vivía, yo me encontraba tranquila sabiendo a Eva protegida, pero tras su muerte se quedan las dos solas y eso me preocupa. Necesito llevármela conmigo. Tendrías que haberla visto cuando llegué... pobrecita... no se despegaba de mí.

—No te precipites. De momento habla con tu madre para que se quede otra temporada corta con ella y a ver qué opina de traérnosla; mientras, yo voy preparando aquí el terreno.

El muy astuto sabía perfectamente que mi madre bramaría y clamaría a todos los santos en cuanto yo le insinuara que Eva se venía conmigo. Yusef actuaba como un viejo zorro. Y continuó diciéndome:

—Aún debemos solucionar tu situación legal en Gaza, y cuando lo consigamos, podremos traernos sin problemas aquí a Eva. Si viene ahora, estará ilegal como tú y resultaría imposible matricularla en cualquier escuela. Debemos hacer bien las cosas, sin precipitarnos.

Una vez más Yusef parecía cargado de razón y, siguiendo sus consejos, hablé con mi madre.

—Mamá, ¿qué pasaría si me llevo a Eva conmigo a Gaza?

—Hija mía, se acaba de morir tu padre, el motor de mi vida. No me puedo creer que me amenaces diciéndome que te llevas a Eva de mi lado. Eso sería mi muerte. ¡Cómo eres! ¡Qué egoísmo!

—¡No te pongas dramática, mamá! Solo quería saber tu opinión y recordarte que Eva es mi hija. Algún día me la tendré que llevar... —pero me sentí culpable, como si le quisiera arrebatar algo suyo. ¿Suyo? No, era mío, mi hija.

—Mamá, si no lo hago ahora, más adelante me la llevaré porque quiero, necesito tener a todas mis hijas conmigo. Lo entiendes, ¿verdad?

—Pero ¿qué más te da? Tú tienes otras hijas y estás embarazada. ¡Qué importa que Eva esté aquí y se críe conmigo! Es bueno para todos.

—Sé que está en buenas manos, pero la echo de menos y ella a mí también.

—Eva está tranquila y bien, no te preocupes. Por ella no lo hagas.

Pensé que en Jabalia la esperaba rodeada de gente extraña y quién sabe si también hostil, inmersa en una civilización distinta a la suya, con mucha miseria a su alrededor. A mí no me quedaba más alternativa que volver; allí me esperaban mis otras tres hijas y, además, me había casado para toda la vida. Eva quizá estuviera en España más segura, aunque ¡necesitaba tanto su presencia! Sabía que ella también me echaba mucho de menos. Nos encontrábamos en un callejón sin salida y el tiempo, solo el tiempo, pondría las cosas en su sitio; de eso no me cabía la menor duda, pero debíamos ser fuertes y esperar. Por el momento no existían angosturas económicas; lo que le faltaba a Eva eran sus padres y su abuelo, y eso me producía un gran desasosiego. La sentía desamparada, porque, además, mi hermana también se marcharía a Gaza enseguida. Durante largas noches de insomnio pensé, reflexioné, di mil vueltas al problema, hasta llegar a la conclusión de que lo mejor era que Eva permaneciera en España y, en cuanto pudiera, se viniera conmigo a Jabalia. Ya buscaría yo el momento oportuno.

Dos días antes de mi vuelta decidí despedirme de Eva manteniendo con ella una larga conversación. Necesitaba conocer hasta qué punto le afectaba mi ausencia.

—Bueno, hija, me tengo que ir de nuevo. Tus hermanas pequeñas me esperan en Jabalia y debo regresar.

—¿Cuándo te vas a quedar conmigo?

—Yo creo que pronto. Estoy intentando que todos volvamos a España, y si no, te tendrás que venir tú allí.

—No, mamá, yo quiero que te quedes tú aquí conmigo.

—Vamos a ver cómo lo podemos arreglar. En cuanto llegue hablaré con Yusef para solucionarlo.

Aunque mis palabras pretendían transmitirle calma, mi espíritu destilaba intranquilidad y desasosiego; nadie mejor que yo conocía la realidad. Sentía que Eva me necesitaba desesperadamente; me lo confirmó presentándome a sus amigos como si yo fuera un trofeo («Mira, esta es mi mamá», decía la pobre toda orgullosa) y con sus continuas muestras de cariño; la situación me producía tristeza, porque además no hallaba solución al problema y en el transcurso de esta última conversación me lo terminó de ratificar. ¡Qué podía hacer!

El día de mi partida fue muy doloroso; con la niña colgada de mi cuello, las dos llorando.

—Cariño, nos vamos a ver muy pronto, tranquila. Amelia, cuida de ella.

—Sí, Loli, lo haré. Dentro de un mes nos veremos allí.

Me despedí de todos arrastrando un gran dolor. Pero ¡qué podía hacer! Tres de mis hijas me esperaban. ¡Eran tan pequeñas y desvalidas! Me sentía repartida entre estos cuatro seres que adoraba y por su bien debía obrar con cautela y precaución para hacerles el menor daño posible. ¡Mis queridas niñas! ¿Cuándo podríamos estar todas juntas?

Me fui sola al aeropuerto de Barajas y, una vez allí, antes de subir las escalerillas del avión que me conduciría de regreso al purgatorio, respiré profundamente, queriendo llenar mis pulmones de oxígeno amigo. ¿Cuándo volvería a poder hacerlo?

Capítulo 12

El sacrificio de animales

El recibimiento por parte de la familia de Yusef fue espectacular. Su madre, su padre, su hermana, los vecinos. Todos se mostraron contentísimos de mi regreso y yo, tranquila ante esta nueva situación de aparente calma. La mañana que siguió a mi llegada, mi suegra se me acercó con aire ceremonioso y me confió:

—Ama Ali, vente conmigo, que quiero enseñarte algo.

La obedecí sin rechistar siguiendo sus pasos, que me llevaron hasta el corral.

—Es tradición que las mujeres mayores enseñemos a las jóvenes los secretos para sacrificar a los animales que nos sirven de alimento. Si lo realizamos bien, Alá se mostrará contento y nos bendecirá. Hoy quiero que observes cómo degüello las gallinas y los pichones que luego nos comeremos. No se debe hacer de cualquier manera; hay que desangrarlos.

Escuchaba atentamente todo lo que me decía, mirándola fijamente a los ojos. «¡Qué mujer más dura!», pensé mientras ella continuaba impartiéndome doctrina.

—Recuérdalo siempre. Todos los animales deben desangrarse porque si no esa carne será impura y no se podrá comer.

Dicho esto, me arrastró cogiéndome del brazo hasta llegar al palomar. Abrió las tres puertas de aquella estructura de madera y continuó su explicación:

—Coge ese cubo, un saco y vente conmigo.

Ella se había llevado de la cocina un cuchillo de grandes dimensiones bien afilado y continuó con su lección. Realizando aspavientos con los brazos consiguió que todas las palomas levantaran el vuelo saliendo del palomar y que dentro solo quedaran las crías.

—Debes coger uno por uno cada pichón y quitarles algunas plumas del cuello para dejarlas en el nido. De esta forma, cuando vuelva la paloma, creerá que se han ido por iniciativa propia, porque ya han aprendido a volar. ¡Son muy inteligentes! Nunca les dejes ver lo que estás haciendo, porque si te descubren seguirán poniendo huevos, pero cuando nazcan los pichones, los matarán.

Yo la escuchaba con atención, asintiendo en todo lo que me decía con un leve movimiento de cabeza pero sin pronunciar palabra.

—A ti no te deben ver, las espantas. Una vez que se hayan ido, te pones a la altura del agujero de la puerta, agarras al pichón, le quitas unas plumas como te he enseñado antes para que la madre piense que ya es adulto y se ha independizado, las dejas en el nido y echas al animal en el cubo tapándolo con el saco. Mira, vamos a hacerlo.

Metimos en el recipiente unos cuantos pichones según sus indicaciones y, una vez dentro, ella les levantaba la cabeza agarrándoles del pico y les realizaba un corte seco en el cuello, después los introducía de nuevo en el cubo y allí los dejaba hasta que se desangraban. Yo, entre el embarazo, el calor y aquellas prácticas sanguinolentas, me encontraba fatal, pero parecía tan importante para ella explicarme todo aquel ritual con minuciosidad que me rehíce como pude y continué ayudando en aquella cruel matanza. Dejamos el cubo en el suelo, tapado con el saco, y nos dirigimos al corral de las gallinas.

—Ven para acá. Fíjate muy bien porque luego lo tendrás que hacer tú.

Cogió una gallina y, levantando su cabeza con firmeza por el pico, le propinó un tajo certero que casi le corta el cuello; acto seguido, la soltó. El ave salió corriendo, herida de muerte, dejando un reguero de sangre a su paso. Me entró una terrible flojera en las piernas: aquello me parecía una salvajada; yo no sería capaz de ejecutarlo, por mucho que quisiera complacer a mi suegra.

—Ama Yusef, me encuentro mal. No soy tan valiente como usted. No puedo hacerlo y menos viendo sufrir al animal de esta manera.

La gallina siguió corriendo de un sitio a otro con la cabeza medio arrancada, hasta que terminó por desplomarse en el suelo.

—Claro que podrás, ¡qué tontería! Solo tienes que acostumbrarte —me contestó, restándole importancia al asunto.

Había puesto a calentar una olla con agua y, cuando rompió a arder, introdujo a la gallina aún con algo de vida, agarrándola de las patas, una y otra vez.

—Venga, Ama Ali, hazlo tú también.

Agarré al bicho por las patas, ¡qué remedio!, y noté aún la vida en ellas, extinguiéndose. Apenas le quedaba un soplo, pero ¡qué martirio debía significar todo aquello para el pobre animal! Aún ardiendo, tirábamos de las plumas, dejando al descubierto una piel rosada amoratada. Mi suegra la abrió en canal, sacó sus órganos y comenzó a lavarla con abundante agua, embadurnando posteriormente la carne con harina y limón para blanquearla, y así la dejó en una bandeja en la nevera.

—Bueno, Ama Ali, ya has aprendido. ¿A que es muy fácil?

Le contesté con una tímida sonrisa, mientras pensaba para mí: «Jamás podría yo matar a un animal, y menos utilizando estas prácticas». Había oído hablar de que en España, en algunos lugares, también se sacrificaba de forma cruel a los animales, pero en la ciudad en la que yo vivía no era algo habitual o, al menos, yo no estaba acostumbrada.

Al ver la cara que se me debió de quedar, blanca como la pared de la fachada en la que nos encontrábamos, mi suegra lanzó una sonora carcajada que atrajo hasta nosotras a su hija. Las dos me miraban mientras reían a mandíbula batiente y una vez más me sentí ridícula, fuera de contexto. Con ellas no encajaría nunca, lo tenía claro. Acostumbradas a estas prácticas tan crueles, me consideraban una tiquismiquis, y a mí me horrorizaba su impasibilidad ante el dolor; irreconciliables posturas las nuestras.

—Lo hemos hecho por ti, Ama Ali, como ofrenda por haber llegado bien y para pedirle a Alá que tu embarazo continúe su curso correctamente —dijo mi suegra cogiéndome de los brazos y mirándome a los ojos dulcemente.

En total mató ocho piezas, cuatro gallinas y otros tantos pichones para cocinarlos en mi honor y agasajar a la familia. Al día siguiente la casa rebosaba de invitados; mis dos cuñadas con sus maridos, los niños y algunos tíos de Yusef degustaron ávidamente la magluba que preparamos con los animales sacrificados. Sentí rechazo al contemplar aquellas fuentes tan apetecibles de arroz con carne exquisita; una cosa era comerse un pichón sin haber presenciado su terrible final y otra muy distinta, haber formado parte de su sacrificio, pero no me quedó más remedio que claudicar, saboreando aquel menú en cuya elaboración había intervenido yo misma (había cocido patata y tomate). Más tarde añadí el guiso al arroz ya hervido con comino y azafrán. Por último, lo serví todo en varias fuentes y encima puse las gallinas troceadas y los pichones enteros.

—Ama Ali, para ti un pichón entero, que te dará mucha fuerza en el embarazo. ¡Alá nos conceda la gracia de que sea varón! —gritaba mi suegra mientras lo servía en mi plato.

Me sentía contenta experimentando tanto cambio a mi favor. «Por fin, Dios mío, me has escuchado.» Pero percibía más calor de cualquiera que de mi marido; él continuaba comportándose de manera fría y distante, aunque al menos se mostraba tranquilo, sin maltratarme. Necesitaba no molestarle ni ofenderle con ninguna frase o actitud que le pudiera perturbar para conversar tranquilamente con él de Eva. ¡Me preocupaba tanto!

Durante toda la semana recibimos visitas que nos traían presentes: el consabido azúcar, los vasitos, las tazas de café, etcétera. Contemplando aquel panorama tan halagüeño, me armé de valor y provoqué la conversación que tanto me preocupaba.

—Yusef, me gustaría hablar contigo de Eva. ¿Qué vamos a hacer con ella? ¿Nos la traeremos para acá? Está allí desprotegida. Mi padre ha muerto y mi madre carece de estudios y capacidad para educar a una niña de su edad; soy su madre y considero mi obligación hacerme cargo de ella y tú te casaste conmigo conociendo su existencia; incluso al principio de nuestro matrimonio la apreciabas. Necesito que me ayudes en esto, Yusef. Allí podemos trabajar los dos, tenemos casa propia; el dinero del paro me lo han ido ingresando en una cuenta bancaria y dispondremos al principio de nuestro regreso de una cantidad más que suficiente para ir tirando. Allí hay futuro. Volvamos a España, ya que tú no quieres que aquí nadie se entere de la existencia de Eva, porque yo, como comprenderás, no la puedo olvidar. ¡Es mi hija!

—Ya lo veremos más adelante. Tranquilízate.

—Pero es que yo necesito saberlo ya, sin que me des más largas.

—El único hijo varón de mis padres soy yo y les hago falta aquí. Debo cuidar de ellos.

—Cuando te casaste conmigo, no me advertiste de esto. Incluso cuando nos fuimos a casar, tus padres renegaron de ti, y si no llega a ser porque yo intercedí, ni siquiera te hablarías ahora con ellos.

—Las cosas, afortunadamente, han cambiado. El presente es otro muy distinto.

—¿Me estás diciendo que de aquí no nos vamos a mover?

—No lo sé.

—Yo lo necesito saber por Eva, no la quiero abandonar.

—Tu hija se encuentra bien cuidada por tu madre, ya pensaremos más adelante qué hacer.

—No tardes mucho en contestarme, Yusef. Este tema me mantiene en tensión y así no puedo vivir.

Capítulo 13

Entre la vida y la muerte

El embarazo seguía su curso aparentemente con total normalidad, pero yo necesitaba visitar a algún ginecólogo para quedarme tranquila. Los días en España transcurrieron con gran intensidad emocional y hacía tiempo que no revisaba mi estado.

—No te preocupes, Loli —me tranquilizó Yusef—. Pedimos cita con el tocólogo que atendió en sus embarazos a mi hermana Asima y que te vea, así nos quedamos todos tranquilos. Es un gran médico, goza de buena reputación.

Y así lo hicimos. Pasaba consulta en una clínica de Gaza. El lugar tenía un pequeño ambulatorio en la planta baja y un hospital en el primer piso, donde muchas embarazadas esperaban para ser atendidas, algunas con pañuelo en la cabeza y otras dejando al descubierto sus melenas oscuras.

—Mira esa señora, ¿por qué no lleva pañuelo? —le pregunté a Asima.

—Porque es católica —me contestó lacónicamente.

—Pero yo también lo soy y sin embargo tu hermano me obliga a llevarlo.

Asima se encogió de hombros y continuó diciendo:

—Tu familia, que somos nosotros, es musulmana, y en consecuencia tú debes cambiar de religión y convertirte a la nuestra.

—¿Obligatoriamente? Yo, practicando mi religión, no perjudico a nadie.

—Debes hacerte musulmana, Ama Ali.

Ya no sonaba a sugerencia, sino más bien a imposición.

—Puede que tengas razón —le contesté yo, mientras pensaba que jamás aceptaría una obligación de ese tipo.

Una religión nunca se puede imponer; o la admites como tuya porque te ha convencido su doctrina, o no; es la única fórmula. Yo había nacido en el seno de una familia católica, me bautizaron, hice la primera comunión, me casé dos veces por la Iglesia... ¿Por qué cambiar de religión? Persistiría en mi empeño sin permitir jamás que doblegaran mi voluntad hasta ese extremo.

—¿Cuando tuviste la última regla? —me preguntó el doctor nada más entrar, tras hacernos sentar frente a él en su mesa de despacho, en la que reposaban los retratos de una niña y un niño de corta edad, sin duda hijos suyos.

—La última regla la tuve en marzo.

Estábamos a últimos de junio.

—Según tus cuentas, llevas casi cuatro meses de embarazo. Túmbate en esa camilla, que vamos a escuchar al bebé.

Su cara transmitía desconcierto porque, al parecer, al niño no se le oía. Cogió una trompetilla con la que intentó escuchar de nuevo a través de mi vientre. Hizo lo mismo una vez más... Nada.

—Me la tenéis que traer a mi clínica particular, le quiero hacer una ecografía. Aquí no tengo los aparatos y encuentro necesario realizarle esta prueba.

En una receta, apuntó una dirección que le entregó a Asima, mientras le decía:

—No escucho bien los latidos del corazón... No sé qué pasa.

Regresamos a la casa y Asima dio la noticia.

—Muy bien —dijo Yusef—. Esta semana próxima yo no puedo porque estoy muy ocupado en la universidad corrigiendo exámenes, pero a la siguiente vamos a la clínica privada de este doctor a ver qué nos dice.

Más que una clínica, aquello parecía una mansión; se entraba por un jardín bien cuidado, con buganvillas, hibiscos y rosales explotando de color en cada rincón. Una vez dentro, descubrías una serie de habitaciones a derecha e izquierda y una sala en el centro donde el doctor recibía a las visitas. La impresión que me quedó de todo aquello fue inmejorable; limpieza, pulcritud... En esta ocasión me acompañaban Yusef y su madre.

El doctor me ordenó tumbarme en la camilla para untarme el gel que le permitiría realizar la ecografía. Todos mirábamos expectantes la pantalla.

—Aquí está la cabeza... mirad los pies..., pero no encuentro el movimiento de los latidos del corazón... No los veo. Este niño se ha muerto. Voy a intentar cambiarle de postura, a ver si se mueve... No... Te voy a realizar de nuevo el test del embarazo, y si sale negativo, definitivamente el niño ha muerto.

Los tres nos miramos con gestos preocupados, pero sin pronunciar ni una sola palabra; solo se oía la voz segura del doctor; evitábamos hasta respirar para percibir mejor sus sensaciones. Cada gesto suyo significaba información.

—Te voy a hacer un análisis de sangre y orina para que el resultado no dé opción a error. Cuando me lleguen, os los comunico inmediatamente, pero creo que este niño ya está muerto.

—¿Seguro, doctor? —preguntó Yusef, iracundo.

—Vamos a esperar, por si acaso, al resultado de los análisis, pero todo indica que el niño ha muerto en el vientre de su madre. Si fuera así, no hay problema: me la traéis, le saco el feto, le hago a ella una buena limpieza del útero y se queda nueva. Podrá tener todavía todos los hijos que desee, no os preocupéis. Pero no lo dejéis pasar porque podría tener problemas de infección y hemorragias.

—Ya hablaremos entonces, doctor.

Salimos de allí con el ánimo por los suelos; subimos los tres al coche, que conducía Yusef casi sin hablar. Me encontraba mareada y preocupada por la situación; mi suegra tomó la palabra.

—A este médico yo no le entiendo. Los tres hemos visto que el niño está completamente formado; la carita, las manos, las piernas... todo. Ama Ali no sufre hemorragias, ni molestias. ¿Cómo puede decir este hombre que el niño está muerto? Si fuera así, saldría solo. Dos de mis hijas han sufrido abortos y yo misma también, y en todos los casos el feto sale. Si se queda dentro, es porque el niño vive y sigue creciendo.

Yusef escuchaba en silencio las palabras de su madre, mientras yo, que entendía lo que decía a medias, me sentía horrorizada de sus palabras. ¡Aquel eminente doctor nos dijo a los tres que el niño había muerto y ellos aún recelaban de su diagnóstico!

Cuando llegamos de nuevo a casa, mi suegra se encargó de contarlo todo a su manera y cada miembro de la familia aportó su opinión:

—Ella, que se espere, porque si está muerto, tendrá dolores y lo expulsará, y si vive, la tripa le seguirá creciendo —comentó Asima, cargada de razón y en posesión de la verdad.

—Eso —continuaba diciendo mi suegra—. Vosotros esperad y no hagáis caso al médico. Cuando lleguen los resultados, ya veremos.

Y llegaron casi de manera inmediata, al día siguiente de asistir a la consulta. Una llamada del especialista despejó las pocas dudas que me quedaban:

—Los análisis demuestran que no hay embarazo, lo que quiere decir que el niño ha muerto. Se confirman mis sospechas.

Cogió el recado mi suegra, pero omitió el contenido de la llamada; solo habló en la comida, cuando toda la familia permanecía reunida.

—Ha llamado el doctor y me ha dicho que los análisis confirman la falta de embarazo, pero yo creo que no lo ha hecho bien, se equivoca. ¡Este hombre no se entera! Si fuera así, ya habría abortado —insistió una vez más—. Vamos a esperar un tiempo para comprobar si se mueve o no y decidimos. Ya se encuentra en el cuarto mes y podemos ir viendo si engorda o se queda igual —concluyó, satisfecha de un razonamiento tan elaborado.

Yo la escuchaba sin poder creérmelo; cada día me encontraba peor, muy cansada, mareada, y se lo comentaba a ella.

—No te preocupes, que eso no es nada. Tú come bien y verás como coges fuerzas.

Esa misma tarde me senté en la coqueta de mi habitación para escribirle a mi madre una larga carta; en ella le relataba lo que me estaba pasando y le pedía que consultara mi caso en Madrid con algún especialista. «¿Es cierto que cuando el feto se muere sale solo o es necesario sacarlo?» A pesar de haber dado a luz ya a cuatro hijas, en algunos aspectos y situaciones mi inexperiencia afloraba y tan lejos de mi mundo no encontraba a nadie que me supiera aconsejar. Pero este no resultaba un asunto cualquiera, sin importancia; sabía que mi vida corría peligro. En los años ochenta las cartas tardaban mucho en llegar a España y, tras veinticinco días de espera, ya en el quinto mes de embarazo, oímos una tarde el ring ring insistente del teléfono, algo inusual en aquella casa poco acostumbrada a recibir llamadas. Cogió el auricular mi suegra, pero al escuchar una voz en español se lo pasó de inmediato a su hijo, que casualmente (serían las cuatro de la tarde) se encontraba allí.

—Loli, ven, es tu madre.

—¿Qué tal estás, hija? He recibido tu carta.

—Hola, mamá, ¿has preguntado lo que te pedí?

—¿Pero cómo te encuentras? ¿Te han sacado ya el niño?

—No, no, sigo con él dentro. No sé a qué esperan.

—He ido a enterarme y me han dicho que si se te ha muerto dentro, olvídate de que salga solo. Te lo tienen que sacar, hija, y además lo antes posible. Se te está pudriendo dentro y existe la posibilidad, si no lo hacen inmediatamente, de que te ocurra algo grave. ¡Vete ya, hoy mismo, a que te intervengan!

—Yo no decido, son ellos los que disponen lo que debo hacer.

—Pero ¿cómo es esta gente? ¡Pásame ahora mismo con Yusef, que quiero hablar con él! ¡Se va a enterar!

Le pasé el teléfono inmediatamente a mi marido, que no se encontraba muy lejos, acechando nuestra conversación.

—Toma, Yusef, mi madre quiere hablar contigo.

Yo no podía escuchar lo que ella decía, pero sí los comentarios de Yusef.

—No se altere de esta manera, señora. No me amenace.

—Como le pase algo a mi hija por vuestra culpa, voy y te mato —le oí decir agudizando el oído.

—Puede quedarse tranquila, que si en verdad el bebé está muerto, se lo sacarán y ya está, no pasa nada. Hemos esperado porque el médico puede equivocarse.

Mi madre seguía respondiendo de forma nerviosa a tan necias explicaciones y exigía que de una vez por todas obraran en consecuencia y solucionaran este tema de manera inmediata. No había tiempo que perder.

—De acuerdo, la llevaremos a otro médico para que se lo saque, no se preocupe. Adiós, adiós, la mantendremos informada.

—¡Madre mía, cómo se ha puesto! ¡Qué le has contado a tu madre para que me diga todo esto!

—Le escribí una carta pidiéndole que se informara y es lo que ha hecho. El médico de España le ha recomendado exactamente lo mismo que nos aconsejó el que me vio aquí. El ombligo se me ha metido para adentro, la tripa no crece y yo cada día me encuentro peor. Además, sigo sin sentir al niño y ya llevo cinco meses de embarazo.

—Muy bien, hoy mismo llamo a mi primo médico para que venga a reconocerte.

Y, efectivamente, esa misma tarde nos visitó su primo, al que explicamos todo lo sucedido.

—Le voy a realizar yo otra prueba de embarazo. Me llevaré un poquito de orina y mañana os llamo con el resultado.

Al día siguiente nos dio la respuesta: el test seguía saliendo negativo, no existía embarazo, el niño no vivía.

—¿Qué hacemos ahora? —preguntó Yusef a su primo.

—Llevarla inmediatamente al Hospital Central de Gaza. Allí preguntáis por este médico, que es amigo mío —le apuntó el nombre en un papel y se lo dio.

—¿Cómo conseguimos que la vean si es extranjera? No tiene arreglada su documentación y carece de tarjeta sanitaria.

—Puede hacerse pasar por tu hermana Samia y utilizar su tarjeta; que ella no hable para que no la descubran. Contáis lo que ha pasado y decís que se lo tiene que sacar. Ya te he escrito en una receta mía todos los datos del médico, solo tienes que preguntar por él.

Al día siguiente mi suegra llamó a Samia para que nos trajera su tarjeta sanitaria y comenzó la operación cambio de identidad en el Hospital Central de Gaza.

—Ni se te ocurra abrir la boca, que no se note que eres extranjera, ¿has entendido? —asentí con la cabeza, temblando, porque intuía que en cualquier momento me preguntarían datos que yo no sabría responder y se descubriría el engaño.

Nos indicaron en la recepción que esperáramos en una sala abarrotada de gente, mujeres y niños fundamentalmente, todas con sus pañuelos blancos y sus faldas negras. Yo callaba como si en ello me fuera la vida. Enferma, desprotegida y, además, esta otra experiencia extrema que me tocaba vivir ahora. ¡Qué áspera me resultaba Gaza! ¡Cuántos sinsabores vividos en estas tierras! El niño llevaba muerto en mis entrañas casi dos meses y desconocía la gravedad de la situación. Mi madre me había advertido que el feto se pudría dentro. ¿Qué encontrarán en mi matriz?, me preguntaba. ¿Querrán aquí hacerse cargo de mí? Hacía mil cábalas en mi cabeza intentando adivinar en qué momento mi niño había muerto. ¿Habría sido culpa del vuelo?, ¿del disgusto terrible que supuso la muerte de mi padre?, ¿por acompañar a mi madre en aquellas peligrosas pruebas para una embarazada?

Yusef preguntó por el médico que le indicó su primo, comenzaron a hablar y parecía que todo estaba arreglado. Una enfermera de mediana edad entró en la sala y pronunció mi supuesto nombre:

—Samia.

—Sí, soy yo.

—Acompáñame tú sola. La familia no puede entrar contigo.

Asentí con la cabeza y seguí sus pasos hasta el despacho del doctor.

—Túmbate en esa camilla —obedecí al instante.

El médico comenzó a preguntarme en árabe cuestiones que yo entendía a medias; algunas veces me quedaba mirándole sin saber qué decir mientras él me observaba receloso. Comenzaron a murmurar entre ellos; la enfermera me inyectó un sedante en la vena; mi cabeza dejó de coordinar y me encontraba mareada. Me introdujo instrumental ginecológico hasta el útero.

—Doctor, ¡no irá a intervenir! —susurró la enfermera entre dientes.

—No, no... Voy a sacar el instrumental y no hacemos nada. Que se la lleven.

No pasé la prueba, me habían descubierto. Algunas preguntas no las supe contestar, otras no las entendía. Mi acento extranjero y las condiciones físicas en las que llegué me delataron. Se les veía asustados por mi estado. Debía de tener el útero destrozado por la infección.

—Le vamos a recetar antibiótico para quitarle la infección y la mandamos para casa.

Me hicieron levantar y salimos los tres a la sala en la que nos esperaban Yusef y su madre.

—¿Ya se lo ha sacado, doctor?

—De momento no se puede hacer nada porque tiene una infección tremenda; lo primero de todo es quitársela y luego intervenirla. La operación va a crear complicaciones y si le unimos a esto lo emponzoñado que se encuentra el útero, que ha adquirido un color morado intenso, el resultado de la intervención puede ser catastrófico. Debemos esperar a que se le pase la infección y para ello tiene que tomar este tratamiento durante veinte días; luego que vuelva a la consulta.

Aquellos días que siguieron fueron devastadores; me encontraba muy mal, con continuos mareos y náuseas, siempre al borde de perder el conocimiento. Cuando me agachaba para recoger algo del suelo, el mundo se daba la vuelta ante mí como si de una esfera diabólica se tratara.

—¡Qué blanda eres, Ama Ali! —me reprochaba mi suegra a todas horas—. ¡Vas cayéndote por las esquinas! ¡No sirves para nada! ¡Vaya mujer que ha elegido mi hijo!

—No sea tan cruel conmigo. Me encuentro mareada, floja, sin fuerzas...

La actitud de mi suegra volvía a ser la habitual en ella: brusca, déspota, agresiva. Me culpabilizaba solapadamente de que el niño hubiera muerto porque, si bien no lo decía a las claras, sus insinuaciones al respecto no dejaban lugar a dudas.

—Venga, Ama Ali, ponte a limpiar el suelo, que queda mucha tarea todavía por hacer.

Arrastrando mi cuerpo e intentando sacar una energía que me había abandonado tiempo atrás, me ponía a hacerlo, pero a los pocos minutos me desplomaba sin fuerzas ni para levantarme.

—¿Por qué se habrá casado mi hijo con una extranjera? ¡No lo entiendo! ¡Con la cantidad de mujeres árabes que hay aquí mucho mejores que tú! ¡Las extranjeras no valéis para nada! —me repetía mientras yo permanecía tumbada en el suelo semiinconsciente.

Intentaba aparentar fortaleza, pero me resultaba imposible. Mi vela se apagaba sin remedio y cada día que pasaba me encontraba mucho peor.

—Ama Yusef, ¿me deja que ponga una lavadora solo con la ropa de las niñas? Así no se mezclará con la de los adultos. Estoy muy débil para lavar a mano.

—No, lo de las niñas ya sabes que lo debes lavar en el barreño. Te sientas ahí en el taburete y así te costará menos trabajo.

—Me mareo mucho, me dan arcadas secas... Me encuentro fatal.

—Eso te pasa por no comer, ¿cómo no te vas a sentir mal?

Sin embargo, yo era incapaz de tragar; mi estómago se había cerrado herméticamente. Al ver la comida me entraban sudores fríos, pero ella no entendía nada; toda su rabia y su frustración porque yo no le gustaba como nuera, su rencor, lo volcaba en mí, que ya no tenía fuerzas ni para contestarla. El odio que sentía hacia mí nos devoraba a las dos.

Terminé los veinte días de tratamiento, pero hasta dos días después no pudimos ir a la consulta porque Yusef no quería abandonar su trabajo, mucho más importante para él que mi estado de salud.

—Loli, arréglate, que te llevo al hospital —me dijo por fin.

Llegamos allí de nuevo los tres y mi marido preguntó en recepción por el médico que me había atendido la vez anterior.

—Este doctor no se encuentra aquí, lo siento; ha cogido vacaciones y hasta finales de septiembre no regresa —quien contestaba era una enfermera madura que leyó detenidamente el historial con mi supuesto nombre antes de dirigirse a nosotros.

—Mi mujer ha seguido un tratamiento que le recetó él y ahora la debe intervenir porque el embarazo se ha frustrado.

—Aquí no va a poder ser. Deben buscarse otro médico y otro hospital —afirmó tajante.

A Yusef le cambió la expresión de la cara, nos miró a las dos y con un gesto de la cabeza nos mandó seguirle hacia la puerta de salida. Nos condujo hasta casa en un absoluto silencio, que rompí yo al decirles:

—Por favor, llevadme al primer médico que me vio, el que me dijo que el niño se había muerto.

—¡Qué ideas tienes! ¡Ahora, después de casi tres meses, voy a ir a contarle todo lo que ha pasado! ¡No pienso hacerlo!

Él mismo se sentía avergonzado de su reprochable comportamiento e incapaz de dar la cara ante aquel doctor; si hubiéramos obedecido en un principio a su acertado diagnóstico, nada de esto habría ocurrido.

—Madre, ¿cómo lo podemos solucionar?

—Déjalo de mi mano, hijo, conozco a un médico de toda confianza y con él no habrá problemas; la llevaré yo sola, tú no te preocupes de nada.

A la mañana siguiente, al despertarme, vi cómo mi suegra se asomaba por la puerta de la habitación. Yusef ya se había marchado.

—Nos vamos al médico, date prisa en vestirte —me ordenó con su acostumbrada sequedad.

Ni siquiera llamaron a un taxi de los del padre, seguramente para que el conductor de Ali no se enterara de nuestro destino. Paramos uno en la calle; allí cada taxi recorre una determinada ruta, como los autobuses, y va recogiendo pasajeros durante todo el trayecto hasta completar el vehículo, para más tarde ir dejando a cada cliente en la dirección solicitada. Mi suegra guardaba silencio sentada a mi lado y yo me debatía entre mareos, náuseas y pensamientos negativos: «¿Dónde me llevará esta mujer? ¿Por qué no me dice nada?», miraba la cara del resto de los viajeros, todos con rostros saludables; yo, en cambio, debía de parecer un cadáver ojeroso. Todos aquellos ojos parecían observarme con descaro.

Cuando llegamos a Gaza, la ciudad hervía de vida. Atravesamos unas cuantas calles malolientes con aguas fecales a la vista, carros tirados por burros, tráfico imposible, desorden, caos, calor, polvo, sudor. Nos apeamos del taxi cerca de un callejón que debíamos atravesar, según me indicó mi suegra, una detrás de la otra porque las dos juntas no cabíamos. Llegamos al fondo de aquel callejón sin salida, donde se erguía un edificio de dos plantas cochambroso, viejo. Una raída cortina hacía las veces de puerta. Aquello podía parecer cualquier cosa menos un hospital.

La cortina deslucida daba paso a un patio salpicado de bancos de madera marrones. Al fondo había una puerta abierta por la que se veía una mesa vieja dominada en toda su amplitud por una mujer que escribía algo sobre ella sentada en una silla desvencijada. Mi suegra le resumió en árabe casi todo lo ocurrido, omitiendo que habíamos visitado a otros médicos anteriormente, aunque sí le relató el episodio del último hospital, donde nos dijeron que el doctor que me puso el tratamiento se encontraba de vacaciones. Llevaba su informe con los medicamentos que había tomado y se lo alargó para que lo leyera. La mujer recogió el papel y se dirigió con él hacia una habitación contigua en la que entró descorriendo otra deslucida cortina.

—Ha venido la señora que llamó ayer por la tarde, acompañada de su nuera —se la oyó decir.

—¡Ah, sí! Que esperen un momento mientras lo preparo todo. Ahora la llamo —contestó una voz masculina.

—¿La va a intervenir hoy mismo?

—Sí, ahora, por lo que veo, ya ha tomado el antibiótico, así que no creo que se presenten problemas.

La mujer nos invitó a salir de nuevo al patio y nos pidió que esperáramos allí hasta que ella nos avisara. Me puse a observar el lugar, oscuro y tenebroso; el suelo de tierra y los viejos bancos de madera configuraban un decorado pobre y tercermundista que se remataba con un muro descascarillado y medio derruido. Pero no me dio tiempo a pensar mucho porque enseguida reclamaron nuestra presencia. Mi corazón volvía a convertirse en una bomba de relojería con una taquicardia que se reflejaba en mis sienes, en mis manos, en mis piernas. Desconocía lo que me esperaba ahí dentro, pero tenía claro que eso no era un hospital. Abatida, me dejé llevar. «Aquí se acaba mi vida», pensé casi sin aliento. Abrieron la cortinilla y me condujeron hasta la habitación en la que se encontraba el hombre, una sala sucia cuyas paredes pedían a gritos una mano de pintura. En el centro un potro y, alrededor, mostradores con instrumental médico; en el suelo de baldosas rotas yacían unos cubos con gasas sanguinolentas. Encima de una de las mesas, un recipiente de metal con agua hirviendo albergaba algunos instrumentos de trabajo que cocían entre burbujas. Era la imagen de la clandestinidad, pero yo no había hecho nada malo para tener que ocultarme de aquella manera. ¿Por qué me traían a este sitio poco apto para la intervención que me debían realizar? Cerré los ojos sin fuerzas para seguir luchando y me encomendé a Dios mientras oía al hombre hablarme con suavidad.

—Relájate, no te pongas nerviosa. Te voy a aplicar anestesia local para que cuando termine de intervenir te puedas ir a casa.

La mujer me ató las piernas y los brazos con correas a la camilla y a mi suegra le ordenó que se retirara a un lado de la estancia. Me pinchó en la vena y comencé a vomitar.

—Tranquila, hija, no te preocupes, es por la anestesia —me decía mientras un reguero de lágrimas recorría mis mejillas suplicando a Dios que cuidara de mí por mis hijas. «No quiero morir todavía, tengo que cuidar de ellas, no me abandones.» Me preocupaba mucho Eva: «No tengo los papeles arreglados, ¿qué será de ella?». Lo veía todo tan primario que presentía una muerte segura, no creía salir viva de ese cuchitril y lloraba sin consuelo. «¡Mis hijas, mis hijas, pobrecitas! ¡Son tan pequeñas aún para quedarse huérfanas! ¡Sácame de esta, Señor! ¡Si tengo que morirme joven, déjame al menos un tiempo para que pueda arreglar las cosas..., pero ahora sálvame!»

¿Por qué aquella familia permitió que llegara a esta situación extrema, al borde de la muerte? Habían traspasado todas las normas éticas y humanas en mi contra sin ningún motivo. Nunca les hice ningún daño.

El hombre continuaba intentando calmarme mientras mi suegra permanecía quieta y callada en una esquina, como una leona que ha herido de muerte a su presa y espera pacientemente a presenciar su último suspiro.

Comenzó la operación introduciéndome por la vagina un largo instrumento con pinzas en su extremo. Mareada, nauseabunda, medio dormida, sentía cómo manipulaba para enganchar el cuerpecito muerto y tirar de él. Pero mi cuerpo se movía también cuando él tiraba. De repente, ordenó a las dos mujeres:

—¡Poneos una a cada lado de ella y sujetadla con fuerza de los brazos para que no se mueva!

Las sacudidas resultaban tan fuertes que parecía como si me arrancaran el útero y los ovarios. El tiempo cansino y despreciable transcurría lento jugando en mi contra; se me hacía interminable. Sentí que por fin sacaba algo de mis entrañas, pero alguien dijo que era tan solo la cabeza.

—Se encuentra muy pegado —susurraba entre dientes forcejeando—. Va a costar trabajo extraerlo.

Los siguientes minutos fueron angustiosos, manipulando dentro de mí con distintos instrumentos y aplicando toda la fuerza de la que era capaz. Y por fin salió.

Haciendo un aparte con mi suegra, le oí decir mientras yo deliraba febril:

—Ahora viene lo peor. Debemos esperar a ver cómo evoluciona, y si en diez días no ha fallecido, me la traes a la consulta del pueblo y comenzaré a tratarla. No he podido extraerle la bolsa; tendrá que ponerse una serie de óvulos diariamente para que se vaya despegando de las paredes del útero; le irán saliendo poco a poco grandes pellejos morados. Las siguientes cuarenta y ocho horas son fundamentales y puede ocurrir cualquier cosa. Si las supera estamos de enhorabuena.

Su voz susurrante no pasaba inadvertida a mis oídos, que escuchaban con atención todo lo que aquel hombre confesaba a mi suegra en mi instinto sobrehumano de permanecer con vida.

—Esta mujer ha tenido dentro el feto muerto durante tiempo y el caso se ha complicado. Si se lo hubiéramos sacado a la semana, no tendría importancia, pero lo han demorado demasiado. La bolsa se encuentra adherida a las paredes de la matriz. Está por dentro muy mal, puede morirse de la infección o por una fuerte hemorragia. Su estado es anémico y esto empeora las cosas.

—Por favor, quiero ver a mi niño. ¿Qué sexo tiene?

Un impulso instintivo, quizá motivado por los fármacos que me habían suministrado o por la presión a la que la familia me sometía, me exigía ver a aquella criatura que durante seis meses permaneció dentro de mí, parte del tiempo muerta.

—¿Qué más te da, mujer? ¿Para qué lo quieres saber?

—Necesito verlo. Tráigamelo, por favor.

—Está bien, aquí lo tienes —y me acercó una bandeja con el niño encima.

—Mira, un varón. Se encontraba ya muy formado, pero tranquila, que si Alá quiere, engendrarás más.

Me impactó ver su cabeza suelta del tronco, aunque el hombre la había colocado en su sitio. Blanco amarillento, parecía un pequeño muñeco de cera. En sus manos formadas se dibujaban unos dedos aún no separados; en cuestión de segundos lo retiró de mi vista.

—Venga, te vamos a bajar ya de la camilla. ¿Cómo te encuentras? ¿Estás mareada?

—Sí.

—¿Puedes andar?

—No.

—Vamos a llevarla entre los tres al patio y la sentamos en un banco para que le dé el aire, a ver si reacciona. Vaya a comprar un Seven Up y que se lo beba, le vendrá bien; tiene burbujas, que le ayudarán a eructar.

Salí con ellos al exterior; me llevaban cogida por debajo de los brazos y prácticamente me arrastraron hasta aquel patio, donde me tumbaron en uno de los bancos con las piernas hacia arriba.

—En cuanto se le pase el efecto de la anestesia, os vais —ordenó aquel presunto doctor.

Mareada, decaída, dolorida, no me sentía con fuerzas para incorporarme, pero al poco tiempo regresó el hombre.

—¿Cómo te encuentras ahora? Ponte de pie.

Mi suegra me ayudó a levantarme hasta conseguir erguirme casi por completo.

—Estoy muy mareada... todo me da vueltas... No puedo caminar.

—Ya, hija, pero debes hacer un esfuerzo. Cuando llegues a casa te acostarás y allí te encontrarás mejor. Aquí no te puedes quedar.

Su mirada era compasiva y su voz, amable. Debió de sentir mucha pena por mi situación.

—Agarradla cada una de un lado y la sacáis fuera.

—Sí, no se preocupe, que ahora cogemos un taxi. Están cerca.

—Acompáñalas tú a la parada —le ordenó a la mujer que le ayudaba.

Sin otra solución, salimos a la calle con la gran fortuna de conseguir enseguida el único taxi que se encontraba libre. El conductor esperaba, apoyado en una de las puertas del vehículo, la llegada de algún cliente y, al acercarnos, en esas condiciones propuso de inmediato que yo ocupara el asiento delantero junto al suyo.

—No te preocupes, que a tu lado no voy a sentar a nadie para que vayas más cómoda —me dijo con gesto preocupado.

¡Cómo me vería! «Creo que voy a morir en este coche. Lo que estoy sintiendo es el preámbulo de la muerte», pensaba yo. La vista y el oído funcionaban distorsionados y un sudor frío bañaba mi cuerpo empapado. Notaba cómo me iba; me estaba muriendo.

Los diez minutos en coche que separaban Gaza de Jabalia constituyeron una tortura. Por más cuidado que ponía el taxista en sortear los baches, resultaba inevitable caer en muchos de ellos. El bullicio callejero resonaba en mi cabeza como si aporrearan un tambor dentro de ella o fuera el blanco de un sinfín de cañonazos. Con las manos sujetaba mis partes para paliar los golpes de frenazos y maniobras improvisadas... hasta que llegamos a nuestro destino.

Todos los pasajeros abandonaron el vehículo menos yo, que me sentía incapaz de moverme.

—¡No puedo! —le dije a mi suegra con un hilo de voz.

—Ama Ali, haz un último esfuerzo. Solo debes cruzar la calle.

Tiró de mis brazos hasta conseguir sacarme del taxi y, casi arrastrándome, alcanzamos la puerta de la casa, que abrió Yusef.

—Madre, ¿ya se lo han hecho?

Fue lo primero que preguntó, sin mirarme, sin ayudarme a entrar.

—Sí, hijo, ya se lo han sacado. Pero quítate de en medio, que no podemos pasar. Ayúdame, que yo sola no puedo con ella.

Me cogieron cada uno de un brazo y me condujeron hasta nuestra antigua habitación de la planta baja.

—Descansa ahora, Ama Ali, voy a traerte un caldito, a ver si puedes dormir un rato.

Al salir mi suegra de la habitación comencé a escuchar voces, murmullos, como si una multitud de gente se agolpara tras la puerta, pero mis ojos no veían, todo estaba negro. ¿Quién hablaba? Me esforzaba en abrir los ojos, pero resultaba imposible. No distinguía las conversaciones que mantenían, aunque ponía todo mi empeño en escuchar. ¿Dónde me encontraba?

—¿Quién anda ahí? —pregunté, pero no hallé contestación.

La profunda oscuridad fue abriendo paso, como si me descorrieran una cortina, a la luz, en una secuencia ralentizada, y una voz femenina gritó casi en mis oídos.

—¡Ya despierta! ¡Está abriendo los ojos!

La luz se hizo y, ante mí, enfrente de la cama donde me encontraba, una lámina colgada encima de la puerta que daba al patio representaba la imagen de Abraham con un cuchillo en sus manos dispuesto a sacrificar a un carnero, mientras su hijo maniatado presenciaba la escena. Al ver aquello, la primera palabra que me salió fue «gracias».

—¡Ya está despierta! ¡Venid todos!

—¿Qué pasa? ¿Dónde estoy?

—Ama Ali, nos tenías muy preocupados. Llevabas casi dos días sin despertar y creíamos que te perdíamos —dijo mi suegra.

Miré a mi alrededor y me descubrí en la antigua habitación que ocupábamos en la casa. Aquella lámina de Abraham debía de permanecer allí desde no se sabe cuándo, pero nunca me fijé en ella hasta ese instante en el que me alejaba de la muerte como Isaac. También en el patio esperaba un carnero para ser sacrificado. Aquel vocerío se debía a los preparativos de la fiesta del cordero.

Capítulo 14

De nuevo entre los vivos

—Oigo gente fuera, y gritan mucho. ¿Por qué han venido?

—Han venido por ti. Temíamos lo peor. Ahora descansa, lo malo ya ha pasado.

—Pero ¿por qué hablan tan fuerte?

—Es que el cordero que compramos para la fiesta grande que íbamos a celebrar el mes que viene lo hemos atado con una cuerda a uno de los limoneros y el animal, al alzarse para comer las hojas, se ha enredado y casi se ahorca. Hemos llamado deprisa y corriendo al matarife porque, si muriese asfixiado, no lo podríamos comer —me explicó mi suegra—. Tiene que morir desangrado, como los pichones y las gallinas.

—¡Ya hemos conseguido cortar la rama! —se oyó gritar desde el patio—. ¡Estamos de suerte, aún vive, lo podemos degollar!

Yo acababa de despertarme y todavía estaba muy mareada. No entendía nada de lo que pasaba con el cordero y el solo pensamiento de que aquel animal empezara a morir desangrado me abatía.

—¿Qué fiesta es esta? —pregunté aún completamente aturdida.

—Aid-El Kebir, la fiesta grande, ¿no te acuerdas? Su origen se remonta a las antiguas leyendas bíblicas interpretadas por el Corán. Ibrahim (Abraham para los islámicos), fundador del pueblo árabe, tuvo dos hijos, Ismael e Isaac, el primero hijo de una esclava egipcia llamada Agar y el segundo de Sara, su mujer legítima. El primogénito fue ofrecido en sacrificio por su padre como prueba de amor hacia Alá, pero este, en su infinita bondad, le perdonó la vida a cambio de la de un carnero, permitiendo que nuestro pueblo se perpetuara a través de él.

Y al escuchar todas aquellas explicaciones, di gracias de nuevo por permanecer viva.

—Dios mío, a mí también me has perdonado la vida a cambio de la de un cordero. Escuchaste mis súplicas. Te doy las gracias en mi nombre y en el de mis hijas.

Así lo viví yo, aunque pueda parecer infantil por mi parte, pero sigo pensando que la mano divina formó parte de esta historia.

En ese momento, comenzaron a aparecer por la habitación los demás miembros de la familia para interesarse por mi estado.

—Loli, llevas más de un día durmiendo —exclamó Yusef acercándose a la cama—. Desde que te dejamos ayer a mediodía en la habitación hasta ahora, que está anocheciendo, han transcurrido muchas horas. Nos tenías muy preocupados.

—No puede ser. Pensé que me había quedado traspuesta unos minutos.

—Mira, ha venido mi hermana Saira, su marido, mis tíos, mi primo, que te tomaba el pulso a cada momento... Todos preocupadísimos porque no te despertabas... ¿Cómo te encuentras ahora?

—Muy bien. No estoy mareada ni me duele nada.

—Traedle un caldito para que se le entone el estómago.

Eché un vistazo a mi alrededor y noté una ausencia insustituible. Mi hermana Amelia llevaba días en Beit Hanún, aunque aún no nos habíamos visto, y allí tampoco se encontraba cuando desperté de mi largo sueño. Más tarde me enteré de que no la habían avisado.

—Hola, Saira, ¡qué alegría verte!

—Y para mí oírte. Tómate el caldo, te sentará bien.

—Apartaos un momento, que voy a tomarle la tensión. ¿Qué síntomas te notas? —me preguntó el primo pediatra.

—Me siento como si hubiera vuelto a nacer. Descansada, relajada. Hacía mucho tiempo que no me encontraba tan bien.

Los preparativos para la fiesta grande continuaron y al día siguiente por la mañana me encontraba con fuerzas para cotillear, a través de la puerta de mi habitación, qué hacían. Aún débil y con cuidado, me levanté de la cama y me senté en una silla para observar; así pude comprobar que habían hecho un agujero en la tierra y dentro de él se encontraba la sangre del cordero. Asima se me acercó para explicarme los pormenores del sacrificio.

—Tuvimos suerte de que aún viviera. El hombre que vino a matarlo le cortó la yugular y el cordero apenas sufrió.

El animal yacía colgado en las vigas del patio, cabeza abajo, con el abdomen abierto de extremo a extremo. Le habían despellejado y sacado las vísceras que mi suegra, acompañada por otras mujeres de la familia, lavaba meticulosamente apartando las ya limpias en un cubo.

—Le han quitado la piel —apunté yo instintivamente, casi sin saber lo que decía.

Mi comentario le dio pie a Asima para continuar describiendo lo ocurrido.

—Sí, pero se tiene mucho cuidado para evitarle sufrimiento. Cuando se le sacrifica se vigila que no haya ningún otro cordero cerca para que no presencie la muerte de su hermano. Se le mata, como ya te he explicado, de espaldas a La Meca; luego se le da un corte en la pata trasera y, a través de la herida abierta, se sopla para que se infle y resulte más sencillo separar la piel del cuerpo. Es todo un ritual para nosotros.

—¿Cómo lo tenéis ahí colgado todavía?

—Por el problema de la cuerda le tuvieron que matar antes de tiempo y este año se lo hemos ofrecido a Alá en tu honor: una ofrenda por salvarte la vida. Es necesario que la carne se oree antes de meterla en la nevera, por eso está ahí colgado. Ahora vendrá el carnicero para cortarlo en piezas y hacer las reparticiones: parte se queda en la casa, otro tanto se llevarán los miembros de la familia y algo lo donaremos para los pobres.

Como lo mataron antes de la fiesta grande, guardaron las piezas envueltas en plásticos en el congelador, no sin antes quitar minuciosamente la grasa y lavarlo concienzudamente.

El reparto de la carne a las familias necesitadas también constituyó una fiesta. Los vecinos adolescentes venían a ofrecerse para llevarlo, y mi suegra, previo pago de una propina, les indicaba a qué familia debían entregárselo. Ellos corrían alborozados riendo y jugando sin parar.

Esperaron dos días (hasta que yo me encontré algo más fuerte) para preparar una magnífica comida en mi honor. Risas, bromas, canciones, fiesta... Celebramos mi vuelta a la vida comiéndonos aquel cordero.

Días más tarde, debíamos visitar de nuevo al hombre que me operó. Resultó ser un ginecólogo de verdad (yo en principio había tenido mis dudas) con consulta en Jabalia, mucho más limpia y en mejores condiciones que la casona a la que me había llevado para intervenirme. Al pasar a la consulta, me mandó tumbarme en una camilla mientras comentaba:

—Gracias a Alá te veo muy recuperada, ha salido todo bien hasta ahora.

—Sí, doctor, le agradezco que me haya salvado la vida. El día en que le conocí pensé que me iba al otro mundo.

—Cierto, te cogí muy mal, pero afortunadamente llegamos a tiempo. Ahora relájate, que te tengo que explorar. Te voy a introducir el colposcopio para ver cómo se encuentran las paredes del útero.

Me acompañaba en esta ocasión Asima, que permanecía en silencio junto a mí agarrándome con cariño de la mano para insuflarme ánimos.

—Mira, acércate, quiero que lo veas tú. ¿Observas este útero de color morado? —Asima asintió con la cabeza y alargó el cuello para comprobarlo—. Pues se debe quedar blanco como la leche. Continúa con una infección de caballo. —Y, dirigiéndose a mí, prosiguió—: Te puedes levantar y vestirte.

Sentado en la mesa del despacho, comenzó a escribir mientras de vez en cuando levantaba la vista por encima de sus gafas para explicarme:

—Te vas a poner uno de estos óvulos, otro de estos y otro más distinto por la mañana, y este por la noche (cuatro diarios), y no debes tener relaciones sexuales con tu marido hasta que yo te lo diga. Quiero verte una vez por semana para controlar la evolución. Debes expulsar mucha porquería de ahí todavía.

Ese mismo día comencé el tratamiento y a la mañana siguiente descubrí en mi braga jirones de piel que no terminaban de salir; debía tirar de ellas como si se tratara de un rollo de papel celo, pellejos violetas enormes acompañados por nauseabundos coágulos de sangre. Guardaba algunos trozos de aquella materia para enseñársela al médico y así poder establecer un diagnóstico más concreto. «Cuanto antes salga toda esa porquería, antes me recuperaré», pensaba animada al mismo tiempo que persistía mi debilidad. Mi suegra frenó en esos días de recuperación su mal carácter y yo me encontraba más tranquila. El no sentirme maltratada me permitía relajarme. No me obligaba a fregar los suelos ni a lavar la ropa de las niñas a mano; era Asima la encargada de hacerlo, y de una manera que constituía un agravio comparativo. Se bajaba la ropa de sus hijos, la juntaba con la de mis hijas y ¡ponía una lavadora!

¿Por qué a mí no me dejaba y a su hija sí? Otra pregunta que quedó en el aire. ¡Cualquiera se la formulaba a ella!

Durante tres semanas continuaron saliéndome pellejos morados y yo seguía tirando de ellos hasta hacerse cada vez más pequeños. El ginecólogo me fue rebajando la dosis del tratamiento hasta suspenderla totalmente coincidiendo con la desaparición de esta repugnante piel. Asima me acompañaba en todas mis visitas. Un día el doctor me dijo:

—Esta noche debes hacer el amor con tu marido y mañana venir para que yo compruebe cómo ha respondido el útero, ¿de acuerdo? No te laves, simplemente límpiate para que yo vea cómo ha reaccionado —y se lo repitió de nuevo a Asima por si yo no me había enterado bien.

De regreso a casa, las bromas que me gastaba mi cuñada al respecto de tan peculiar receta fueron continuas y se alargaron hasta contárselo a toda la familia.

—Madre, Yusef y Ama Ali esta noche deben hacer el amor por prescripción facultativa... ja, ja, ja, ja, ja.

—Ahora, cada vez que realicen el acto sexual, nos vamos a enterar todas —contestaba mi suegra mofándose de la situación.

Me sentía avergonzada y sin saber interpretar tanta guasa. Cuando llegó a casa Yusef, se lo soltó nada más entrar.

—¡Sí, hombre! ¡Voy a tener que hacerlo cuando al médico le dé la gana!

—¡Claro que sí! Tómatelo como un trabajo, no te queda otra, es lo que ha dicho el médico... ja, ja, ja, ja.

—¡En fin, si no hay más remedio!

¡Qué mal lo pasé con todo aquel asunto! Y llegó la noche. Yusef se metió en la cama, como de costumbre, algo más tarde que yo.

—Venga, Loli, tenemos que hacerlo.

Copulamos como dos conejos y en un momento todo había acabado. Se dio la vuelta y se durmió. Me sentí utilizada, avergonzada, ¡qué falta de sensibilidad! Para él significaba una obligación. Lloré en silencio este nuevo trago que me ofrecía la vida, pero ¡no había solución!, me había casado con él para siempre, en la iglesia nos lo dijeron bien claro, «hasta que la muerte os separe». Para vivir así, mejor estar muerta. No podía contar con nadie; no confiaba en ninguno de ellos, ni en mi marido, ni en su hermana. Desprotegida, asustada, enferma, me puse a soñar despierta en un intento desesperado por evadirme de la realidad que me devoraba; Ángel no había muerto, celebrábamos el día de mi cumpleaños y, cuando llegué del trabajo, me había preparado una deliciosa cena alumbrada por la luz de unas velas. Escondía algo tras su espalda y jugamos hasta descubrir que se trataba de un precioso anillo. Sus ojos me miraban con pasión desbordada; nos besamos apasionadamente e hicimos el amor como acostumbrábamos, allí mismo, en el suelo del comedor, encima de la alfombra; la cena se enfrió y cuando la fuimos a comer estaba asquerosa, pero nada importaba, nos reíamos sin parar. Yusef, mi voluntad no la podrás doblegar nunca..., hagas lo que hagas para intentarlo.

El médico dijo que mi útero no había respondido del todo mal, pero necesitaba seguirme viendo durante dos semanas más, en el transcurso de las cuales no debíamos hacer el amor. Asira continuó con sus bromas macabras.

—Madre, otra vez... No pueden copular, ja, ja, ja, ja, ja... Se lo tenemos que decir a Yusef nosotras... cuándo debe hacerlo... ja, ja, ja, ja.

Aquella noche rebosante de melancolía le pregunté a Yusef.

—¿Le has contado a mi hermana Amelia lo que me ha pasado? Ya vive en Gaza desde hace días y aún no nos hemos visto.

—No, no he hablado con ellos, tampoco han llamado. No vamos a andar nosotros detrás.

—No se trata de estar ni detrás ni delante. Me gustaría ver a mi hermana; por favor, llévame a verla.

—Está bien, prepara a las niñas, que nos vamos.

Capítulo 15

Encuentro en Beit Hanún

No tardamos más de un cuarto de hora en llegar a Beit Hanún, donde vivía mi hermana Amelia con Mohamed y sus tres hijos en casa de sus suegros, y eso que la carretera brillaba por su ausencia; más bien transitamos por un camino de cabras que, de haber estado en condiciones, nos habría acercado a nuestro destino en menos de cinco minutos.

Llamamos a la puerta y nos vino a recibir su suegra, que nos invitó a pasar a un patio de arena rodeado de puertas que daban paso a la cocina, el salón comedor, los tres dormitorios. Uno de los portones escondía un pozo del que se abastecían de agua.

Cuando Amelia y yo nos vimos, nos dimos un abrazo que no tenía fin. Para mí era un consuelo tenerla allí, era el apoyo que tanto había necesitado. Después de besarnos y de preguntar por toda la familia, realizó las oportunas presentaciones y los padres de Mohamed continuaron con sus respectivas tareas. Yusef hizo un aparte con el marido de mi hermana y nosotras dos nos sumergimos en una intensa y atropellada conversación donde dimos rienda suelta a nuestras respectivas desventuras.

—Amelia, he estado muy enferma, casi me muero, ¿no te han dicho nada?

—Ni Yusef ni su familia nos han informado de lo que te pasaba, pero yo cuando me vine de Madrid ya sabía que debías abortar porque me lo contó mamá y le dije a Mohamed que me llevara a verte. Yo sola no puedo ir, pero me contestó que con la mudanza estaba muy ocupado y por el momento le resultaba imposible.

—Te pudiste coger un taxi para venir a verme, ¿no? Al fin y al cabo, Jabalia se encuentra cerca de Beit Hanún.

—Tú eso lo dices porque ya más o menos llevas aquí un tiempo y sabes defenderte en árabe, pero yo no entiendo nada de este idioma. Además, ¿dónde voy con tres niños? Mohamed está nervioso estos primeros días buscando trabajo y tampoco le puedo insistir demasiado.

—Tengo tantas cosas que contarte... No sé por dónde empezar.

A mi hermana le puse al día de mis últimas disputas en aquella casa, haciendo hincapié en las barbaridades que me llamaba mi suegra.

—Me llamó de todo... Algunas cosas las entendía y otros insultos no. Por ejemplo, me llamaba constantemente «even-sarmuta».

—Huyyyyy... Eso sí que lo entiendo yo... Significa «hija de puta».

—¡Me ha estado llamando «hija de puta»!

—Sí, hija mía, sí.

—Pues yo creo que era el único insulto que le faltaba por llamarme. Ahora entiendo, cuando le pedí a Yusef que me lo tradujera, se reía. ¡No le veo la gracia! ¡Como me lo diga otra vez se va a enterar! —le dije sacando pecho, para que mi hermana creyera que yo era una valiente. ¡Pobre de mí!

—No hay más remedio que aguantar, Loli. Nos hemos casado con ellos y para toda la vida, ¡qué le vamos a hacer! Ya sabes que a mí Mohamed también me maltrata porque dice que soy muy parada y le pongo nervioso, pero cuando se le pasa no es malo del todo. Son esos prontos que le entran lo que le pierde.

—Amelia, a ti te ha tratado mal ya viviendo en Madrid, ¿por qué te has venido aquí con él? Recuerdo el día que te tiró una manzana a la cara y casi te deja tuerta. ¡Cómo se puso papá con él! «Ni se te ocurra volver a agredir a mi hija», le gritó con la cara desencajada. Y esto ocurrió nada más casaros, pero es que Yusef en Madrid era un corderito. ¡Mohamed nunca se puso la máscara, pero mi marido sí, y me ha traído a Gaza engañada!

—Nadie te obligó a casarte, Loli. Ahora no te queda otra más que aguantar.

—¡Qué conformista eres, Amelia! Parece que todo te da lo mismo.

—Es la postura más inteligente, Loli. Te aconsejo que permanezcas lo más tranquila que puedas y que no alteres la vida de los que te rodean.

—Amelia, me lo imponen todo: la religión, la manera de vestir, las comidas, el idioma... Todo. Cuando ellos quieren, no cuando a mí me apetece. Y lo más importante, la negación de Eva. Nadie conoce su existencia y Yusef me obliga a callar. ¿Por qué se casó conmigo y fingió que la quería? ¿Para hacerme una desgraciada?

—Es muy importante que te tranquilices. Espera un tiempo, a ver si yo me asiento un poco. Nos podremos ver a menudo y esto facilitará nuestra vida. No te quejes tanto, que yo estoy aún peor; en tu casa disponéis de comodidades como la lavadora y la ducha. Yo aquí no tengo nada. Sacamos el agua del pozo, nos lavamos en barreños, Mohamed me ha contado que vamos a construir nuestra casa en ese campo de naranjos de ahí arriba y espero que nos mudemos en breve.

La observé un rato mientras hablaba: parecía ya una mujer árabe con su chilaba y el pañuelo anudado a la cabeza. Miré a mi alrededor revisando aquel paisaje desolador y pensé: «¡Qué razón tienes, hermana!», encima debía sentirme afortunada. Vivían los cinco en una habitación que daba al patio de arena donde se encontraba el servicio (un agujero en el suelo). Calentaban el agua en ollas, carecían de lo primordial, ¡y era ella la que me animaba!

—Venga, que nos vamos ya. Llama a las niñas —gritó Yusef.

—Mohamed, la semana que viene os toca a vosotros venir a nuestra casa y así nos vamos turnando cada viernes, ¿te parece bien?

Le dirigí a mi cuñado, al mismo tiempo que le hablaba, una mirada suplicante.

—Si Alá quiere lo haremos así —me contestó sonriendo.

El domingo tocaba de nuevo visitar al ginecólogo.

—El útero se ve muy recuperado. Enhorabuena. Esta noche debes hacer el amor con tu marido y mañana vienes a verme como la otra vez, sin lavarte, ¿de acuerdo?

Le miré con tristeza resignada.

—De acuerdo —contesté con un hilo de voz.

Asima, a mi lado, reía divertida. Las mofas que me esperaban en casa darían para unas cuantas horas.

—Yusef, esta noche te toca funcionar de nuevo. Ja, ja, ja, ja, ja.

—¿Qué dices, Asima? ¿Qué hablas de funcionar?

—Nos ha dicho el médico que debes hacerle el amor a tu mujer esta noche. Ja, ja, ja, ja... ¿Te encuentras con fuerzas? Ja, ja, ja.

La miró mientras gesticulaba displicentemente y salió, como venía siendo habitual en los últimos tiempos; poco paraba en la casa. Desconocía sus pasos, nunca me hizo partícipe de sus andanzas.

A la hora de acostarnos, me subí como de costumbre asaltada por mil dudas: «Lo mismo se niega a hacer el amor conmigo; pues yo no le pienso decir nada, que haga lo que quiera». Dispuesta a dormirme y decidida a no volver al ginecólogo, porque ya me encontraba bastante recuperada, oí su voz alta y firme entrando por la puerta.

—¡Venga, que nos toca hacerlo! —fueron sus secas palabras.

Y otra vez se repitió la escena: copulamos como dos animalitos y, cuando el macho se alivió, en cuestión de minutos, la acción se detuvo. Luego cada uno para su lado de la cama y hasta el día siguiente.

El diagnóstico del doctor fue concluyente:

—Puedes llevar, a partir de hoy, una vida normal. Tu útero ha respondido al tratamiento y se ha recuperado perfectamente. Alá quiera que pronto te quedes de nuevo embarazada y que llegue al fin el varón que tanto anhelas.

Respiré aliviada. Había vencido a la muerte y, en principio, el duro trance no parecía dejar secuelas.

Mi intervención fue en septiembre y nos encontrábamos ya en el mes de diciembre disfrutando de una placentera noche de otoño. Mi suegro y yo descansábamos en el patio de los limoneros después de cenar. La luna anaranjada y las estrellas que lanzaban bocanadas de luz cubrían casi por completo el cielo. Saboreábamos un té con hierbabuena, mientras mirábamos hacia aquel mágico firmamento.

—Ama Ali, ¿qué pasaría si mi hijo se casara con otra mujer?

—¿Qué insinúa?

—Nada, tan solo es un pregunta. ¿Qué pasaría?

—Le voy a contestar. Si se casa con otra mujer, es porque se ha divorciado de mí; yo ya no sería su esposa.

—Quiero decir casado contigo.

—No puede. Según mi religión y mis creencias, es imposible ese planteamiento.

—Si se casa con otra mujer, ¿tú ya no querrías seguir siendo su esposa?

Esta pregunta me dejó helada.

—¿Qué pasaría si fuera usted el que se casara con otra? ¿Lo aceptaría Ama Yusef? ¿Le gustaría a su mujer que usted durmiera una noche con ella y la siguiente con la otra? Pues a mí no. Me daría asco acostarme con mi marido sabiendo que al rato siguiente haría el amor con otra mujer.

—Ja, ja, ja. ¡Cómo te pones, Ama Ali! Tranquilízate, que no va a pasar nada de eso. Ya el médico te ha dado el alta y dice que estás bien. Alá quiera que tengas cinco hijos y cinco hijas. ¡Lo he soñado y mis sueños son premonitorios!

—¡Madre mía! ¡Voy a parecer una coneja!

—Ya has recorrido parte del camino dando a luz a tus tres hijas.

Me tuve que morder la lengua para no contestarle: «Son cuatro las hijas que he parido y usted bien lo sabe», pero me callé. Seguía anulando a Eva, pobrecita mía. Íbamos a peor.

A partir de estos acontecimientos mi relación con Yusef se había enfriado aún más. Ninguno de los dos sentía la necesidad de acercarse al otro. Una noche comencé a acariciarle con unas ganas inmensas de que nuestra situación amorosa mejorara.

—¿Quieres que lo hagamos? —me preguntó secamente.

—No sé, tú verás, somos matrimonio, ¿no? Necesito querer y que me quieran; tener una familia normal...

—Es que han ocurrido tantas cosas que ya nada puede ser normal.

—Debemos poner de nuestra parte para que se convierta en algo bonito, por la cuenta que nos tiene.

—Claro, eso sí.

Y dándose la vuelta comenzó a besarme, a acariciarme el pecho. Se había transformado en un amante aceptable, aunque yo me sentía algo avergonzada por provocar una vez más el episodio amoroso.

Los días pasaban y Amelia no venía a visitarnos: ni esa semana, ni la siguiente.

—Por favor, Yusef, llévame a ver a Amelia. Resulta un escape para mí hablar con ella, me viene muy bien. Es la única persona de mi familia que se encuentra cerca.

—Mientras ellos no nos visiten, no podemos volver. Son las reglas.

Pero, afortunadamente, cuando había transcurrido un mes desde nuestro encuentro en su casa, se presentó un viernes de improviso en la nuestra. Los hombres, sentados en una habitación, tomaban el té, mientras nosotras hablábamos ensimismadas en nuestra conversación.

—Quedamos en vernos a la semana siguiente, ¿por qué no habéis venido?

—Es que Mohamed está liado con el nuevo trabajo y también han empezado a construirnos la casa —mi hermana siempre disculpando a su marido.

—¿Cómo te adaptas tú aquí?

—Muy mal, deseando que terminen nuestra casa para trasladarnos. Tengo poco que hacer, no salimos de nuestra habitación apenas.

Descolgaba sus opiniones con apatía, con tristeza, con resignación, y yo la observaba mientras una neblina de lágrimas empañaba mi visión. Amelia aparecía velada ante mis ojos; no sabía bien el porqué de ese ataque repentino de melancolía; quizá fuera la nostalgia de tiempos pasados, juntas en nuestra tierra, ahora lejana e inalcanzable, y el recuerdo constante de que allí permanecía mi hija Eva.

—Nos tenemos que ir, Amelia.

—Pero, Mohamed, si acabáis de llegar. ¿Por qué no os quedáis otro ratito? La próxima semana iremos nosotros a visitaros, pero a la siguiente, cuando volváis, os quedáis a comer, ¿vale?

—Ya veremos. Todos los días voy a Gaza a trabajar y me queda poco tiempo libre.

Amelia y yo nos abrazamos llorando; un choque emocional nos mantenía unidas como si fuéramos un solo cuerpo; los recuerdos del ayer, la incertidumbre, el no saber hasta cuándo... ¡Dolía tanto separarse de ella!

Aumentó el desfile de visitas por nuestra casa cuando corría febrero y comencé a notar comportamientos inhabituales en algunas personas de la familia más próxima. Cuchicheaban entre ellos mientras me miraban de reojo, y cuando me acercaba al grupo dejaban de hablar. Escuchaba de refilón palabras sueltas:

—Puede que ella no sepa nada —comentaba una prima de Yusef a otra mujer que la escuchaba con los ojos muy abiertos, no queriéndose perder nada de aquel secreto que le contaban.

Yo no le daba importancia a estos hechos, inmersa como me encontraba en otras preocupaciones e inquietudes, pero veía el trasiego de gente entrar y salir de la casa como si algo importante se estuviera fraguando.

—¿Lo sabrá ella? —se susurraban unas a otras.

Capítulo 16

Noticias de Madrid

En el mes de marzo recibí una carta de mi madre con la letra de Eva, ya que ella no sabía escribir. Me decía que me iban a embargar mi piso porque se debían tres letras de un coche que figuraba a mi nombre y la financiera exigía este pago. Recordé que un amigo de Yusef me pidió que le avalara con mi piso e incluso pusieron a mi nombre el vehículo que se compró, porque él se encontraba en trámites de divorcio y temía que su ex mujer se lo quitara.

Acompañando la carta de mi madre, venía otra adjunta que decía:

Muy señora mía:

Ante el juzgado de Primera Instancia n.° 11 de Madrid está pendiente el juicio ejecutivo n.° 1734/83 en reclamación de 55 712 pesetas de principal y 25 000 pesetas más para costas.

Después de dictado el auto despachando ejecución contra sus bienes, y a requerimiento del juzgado, se personó su madre en ausencia de usted, sin que tal diligencia tenga eficacia legal.

Si desea evitar que continúen los trámites judiciales mediante la publicación de edictos o bien mediante comisión rogatoria a su actual domicilio en Israel, deberá comparecer en el juzgado para que este realice directamente con usted los trámites precisos.

Transcurrido el próximo mes de julio sin que haya comparecido por el juzgado, continuaremos los trámites indicados sin reparar en el perjuicio que con tal motivo se le ocasionen.

Atentamente.

—Yusef, mira la carta que me ha llegado. Tu amigo Ziad no ha debido pagar algunas letras del coche y me quieren quitar el piso. ¿Guardas su teléfono? Llámale inmediatamente, a ver lo que está pasando, no me vaya a quedar sin piso por poco más de cincuenta mil pesetas.

Yusef frunció el ceño y buscó en su agenda el teléfono de su amigo, al que llamó inmediatamente.

—Yo he metido todo el dinero —se le oía decir—, debe de ser una equivocación. Lo último se lo di a un amigo que me trajo el resguardo.

—Pues cerciórate bien de qué ha ocurrido, porque nos ha llegado esta carta; no es para tomarlo a broma.

Dicho esto, colgó el teléfono con rabia.

—Sería conveniente que viajara a España para solucionar este asunto, ¿no te parece?

—Me parece bien. Lo miramos y te vas para allá unos días hasta que lo arregles.

Fue a comprar el billete para el mes de junio, pero, para mi sorpresa, el pasaje era solo de ida.

—Como no sabemos la fecha exacta de tu vuelta, ya que depende de cómo vayan allí los temas que vas a solucionar, y el billete abierto es mucho más caro, resulta más práctico que cuando termines me llames por teléfono y yo te mande la vuelta; y no te olvides de renovar de nuevo el visado.

Su razonamiento era tan convincente que no daba pie a dudar de sus intenciones.

Se corrió la voz de que yo me iba por unos días y comenzaron a llegar las visitas para despedirse. Veía que a mis hijas les estaban confeccionando unos preciosos vestidos de novia de distintos colores y pregunté:

—¡Qué bonitos! ¿Para qué se los hacéis?

—Porque van a tener fiesta en la guardería por fin de curso —contestaron— y van todas así vestidas.

Unas primas jóvenes de Yusef, aún solteras, se me acercaron una tarde mientras tomábamos el té.

—Ama Ali, ¿es cierto que te vas?

—Sí, no me queda más remedio. Mi piso de Madrid corre peligro de embargo si no lo soluciono.

—Yo que tú no me iba.

—¿Por qué me dices esto? ¿Me ocultas algo?

—No te puedo decir nada, pero mi consejo es que evites ese viaje como sea.

—Tengo que ir, si no me quedo sin casa.

—Eres libre de hacer lo que creas conveniente, pero por tu bien te lo decimos... ¡No te vayas!

—No entiendo nada.

Comenzó a acercarse gente a nuestro grupo y las dos chicas cambiaron el rumbo de la conversación.

—Que te lo pases bien en el viaje, ya nos veremos a la vuelta.

—La pena es que le dije a Yusef que me sacara también billete para Fátima porque mi madre aún no la conoce, pero dice que en el próximo viaje; así podré moverme mejor para gestionar los asuntos que me llevan a Madrid. No lo entiendo, porque cuando Soraya era una recién nacida la traje aquí para que la conocieran sus padres. Mi madre se podría quedar con la niña y le haría mucha ilusión.

No había terminado la frase cuando descubrí a una de las chicas que comenzaba a llorar y dijo con voz entrecortada: «Claro, claro...», y se dio media vuelta apartándose de mí entre lágrimas

Esa semana nada ni nadie podía perturbar mi alegría, que extendía a todo lo que me rodeaba. Volvería a mi país, vería a Eva, me alejaría unos cuantos días de tanta hostilidad. Dos noches antes de mi marcha, me abracé a Yusef en la cama dispuesta a transmitirle mi entusiasmo. Hicimos el amor como nunca, como si estuviéramos realmente enamorados. Mi cuerpo destilaba pasión y él quería amar, pero no sabía lo que era el amor. Yo se lo demostré con creces. Fue una bonita despedida en la que, como siempre, yo puse casi todo.

Llegó el último día y me abracé a mis hijas, besando una y mil veces sus preciosas caritas.

—Asima, cuida de ellas, por favor.

—Sí, mujer, no te preocupes, si el tiempo pasa volando y enseguida estarás de vuelta.

Mi cuñada se las llevó a jugar con sus primos para evitar que me vieran partir. Yusef y su padre me llevaron al aeropuerto.

TERCERA PARTE

VERDE PORVENIR

Capítulo 1

Gestiones y juzgados

«Dios mío, has escuchado mis plegarias, vuelvo a Madrid. Recobraré las fuerzas perdidas en Gaza, tomaré impulso y saldré de nuevo a flote. Eva, qué ganas tengo de volver a verte, ¡mi niña querida!» En mi cabeza, ocupada en estas reflexiones durante el vuelo de regreso a la ciudad que me vio nacer, no había cabida para el pesimismo. Volaba sobre las nubes y mi mente se había instalado en una de ellas. Llevaba una bolsa de mano con ropa «normal» y lo primero que hice al subirme al avión fue cambiarme en el servicio. No soportaba los ropajes musulmanes ni un segundo más, y respiré aliviada al ver mi cuerpo enfundado en unos pantalones vaqueros y una camisa blanca. El pañuelo me lo había quitado ya en el aeropuerto, nada más perder de vista a Yusef y a su padre.

Del aeropuerto de Barajas me dirigí directamente a casa de mi madre, que cuando me vio aparecer se llevó un susto considerable.

—Hija mía, no te reconozco. ¿Cuánto has adelgazado? Se te notan todas las costillas y tu pecho ha desaparecido. Y el pelo, ¡qué largo!, pero si te llega por la cintura. Nunca te había visto así de desastrada.

—No, mamá, tampoco estoy tan delgada.

Aunque no quise asustarla, era cierto lo que mi madre decía. La ropa me sobraba por todas partes y mi aspecto nunca había sido tan ruinoso: hacía meses que no me cortaba el pelo porque allí nadie lo veía y mi aspecto había dejado de importarme hacía tiempo.

—Mamá, mamá, ya estás aquí —Eva me abrazaba, lloraba, se reía—. No te vayas más, por favor, mamaíta.

Hablábamos, nos mirábamos, nos abrazábamos también con el corazón, queriendo recuperar el tiempo perdido. Sujeté su carita entre mis manos para comprobar sus cambios físicos y volví a descubrir en ella a Ángel. La senté en mi regazo y disfrutamos de nuestra cercanía, tan añorada por las dos. No podía permitir que nada ni nadie enturbiara estos momentos de felicidad, pero la imagen del futuro me pesaba como una losa. No resistiría separarme de nuevo de Eva. ¿Cómo hacerlo? Conocía perfectamente el carácter de mi madre y sabía que no era precisamente la compañera ideal para una niña, sino más bien al contrario: resultaba muy difícil compartir su espacio y Eva debía de estar sufriendo las consecuencias. Estaba convencida de que su vida no era precisamente un camino de rosas por culpa de los prontos de su abuela, que yo conocía bien.

Necesitaba desesperadamente desahogarme y comencé a contarle a mi madre todo lo ocurrido. Lloramos juntas tanto dolor.

—Hija mía, no he podido estar a tu lado. ¡Cuánto lo siento! Mañana mismo vamos al ginecólogo para que te revise concienzudamente. No me fío de lo que te han hecho allí. Vete tú a saber cómo te han dejado. Te han tratado peor que a una de sus cabras, ¡qué gentuza!

Y comencé con las gestiones que me devolvieron a la realidad. Deposité el dinero que el amigo de Yusef debía de las letras del coche en el juzgado y después quedé con él, que volvió a ratificar lo mismo que había dicho por teléfono:

—Ese dinero que acabo de depositar en el juzgado me lo tienes que devolver —le dije— y si no, me quedo con el coche, tú verás... Habla con ese amigo tuyo que según tú ha pagado las letras y que te lo explique todo bien. Cuando solucionemos este tema, hacemos el cambio de nombre para legalizar como es debido los papeles del vehículo. Ya no quiero más problemas.

—Si te parece, me acompañas a Tráfico y preguntamos qué papeles se necesitan para la tramitación del cambio de nombre —me contestó.

Así lo hicimos y me volví para casa creyendo que el turbio asunto quedaba más o menos solucionado, pero en los días siguientes no recibí ninguna noticia de Ziad. Le llamé varias veces por teléfono y no contestaba. Me acordé de que yo guardaba en una vieja agenda el teléfono de Mari Luz, su última novia, y rebusqué entre mis cosas hasta encontrarlo. Le expliqué a la chica todo lo que me estaba ocurriendo y prometió hablar con él sobre el tema.

A todo esto, casualidades de la vida, me llamó un compañero de Yusef de la OLP (Organización para la Liberación de Palestina) en Madrid. Lo hizo a casa de mi madre, desconociendo que nos habíamos ido a vivir a Gaza. Le expliqué el motivo de mi vuelta y se prestó a ayudarme.

—Si quieres, podemos quedar un día, a ver cómo te puedo ser útil.

Así lo hicimos, y yo aporté a nuestra conversación toda la documentación de la que disponía, para que se cerciorase de la veracidad de los hechos.

—Tranquila, Loli. Le vamos a obligar a que te pague lo que es tuyo —me dijo, indignado por lo que estaba sucediendo.

Pero pasaban los días, incluso semanas, y seguía sin recibir ni una sola llamada por parte de ninguno de los dos. Sin saber muy bien cómo enfrentarme a aquel problema, y tras dieciséis días de gestiones infructuosas, decidí, muy enfadada, irme al primer juzgado de guardia, para denunciar que me habían robado el coche. «Sé quién ha sido —dije—. Es un conocido que vive en esta dirección», y aporté un papel con todos sus datos. Al día siguiente ya estaba localizado y nos llamaron del juzgado tanto a él como a mí.

Nuestro encuentro se produjo en los pasillos y resultó ser un tanto desagradable:

—Loli, pero ¿qué es lo que has hecho?

—Ziad, no me has dejado otra solución. Tienes que pagar lo que me debes, pero estoy perdiendo el tiempo porque te llamo y no me coges el teléfono. Me he visto en la obligación de hacer esto. Tú lo has provocado con tu comportamiento. No me has dejado otra opción.

Entramos los dos juntos a ver al juez, y Ziad explicó lo que había ocurrido contando la verdad. La consecuencia fue que el magistrado se enfadó seriamente conmigo.

—Esto no son maneras de solucionar el problema, señora; a usted no le han robado el coche, ha mentido. Hagan el favor de salir los dos de aquí, y resuelvan este tema fuera.

—Perdóneme, lo siento mucho, pero lo he intentado todo y no había manera de localizarle; estaba en paradero desconocido —le expliqué yo al magistrado, intentando transmitirle mi impotencia.

—Ya, señora, pero así no se hacen las cosas. Usted ha puesto una denuncia de sustracción del coche y estoy viendo que no es cierto. Insisto, arreglen sus diferencias fuera —concluyó.

Salimos y Ziad prometió pagarme la deuda a plazos. Al amigo de la OLP le había dejado un mensaje para que nos encontráramos en el juzgado, y llegó en ese momento justo, con lo que participó en nuestra conversación.

—Loli, has hecho bien —dijo—. Y tú, Ziad, eres el culpable de todo lo que ha pasado. Quiero ser testigo de que te comprometes a pagar lo que le debes. Le ingresarás una cantidad todos los meses, hasta que tu deuda quede zanjada. Si no lo haces, hablaré de este asunto con los miembros de la OLP y, entonces, deberás atenerte a las consecuencias. Vamos a comprometernos los tres a que le pagarás el dinero que le debes.

Respiré aliviada al creer zanjado este asunto que me había traído tantos quebraderos de cabeza. Si no cumplía su palabra, recurriría de nuevo a mi amigo de la OLP. Él había prometido hacerse cargo y obligarle a pagar. Durante los siguientes meses, pude comprobar que Ziad cumplía su compromiso y, por lo tanto, la gestión que me había traído de nuevo a España quedaba zanjada.

Un tema mucho más importante aún era el de mi hija Eva. Una mañana decidí hablar con ella para saber lo que pensaba de nuestro futuro más próximo. La niña estaba cerca de cumplir los diez años y ya disponía de criterio propio; en muchas ocasiones me lo había demostrado.

—Eva, estás de vacaciones, me gustaría que te volvieras conmigo a Gaza y así viviríamos todos juntos. ¿No te parece buena idea?

Mi hija rompió a llorar desconsoladamente.

—Mamá, quédate tú aquí conmigo y con la abuelita, que está sola. Por favor, no te vayas otra vez.

—Pero es que allí están tus hermanas. Podemos hacer una cosa: nos vamos para allá y vemos cómo lo podemos arreglar para volver lo antes posible, pero quiero que estéis juntas.

Eva lloraba abrazada a mí sin decir una sola palabra. Comprendí perfectamente que no se fiaba de Yusef y prefería quedarse en Madrid con su abuela.

Al día siguiente arreglé los papeles ante notario para que mi madre dispusiera oficialmente de un poder tutelar sobre mi hija mientras yo me encontrara ausente, lo que me tranquilizó. Llamé por teléfono a Yusef para ponerle al corriente de todo y pedirle que me sacara el billete de vuelta.

Capítulo 2

Sorprendente noticia

Aquella mañana llamé a mi marido por teléfono. Teniendo en cuenta sus horarios, aproveché la hora más oportuna para hablar con él. Me senté tranquilamente en el salón de la casa de mi madre y marqué el número de mis suegros. El sonido del teléfono me conectó con otro mundo al que yo también pertenecía, pero que en aquel momento me parecía lejano.

—Hola, Yusef, creo que ya está todo solucionado. Ziad me pasará una cantidad que ingresará en el banco todos los meses. Ya hemos puesto el coche a su nombre. También he solucionado lo de Eva para que mi madre no tenga problemas. Ya me puedes mandar el billete de vuelta cuando te parezca.

—Es que aquí ha pasado algo.

—¿Qué ha pasado? ¿Están las niñas bien? —dije con precipitación y nerviosismo.

—No tiene nada que ver con las niñas. Me ha sucedido a mí —contestó con una voz lacónica y tajante.

—¿Estás enfermo?

—No es eso. Me he vuelto a casar.

Me lo dijo fríamente, como quien anuncia que se ha comprado un coche nuevo. A mí el teléfono casi se me cae de las manos, tal fue el impacto que me causó la noticia. Durante unos segundos me quedé muda. De repente, toda mi vida se me pasó por delante de los ojos.

—¿Sabes lo que me estás diciendo? No me lo puedo creer. Me he venido a Madrid unos días a hacer unas urgentísimas gestiones y tú me anuncias por teléfono que te has vuelto a casar. ¿Es una broma? No me lo creo.

—Pues hablo completamente en serio. Me he vuelto a casar y no quiero complicaciones ni jaleos.

Me quedé muerta, esto no me lo esperaba en absoluto. ¿Cómo podía haber actuado así sin yo enterarme de nada? ¿De dónde había salido aquella otra mujer? ¿Quién sería? ¿Cómo y cuándo habían planeado la boda? Pero inmediatamente recapacité. De Yusef me podía esperar ya cualquier cosa. ¿Qué más daba cómo hubiera sido fraguada esa boda? Me acordé entonces de su prima llorando y aconsejándome que no me volviera para España; de los cuchicheos de los vecinos. Empezaba a atar cabos, a comprender. Era otra de sus sucias jugadas.

Recapacité por unos instantes. Lo importante era conseguir traerme conmigo a mis hijas. Mi cerebro funcionaba a una velocidad vertiginosa, pero no me podía quedar devastada, debía reaccionar con celeridad para contraatacar su plan.

—Está bien, me parece estupendo; es tu decisión, pero mis hijas son mías, ¿vale? Soy su madre. ¿Qué piensas hacer? ¿Me las vas a mandar? ¿Las voy a recoger yo allí? ¿Cómo lo hacemos? Me tienes que enviar el billete de avión inmediatamente, porque tú te has quedado con mi dinero; el que queda todavía de mi liquidación.

—No te voy a mandar nada, porque te estoy viendo muy alterada y no vas a venir aquí a crear problemas. Es lo último que quiero en estos momentos.

—Te aseguro que yo tampoco quiero problemas. Voy, recojo a mis hijas y se acabó. Solo quiero eso. Tú, con tu nueva mujer, tendrás más hijos, seguro, no te preocupes.

—No, no te mandaré el billete.

—Yusef, no eres un hombre. ¿Qué pretendes hacer? ¿Por qué no me lo has contado antes de venirme a Madrid? Ahora ya entiendo que sacaras billete solo de ida. Toda la vida me has estado mintiendo, y yo siempre me he fiado de ti, ciega ante tus manipulaciones. Me prometiste el billete y me lo tienes que mandar, por mis hijas.

—De eso nada, yo soy todo para ellas y muy hombre porque tengo dos esposas.

—Perdona, pero no cuentes conmigo. Yo ya no soy tu mujer; me has traicionado, me has engañado de nuevo. Ahora solo quiero recuperar a mis hijas, que me pertenecen.

—Tú verás lo que haces, pero como vengas por aquí, hablo con la policía palestina y atente a las consecuencias. Ya te he dicho lo que hay, me he vuelto a casar y me quedo con mis hijas porque son mías. No te las voy a dar y no las vas a volver a ver nunca como persistas en esa actitud. Así están las cosas.

Iracunda, histérica, desesperada, incapaz de canalizar mi enfado, comencé a gritarle, a insultarle.

—Me has estado engañando y manipulando desde que te casaste conmigo, pero no entiendo cómo has podido tener la poca humanidad de engendrar tres hijas para luego quitármelas. ¿Cómo has podido planear todas estas crueldades? Eres un monstruo.

—Yo no he planeado nada, eso lo dices tú.

—Quiero que me mandes el billete de vuelta, porque todo mi dinero me lo llevé para allá y te lo has quedado tú. Te exijo que con parte de ese dinero me compres el billete y que me dejes traerme a mis hijas conmigo.

Todo esto se lo gritaba llorando, muerta de dolor.

—Ni lo sueñes, olvídate de tus hijas, por el bien de todos.

—Malnacido, no eres un hombre, cobarde, has sido incapaz de decirme a la cara que pensabas volverte a casar.

Sentí de pronto como colgaba el teléfono, dejándome presa del histerismo, con una carga emocional que me podría haber llevado al infarto, con una taquicardia que me impedía la respiración. Mis niñas, mis inocentes hijas, en manos de ese monstruo, tan lejos de mí, y sin que yo pudiera hacer nada por ellas. Eran aún tan pequeñas. Volví a marcar las cifras del teléfono de Yusef y lo contestó de nuevo él, para desconectarlo inmediatamente al escuchar mi voz.

—Loli, ¿qué está pasando? —preguntó mi madre con la angustia reflejada en el rostro.

Había venido desde la cocina, donde se encontraba, al salón, al escuchar mis gritos y mi llanto desesperado. Se lo conté todo atropelladamente, entre sollozos.

—Ahora mismo voy a sacar dinero del banco y me marcho para allá a recoger a mis hijas —le dije sin parar de llorar.

—Tranquilízate. Lo estás viviendo todo muy alterada. La noticia que te ha dado no es para menos, pero tienes que dejarlo reposar. Búscate un buen abogado y resuelve tus problemas con ese malnacido de manera legal. Con él no te puedes andar con tonterías. Te ha amenazado y, si te vas para allá sola, te puede pasar cualquier cosa. Por lo que estamos viendo, es capaz de todo.

Eva había palidecido presenciando la escena desde un rincón del salón, intentando camuflarse, y me observaba con una mirada muy triste.

—No llores, mamá, me tienes a mí —decía, mientras se acercaba y me abrazaba con todas sus fuerzas.

—Con el dinero que tenemos en el banco no hay suficiente para pagar los pasajes de las cuatro —me advirtió mi madre—. Y eso, contando con que, una vez allí, te las puedas traer. ¿Por qué no llamamos a Amelia y le pedimos que nos cuente lo que ella pueda averiguar? Conociendo a este sinvergüenza no me extrañaría que todo fuera una mentira, vete tú a saber con qué oscuras intenciones.

Este planteamiento me pareció razonable. Yusef me había mentido en todo. Hasta se había quedado con mi dinero; con él construyeron la casa en la que vivíamos. Era alguien peligroso y debía tener mucho cuidado. Resolver el problema a través de la justicia parecía lo más sensato.

Al día siguiente, llamé a mi hermana.

—Amelia, estoy en Madrid. He tenido que venirme para solucionar temas burocráticos relacionados con la casa, a punto estaba de perderla si no lo hacía, y cuando he llamado desde aquí a Yusef para contarle todos los pormenores de la gestión y pedirle que me sacara el billete de vuelta, me ha dicho que se ha casado. Mis hijas siguen allí y yo no sé cómo actuar. ¿Tú te has enterado de algo?

Mi hermana se sorprendió enormemente con la noticia. Tampoco se lo podía creer.

—Se lo voy a contar ahora mismo a Mohamed. ¡Qué sinvergüenza es Yusef! ¿Cómo te ha podido hacer esto sin hablarlo contigo antes?

No te preocupes, Loli, vamos a indagar por aquí y te llamaremos en cuanto nos enteremos de algo.

La conversación con Amelia significaba un primer paso, pero no tenía tiempo que perder. Mi meta siguiente era conseguir un buen abogado, que me asesorara del camino a seguir. Pregunté en varios bufetes, pero resultaban carísimos, y el dinero no llegaba para tanto, así que me fui a la Embajada israelí con la intención de explicarles todo lo ocurrido. Un empleado del centro me atendió amabilísimo.

—Siento mucho lo que le ha pasado, pero nosotros no tenemos competencia en los Territorios Ocupados. Vamos a hacer una cosa... —y me apuntó una dirección y un teléfono, que me entregó en un papel.

—Vaya a visitar de nuestra parte a este abogado y él le asesorará, aconsejándole lo que debe hacer.

—Se lo agradezco infinitamente, porque mi problema es que no soy una persona solvente en estos momentos. Mi marido se ha quedado con el dinero que tenía y, al estar recién llegada, aún no he encontrado trabajo. Ojalá fuera rica y pudiera hacer frente a todos los gastos, que, en mi caso, intuyo van a ser cuantiosos.

Capítulo 3

La lucha por recuperar a mis hijas

Nada más llegar de Gaza, me había acompañado mi madre al ginecólogo, alertada por mi extrema delgadez, para que me hiciera una citología y las pruebas que creyera convenientes. Le expliqué mis desventuras allí vividas y él me escuchó boquiabierto, mirándome compasivo. A la semana siguiente fui a recoger los resultados.

—Sigues teniendo muchísima infección. Te voy a hacer una ecografía, que desvelará más datos —y me mandó tumbar en la camilla para embadurnarme con aquel gel, que permitiría al ecógrafo realizar su trabajo correctamente.

—Algunos restos de la bolsa continúan adheridos a las paredes del útero. Parecen cicatrices. ¿Lo ves por la pantalla? Te voy a recetar óvulos y comprimidos para quitarte la infección, a ver si lo conseguimos de una vez por todas. ¿De qué murió el feto?

—No tengo ni idea, no me lo dijeron.

—¿No lo analizaron?

—Si lo hicieron, a mí no me comunicaron nada. Allí las cosas son muy distintas a lo que nosotros estamos acostumbrados. Ya le he contado que me lo sacaron de forma clandestina.

—Bueno, pues vamos a probar con esto, a ver si lo solucionamos.

A la mañana siguiente, llamé a aquel abogado que me habían recomendado en la Embajada israelí y, por teléfono, le puse al corriente de lo ocurrido.

—A mí, que se haya casado con otra mujer me da exactamente lo mismo; lo que quiero es recuperar a mis hijas, es lo único que me preocupa. Por mí, que se case con todas las mujeres que le dé la gana.

Según dice, al ser musulmán puede hacerlo, aunque conmigo se casó por la religión católica, que no permite la bigamia. Para mí, en estos momentos eso es lo que es: un bígamo.

—Voy a estudiar tu caso con tranquilidad. Te espero en mi despacho el lunes a las diez de la mañana y hablamos de todo.

Pasados los cuatro días que me separaban del lunes, y a las diez en punto de la mañana, impaciente y nerviosa, me presenté en la consulta del abogado.

—No sé lo que me piensa cobrar usted, pero en primer lugar debo decirle que en estos momentos mi situación económica es precaria. Dispongo de muy poco dinero. Mi marido, entre otras cosas, se quedó con lo que tenía.

—No te preocupes, no te pienso cobrar nada. Lo importante en este caso es ser lo más operativos posible y conseguir soluciones rápidas, sin dejar transcurrir demasiado tiempo.

Mientras me hablaba, me fijé en el candelabro de siete brazos que reposaba encima de su mesa de despacho y en la fina cadena de oro que colgaba de su cuello con dos talismanes: la estrella de David y la palabra «jai». Más tarde, descubrí que significa «vida» en hebreo. Era la amabilidad personificada y se comportaba conmigo como un verdadero ángel.

—Vamos a escribir una carta a la Embajada española en Israel contando tu caso; a ver qué nos contestan. Debemos conseguir que nos ayuden desde allí.

Me fijé en su cara ya madura, poblada por una espesa y canosa barba, en sus manos cuidadas y expresivas, que hablaban por sí solas, y le agradecí infinitamente con mi pensamiento el interés que se tomaba por mi caso.

—Durante mi estancia allí, he sufrido redadas en dos ocasiones por parte de soldados judíos, en nuestra propia casa. Podrían hacerme el favor de sacar a mis hijas de allí y traerlas conmigo por ese procedimiento.

El hombre descargó una carcajada limpia y sincera al escuchar la solución que yo proponía.

—No es tan fácil, mujer. Hacerlo de esa manera tan brusca sería contraproducente. Debemos utilizar otras formas más ortodoxas.

—El tiempo corre en mi contra —le contesté—. Pasan los días y mis hijas continúan allí, con ese monstruo, con mi suegra y con su nueva mujer. No creo que ella las vaya a tratar muy bien. Estoy destrozada, muy preocupada por las niñas, pobrecitas mías. Necesitan mi protección y mi amor, y cada día que pasa mi angustia va en aumento.

—Ten paciencia. No consigues nada desesperándote. Ve rehaciendo aquí tu vida poco a poco y deja este asunto en mis manos. Ya has hecho todo lo que buenamente has podido: has hablado con tu hermana, yo me estoy haciendo cargo de la parte legal; no hay nada más por el momento. Bueno, sí, tener paciencia, aunque sé que eso te va a resultar difícil, pero debes intentarlo por tu bien y por el de tus hijas.

Mi incertidumbre crecía por momentos, y mi angustia también. Por las noches no podía dormir. Cerraba los ojos y visualizaba a mis hijas corriendo por el patio de los limoneros. Había pasado demasiado tiempo. Debían de estar muy cambiadas físicamente. Me angustiaba pensar que si seguían pasando los meses se olvidarían de mí.

La incertidumbre se instaló en mi ánimo. Esperaba impaciente la llamada de Amelia y por fin se produjo:

—Loli, es verdad, se ha casado. Por lo que cuentan en el pueblo, su madre llevaba tiempo buscándole una nueva esposa. Es doctora en medicina, pediatra, y tiene treinta y tres años.

—Pero ¿cuándo se la ha buscado? Yo no me he enterado de nada.

—Porque lo hacía a espaldas tuyas, pero por lo visto llevaba meses tramitándolo.

—Ahora me explico muchas cosas: el llanto de una de sus primas, que ellas me dijeran que me quedara, los cuchicheos de la gente a mis espaldas... ¿Has podido ver a mis hijas?

—No, porque yo no he ido a Jabalia. Ha sido Mohamed el que ha estado indagando y yo te estoy explicando lo que él me ha contado.

—¿Podrías ir a verlas? Por favor...

—Me tendría que llevar Mohamed, ya sabes. Si estando tú allí hemos ido tan solo dos veces, ahora que ya te has marchado, no creo que acceda. Pero te digo una cosa: como me encuentre a tu marido, se puede ir preparando. Le voy decir todo lo que pienso de él y estoy segura de que no le va a gustar. Qué malnacido. Eso no se hace, es una mala persona.

—Amelia, tengo muchas esperanzas puestas en ti. Estoy muy preocupada por el estado de mis hijas. No sé cómo se encuentran, y eso me produce una intranquilidad que me quita el sueño. Permanezco noches enteras en la cama sin dormir, carcomida por el insomnio y la preocupación.

—No te angusties tanto, Loli. Piensa que son crías y no se dan tanta cuenta de las cosas como nosotros. Su padre y sus abuelos no creo que las maltraten. Preguntarán por ti seguramente, pero supongo que estarán bien. De todas formas, no te preocupes. Le voy a pedir de nuevo a mi marido que se pase por allí, a ver lo que descubre.

—¡Cómo te lo agradezco! ¿Estás segura de que Yusef se ha casado? Me cuesta tanto creerlo...

—Completamente segura. Su madre iba diciendo por el pueblo que quería para su hijo una mujer estudiada, que además fuera doctora, porque él también lo es, y árabe, no como tú, que eres extranjera.

—Es increíble que hayan podido jugar de esta manera conmigo. Necesito traerme a mis hijas.

—Ve mirando cómo lo puedes gestionar desde allí. Que vengas tú y te las puedas llevar me parece casi imposible. Es capaz de hacerte cualquier cosa, y ya sabes que aquí la ley protege a los hombres.

—Está bien, Amelia, no me queda otra solución. Iré buscando trabajo y esperaré la respuesta del abogado. Muchas gracias, hermana.

—En cuanto me entere de cualquier noticia relacionada con las niñas, te llamaré para contártela.

Colgué el teléfono, hundida, y me metí en la cama a llorar. La voz de mi hija Eva me devolvía a la realidad. Debía seguir adelante por ella y por mis otras tres hijas. Ellas esperaban que las rescatase de las garras de su despreciable padre.

Desde que Yusef me comunicó que se había casado, yo inicié todas las diligencias para poder traerme a mis hijas. Siempre pensé que el problema se solucionaría en cuestión de días. Forzaba a todos mis contactos para que actuaran con la mayor celeridad, e incluso yo misma estaba en una situación provisional. No acababa de asentarme en casa de mi madre porque pensaba que de un momento a otro tendría que volver a Gaza, pero, por otra parte, las gestiones se dilataban en el tiempo e iban pasando las semanas y los meses.

Sin embargo, un hecho objetivo me hizo aterrizar: no tenía dinero y lo necesitaba para lograr traer a mis hijas y para mantenerme a mí misma. Eva tenía su pensión de orfandad, pero yo debía encontrar la manera de subsistir.

A partir de entonces, gran parte del día lo dediqué a buscar trabajo. Desde que llegué me había instalado en casa de mi madre y puse mi piso en alquiler para sacar algo de dinero e ir tirando. Mi hermano continuaba con la cerrajería heredada de mi padre y decidí ayudarle allí por las mañanas, trabajando en la oficina; solo le pedí que me pagara lo que buenamente pudiera. Por las tardes me apunté en una academia para retomar mis estudios, que mi madre había truncado cuando yo tan solo tenía catorce años. Allí me saqué mi título de Graduado Escolar. Además, compaginaba estas clases con otras en la Escuela Oficial de Idiomas, donde estudiaba árabe. Sabía que me podía venir muy bien en todo este proceso de intento de recuperación de mis hijas. Entre lo que sacaba del alquiler del piso y lo poco que me daba mi hermano iba tirando y pagaba mis clases.

Mi tía Maruja seguía viviendo encima de nosotras, en el piso que compartía con mis abuelos, y yo subía asiduamente a contarle mis penas; era mi paño de lágrimas. Un día recibimos la visita de mi tía Amelia, otra hermana de mi padre, que venía acompañada por su hija Teresa y otra amiga. Comenzamos a hablar y lloraron conmigo mis penas y angustias.

—Loli, necesitas cambiar el chip, y lo primero, para conseguirlo, es una transformación física. Tienes que arreglarte más, mejorar tu imagen. Pareces un adefesio, con ese pelo lacio sin ninguna gracia y esa ropa tan anticuada. Vive, y deja que el tiempo solucione lo de tus hijas. Tu sufrimiento no va a conseguir devolvértelas, ¿no lo comprendes? Debes distraerte y estar fuerte para seguir luchando por ellas. Si caes enferma, ya no podrás hacer nada, pero si te cuidas y resurges de tus cenizas, las podrás ayudar mejor. Hazme caso, que soy vieja y tengo experiencia. Hija, yo solo quiero tu bien —me aconsejaba mi tía, y yo escuchaba sus palabras como si fueran dirigidas a otra persona.

—Eso es fácil decirlo, tía, pero yo no me encuentro con ganas de nada.

Mi prima Teresa también me daba ánimos, dedicándome frases alentadoras y consejos positivos, que yo oía pero apenas escuchaba. Sin embargo, esas reuniones con ellas me hacían mucho bien. Significaban un bálsamo para mi corazón, que estaba en carne viva. Alguien se preocupaba por mí e intentaba ayudarme. Resultaba muy alentador.

Una mañana recibí la llamada del abogado con nuevas noticias. Le había llegado la respuesta de la Embajada, pero sin resultados positivos. La situación era complicada, porque las niñas se encontraban en la zona de refugiados palestinos e Israel no tenía competencias jurídicas en ella. El abogado me aconsejó coger un letrado en la zona de Gaza y tramitar el asunto desde dentro, pero para eso me tenía que trasladar de nuevo a vivir allí, y necesitaba dinero.

—Ya que me confiesas no disponer de bienes económicos, te aconsejo que te vayas a la plaza de Castilla y solicites en los juzgados un abogado de oficio. Le dices que quieres conseguir la anulación eclesiástica de tu matrimonio, y con ella en la mano, conseguirás fácilmente una sentencia que te concederá la custodia de las niñas. Luego puedes pedir el divorcio sin ningún problema.

Así lo hice y, al mismo tiempo, ayudada por aquel buen hombre judío, le escribí una carta a un abogado de Gaza que él conocía, explicándole todo lo sucedido. Cuando este me contestó, ya estaba en marcha mi nulidad eclesiástica. Visitaba mucho por aquella época la calle de La Pasa, donde se encontraba la sede episcopal. Por allí fueron pasando familiares y amigos míos, a los que citaba la Iglesia como testigos: mi tía Maruja, mi hermano Pepe... Iban desfilando uno por uno, entrando en el despacho del juez eclesiástico, para ser sometidos a un exhaustivo interrogatorio. Al mismo tiempo, desde aquí, mandaron un escrito a la sede eclesiástica de Jerusalén para que citaran allí a Yusef a declarar. Pero el padre de mis hijas mandó por respuesta una carta en la que alegaba que él se encontraba en una zona conflictiva y le resultaba difícil trasladarse a Jerusalén. No me podía esperar menos de él. Como siempre, manipulando las situaciones. Pero, en esta ocasión, no le sirvió de nada. En Gaza existe una sola iglesia católica y de Jerusalén trasladaron el expediente de Yusef a ella, con un cuestionario de preguntas que debía responder. Su coartada no le había funcionado.

Durante todo el tiempo que duró este proceso, algo más de un año, nació una bonita amistad entre el juez eclesiástico y yo, que me hablaba como a una hija, y me explicaba las cosas tal y como eran en realidad, sin engañarme con infundadas esperanzas.

—Mi mayor preocupación es el estado de mis hijas. Necesito traérmelas cuanto antes a España conmigo. Gaza no me parece un lugar adecuado para su formación, y menos estando tan lejos de su madre —le confiaba angustiada y llorosa.

—Pero el hecho de que consigas la nulidad eclesiástica no implica que te vayas a poder traer a tus hijas a España.

—Por Dios, no destruya las únicas esperanzas que me quedan. El abogado me dijo que, una vez conseguida la nulidad eclesiástica, sería más fácil conseguir la custodia de las niñas y traérmelas para acá.

—Debes ser realista, Loli, el asunto está complicado. Yo te aconsejo que, aprovechando que tu hermana vive allí, hagas un viaje y compruebes por ti misma cómo está todo. Te alojas en la casa de Amelia y, a escondidas, verificas cómo se encuentran las niñas y las posibilidades que tienes de sacarlas de allí. Nosotros, en un momento dado, te podemos ayudar desde Jerusalén, pero nunca desde Gaza. Consigue llevarlas a Jerusalén y entonces sí podremos actuar en tu favor.

Su pelo blanco, su mirada firme e incluso el alzacuellos que vestía con un traje negro le proporcionaban un aspecto solemne. Sus palabras para mí eran dogma de fe. Pero ¿cómo iba a conseguir llevar a mis hijas hasta Jerusalén? Resultaba prácticamente imposible.

Entre unas cosas y otras, llevaba ya en Madrid más de año y medio, de noches en vela y días eternos. Mi hermana Amelia no me había vuelto a llamar. Al hacerme el juez eclesiástico estas recomendaciones, fui yo la que la telefoneé a ella.

—Hola, Amelia, soy Loli. He estado esperando durante mucho tiempo tu llamada. Te puedes imaginar que sigo muy preocupada por la falta de noticias.

—Lo siento, Loli, pero estamos construyéndonos la casa y no tengo tiempo de nada. Me paso el día trabajando.

Qué tranquila fue siempre Amelia. Yo no sabía si echarle la culpa de su pachorra a la genética o a que Mohamed no la dejaba meterse en jaleos, o por miedo a las represalias de Yusef... Lo cierto es que no me estaba ayudando en absoluto.

Le puse al corriente de los últimos pasos que había realizado y le seguí contando:

—El juez eclesiástico me ha aconsejado ir allí. Yo necesito ver a mis hijas —y rompí a llorar, presa una vez más de la desesperación.

—Oírte llorar de esta manera me parte el corazón, querida hermana. Tranquilízate, mujer. Entre todos encontraremos alguna solución, ya lo verás.

—¿Sabes algo de ellas?

—Me ha dicho Mohamed que están bien.

—¿Pero las ha visto?

—No lo sé.

Esa tranquilidad de Amelia me desesperaba, pero la conocía así desde niña y sabía que no iba a cambiar. Era inútil discutir.

—Bueno, Amelia, te voy a contar mis planes. Cuando se casó mi cuñada Saira, que fue en el transcurso de mi primera visita a Gaza, la madre de Yusef me regaló dos pulseras de oro. Las voy a vender para comprarme el billete, pero necesito alojarme en tu casa. Consúltalo con tu marido, a ver qué opina.

—Está bien. Se lo preguntaré.

En mi siguiente visita a la sede episcopal, le comuniqué mi decisión al juez eclesiástico.

—Le he hecho caso y este verano me voy a Gaza. Me instalaré en casa de mi hermana.

—Me parece una decisión estupenda, muy acertada. Llámame a tu vuelta y me cuentas todo, a ver qué se puede hacer. ¿Estás contenta?

—Contenta, nerviosa y emocionada. Por lo menos las voy a ver después de tanto tiempo. Lo necesito tanto; pronto hará dos años de lucha constante por recuperar a mis hijas.

Aún faltaban algunos meses de espera hasta realizar el viaje programado, y yo continuaba sumida en la desesperación. Mi prima Teresa pretendía tirar de mí, animándome a salir con ella y sus amigas, pero yo no me encontraba con fuerzas. La depresión se había cebado en mí y me mantenía inmovilizada. Sin embargo, una mañana Teresa y Paquita, otra conocida de la familia, vinieron a buscarme para llevarme a la peluquería.

—Venga, Loli, no admito disculpas —insistía entre bromas y veras—. Quiero que te cortes, de una vez por todas, esa melena tan anticuada que llevas y que, además, te den algunos reflejos en el pelo. La cara es el espejo del alma, y tú con esas pintas no puedes andar por la vida. Como que me llamo Teresa que yo consigo transformarte. Vas a ver como luego te sientes mucho mejor.

Casi a la fuerza me cogieron entre las dos y me llevaron, primero a la peluquería y más tarde de compras. Bromeaban conmigo; en los probadores de las distintas tiendas me pusieron todo el muestrario de temporada, hasta dar con lo que, según ellas, me favorecía más. Consiguieron hacerme sonreír. A mis veintinueve años parecía un espectro y, viéndome en el espejo del probador con mi nuevo peinado y esa ropa actual, me sentí otra mujer. Realmente habían transformado solo mi aspecto físico, pero noté cómo este se reflejaba también dentro de mí.

—Y ahora nos vamos a tu casa, porque te quiero maquillar. Voy a hablar con tu madre para que esta noche te deje salir un rato con nosotras.

—¡Qué cosas dices, Tere! Conoces a mi madre perfectamente y sabes que eso es imposible. Nunca me dejará, y además va a montar en cólera. Es lo único que conseguirás. No te lo aconsejo.

—Loli, tú no tienes que hacer ni decir nada. Déjalo de mi parte, verás como la convenzo.

«Qué ingenua es Tere», pensé. Y llegamos a mi casa, donde nos recibió mi madre muy afectuosa con mi prima.

—Hola, tía Lola. ¿Has visto qué guapas estamos? Venimos de hacer compras. Mira qué cambio ha dado Loli, ¿a que parece otra? La pobre estaba como una momia. Venga, invítanos a un cafetito, anda.

—Sí, hija, eso está hecho. Pasad, pasad.

—Hemos pensado que Loli tiene que salir un poco. No se puede quedar aquí encerrada, muerta en vida. Habíamos planeado llevarla de paseo esta noche un ratito. ¿A que es buena idea?

—No sé. Loli ya es madre y no sé si debe salir por ahí, como si fuera una mujer sin obligaciones. Además, yo también tenía planeado salir. Lo que no he disfrutado con mi marido lo quiero vivir ahora, que todavía soy joven.

—Pues claro que sí, tía, hace muy bien. Si no te importa, hoy sale Loli y otra noche lo puedes hacer tú. Os podéis turnar; un fin de semana que salga Loli, y al siguiente tú. ¿Qué te parece?

—Es buena idea.

Yo no daba crédito. Mi madre consentía en que yo saliera, y además ella también iba a hacer vida nocturna.

Con esos planes, comenzamos una nueva etapa, mucho más lúdica que la anterior. Yo salía algún sábado con Teresa y con Paqui, y mi madre lo hacía al siguiente, llegando a casa más tarde de la una de la mañana, cosa que me parecía estupenda. ¿Por qué no se iba a divertir la mujer también? Ambas nos íbamos rotando para quedarnos con Eva. Asistía con sus amigas a un baile que se llamaba «La Carroza» y hasta conoció a un hombre con el que más tarde entablaría una relación más o menos seria.

Mi cambio de vida fue positivo. Yo no dejaba de pensar en mi único objetivo, que era recuperar a mis hijas, pero el hecho de no estar siempre encerrada y triste en casa me permitió afrontar la situación con más vigor.

Teresa, Paqui y yo salíamos a menudo juntas por el centro de Madrid. Paquita conocía a muchos relaciones públicas de discotecas, que nos invitaban a tomar copas; resultaba divertido y distinto a todo lo que yo había vivido anteriormente. Los chicos que se me acercaban siempre me preguntaban lo mismo:

—¿Y tú vienes con estas chicas?

—Sí.

—No pegas nada en el grupo. Ellas tan extravertidas, y tú, todo lo contrario, como dejándote llevar. Se te ve fuera de contexto.

Y era cierto. Iba muy despistada. Desconocía por completo el mundo de la noche y salía intentando aparcar por unos instantes el terrible dolor que me provocaba la ausencia de mis hijas.

Un sábado en que mi madre había salido estábamos Eva y yo sentadas delante del televisor. Le dije:

—Voy a ir a Gaza a ver a tus hermanas.

Súbitamente dejó de mirar la tele y su carita cambió de expresión, con el miedo reflejado en sus ojos.

—Mamá, pero no te vas a quedar allí, ¿verdad? ¿Te volverás conmigo?

—Eva, lo que yo quiero es que estéis todas juntas. Voy a hacer todo lo que esté en mi mano por conseguirlo y traérmelas para acá.

Se me quedó mirando fijamente mientras dos lágrimas, como dos diamantes, brotaban de sus ojos.

—Hija, ¿qué te pasa?, ¿por qué lloras?

—Porque siempre le he pedido a Dios que estuvieras conmigo, y yo creo que por eso ha pasado todo.

Me conmovió tanta inocencia y me puse a llorar con ella, abrazándola contra mi pecho.

—Mamá, siempre pensaba que ellas tenían mucha suerte por tenerte a su lado, y yo no era tan afortunada. A lo mejor, por mi culpa, ha pasado todo esto.

—Que no, mi amor. Es el destino quien hace y deshace. Ni tú ni yo tenemos mucho que ver en ello. Tranquilízate, cariño.

—No quiero volver a perderte. Quédate aquí ya, para siempre. Por favor, mamá.

Capítulo 4

Regreso a Jabalia

Cuando ya tenía el pasaje de avión que me devolvería a mi infierno particular, donde debía intentar por todos los medios rescatar a mis hijas, o al menos comprobar la situación en la que se encontraban, llamé a mi hermana Amelia para que ella y su marido me fueran a buscar al aeropuerto. Acordamos que me esperarían en la aduana, en el paso fronterizo de Eretz, hasta donde yo debía llegar en un taxi. Y así lo hicimos.

Dos años atrás había salido de estos territorios casada y esperando volver a ver a mis hijas en un corto periodo de tiempo. Entonces nunca imaginé que volvería a ellos desesperada.

Mohamed me esperaba solo y me alargó la mano a modo de saludo. Nos subimos a su coche y me condujo hasta Beit Hanún, donde ellos vivían aún en la casa de sus padres (todavía no habían finalizado las obras de la vivienda nueva que se estaban construyendo). El viaje fue corto y triste, sin casi pronunciar palabra ninguno de los dos, por aquel camino pedregoso que yo tan bien conocía ya. Llegamos por fin a la casa. Amelia estaba esperándonos en la puerta con los niños. Durante un segundo nos miramos. Nunca me atreví a preguntárselo; sin embargo, en ese breve espacio de tiempo desde que bajé del coche hasta que la abracé, creo que las dos pensamos en lo mucho que había cambiado nuestra vida y lo mucho que habíamos sufrido desde aquel día en que conocimos a Mohamed en la Gran Vía de Madrid. Pero en ese momento no nos dijimos nada. Nos abrazamos como siempre con mucha ternura y, tras los primeros saludos, le pregunté:

—Hermana, ¿cómo vamos a dormir?

Ellos seguían todos juntos en aquella diminuta habitación y resultaba increíble que cupiera alguien más.

—No te preocupes, nosotras dos dormiremos en la habitación con los niños y él ya se las arreglará. Que duerma donde quiera.

—Qué vergüenza, Amelia, ¿cómo voy a echar a Mohamed de su propia cama?

—No pasa nada, será por poco tiempo. Tú no te preocupes.

—¿Dónde está el servicio?

—En el patio.

—Pero, Amelia, ¿cómo puedes vivir en estas condiciones?

—La casa nueva está a punto de terminarse y cuando nos mudemos todo será distinto. Allí tendremos hasta ducha.

—Me siento un poco incómoda y sudada del viaje. ¿Dónde me puedo lavar?

El calor era insoportable, pegajoso.

—Ahora entro yo contigo y te preparo el barreño.

Y acto seguido me hizo pasar a una cuadra en la que tenían un pozo con una bomba de agua que funcionaba con gasolina. Me indicó que me pusiera de pie dentro del barreño y ella me fue echando por la cabeza cubos de agua templada. Yo me enjaboné de arriba abajo y, cuando terminé con la operación limpieza, le pedí de nuevo a Amelia que me aclarara, utilizando el mismo sistema de antes, cubo va, cubo viene. Me dio mucha pena de ellos. La mayoría de los palestinos vivían en unas condiciones infrahumanas y con ninguna esperanza de que eso pudiera cambiar. No sucedía en sitios concretos, pues prácticamente la pobreza se cebaba con toda la población. Por lo que yo había podido comprobar, sufrían de igual manera todo tipo de miserias y carencias.

El agua me recuperó el ánimo. Una sensación agradable me invadió; presentía la cercanía de mis hijas. Sabía que muy pronto las iba a ver, y eso me inundaba de felicidad, a pesar de tanta circunstancia adversa. Ni siquiera pensaba en el peligro que podíamos correr. Mis sentidos se alertaban únicamente por la presencia cercana de mis niñas.

—Loli, así no puedes andar por aquí. Quítate la ropa que traes y ponte esta. Ni mi suegra ni mis cuñadas consentirían que fueras así vestida —me avisó Amelia mientras me entregaba una de sus chilabas.

Le hice caso inmediatamente, sin rechistar, y una vez más, vestida de palestina, brotó un rechazo visceral en lo más hondo de mi corazón. Cuando yo veía en España una musulmana con pañuelo, no le obligaba a que se lo quitara. ¿Por qué ellas me imponían a mí que me lo pusiera? «Otra vez así no, por favor, no puedo», pero pensé en mis hijas y me recompuse. Saqué de la maleta todos los juguetes que traía para mis sobrinos y las dos nos unimos de nuevo al grupo familiar, que esperaba nuestra llegada en el patio (el suelo era de arena y parecía que estábamos en la calle). Los niños se entusiasmaron con los juguetes: el chico chutando el balón y las niñas mirando embelesadas las muñecas de cabellos rubios, que movían sus ojos azules de arriba abajo. Vecinos y familia se habían reunido, como era tradicional, para darme la bienvenida, y yo, sonriente y despreocupada en apariencia, tomé el té con ellos y conversé en árabe, tratando de corresponder a su cordial hospitalidad. Así pasamos la tarde, hasta que conseguí hacer un apartado con Amelia para preguntarle lo que a mí me interesaba, el asunto por el que yo había regresado a Gaza: ¿cómo y cuándo iríamos a ver a mis hijas?

—Ahora, cuando llegue Mohamed, lo hablamos todo con él —me contestó Amelia.

—¿No las habéis visto vosotros en todo este tiempo?

—Yo no, pero Mohamed dice que sí. Según me ha contado, están bien, no te preocupes.

—Amelia, a veces no te entiendo. ¿Por qué no has ido a verlas? Eres su tía, y supongo que no te iban a negar que las visitaras.

—Compréndelo, Loli, y no me juzgues a la ligera. Hemos estado muy liados con el tema de la casa y Mohamed no ha tenido tiempo de llevarme.

Después de dos años, pensé yo. ¡Dios bendito!

—A ver si ahora nos va a decir lo mismo, que está muy liado y no nos lleva —le contesté cargando el tono de mi voz con toda la ironía de la que fui capaz.

No entendía el comportamiento pasivo de mi hermana. Se trataba de sus sobrinas, de su sangre.

—Yo he venido para verlas y pretendo hacerlo todos los días. Si me hacéis el gran favor de llevarme vosotros, al menos el primer día, os lo agradeceré infinitamente, y luego que me indique Mohamed dónde se cogen los taxis y ya podré ir yo sola.

Así planificábamos Amelia y yo la estrategia a seguir, cuando llegó mi cuñado y se unió a nuestra conversación.

—No te preocupes, mujer, que ya te llevo yo todos los días.

—Pero Mohamed, eso no puede ser, porque yo he venido con billete de ida y vuelta, para permanecer aquí un mes, y no puedo permitir convertirme en una carga para vosotros. Señálame, por favor, dónde está la parada de taxis, y así dispondré de más independencia. Los primeros días os agradezco muchísimo que me acompañéis, pero los siguientes ya me parecería un abuso por mi parte, con todo lo que vosotros tenéis que hacer a diario.

A la mañana siguiente nos pusimos en camino, sin una idea concreta de cómo actuar. Y Mohamed propuso:

—Tú no tienes nada que ocultar, no has hecho nada malo. Llama directamente a la puerta, y a ver cómo reaccionan.

—Mohamed, pero es que me da miedo, no sabes cómo son. Hace dos años que no sé nada de ellos, desde que Yusef me dijo por teléfono que se había casado con otra mujer.

—Debes salir de dudas, Loli. A partir de ahí vas a comprobar si puedes estar con tus hijas o tienes que verlas a escondidas.

Llegamos a la puerta de la casa. El corazón se me salía del cuerpo. Los recuerdos, tan dolorosos, se acumulaban en mi cerebro, haciendo que el miedo se apoderara de mí y me sometiera a un sufrimiento atroz. Mi inseguridad era total, absoluta, salvaje, destructiva. ¿Cómo me verían ellos, que me sujetaron uno de cada brazo para impedir que cayera al suelo desvanecida? La tensión nerviosa era extrema.

—Tranquila, Loli. Los dos estamos a tu lado. Vamos a entrar contigo. Nada te puede pasar.

Estas palabras de Mohamed reconfortaron algo mi ánimo, pero aún me encontraba retraída, sin atreverme a actuar. Las ganas inmensas de ver a mis hijas lograron el milagro, y mi mano derecha tocó el timbre de la puerta principal. Esta se abrió en pocos segundos, dejando aparecer la figura de Ama Yusef. La cara de extrañeza que puso era indescriptible; abrió los ojos como si se encontrara en pleno apocalipsis, y su boca lanzó una exclamación de infinita sorpresa al vernos allí a los tres, en la puerta, ante ella.

—¡Ahhhhh! Sois vosotros. Ama Ali, estás por aquí —dijo con un leve tartamudeo.

—Sí, mi hermana ha venido a visitarnos —contestó Amelia— y, claro, querríamos ver a las niñas.

A mí me seguían temblando las piernas y mis acompañantes continuaban sujetándome, con una fuerza disimulada, por los brazos. Mi suegra no había cambiado en absoluto; sin embargo, yo, durante los dos últimos años, había madurado un rencor infinito hacia ella. Allí, ante mis ojos, estaba de nuevo mi enemiga.

—Sois bien recibidos. Pasad a tomar té con nosotros —contestó ya serena, con esa hipocresía que yo sabía detectar en su mirada.

Sus palabras sonaban como si nos hubiéramos visto el día anterior. ¡Qué poder absoluto de recuperación demostró tener esta mujer!

—¿Está Yusef? —preguntó Mohamed.

—No, hijo, está en la universidad y llegará tarde porque cuando salga tiene que llevar a su mujer a hacerse una ecografía. Está embarazada de siete meses.

La noticia no me sorprendió, era de esperar.

—Pues entonces prefiero quedarme por el pueblo haciendo unas cosas, y más tarde os vengo a recoger —contestó mi cuñado.

Y así lo hicimos. Nosotras dos seguimos a mi suegra, que nos condujo hasta el salón de las colchonetas. Dispuestas a sentarnos, como siempre, en el suelo, de pronto dijo ella:

—No, espera, que te saco una silla. Así estarás más cómoda.

—No se preocupe, me da lo mismo —le contesté.

Con la cantidad de veces que me había sentado yo allí, en el suelo, ahora venía con protocolos. Pero Amelia le dijo sonriendo:

—Muy bien, muchas gracias, y si no le importa, me trae a mí otra.

Comenzaron a pasar por allí Asima, mi suegro, saludando tímidamente; se les notaba avergonzados, y yo empecé a sentirme más segura. Oí voces de niños en el patio de los limoneros. Eran los hijos de mi cuñada, pero con ellos jugaban tres niñas lindísimas. Eran mis hijas, que asomaban sus cabecitas tímidamente por la puerta del salón donde nos encontrábamos.

—Pero si tú eres Hanna, que yo te conozco. Y tú Soraya... Y ¿dónde está Fátima, que la quiero ver?

Unas lágrimas de emoción inundaban mis ojos queriendo escapar de ellos, pero me resistí, luchando con todas mis fuerzas por no llorar, por parecer serena y relajada para no asustarlas, para darles una imagen limpia y alegre. Ellas se lo merecían, y yo no les podía fallar. Habían sido dos largos años de espera, apartadas de su madre, y allí estaban los amores de mi vida, por los que tantas lágrimas de angustia y desesperación había derramado. Hanna y Soraya corrieron en busca de Fátima. Estaban cambiadas, altas, preciosas. La mayor se me acercó mirándome fijamente a los ojos.

—¿No te acuerdas de mí, cariño? Soy mamá —y la niña alargaba su manita y me tocaba la cara.

—He venido desde España a veros, y os traigo muchos juguetes —y al oír lo de las muñecas, comenzaron a acercarse las otras dos.

—¿Dónde están? —dijo Soraya.

—Los tengo en casa de la tía Amelia, pero otro día os los traeré, ¿queréis?

—¿Vas a venir otro día a vernos? —me preguntó de nuevo Soraya, que era la única que me hablaba.

Las otras no me reconocieron. Eran demasiado pequeñas cuando me fui. Una inmensa tristeza me volvió a asolar al comprobar que era una perfecta extraña para mis hijas.

—¿Por qué no te quedas con nosotras?

—Aquí no me puedo quedar, cielito.

Mi suegra y Asima trajinaban en la cocina, quizá para propiciar la intimidad de aquel primer encuentro con mis hijas, pero después de un rato aparecieron en el salón portando la bandeja con el té.

—Ahora vamos a tomar el té los mayores. ¿Por qué no os vais al patio a jugar?

Y las niñas obedecieron entre saltos y risas. Me tranquilizó enormemente ver que se encontraban en perfecto estado, sanas y alegres.

No habíamos comenzado a tomar la infusión cuando aparecieron

Yusef y su esposa, embarazada, una mujer de aspecto serio y facciones maduras, tapada casi por completo. Me habían dicho que tenía cinco años más que yo, pero se la veía envejecida, como a la mayoría de las mujeres musulmanas.

—Hola, hijo, mira quién está aquí. Ha venido a ver a las niñas. Se queda en casa de su hermana.

Yusef, tenso y sorprendido, me alargó la mano a modo de saludo y le dijo a su mujer: «Mira, es la madre de mis hijas». Lo mismo hizo ella, me alargó la mano mirando hacia el suelo (en ningún momento alzó su mirada), saludó asépticamente y se metió hacia quién sabe dónde. Sin embargo, Yusef se unió a nuestro grupo.

Le encontré cambiado, envejecido, con la mirada aún más dura que cuando yo me fui. Se dirigió a mi hermana, tratando de disimular su desconcierto:

—Amelia, ¿dónde se ha quedado tu marido?

—Como tú no estabas, se ha ido a arreglar unas cosas.

Por fin se atrevió a dirigirse a mí. Su voz era firme, pero su frente estaba bañada en sudor.

—Y a ti, Loli, ¿cómo te ha dado por venir?

—Yusef, necesitaba ver a mis hijas —le contesté clavándole una mirada reprobadora.

Le odiaba. Le odiaba. Le odiaba. Me había destrozado la vida. Era mi verdugo y el de mis hijas. No podía remediar tener estos pensamientos, aunque sabía que ese sentimiento era devastador y negativo. Durante el tiempo que había estado fuera había imaginado muchas veces esta situación y siempre me decía a mí misma: «Mantén la calma. Solo con la templanza podrás vencer».

—Tú puedes llamarlas por teléfono cuando quieras.

—No lo sabía. Ocurrieron cosas que me confundieron tanto... He estado perdida, sin saber cómo actuar.

Suavicé la contestación todo lo que pude. No era el momento de discutir. Mi propósito distaba mucho de ser ese. De mi diplomacia dependía el poder disfrutar de mis hijas, al menos por unos días.

—¿Cuánto tiempo te vas a quedar aquí?

—Un mes.

Se quedó pensativo unos segundos.

—Si quieres pasar más tiempo con las niñas, te puedes quedar aquí con ellas, en la habitación de abajo, que es donde duermen las tres.

—Te agradezco mucho el ofrecimiento. Estoy ansiosa por tenerlas a mi lado y eso estaría muy bien.

Accedí sin pensarlo dos veces, impulsada por las ganas inmensas que tenía de ellas, de su presencia, de sus palabras, de su olor, de saber en primera persona cómo se encontraban realmente, e intentar, al mismo tiempo, sacarlas de allí de alguna manera.

Descubrí, horas más tarde, que habían ampliado la vivienda, construida con mi dinero, de encima de la farmacia, y Yusef y su esposa hacían allí la vida. La relación entre las mujeres de la casa no debía de ser óptima, ni muchísimo menos. Mis hijas dormían en el piso de abajo, cerca de los abuelos, que eran los que se hacían cargo de ellas.

Capítulo 5

El reencuentro con mis hijas

Esa noche me fui con Amelia y Mohamed, para recoger mi maleta y los regalos, e instalarme con mis hijas en la casa de Yusef. Mientras preparaba el equipaje, Amelia me iba dando algunas recomendaciones.

—Loli, no te creas nada de lo que te diga Yusef, ni te fíes de él en absoluto. Es un lobo que a veces se pone piel de cordero, lo sabes tú bien por experiencia. Ya que has dado el paso, no te eches para atrás. Hazme caso, hermana, por favor.

—No te preocupes, Amelia. Voy a tener mucho cuidado, te lo prometo. Lo único que quiero es ver la manera de sacar a mis hijas de allí y estar con ellas. Voy a luchar con uñas y dientes para llevármelas a España. Estos días estudiaré la manera de conseguirlo.

—Es que me da mucha rabia. Qué ciega has estado. En el pueblo se dice que cuando construyeron con tu dinero la nueva casa encima de la farmacia, ya lo hacían con vistas a la siguiente boda. Te han hecho mucho daño, Loli, y te han engañado en todo. No te dejes embaucar de nuevo, por Dios te lo pido. Te va a llevar Mohamed, y si te ocurre cualquier cosa, sales corriendo de la casa, te coges un taxi y vuelves aquí inmediatamente. ¿De acuerdo?

—Que sí, Amelia, no te preocupes.

—Dos días antes de que te vuelvas para España, Mohamed irá a recogerte. Quiero que salgas de mi casa al aeropuerto. Aquí has venido y de aquí debes salir.

—Está bien, como tú digas.

Cuando las niñas recibieron las muñecas se volvieron locas. Gritaban, se reían, se las querían cambiar las unas a las otras, las ponían a andar. Era una fiesta ver cómo disfrutaban con los juguetes.

—Bueno, niñas, ¿cómo vamos a dormir? —les pregunté mientras jugaba con ellas.

—Tú, en el medio de las dos —dijo Soraya—, y Fátima en su cuna.

—¡Yo quiero estar a tu lado! —gritaban las tres.

Me sentía flotar, rodeada de mis hijas, embriagada por su cariño, por su contacto, por su olor. Aquello era la felicidad.

La noche fue agitada. Extrañaba la cama, las niñas no paraban de moverse y, además, la emoción del encuentro y de la cercanía con ellas no me dejó dormir bien. A la hora del desayuno salimos las cuatro al patio de los limoneros y allí descubrí que se habían producido cambios sustanciales en el día a día de la familia. Asima ya no bajaba a desayunar con sus padres, porque la relación con la nueva mujer de Yusef debía de ser tirante y complicada. Mi todavía marido hacía su vida con su esposa en el piso que nos construyeron a nosotros con mi dinero. Esta, según me contaron mis hijas, se había quejado de que Asima viviera allí, ya que en Palestina son los hijos varones los que se quedan en la casa de los padres. Encontraron en Furial (así se llamaba la mujer de Yusef) la horma de su zapato, y les debió poner los puntos sobre las íes. Ella no era una simple extranjera como yo; conocía bien el idioma y las leyes musulmanas; sabía imponer sus criterios y sus derechos. Asima se iría en breve con su familia a vivir a la ciudad de Gaza, y la vivienda que ella habitaba pensaban derribarla.

Pasaban los días de forma deliciosa, impregnándome de las risas y la alegría infantil de mis hijas, que no tenían fin, y a mí nunca me cansaban. Y llegó el viernes, día festivo en Palestina. Abrí la puerta de nuestra habitación que daba al patio nada más despertarme, y me encontré, justo enfrente, a Yusef sentado en una silla leyendo el periódico. El corazón me dio un vuelco al pensar qué estaría tramando ahora. No era el lugar más apropiado para sentarse, ni parecía normal que me estuviera esperando. Por su cara parecía aguardar a su presa. Bajó el periódico y nos dio los buenos días. No cabía duda, me estaba cortejando para conseguir sus fines, pero yo no sabía cuáles serían;

sus gestos y su tono de voz le delataban; desplegaba su cola como un pavo real. ¿Qué tramaría ahora? La situación resultaba violenta y extraña, con lo que opté por irme a la cocina con mi suegra y ayudarle a hacer el desayuno.

—Buenos días, Ama Ali —así me seguía llamando—. Estoy preparando el desayuno de mi hijo, porque su mujer está de guardia en el hospital.

—Muy bien. Voy a hacer yo algo para las niñas.

Y, dicho y hecho, me puse manos a la obra. Cuando terminé de preparar el queso, la crema de tomate y berenjenas y los pastelitos de carne, nos sentamos a desayunar las cinco en la mesa del patio. Inmediatamente se acercó Yusef.

—Yo también quiero comer de eso.

La madre, que le había servido el desayuno en otro lugar, separándonos, para evitar, supongo, situaciones tensas, reaccionó de manera inmediata, invitándole a sentarse con nosotras. Yo me dediqué a charlar y a jugar con mis hijas. El resto poco me importaba. No presté mucha atención a su presencia, la verdad.

A la hora de la comida fue muy distinto. Furial había regresado ya del trabajo y no se sentó con nosotros. A ellos les puso mi suegra una mesa aparte en el pasillo. Terminada la comida, Yusef se acercó a nuestro grupo y les dijo a las niñas:

—¿Queréis ir al mar?

—Sí, sí. Queremos, queremos, queremos —gritaron todas, dando saltos de alegría y festejando la decisión.

—Pues preparaos, que os vista vuestra madre y nos vamos a la playa.

—Bien, bien —decían mis hijas alborotadas con la excursión.

Yo no sabía qué hacer, pero, por si acaso, también me vestí para salir. No tenía ni idea de cuáles iban a ser sus planes y quería estar preparada. Me puse un pantalón, una camisa (por supuesto, yo ya no llevaba pañuelo) y me senté a esperar jugando con las niñas, cuando, a los pocos minutos, apareció en el patio Yusef con su mujer.

—¿Ya estáis preparadas, niñas? Pues venga, subid al coche, que nos vamos a la playa con Furial.

Y allí me quedé, compuesta y sin mis hijas, con la abuela y el abuelo, durante toda la tarde. Luego me metí a leer en la habitación.

«Seguro que esto lo ha hecho para que me sienta mal y monte un escándalo, pero no se va a salir con la suya», pensaba yo, angustiada por el feo que me estaba haciendo. «¿Qué más le habría dado llevarme? Él está con su mujer, y yo, disfrutando de mis hijas.» Comencé a llorar de impotencia, pero reaccioné enseguida.

Me di una ducha para despejarme y me fui a hablar un rato con mi suegro, que continuaba avergonzado. Se le notaba por su comportamiento retraído. Para que su hijo se casara con Furial, él tuvo que vender uno de sus taxis (también me lo contaron las niñas) y se sentía culpable de lo que estaba ocurriendo. La convivencia con Furial era difícil; siempre pretendía imponer su criterio, y la mayoría de las veces lo conseguía. Me acordé de Ama Yusef y de cuando hice yo el pan, el enfado que se cogió. Conmigo podía, pero con esta no, y la convivencia entre ambas debía de resultar muy tensa. Ahora, comprobé, ya se podía lavar la ropa de las niñas en la lavadora (con lo que yo luché por conseguirlo sin éxito) y compraba lejía con frecuencia, cosa que antes nunca hacía. Me sentí como la hermana mayor de una familia numerosa, que es la primera en conseguir los permisos paternos para las salidas nocturnas, y son los hermanos pequeños los que se aprovechan luego de estos logros.

Transcurrieron unas tres horas, que a mí se me hicieron interminables, cuando se oyó el sonido del motor del coche. Yusef aparcaba en la puerta.

—Hemos estado en la playa, qué divertido.

Reían, me contaban todo atropelladamente... Detrás caminaban su padre y Furial. Me fijé por primera vez en ella. Iba vestida con una chilaba azul claro y el pelo lo mantenía oculto, bajo un pañuelo del mismo color, atado en la nuca. Sus facciones eran duras, serias e inexpresivas, y su mirada siempre se dirigía al suelo. Aparentaba unos cuarenta años, aunque yo sabía que tenía treinta y cinco. Pasó por mi lado como un fantasma. Dijo un tímido «buenas tardes» que apenas se oyó y desapareció por una puerta con su marido. Los siguientes días de mi estancia en la casa fueron muy parecidos. Furial evitaba mi presencia, y jamás me miró a la cara.

Una mañana me desperté mojada y pensé que era obra del intenso calor, pero me di cuenta enseguida de que el motivo era bien distinto. Hanna se había hecho pis en la cama. La niña estaba muy asustada y luego comprendí el motivo.

—Mi vida, no te preocupes. Saco el colchón al patio, lo limpio y ya se secará. No tengas miedo, cariño, no pasa nada.

Cuando la abuela vio el colchón mojado, saltó como un hombre bala.

—¿Ya se ha vuelto a hacer pis Hanna en la cama? —preguntó.

—Ven para acá, que te vas a enterar, cochina, puerca...

Salió corriendo hacia ella, agarrándola por una oreja y retorciéndosela, hasta que la niña se puso roja como una amapola y gritó desesperada.

—Ama Yusef, haz el favor de soltar a mi hija inmediatamente. ¿No ves que le vas a romper la oreja?

—¡Es una guarra!

—Es una niña, y estas no son maneras de educarla.

—Su hermana Fátima es más pequeña que ella y ya no se moja. Se levanta de la cuna y va al orinal.

—Pero Hanna no lo hace a propósito.

La niña se escondía detrás de mí para evitar recibir en sus carnes la ira de su abuela, mientras lloraba desconsolada.

—Con esas maneras no va a solucionar el problema; todo lo contrario, se le va a acentuar, ¿no lo comprende?

—¿Y tú qué sabes, si no estás aquí?

Ya no pude callarme por más tiempo. La diplomacia me abandonó en ese instante y una nube negra ensombreció mi mente.

—Si no estoy aquí no es por mi culpa y usted bien lo sabe, ¿eh? Y no quiero seguir hablando. Tengamos la fiesta en paz. No sé de quién será la culpa de que yo no esté aquí. ¿Lo sabe usted? Y a mi hija no la pegue de esa manera, haga el favor. Si se hace pis será por algo. Tiene un problema que se tendrá que solucionar, pero no a base de golpes.

—Bueno, está bien —me contestó sumisa, y ahí se acabó la conversación.

Terminaba mi estancia en aquella casa. Al día siguiente vendría Mohamed a buscarme, y Yusef se acercó para hablar conmigo. Habíamos tenido pocas ocasiones para dialogar, porque ellos hacían la vida en su casa, que habían ampliado con una cocina más grande. Allí disponían incluso de una moderna lavadora y un gran despacho para Yusef. A mí me interesaba conocer sus planes.

—He hablado con Mohamed para que no venga él a buscarte. Te llevo yo a su casa. Te propongo que, si quieres, vengas cada dos años a ver a las niñas y pases con ellas una temporada, como has hecho ahora.

—Pero no tengo dinero. Ya sabes: lo poco que me quedaba lo dejé aquí.

Yo en ningún momento le recordé que estaba tramitando la nulidad eclesiástica de nuestra boda, ni él me lo mencionó. No quise tocar el tema. Durante esos días comprobé que resultaba prácticamente imposible sacar de allí a las niñas y llevarlas yo sola a Jerusalén. Por esa parte estaba perdida. Debía intentar una solución más civilizada, que solo conseguiría por las buenas, llevándome bien con él. Lo vi claro.

—Hasta que encuentres trabajo, yo te mandaré el billete de ida y vuelta cada dos años. ¿Te parece bien?

—Te lo agradezco mucho, Yusef.

La despedida de mis hijas fue desgarradora. Sentía que las abandonaba a su suerte. No sabía cómo explicárselo, me faltaban las palabras.

—Tú no te puedes ir, ¿eh, mamá? —me decía Soraya.

—Hija, es que a lo mejor me tengo que marchar una temporada, pero luego vuelvo.

—Que no, mamá, que no. Tú no te puedes ir ya. Tienes que estar con nosotras.

Se me partía el alma. Una zanja negra y profunda surcaba mi corazón de arriba abajo, desgarrándome por dentro. Esta vez sabía que las tenía que dejar, al menos por dos años. Dios mío, no lo podría resistir. Mis niñas. ¡Nos necesitábamos tanto las unas a las otras!

—Venga, venid conmigo. Os he preparado un barreño con agua, para que os bañéis con los primos. Ahora volvemos —les dijo mi cuñada, sabiendo que si no sería imposible mi partida.

—Mamá, no te vayas, que ahora venimos, ¿eh? Nos vamos a bañar con los primos.

Rota de dolor, las abracé conteniendo las lágrimas, cerrando los ojos para percibir su esencia más intensamente. Y subí al coche de Yusef, que me condujo hasta la casa de Amelia. Todo el camino, y sin poderlo remediar, estuve llorando desconsoladamente. Allí las dejaba, sin mi protección. Mi impotencia era absoluta. Se me acababan los minutos para poder hablar con Yusef y sabía que tenía que explicarle cuál era mi intención al haber viajado hasta Gaza. Aunque estaba segura de que él lo sabía, también suponía que él rechazaría mis intenciones.

—Yusef, déjame llevármelas, por favor. Te lo suplico. Podrás verlas siempre que quieras, pero ellas necesitan a su lado una madre que las proteja, que las cuide cuando están enfermas. No nos puedes negar ese derecho a ninguna de las cuatro.

—No, Loli, eso es imposible, ya te he dicho que tú podrás venir aquí dentro de dos años. Por el momento es lo único que podrás hacer. Mi madre las cuida muy bien.

Cuando llegué a casa de mi hermana, además de contarle los maravillosos días vividos al lado de mis hijas, le expliqué también mi desolación. Parecía imposible que me las pudiera llevar de allí a Jerusalén, atravesando dos pasos fronterizos y, sobre todo, burlando la rígida vigilancia de la familia. Había preguntado a qué colegio iban y quién las llevaba; siempre estaban acompañadas por alguno de ellos.

—Ten mucho cuidado —me avisó mi hermana—. Si te atreves a hacerlo y te descubren, estás perdida. Las leyes aquí están de su parte. Y, además, ¿las niñas querrían? Puede ser un problema añadido. Piénsalo bien, Loli.

—Quiero que todas mis hijas estén conmigo, lo necesito.

—Lo que planteas me parece muy difícil.

Capítulo 6

Agustín

Nada más llegar de nuevo a Madrid, concerté una cita tanto con el juez eclesiástico como con el abogado judío que tanto me había ayudado. El primero que me recibió fue el letrado. En este tiempo, le había llegado ya la contestación de su amigo, el abogado de Gaza.

—La única solución que tienes, si quieres recuperar a tus hijas, es irte a vivir allí. Desde Palestina puedes conseguir que el tribunal musulmán te conceda la custodia de las niñas. Exponiendo que quieres vivir con ellas, Yusef te tendría que pasar una cantidad de dinero como manutención.

—Eso es imposible. Yo allí, sola, sin saber hablar bien el idioma, sin trabajo. No puedo hacerlo. Estaría a expensas de mi marido, que haría con nosotras lo que él quisiera.

—La única solución para estar con tus hijas es esa, debes tenerlo claro. Sería legal y estarías en todo tu derecho de convivir con ellas. Pero también te digo otra cosa. Las leyes musulmanas permitirían que tus hijas vivieran contigo solo hasta los diez años. Luego se las devolverían al padre. Las perderías, a no ser que te quedaras allí como esposa de él.

Estas palabras me destrozaron. Soraya tenía ya siete años. Mientras lo quisiera tramitar todo, mi hija mayor ya debería irse con su padre. Esto no solucionaba mi problema.

Me dirigí de inmediato al juez eclesiástico, a ver si ellos podían ayudarme de otra manera. Él me contó que habían recibido en esos días contestación del cuestionario que le enviaron a Yusef a Gaza por el tema de la nulidad.

—Ha salido muy bien para ti. Nos hemos dado cuenta de que nos ha engañado a todos. Dice que tú has estado allí con tus hijas recientemente y ahora no entiende cómo le sigue llegando este requerimiento de anulación. A nuestra pregunta de si se había casado de nuevo, nos ha contestado afirmativamente, porque su religión se lo permite. Nos propone que te convenzamos para que vayas a Gaza, te cases con él como su segunda esposa por la religión musulmana y acates sus condiciones y leyes. Así podrás estar con tus hijas. Ya con esto, que figura como documento (y me mostró un papel), él mismo ha firmado la sentencia de nulidad eclesiástica de vuestro matrimonio. Ha simulado acatar las leyes de la religión católica para casarse contigo, pero estaba mintiendo. Lo deja bien a las claras. En menos de un mes te llegará la ratificación de la sentencia, puedes estar tranquila.

Llevé una copia de esta sentencia al abogado de oficio que me estaba tramitando el divorcio, para dar más fuerza a mis argumentos, pero Yusef apeló. Expuso que él no quería divorciarse y que se seguía considerando mi marido.

—No te preocupes —me dijo el abogado—, porque, aunque él no acceda y el divorcio no sea de mutuo acuerdo, transcurridos dos años te lo van a conceder de todas formas. Es cuestión de tiempo.

Pasaban los días y mi angustia no remitía. Procuraba llamar a mis hijas a menudo por teléfono, siempre que podía y mi precaria economía me lo permitía, y sobre todo en fechas señaladas, como en sus cumpleaños o Navidad. Aprovechaba entonces para mandarles regalos y turrón. También les escribía periódicamente, pero ellas no sabían español, por lo que me constaba que las cartas se las tenía que traducir su padre. Nunca recibí ni una sola contestación, ni siquiera cuando transcurrieron los dos años correspondientes; en una de las misivas que envié a las niñas le mandé a él una nota preguntándole si iba a cumplir su promesa, mandándome el billete de avión. Una mañana recibí una llamada de teléfono inusual. Se trataba de un periodista español que había permanecido en Gaza cierto tiempo; me dijo que Yusef le había dado una carta para mí. Quedé inmediatamente con él, ansiosa por recibir noticias sobre la posibilidad de volver a ver a mis hijas. No esperé mucho para abrirla. Lo hice inmediatamente, nada más recogerla, sentada yo sola en una cafetería. En ella, Yusef me decía que no me podía mandar el billete. Me reprochaba que siguiera con los trámites de divorcio, ya que con ello, según él, lo único que conseguía era perjudicar a mis hijas.

Incoherencias sin sentido que, una vez más, destrozaron mi ánimo y acabaron con mis esperanzas de reencontrarme en breve con mis adoradas niñas. Esa era mi única obsesión: recuperar a mis hijas. Mi pasado me pesaba como una losa; por eso, aunque me relacionaba con gente de mi edad, mi pensamiento estaba en Gaza, aunque a diario trataba de disimular con mi hija Eva y mi madre mi extremada angustia.

Un día mi madre me contó que se había encontrado con una antigua vecina en un rastrillo que ponían por mi barrio, y esta le había preguntado por mí. Se trataba de Mari Paz, una chica excelente, más o menos de mi edad, y también separada. Parecía tener interés en verme, ya que de pequeñas nos apreciábamos mucho. Así que una mañana me pasé por su puesto de cerámica y ella me reconoció inmediatamente, a pesar de los años transcurridos. Comenzamos a charlar, contentas de aquel reencuentro.

—¿Qué es de tu vida? —me preguntó.

—Es largo de contar. Me han pasado cosas terribles, pero por lo menos ahora, hace unos días, he encontrado trabajo de administrativo en una empresa y puedo respirar aliviada en ese sentido. Estoy en pleno proceso de divorcio, ya te contaré —le contesté.

—Yo también me estoy divorciando. ¿Por qué no me llamas y salimos algún día juntas?

—Lo haré sin falta, no te preocupes. Me apetece mucho charlar contigo.

Volví a casa con la sensación de que aquel encuentro había sido positivo. Me alegré sinceramente de haber visto a Mari Paz. Era un personaje que venía de un tiempo que yo casi ni recordaba, significaba un regreso a mi infancia y eso siempre me producía emociones positivas. Cuando llegué a casa le conté a mi madre mi conversación con mi amiga. Ella recordaba a esta familia con cariño y ambas tuvimos unos minutos de optimismo que de repente quedaron ensombrecidos por mis pensamientos, dirigidos, como de costumbre, hacia mis hijas.

—Ya te has vuelto a entristecer. ¿Estás pensando en las niñas? No te preocupes tanto. Vamos a hacer una cosa. Como ya estás trabajando, cuando te den los días de vacaciones que te corresponden en verano, nos vamos Eva, tú y yo a Gaza a casa de Amelia. Tengo también muchas ganas de verla y de saber cómo está. Es tan dejada que ni llama por teléfono —me propuso mi madre.

A mí, con esta decisión de ella, se me abrieron las puertas del cielo. Además todos iban a saber por fin que Eva existía; la conocerían sin remedio. Qué contenta estaba.

Durante los meses que estudié en la Escuela de Idiomas, conocí allí a Vicky, una chica estupenda, de carácter envidiable y algo mayor que yo, que me invitó a ayudarla en las labores de coordinación de un grupo de gente que ella había formado y que se llamaba «Seamos amigos». Se trataba de organizar reuniones entre chicos y chicas que no tenían pareja. Lo hacía los viernes y sábados por las tardes, en la discoteca Bocaccio. Era divertido y nos lo pasábamos muy bien, charlando, riendo, conociendo gente nueva y organizando juegos para el grupo. Así que un día llamé a Mari Paz para que se uniera a nosotras.

—¿Puedo llevar a mi hermano? —me preguntó—. También está separado.

—¿Cuál de ellos?

—El pequeño, Agustín. No hace mucho que se ha separado, y lo está pasando mal.

—Claro, que se venga contigo. Os espero en casa de mi madre y así vamos los tres juntos. Vais a conocer gente muy agradable, tanto tú como él.

Agustín y yo no nos habíamos vuelto a ver desde que éramos adolescentes. Él era año y medio más joven que yo. Le recordaba como un chico bajito, bien parecido, moreno, con unos ojos negros y expresivos. ¿Cómo sería ahora?

Cuando abrí la puerta y vi a Mari Paz acompañada por aquel chico tan guapo, no me podía creer que fuera el niño que yo conocí en el barrio.

—Huy, este no es tu hermano; es tu amigo.

—Que sí, que soy Agustín.

—Mira, ahora por la voz sí que te reconozco —y comenzamos los tres a reírnos mientras nos dábamos un cordial abrazo.

Aquella tarde nos divertimos bailando y jugando a la silla. También hicimos el juego de la naranja (nos poníamos la fruta en la frente y hacíamos lo posible por que no se cayera). Cuando salimos de allí nos metimos en una cafetería para picar algo y comenzamos a hablar de nuestras vidas. Lo hicimos sin parar, poniéndonos al día de nuestras realidades cotidianas. Le conté lo que me había ocurrido, y él también se confesó conmigo. Tenía un hijo, fruto de un frustrado matrimonio.

—Podríamos quedar más veces. ¿Te parece, Loli?

—Cuando queráis.

—Tú también puedes venirte con nosotros. Mis padres tienen una casa en el pueblo, y muchos fines de semana los pasamos allí. Es muy agradable. Puedes traerte a Eva para que juegue con mi hijo, que ya tiene diez años; también están allí mis sobrinos. Se lo pasarán bien. Además, a mis padres les encantará volver a verte.

Su proposición me gustó. Resultaba muy apetecible el plan que proponía. Mi madre había empezado a salir con un señor y ya no le importaba que yo me fuera con Eva a donde quisiera. Al contrario; así tenían ellos más libertad para estar solos en la casa.

Al siguiente viernes por la mañana, me llamó Agustín por teléfono:

—Hola, Loli. ¿Puedo ir esta tarde a Bocaccio? ¿Vas a estar tú?

—Sí, claro, vente cuando quieras.

—Había pensado que, si te apetece, mañana sábado nos podríamos ir al pueblo con Eva.

—Ah, muy bien. Cuando se lo diga a Eva se va a poner muy contenta.

Estábamos Vicky y yo sentadas en la discoteca, cuando vimos aparecer, por la escalera de bajada, un hombre impresionantemente guapo, vestido con un traje blanco, que aquella luz de Bocaccio realzaba hasta hacerle brillar. Era como una aparición, y viéndole llegar me dijo mi amiga:

—Mira qué hombre baja por ahí. Y viene solo.

Todas las mujeres se le quedaron mirando, fue una presentación estelar.

—Me voy a acercar, a ver dónde le siento —le dije a Vicky.

Y, sin percatarme aún de que era Agustín, me dirigí hacia el guapo desconocido.

—Huy, pero si eres tú. Vienes vestido de blanco impoluto. ¡Qué guapo!

—Que no, mujer, es un traje beis. Lo que pasa es que la luz violeta le hace resaltar.

—Pues tienes a las mujeres revolucionadas. No sé dónde te voy a sentar. Todas querrán estar a tu lado.

—De momento, déjame que me acomode en la barra, que allí hay luz normal.

Entre Vicky y yo comenzamos con los juegos habituales para entretener al grupo. Uno de ellos consistía en formar parejas que salieran a la pista, donde se les explicaba en qué consistía la prueba. El premio para los ganadores era una botella de champán. Agustín y yo formamos equipo sin saber lo que nos esperaba y resultó que él se me tenía que declarar delante de todos. El chico que fuera más creativo en su exposición amorosa sería el ganador. Se mediría al mejor por los aplausos que recibiera del público. Era divertido y Agustín me inspiraba toda la confianza del mundo. Éramos amigos desde la infancia, del barrio, y yo no le miraba como a un hombre, sino como a un entrañable conocido de toda la vida.

Cuando nos tocó a nosotros, la extremada timidez que marcaba el carácter de Agustín hizo acto de presencia.

—Loli, yo no puedo hacer esto. Me da mucho corte. Lo siento. ¿Cómo me voy a declarar yo? No sé qué decir.

—Pero si es un juego, hombre. Di cualquier cosa.

—No puedo, de verdad.

Empezó a concursar la primera pareja, luego la segunda y nos llegó el turno a nosotros. Al comprobar que él no arrancaba, cogí yo el micrófono y me dirigí a los del grupo, que esperaban divertidos nuestra participación.

—Bueno, como este chico es tan vergonzoso, voy a ser yo la que se declare —todos se reían de mi ocurrencia y seguí con la broma—. Querido Agustín, delante de toda esta gente te declaro mi amor, espero que tú lo aceptes con ardor y te sientas «a gustín».

Mi rima le hizo a todo el mundo muchísima gracia. Aplaudían entusiasmados. Al final fuimos los ganadores y, entre dientes, riéndome, le dije:

—Cuidadito, no te vayas a creer lo que te he dicho, que era broma, ¿eh? Ja, ja, ja.

Terminado el evento, salimos juntos a la calle.

—¿Te vienes conmigo a Torrejón, Loli? Si te parece, esta noche puedes dormir allí, en casa de mi hermana, y mañana nos vamos todos para el pueblo. ¿Te apetece? A ella le encantará, y así charláis un rato. Este fin de semana le tocan los niños, y mañana todos los críos se lo van a pasar genial en Hontoba. Ya verás qué bonito es el pueblo.

—¿Dónde está?

—En Guadalajara.

—Muy bien. Voy a llamar por teléfono a Eva para que esté preparada mañana por la mañana.

Llegamos a casa de Mari Paz y estuvimos con ella hablando y jugando a las cartas hasta bien entrada la noche.

—Me voy a dar una vuelta, a tomarme una copa, y mañana nos vemos —dijo Agustín.

—Vale —dijo Mari Paz—. Quédate si quieres con una llave, por si prefieres venirte a dormir aquí, y salimos directamente mañana hacia el pueblo.

—Está bien. Me la llevo por si acaso.

Mari Paz sabía echar las cartas del tarot y, medio en broma, medio en serio, me empezó a contar lo que veía en ellas de mi futuro más inmediato.

—Va a entrar en tu vida un hombre moreno, que ya conocías de antes.

—No sé quién puede ser, pero es cierto que esto mismo me lo dijo un echador de cartas amigo mío. Qué curioso. ¿Quién será?

Continuamos durante un tiempo charlando, riéndonos... y, ya cansadas, nos fuimos a la cama.

—Acuéstate tú aquí en el salón, en este sofá cama —me indicó.

Así lo hice, y en pocos minutos me quedé profundamente dormida. Cuando me encontraba en el mejor de los sueños, sentí una presencia a mi lado, en mi misma cama. Me quedé petrificada. Empecé a girarme despacio, sin tener ni idea de lo que me iba a encontrar, y descubrí que era Agustín. Mi corazón comenzó a latir muy deprisa. De repente recapacité. ¿Podría ser él aquel hombre moreno que se veía en las cartas? Ya no pude pegar ojo en toda la noche. Oía su respiración, sentía su pulso, olía su perfume varonil a madera mojada, polvos de talco y vainilla. Dios mío, ¿me estaba enamorando? Muchísimos años atrás, sentí algo parecido con Ángel. Pero esto era aún mejor, distinto, más maduro. ¡Había transcurrido tanto tiempo! Estábamos ya en 1989 y mi hija Eva había cumplido los trece años; toda una vida. No me quería mover. Nuestros cuerpos, unidos por la espalda, respiraban erotismo, sensualidad. Amaneció despacio, y yo lo presencié a través de la ventana, sin moverme, hasta que Agustín me dijo:

—Buenos días, ¿qué tal has dormido?

—Pues, desde que has llegado tú, yo creo que no he pegado ojo.

—¿Cómo que no? ¿No te he dejado dormir? ¿Es que ronco?

—No, qué va. Es que estábamos tan pegados...

—Claro, he llegado y me he metido en el primer sitio que he encontrado. He visto esta cama y he dicho: «Pues me acuesto aquí»...

Ahí dejamos la conversación y yo no quise insistir en este episodio, pero a partir de ese momento ya empecé a fijarme en él, aunque pensaba que no era correspondida.

Esa mañana fuimos a buscar a Eva y nos marchamos todos para Hontaba. Eran las fiestas del pueblo y había toros, baile, verbena. Los niños jugaban encantados. Mi hija y su hijo se hicieron muy amigos, aunque Eva le sacaba tres años a Miguel Ángel. Comencé a vislumbrar una familia. Pero las cicatrices del alma me arruinaron los pensamientos positivos. «Igual de paternal se mostraba Yusef con Eva al principio, y luego, mira todo lo que ha pasado», pensé. De nuevo el miedo me paralizó. Mejor seguir como amigos. Así no habría problemas.

Los padres y la hermana de Agustín se marcharon para Madrid por la tarde y nosotros nos quedamos esperando a Eva y Miguel Ángel, que continuaron jugando por el pueblo hasta las nueve, la hora límite que les habíamos señalado. Cansados de tanto paseo, nos metimos en el coche a charlar.

—¿Te lo has pasado bien?

—Sí, estupendamente. Ha sido muy divertido y tienes una familia encantadora.

—Te habrás sentido muy cortada esta mañana cuando has visto que estaba metido en la cama contigo.

—Más bien ha sido a medianoche, porque desde que has llegado ya no he podido dormir. Me he puesto muy nerviosa.

—¿Qué quieres decir con eso?

—Pues... mi corazón... que latía muy deprisa. No sabía por qué te acostabas conmigo, la verdad.

—Ah, menos mal que lo aclaras. Por un momento he pensado que podía ser por otro motivo, que si llega a ser por eso (y me miró con picardía), me podías haber despertado.

—¿Qué estás diciendo, Agustín?

—Hombre, yo no sé si te atraigo, pero tú a mí me has gustado desde que era un niño. Te recuerdo con aquellas dos trenzas, con esa cara tan preciosa. Me volvías loco.

—No sé. Tú eras más pequeño, y una niña de catorce años no repara en un chico de trece. A mí me gustaban los de diecisiete. Pero ahora sí me estoy fijando, y te estoy escuchando.

—Me sigues gustando, Loli, y mucho además. ¿Yo a ti no te atraigo ni un poquito aunque sea?

—Feo no eres, para qué te voy a engañar —y nos reímos los dos como dos colegiales.

Así nos sentíamos, como dos críos iniciándose en el amor. Mientras me hablaba, se iba acercando más y más, hasta rozar su nariz con la mía. Volví a oler su perfume, el mismo de la noche anterior, el que tanto perturbó mis sentidos. Me besó apasionadamente y todo el vello se me erizó. Temblaba de pasión ante aquel hombre. Me hacía sentir algo que ya mi piel había olvidado. Era como una droga, pero no sabía si tendría efectos secundarios. Por el momento me encantaba, flotaba. De pequeño, sus padres tenían un piso alquilado donde mis abuelos, igual que nosotros. Los dos habíamos nacido allí. Qué extraña y maravillosa resultaba en ese momento la vida.

—¿Por qué has hecho esto?

—¿No te ha gustado?

—Sí, mucho, pero no sé en qué va a derivar nuestra amistad a partir de ahora.

—Puede derivar en lo que tú quieras. Si te gusto podemos tener un futuro juntos, estoy seguro.

—Tendremos que hablar sobre ello. Vas muy deprisa. Yo sigo con una carga emocional muy pesada encima y necesito explicártelo todo. Y tú también me tendrás que contar más cosas de tu vida. Solo sé que estás separado desde hace un año y que tienes un hijo. Poco más. Todo esto me ha cogido de sorpresa.

—No te preocupes. Disponemos de todo el tiempo del mundo para contarnos, para amarnos, para apoyarnos.

Agustín era tan natural, espontáneo, generoso y sincero que no podía creerme lo que me estaba pasando. A partir de aquí nos vimos todos los fines de semana. Cuando le tocaba tener a su hijo, hacíamos excursiones en familia a los pueblos de alrededor de Madrid, y, si no, me iba a ver a Bocaccio los viernes y sábados por la tarde (yo continuaba ayudando a Vicky) o aparecía por casa de mi madre a tomar café cuando menos lo esperaba. Nuestra relación comenzó en octubre de 1989 y yo tenía planificado mi viaje a Gaza con Eva y mi madre para el verano de 1990.

Seis meses antes de mi partida, una noche dejamos a Eva y a Miguel Ángel durmiendo en casa de los padres de Agustín, con la intención de salir a tomar algo. En lugar de eso nos fuimos a ver a su hermana a Torrejón y, después de cenar todos juntos, Agustín me invitó a salir un rato. Yo decliné la invitación alegando cansancio y él se fue solo. Me acosté en el sofá cama, pero no me podía dormir esperando su llegada. Sabía que íbamos a hacer el amor y me apetecía muchísimo, pero, al mismo tiempo, sentía miedo de que, por fin, ocurriera. La química entre nosotros funcionaba al cien por cien. A las dos de la mañana llegó y se metió en la cama conmigo, como hizo la vez anterior. Me empezó a acariciar la espalda, el cuello. Me besaba apasionadamente en la nuca. Me sentía extraña, al mismo tiempo que me derretía de deseo. Era mi vecino de toda la vida. Qué confundida me encontraba. Aún no me habían concedido el divorcio de Yusef, todavía me sentía casada con él. Recordé una vez más que nuestros votos fueron para toda la vida. Me costó, pero al final mi mente se desbloqueó y me dejé llevar. Nos entregamos el uno al otro como dos enajenados; parecía ser la primera vez que lo hacíamos, derrochando pasión y ternura. Mi negro destino se iba tiñendo de verde esperanza. Agustín se esmeró en los preámbulos, consiguiendo que deseara su cuerpo desesperadamente, y cuando llegó la penetración me hizo gozar hasta conseguir que enloqueciera de placer. Era maravilloso.

Además de todas las cualidades que había descubierto en él anteriormente, también me demostraba ser un buen amante.

Transcurrido un mes exacto desde este encuentro amoroso, Agustín se presentó en casa de mi madre con un regalo para mí.

—¿Y esto qué es?

—Se cumple hoy un mes desde la primera vez que hicimos el amor. Es para que lo recuerdes toda la vida.

Era una rosa de plata, preciosa, que aún guardo con cariño. Desde entonces, todos los meses me traía algún obsequio. Mis sueños de tener un hombre romántico y cariñoso a mi lado se habían hecho realidad.

Llevaba ya seis meses manteniendo una relación de pareja seria con Agustín. Los inquilinos de mi piso se habían marchado y planeamos irnos a vivir todos juntos a mi casa. A Eva le encantó la idea; Agustín y ella se querían mucho y se divertía a lo grande con Miguel Ángel. Éramos una familia feliz y así nos lo decían en el mercado cuando acudíamos a realizar las compras:

—¿Qué tal estáis, familia feliz? —nos decía Saturnino el frutero a modo de saludo.

—Cómo se parece la niña a su padre y el niño a la madre. No pueden negar que son suyos, ¿eh? —y reíamos los cuatro, divertidos ante tanta confusión.

Nuestra vida era una película con final feliz. Le había contado a Agustín que intentaría traer a mis hijas de Gaza por todos los medios que hallara a mi alcance, y él me entendía y me apoyaba.

—Loli, si tú me dejas, yo seré un padre para todas tus hijas, que no te quepa la menor duda. Te lo demostraré con creces.

Llegó el día de la partida y Agustín nos llevó a las tres al aeropuerto. Lo mismo haría el día de nuestro regreso. Quedamos en que nos iría a buscar.

Capítulo 7

Días oscuros

En el aeropuerto de Ben Gurión nos esperaba Yusef con su padre. Los dos se quedaron atónitos cuando vieron aparecer a Eva con nosotras.

—Hola, Loli, ¿qué tal?, ¿cómo estás? —me dijo Yusef, y me dio dos besos, cosa rarísima entre los musulmanes, que siempre te alargan la mano a modo de saludo.

—Muy bien, Yusef, deseando ver a mis hijas.

—No me habías dicho que venía Eva también.

—No me pareció necesario. ¿Con quién la iba a dejar?

—Sí, claro, tienes razón.

Nos pusimos en camino. Durante el trayecto su padre y él hablaban de Eva en árabe. No sabían cómo explicar su presencia. Nos condujeron directamente a su casa. Cuando llegamos descubrí que habían tirado la vivienda antigua y, donde antes se encontraba el corral, habían construido una nueva casa; en la planta baja vivían los abuelos con mis hijas, el segundo piso era el despacho de Yusef y el tercero su residencia, donde vivía con su mujer y su hijo (por fin Ali había nacido). Los animales ahora estaban en la azotea y las gallinas subían y bajaban a sus anchas por las escaleras. El palomar había desaparecido, y la cabra también.

Cuando llegamos, la casa rebosaba de visitas y Yusef se encontró con la embarazosa situación de tener que presentar a Eva.

—¿Quién es esta niña? —preguntaban en árabe.

Y allí nadie contestaba, hasta que yo, en voz bien alta, para que me oyeran todos, dije:

—Esta niña es mi hija mayor. Yo, antes de casarme con Yusef, había enviudado de mi primer marido. Creo que no es ningún delito, y tengo a esta preciosidad de hija de aquel matrimonio —y, dirigiéndome a mi suegra, seguí contando—: Cuando estuvo en España su marido, la conoció. Yo nunca he engañado a nadie.

Se hizo un silencio momentáneo, porque enseguida comenzaron a hacerse corrillos, seguramente comentando lo sucedido. Tal fue el impacto que produjo la presencia de Eva que, en un principio, ni siquiera saludaron a mi madre.

El recibimiento por parte de mis hijas fue muy emotivo, aunque se quedaron algo paradas cuando conocieron a su hermana. Tampoco ellas se acordaban de que Eva existía.

A nosotras tres nos acomodaron en el dormitorio de las niñas, todas juntas, en colchonetas por el suelo. Les llevé regalos para todos, y los críos se volvieron locos con los juguetes.

A la mañana siguiente llegaron Amelia y su marido. Venían a recoger a mi madre, que pasaría su estancia con ellos. Esta se me acercó antes de marcharse y me dijo:

—Loli, dame tu pasaporte y el de Eva. No me fío nada de Yusef. Después de todo lo que te ha hecho, pienso que es capaz de cualquier cosa. Déjame que los guarde yo.

Se los di y se los llevó en su bolso.

Al día siguiente, mientras desayunábamos, me puse al día de todos los acontecimientos sucedidos durante mi ausencia. Al parecer, al lado de la nueva vivienda construida para Yusef y su mujer habían habilitado otra para mí y mis hijas. Estaban convencidos de que yo volvería a vivir allí como segunda esposa de su hijo. Pero ¿de dónde se habían sacado eso? ¿Con quién habían contado? Ellos se habían creado su película, como solían hacer siempre, a su conveniencia.

Yusef se comportaba como un adolescente conquistador. Sus esforzados halagos carecían de sentido y no tenían ninguna gracia.

—Loli, estás muy guapa esta mañana.

Y yo me quedaba mirándolo con gesto irónico. «Qué mal se te da cortejar a una mujer», pensaba. Furial no aparecía por ninguna parte. Yo también le había traído al pequeño Ali un camión de juguete y se lo di aquella mañana. El niño, que aún no tenía tres años, fue corriendo a enseñárselo a su madre, y a esta no le debió sentar muy bien, porque por la noche, antes de cenar, le oí a mi suegra decirle a su hijo:

—Oye, Yusef, que Furial ha cogido al niño y se ha ido para casa de su hermano.

—¿Por qué ha hecho eso?

—A lo mejor no le gustan tus planes.

Al día siguiente Yusef continuó con su cortejo absurdo; esta vez queriéndose congraciar con mi hija.

—Eva, ¿quieres que te traiga algo?

—Bueno, una hamburguesa. Aquí me aburro. ¿No podemos salir?

—Sí, os voy a llevar luego a la playa.

Yo pensaba para mí: «No te vas a poder poner bañador, así que te va a dar igual». Allí ninguna mujer se lo ponía. Si se metían en el agua, lo hacían vestidas.

Eva tenía ya casi catorce años y a Yusef le veía muy pendiente de ella; no me quedaban claras sus intenciones y tampoco comprendía ese cambio tan radical hacia la niña.

Y, efectivamente, un día nos llevó a todas a la playa, de arena gorda y pedregosa. Mis hijas se lo pasaron en grande.

Cuando volvimos a casa, Eva, muy caprichosa, ya que se había criado como hija única, le dio por decir que quería coger un conejo. Yusef, solícito, las subió a todas donde estaban los animales. Pero yo seguía sin fiarme de él, y no me gustaba nada ese merodeo al que sometía a Eva. Era ya una preadolescente, y no tenía ni idea de lo que ese hombre podía tener en su cabeza. Con su cambio, tan radical y extraño, me hacía sospechar. No me cuadraban tantas atenciones, así que yo subí detrás de ellos y me senté en el último tramo de las escaleras. Yusef, al verme, vino a sentarse a mi lado y me puso la mano encima de la pierna.

—¿Qué haces? —le pregunté haciendo un gesto de reproche.

—¿Te molesta?

—¿Tú qué crees?

—Eres mi mujer.

—Estás muy equivocado. Nuestro matrimonio está anulado y tú lo sabes.

—Yo en ningún momento he firmado para anular nada.

—No hacía falta tu firma.

—No puede ser. ¿Por qué estás haciendo esto?

—Porque tú estás casado con otra mujer.

—Estoy casado con las dos.

—Según mis creencias y mis leyes eso está prohibido.

—Yo quiero que tú estés aquí con tus hijas. Nos traeremos a Eva y empezaremos una vida nueva, abriendo un libro en blanco que escribiremos juntos.

—Yusef, no podemos empezar de cero porque tenemos un pasado.

—Hazlo por tus hijas, ahora va a ser todo diferente.

—Eva tiene su vida en Madrid, no sabe árabe. Lo que planteas es imposible.

—Entonces, ¿abandonas a las nuestras?

—Déjame que me las lleve a España. Podrás estar con ellas siempre que quieras, te lo aseguro. Por favor, Yusef, dame a mis hijas, te lo suplico. No puedo vivir sin ellas. Tienes las puertas abiertas de mi casa. Si me pones como condición que yo paralice los trámites de divorcio, lo hago sin ningún problema, pero deja que se vengan ahora conmigo.

—Eso no puede ser. Mis hijas son mías. Eva tiene la posibilidad de ir a un colegio español aquí. Lo que pasa es que tú no quieres a las niñas.

—Tú sabes perfectamente que las adoro. No me vengas con chantajes emocionales, que te conozco. Te propongo una cosa. Habla con Eva, y si ella no te pone ninguna pega para quedarse [bien sabía yo que eso era imposible], yo aceptaré lo que ella diga.

Me acordaba en todo momento de Agustín, mi gran amor, y estaba convencida de que la respuesta de mi hija sería negativa. Eva ya había bajado al patio y estaba columpiándose. Yusef se le acercó y se sentó en el asiento de al lado.

—Eva, me dice tu madre que te pida que os quedéis a vivir aquí con nosotros. Estaríamos por fin todos juntos. Quiero ser un padre para ti. ¿Qué te parece?

—A mí me da lo mismo lo que diga mi madre, pero yo no me quiero quedar. ¿Y tú mi padre? No lo has sido nunca, me has echado siempre de tu lado, nunca me has querido. Por tu culpa estuve rezando toda mi vida para que mi madre volviera conmigo. Mis hermanas son mis hermanas. Aunque las conozco poco, las quiero, pero a ti...

Por primera vez en mi vida vi llorar a Yusef. Unas lágrimas, supongo que de rabia e impotencia por no obtener de inmediato lo que deseaba, corrían por su crispada cara. Se levantó y se fue.

—Mamá, ¿le has dicho a Yusef que nos quedaríamos a vivir aquí si yo quisiera?

—No, hija, no es así. He escuchado vuestra conversación y me siento muy orgullosa de ti. Estás madurando. Ya no eres una niña.

—El muy cínico me dice ahora que quiere ser mi padre. Este no es padre de nadie, solo se quiere a él mismo.

Eva me estaba dando una lección de sabiduría y cordura. Tenía las ideas muy claras.

El cortejo por parte de Yusef hacia ambas continuó implacable y, a la mañana siguiente, nos propuso llevarnos a las cinco a Jerusalén. Hartas de permanecer encerradas en aquella casa, nos pareció una brillante idea. Además, existía una remota posibilidad de poder escapar con ellas. Haría lo posible por conseguirlo.

—Pero es que el pasaporte de Eva lo tiene mi madre, y el mío también —le dije.

—No hay problema. Pasamos por Beit Hanún y los recogemos.

Así lo hicimos. Acuciados por las prisas, vimos a mi hermana y a mi madre tan solo unos segundos antes de salir para Jerusalén.

La excursión fue todo un éxito. Nos lo pasamos muy bien cantando las cinco en el coche y recorriendo los sitios típicos de la ciudad, que sobre todo a Eva le encantaron. Paseamos por la ciudad antigua, visitamos la iglesia del Santo Sepulcro, fuimos a la mezquita de la Cúpula de la Roca y pasamos por el Muro de las Lamentaciones, en un recorrido completo y acelerado, que mantuvo alerta nuestra atención. Los gritos de los mercaderes ponían la banda sonora al paseo, y yo estaba por fin rodeada por mis cinco hijas; mi sueño permanente se había hecho realidad. Me sentía muy feliz, pero mi obsesión por escapar no me abandonaba. Así quería que fuera siempre. Las necesitaba a todas juntas. Debía idear pronto algo para conseguirlo.

Mi cabeza no paraba de maquinar y mi corazón se aceleró de manera alarmante. Por el barrio armenio le pedí a Yusef que entráramos en un bar para visitar el baño. Comprobé que por allí pasaban bastantes taxis. Quizá cuando saliera con las niñas, él estuviera entretenido viendo algo y me las podría llevar al Consulado español, donde contaría mi caso, pero cuando salimos, allí estaba, esperándonos en la puerta.

Yusef nunca nos dejó a solas, ni siquiera para ir al baño. Comprendí que escapar con las niñas resultaba prácticamente imposible. Si nos hubiera perdido de vista tan solo un instante, pero no se presentó la ocasión. Por más que la busqué, fue inviable. Era una utopía.

Esa noche, al regresar a casa, guardé nuestros pasaportes en un compartimiento de mi maleta. Parecían estar a buen recaudo.

Al día siguiente Yusef se me acercó con tono confidencial.

—Me gustaría hablar contigo en privado, ¿te importa? Vamos a mi despacho.

Recordé que allí tenía guardadas todas las fotos que yo me traje de España y pensé que era buena ocasión para recuperarlas.

—Está bien, subamos.

Entramos y en la estancia solo había una mesa, algunos armarios en las paredes con muchos libros, una silla y una colchoneta en el suelo.

Nos sentamos los dos para charlar en la colchoneta y, de pronto, me agarró de la mano. La sensación que percibí en ese instante fue como si hubiera ingerido un alimento en mal estado y se me revolvieran las tripas. Sentía que mi estómago enfermaba de angustia.

—Loli, necesito convencerte de que somos una familia. Si no accedes, soy capaz de cualquier cosa.

Comencé a sentir los miedos de antaño, como cuando me pegaba o me insultaba y exigía, loco de ira, que le obedeciera. Aquello era una encerrona, estaba claro. Y continuó.

—He hablado con tu hermana y tu cuñado para que mañana vengan con nosotros a Gaza. Es necesario que firmemos un documento. En él figurará oficialmente que tú eres la madre de las niñas según nuestras leyes, y así las podrás ver siempre que quieras.

—¿Es que todavía no figura así?

—No, y esto debemos arreglarlo, por tu bien y por el de ellas.

—¿Amelia y Mohamed están de acuerdo?

—Sí, mañana firmarán como testigos. Ellos traducirán lo que tú no entiendas.

Dicho esto, me tumbó a la fuerza en la colchoneta y comenzó a besarme.

—¿Qué estás haciendo, Yusef? Déjame en paz.

—Todavía eres mi mujer y tengo todo el derecho del mundo a poseerte si me da la gana, quieras o no; a la fuerza, como sea.

—Déjame en paz. Yo estoy rehaciendo mi vida con otro hombre. A él sí que le considero ya mi marido.

Toda su corpulencia encima de mí consiguió paralizarme. Me moría de asco, de impotencia; lloraba, le suplicaba que me dejara tranquila, pero consiguió penetrarme y eyacular dentro de mí. ¡Qué sucia me sentí! Fue cuestión de escasos minutos, pero había conseguido de nuevo relegarme a la nada. ¡Me inspiraba tanta repugnancia! «Dentro de lo malo —pensé—, me lo ha hecho a mí y no a mi hija Eva.» Qué hombre tan despreciable. Nadie escuchó mis gritos suplicándole que no me forzara. Su despacho se encontraba en la segunda planta del edifico de la farmacia, separado de donde estaba en ese momento el resto de la familia, que charlaban en el patio, mientras los niños corrían a su lado. Yusef me había derrotado una vez más, jugando sucio, como siempre, mintiendo, como siempre. ¡Qué asco! ¡Qué padre les había dado a mis pobres hijas!

Me propuse no perder de vista a Eva desde ese mismo instante. Temía que hiciera lo mismo con ella.

Esa noche no tuve fuerzas para salir a cenar con el resto de la familia. Me sentía humillada, vejada, y no tenía fuerzas para seguir con toda la farsa. La cabeza me dolía intensamente, y este sufrimiento físico era la coartada perfecta para quedarme en la habitación con mis hijas.

Al día siguiente y a pesar del asco y la repulsión que me inspiraba Yusef, no tuve más remedio que acompañarle. Me preocupaba el hecho de que no constara en ningún papel que mis hijas me pertenecían. Me condujo hasta la ciudad de Gaza para firmar el documento del que me había hablado, que, según él, favorecería mis derechos allí respecto a mis hijas. Esperaba que llegaran mi hermana y su marido, como Yusef me había prometido, y pensaba contarle a Amelia lo que me había ocurrido.

—Tenemos que ir pasando, Loli. El jeque nos espera para firmar el documento. Ha venido un amigo mío que sabe español y, como tu hermana se retrasa, firmará él de testigo.

—¿No podemos esperar un poco más?

—No, porque va por citas y ya es nuestra hora.

Desesperada por las prisas de Yusef, me acerqué a su amigo y le susurré, mirándole fijamente a los ojos, suplicándole con ellos sinceridad, intentando transmitirle toda mi preocupación y angustia:

—Por favor, ¿qué es lo que voy a firmar? Le suplico que me diga la verdad porque Yusef no me lo aclara del todo. Por favor, dígame la verdad y le estaré infinitamente agradecida de por vida. Mis hijas son lo más importante para mí.

Aquel hombre calló un momento y después me contestó con contundencia.

—Es un documento en el que Yusef se compromete a pasarte una manutención, si tú decidieras vivir aquí con tus hijas parte del año.

—¿Cada vez que venga de España?

Le preguntaba eso a aquel hombre, aun estando decidida a no volver nunca más, ni siquiera por mis hijas. Lo ocurrido el día anterior no se podía volver a repetir, lo tenía muy claro. ¡Hasta ahí podíamos llegar!

—Sí, lo que quiere es beneficiarte, legalizar tus derechos.

Entramos en aquel despacho presidido por el jeque, que soltó una letanía larguísima en árabe, de la que entendí la mitad de la mitad; términos jurídicos ininteligibles, palabras extrañas. Yusef asentía y el jeque de pronto se dirigió a mí, preguntándome algo que no comprendí.

—Dice que si estás de acuerdo en compartir la patria potestad de tus hijas con Yusef, y así podrás verlas siempre que quieras —me tradujo su amigo.

Y yo asentí.

—Bueno, pues ahora podéis firmar aquí —nos dijo un hombrecillo bajito que ejercía de secretario.

Y así lo hicimos.

Cuando llegamos de nuevo a la casa, mi suegra nos recibió en la puerta, haciendo vibrar su lengua, y emitiendo ese sonido que ellos llaman salguta, propio de sus celebraciones. Yusef sacó del bolsillo de su chaqueta un estuche con cinco brazaletes de oro. Cuatro me los entregó a mí, y uno a Eva. Yo estaba atónita, no entendía nada.

Empezaron a llegar visitas y todos pasaban a felicitarme. Ali, mi suegro, se me acercó, me cogió la mano e introdujo delicadamente una alianza en uno de mis dedos.

—¿Y esto por qué? —pregunté yo.

—Porque te has casado con mi hijo por la religión musulmana.

¿Qué me estaba diciendo aquel hombre? La ira me cegaba, y mi cerebro comenzó a funcionar como una máquina. ¿Qué significaba todo aquello? Evidentemente, era otra de sus trampas. Casi en un susurro, comenté:

—No. Hemos ido al despacho de un notario para solucionar el tema de mis hijas.

Lo decía intentando convencerme a mí misma.

—Pero es que para estar con tus hijas tienes que ser su mujer; si no, no podrías. Eso dicen nuestras leyes.

Me la había vuelto a jugar. Ali me confesó que Amelia y Mohamed ni siquiera estaban avisados; por eso no habían aparecido. Sentí una rabia visceral, pero sabiendo que contra ellos no podía luchar, pensé que a mí todo aquello me daba igual. «Yusef, siempre mintiendo, siempre con sucias estrategias para salirse con la suya, pero al fin y al cabo, ¿qué más me da? —pensé—. Yo soy católica y vivo en España. Este matrimonio no tiene ninguna validez para mí y pronto conseguiré el divorcio en mi país. Por fin me veré libre de este monstruo.» Mi única preocupación era la existencia de un posible embarazo. ¿Qué iba a hacer si eso ocurría? ¿Cómo se lo explicaría a Agustín?

Me quedaban tan solo seis días y todo habría terminado. Me iría de allí para siempre. Hallaría la manera de convencer a mis hijas para que se vinieran a España conmigo, las sacaría de Gaza.

—Ama Ali, esta noche tienes que dormir con tu marido. Nuestras leyes te obligan. Debes cumplir con tu misión de esposa —me dijo mi suegra con gesto amenazante.

—No lo voy a hacer. Yo solo pretendía firmar un documento para beneficiar a mis hijas, pero mi intención no era casarme.

—Aunque tú no quieras, eres su mujer y debéis compartir techo y cama. Tienes que hacerlo. La ley nos ampara.

Vi claramente que no se trataba de ninguna broma; esa mujer hablaba muy en serio. Todo aquello parecía de locos. ¿Qué podía hacer? ¿Cómo afrontar esta nueva prueba? Pensé salir corriendo con Eva y coger un taxi, tal y como me había dicho mi hermana en alguna ocasión, pero recapacité inmediatamente. Eso implicaría seguramente que no me dejaran volver a ver a mis hijas nunca más. Estaba convencida. También sentí miedo de que las leyes musulmanas cayeran implacables sobre mí, de que la familia me detuviera en la puerta y no me dejara salir nunca más. Sentía que miles de peligros me acechaban a mí y a mis hijas, y el pavor me paralizaba. En ese momento, consideré que lo mejor era acceder y acabar cuanto antes con aquella absurda pesadilla. Accedí a dormir con él, pensando que, con un poco de suerte, él no me violentaría de nuevo. Y sí que lo hizo, durante dos noches seguidas, mientras su madre, en la habitación de al lado, vigilaba de cerca.

—Por favor, Yusef, déjame tranquila. Tengo otra pareja, convivo con ella y estoy muy enamorada. No me obligues a hacer esto. Ya has causado suficiente daño.

Él no me escuchaba. Se pavoneaba por tener dos mujeres. Me encontraba muerta de angustia. Me sentía sucia. Lloraba encima de la colchoneta, con los músculos agarrotados, pensando en Agustín, el hombre de mi vida. Yusef me estaba apartando de él. Ya nunca podría mirarle limpiamente a los ojos, por todo lo que me estaba pasando en ese momento. Mi prometedor futuro se desvanecía en aquella habitación, por la caprichosa acción de un malnacido.

—Yusef, ¿no comprendes que me puedo quedar embarazada?

—Eso es lo que quiero, que te quedes embarazada.

«Agustín, Agustín, te necesito; por Dios, perdóname. No puedo hacer otra cosa. Dentro de tres días se acabará este calvario y estaremos de nuevo juntos. Pero ¿podrás enfrentarte a esto? No te lo puedo ocultar, amor mío, tú no te lo mereces.»

Mi madre llegó de casa de mi hermana Amelia para pasar los tres últimos días con nosotros. Mi suegra, ante mis súplicas, consintió en dejarme dormir con mis hijas los días en los que mi madre permaneciera en su casa. No sabía si contárselo a ella. Imaginé su reacción. Seguro que me ponía de puta para arriba y me culpabilizaba de todo lo ocurrido. No parecía buena idea hacerlo. Complicaría aún más las cosas.

La mañana antes de nuestra partida, mi madre me pidió los pasaportes para ponerlos todos juntos y unirlos a los billetes. Fui a buscarlos a mi escondite, pero allí solo encontré el pasaporte de Eva, no el mío. Se lo comuniqué a mi madre y entre las dos revolvimos cielo y tierra, sin ningún éxito. Mi pasaporte no aparecía.

—Busca bien, Loli —decía mi madre alzando la voz cada vez más—. ¿Quién te lo va a esconder? ¿Te lo habrá quitado Yusef?

Y esto último lo oyó el padre, que se acercó a nosotras preguntando:

—¿Qué es lo que pasa?

—Que no encuentro mi pasaporte.

—Es que si no aparece el pasaporte de mi hija, ahora mismo nos vamos al Consulado español, como que me llamo Lola.

Mi suegro salió en busca de Yusef y a los pocos minutos entraron los dos juntos a nuestra habitación. Yusef se reía.

—¿Qué jaleo estáis armando? ¿Qué os pasa?

—Que mi pasaporte ha desaparecido.

—Lo tengo yo.

—¿Y por qué me lo has cogido sin pedirme permiso?

—Porque lo necesitaba para conseguir el pase para ir a llevaros al aeropuerto.

—¿Cuándo me lo pensabas dar?

—Lo tengo en la guantera de mi coche.

—Pues me lo traes ahora mismo. Soy yo la que los tengo que guardar, no mi hija —le reprochó mi madre—. Aquí no se queda nadie. Todas las que hemos venido nos volvemos para España, que lo sepas —continuó diciéndole.

—Yusef, ¿y por qué lo tenías en la guantera de tu coche, si me habías dicho que vamos a ir en uno de los taxis de tu padre? —le pregunté yo fingiendo ingenuidad—. Imagínate que llego al aeropuerto y me encuentro sin pasaporte. ¿Qué pasa?

—Pues no pasa nada —y se echó a reír.

Gracias a que mi madre fue previsora, yo pude volverme con ellas a España.

Capítulo 8

Una nueva vida

Cuando llegamos a Barajas y descubrí entre la gente la figura de Agustín, esperándonos en la puerta de «llegadas», un viento frío recorrió mi cuerpo. Convivíamos juntos desde hacía tres meses y había aprovechado esos días de nuestra ausencia para pintar el piso y acondicionarlo. El encuentro fue efusivo y muy cariñoso por su parte. Intentó, nada más verme, besarme en los labios, pero yo le puse la mejilla; estaba distante, lo sabía, y no podía remediarlo. Una voz infernal me decía que mi querido Agustín me iba a rechazar en cuando le contara lo ocurrido. Mis temores a un posible embarazo me perturbaban enormemente. Una voz interior me anticipaba una serie de acontecimientos apocalípticos. Mi vida volvería a convertirse en una cueva negra, donde solo yo tendría cabida.

Habíamos permanecido en Gaza quince días y aún nos quedaban otros tantos de vacaciones. Dejamos a mi madre en su casa y nosotros nos dirigimos a la nuestra.

—Si os apetece, mañana hacemos alguna excursión —nos dijo Agustín alegremente, derrochando mano izquierda—. Además, este mes tengo conmigo a Miguel Ángel.

—Bieeeen —gritaba Eva.

—Sí, pero ahora estamos muy cansadas. Mañana lo hablamos.

Se lo dije en un tono de preocupación y angustia que no le pasó desapercibido. Nos deseábamos con todas nuestras fuerzas, pero ¿qué le iba a contar cuando quisiera hacer el amor conmigo? Ni siquiera sabía si estaba embarazada de Yusef.

Ante Agustín me sentía como una adolescente cuando se enamora por vez primera, pero, después de todo lo que había ocurrido, debía renunciar a él. Estaba convencida de ello. Yo misma me sentía sucia, y él no podría entender lo que Yusef me había hecho. Ningún hombre sería capaz de hacerlo, pensé.

Mis reflexiones eran torpes, cargadas de simplicidad, primarias, fruto de la desesperación y la incertidumbre. Llegué a pensar que, si me encontraba embarazada de Yusef, sería un mensaje del cielo para que volviera al lado de mis hijas, a las que seguía añorando intensamente. Pero ¿cómo iba a volver al infierno? Sabía perfectamente lo que allí me esperaba. Mi cabeza no paraba de maquinar posibles soluciones, pero ninguna era buena. Qué desolación. Qué mala suerte había tenido en la vida. Nadie me podía ayudar ya. Estaba acabada. Mis hijas abandonadas a su suerte allí, en Gaza, y yo en España, con la vida destrozada. Y todo por culpa de Yusef, mi verdugo. La persona que me había sometido a todo tipo de vejaciones, abusos, insultos, agravios.

Habíamos llegado ya a casa, los niños bajaron a jugar a la calle y yo continuaba ensimismada en mis pensamientos, cuando la voz de Agustín me devolvió a la realidad.

—Estás mal —afirmó con contundencia.

—¿Por qué lo dices?

—Te lo he notado desde que llegaste. ¿Me has dejado de querer?

—En absoluto. Es que han pasado muchas cosas, cosas terribles que me han destrozado por dentro.

—Cuéntamelas y te desahogas.

—No puedo.

—Venga, cuéntamelo, y si lo podemos arreglar juntos, pues muy bien, y si no, ya se verá. Te sigo queriendo con toda mi alma.

Me puse a llorar en silencio, mirándole a los ojos fijamente, intentando transmitirle con mi mirada todo mi amor, suplicando comprensión y apoyo.

—¿Qué te atormenta, Loli? Cuéntamelo, por favor.

Y comencé a hablar, mientras las lágrimas recorrían mis mejillas. Le narré todo, omitiendo los detalles que solo podían aportar morbo al relato. Él me escuchaba atento, sin perderse ni una sola palabra, ni uno solo de mis gestos.

—No sé lo que tengo que hacer ahora. A lo mejor es que Dios me ha puesto esta prueba y si estoy embarazada, es que tengo que volver a Gaza.

—No digas eso ni en broma, mi amor. Si estás embarazada, ese hijo es mío. ¿Tú me quieres?

Me quedé paralizada al oír sus palabras.

—Sí —le contesté.

—Pues yo te adoro desde que éramos niños y quiero vivir contigo toda la vida, si tú me dejas. Si Dios permite que tengas otro hijo de ese hombre, no será de él. Va a ser mío y lo vamos a criar juntos, tú y yo. Eso sí, no quiero que vuelvas a ir nunca más allí sola, nunca. Si alguna vez vuelves a ver a tus hijas, y entiendo perfectamente que lo hagas, iré yo contigo. Yo siempre a tu lado. Tú ya no vas a ir nunca más sola. ¿Me lo prometes?

—Te lo prometo.

Nos abrazamos y me sentí la mujer más importante y afortunada del mundo por haber encontrado un hombre así.

Deshecha en lágrimas, le repetía:

—Agustín, no te merezco, no te merezco. Amor mío, te quiero tanto.

—¿Cómo que no? Tú eres muchísimo mejor que yo, eres un ángel.

Hicimos el amor enloquecidos de pasión; nuestro deseo no tenía fin.

—He temido tanto perderte. Pensé que no lo comprenderías, que no lo podrías superar.

—¿Qué cosas dices, mi amor? Cuando tú quieras nos casamos. Hacemos lo que tú me pidas.

Sus palabras eran un bálsamo para mí. Sabía que era un hombre maravilloso, pero no hasta ese punto. La gran losa que pesaba sobre mis espaldas se convertía en plumas, muy ligeras de llevar y más ligeras aún porque me ayudaba el amor de mi vida.

Agustín me daba todo lo que yo necesitaba: apoyo, comprensión, amor, deseo. Descansé tranquila por primera vez en muchos años, pero cuando verdaderamente encontré la paz fue aquella mañana en la que descubrí que me había bajado la regla.

Loca de contenta, se lo grité a Agustín en cuanto aquella tarde entró en casa.

—Bueno, cariño, ¿ya estás tranquila? —me contestó fingiendo desinterés, aunque estaba segura de que para él también era un alivio.

—Sí, me tenía muy preocupada, no te voy a engañar.

A los tres meses de estar en Madrid, me llamó por teléfono Amelia.

—Loli, nos hemos enterado de que cuando has estado en Gaza te has casado por la religión musulmana con Yusef.

—Sí, hermana. Me ha vuelto a engañar. Me contó que íbamos a firmar un documento, una especie de convenio regulador, que nos favorecía tanto a las niñas como a mí, y que vosotros seríais los testigos. Fue terrible.

—Pues yo ahora te aconsejo que no vuelvas por aquí bajo ningún concepto.

Entonces le conté a Amelia todo lo que me había ocurrido en esos días. Ella se quedó horrorizada.

—Los rumores en el pueblo son estos: al aceptar ser su segunda mujer, él y su familia te pueden obligar a quedarte cuando vuelvas dentro de dos años. Además, al no tener tú la documentación palestina en regla, si engendraras más hijos suyos, figurarían como si fueran de su mujer árabe. Tú parirías, pero sería otra la que tendría los derechos sobre esos hijos.

—Muchas gracias por la información, Amelia, pero te tengo que dar buenas noticias. Estoy muy enamorada de Agustín [ella lo conocía desde que éramos pequeños] y estamos creando juntos una familia preciosa. Por el momento no pienso volver a Jabalia. Aunque el recuerdo de mis hijas me sigue atormentando, ahora tengo el apoyo de mi pareja y somos muy felices. A ellas las seguiré llamando por teléfono periódicamente y les mandaré sus regalos de cumpleaños y Navidad, pero por el momento no las podré ver, lo sé. Quizá pronto cambie nuestra situación y se produzca un milagro, ¿quién sabe?

Amelia estaba indignada por las vejaciones y violaciones a las que me había visto sometida por parte de ese hombre. Decía que si se lo encontraba no sabía cómo reaccionaría.

—Es un sinvergüenza y un cobarde —repetía encolerizada—. Yusef ya tenía pensado retenerte. Por eso te quitó el pasaporte, pero mamá le fastidió el plan. De buena te has librado, hermana.

Capítulo 9

Inés

En la primavera de 1991 Agustín me insistió en la conveniencia de tener un hijo en común.

—Mi amor, creo que será muy positivo para los dos. Tengo miedo de que un día me dejes, de que quieras volver a Gaza para estar con tus otras hijas. Con un hijo en común se afianzará aún más nuestra relación. Supondrá una nueva ilusión para los dos. Estoy convencido.

—A mí también me apetece. Estoy de acuerdo. No insistas más, que no hace falta —y nos reímos los dos, felices y convencidos de que la decisión tomada era la correcta—. Además, te quiero tanto que hago lo que tú me digas —le contesté.

Y ese mismo mes dejé de tomarme la píldora. Tardé tan solo dos meses en quedarme embarazada.

Se me retrasaba la regla y una mañana, casi segura de que me encontraba de nuevo en estado de gestación (después de cuatro hijas y un aborto era ya toda una experta), me fui a hacer la prueba a una farmacia. Al ver que daba positivo me alegré muchísimo.

Coincidió con el día del cumpleaños de Agustín, así que envolví cuidadosamente el papel en una cajita con un lazo rojo y se lo entregué en cuanto llegó del trabajo.

—Cierra los ojos, niño, que te voy a dar tu regalo. Sé que este año te va a gustar especialmente —le dije en cuanto entró por la puerta.

—¿Ah, sí? Me tienes en ascuas. ¿De qué se trata?

—No pienso decírtelo. Abre el paquete y lo verás.

—Ya sé. Por el tamaño de la caja deben de ser los gemelos de oro que te dije el otro día que me gustaban tanto.

—Frío, frío. Aunque, si quieres, esto lo podemos descambiar por los gemelos. Estamos a tiempo.

—Madre mía, qué enigmática estás hoy.

—Claro, es que tiene que ser una sorpresa.

Cuando lo abrió y leyó «prueba de embarazo positiva», dio saltos de alegría; me cogió en volandas y me alzó como si fuera una muñeca de trapo. Bailaba, reía... Se volvió loco de contento. Era el mejor regalo que se le podía hacer. Estaba claro.

—¡Mira, Eva, ven! —gritaba—. Vamos a tener un niño.

Era la viva imagen de la alegría. Y mi hija mayor se unió a su fiesta particular, contagiada por tanto entusiasmo.

—Mamá, ¿es verdad? ¿Voy a tener un hermano?

—Que sí, hija, que sí. Va a aumentar la familia.

—Ahora mismo llamo a Miguel Ángel —dijo Agustín muy emocionado—. Él también lo tiene que saber ya. ¡Va a tener un hermano! Estas cosas no ocurren todos los días. Eva, mi niña, ven aquí, abrázame. Hoy es un gran día, muy grande.

¡Qué relación tan bonita mantenían Eva y Agustín, de confianza y apoyo mutuo! Le llamaba papá, y él se volcaba con ella. Se adoptaron mutuamente, aunque mi hija tenía en su mesilla de noche la foto de Ángel, su padre biológico, y aún la sigue conservando, vestido de soldado, como el día en que murió.

Cuando Inés nació en el hospital de La Paz de Madrid, en marzo de 1992, Agustín entró conmigo en el paritorio. En principio no iba a hacerlo (temía desmayarse), pero a última hora me dio la sorpresa. Me agarraba fuertemente de la mano, me acariciaba la cara, insuflándome apoyo, queriendo compartir conmigo el dolor físico, pero también la alegría que nos producía este nacimiento.

Mi última hija vino al mundo, rodeada de amor, recibida por sus padres como un regalo divino. Yo miraba a Agustín, que estaba vestido con la bata verde, la mascarilla y el gorro, y me producía risa, a pesar del dolor. ¡Tenía una cara de circunstancias! Estaba asustado y sus gestos le delataban, aunque intentaba disimularlo.

—Es igual que tú, Agustín. ¡Qué morenita! Guapísima —le dije orgullosa.

Y era cierto. Inés era una muñeca de cara sonrosada, ojos rasgados y piel suave color canela.

Eva ya tenía dieciséis años y Miguel Ángel, trece. Cuando nos fueron a ver al bebé y a mí, venían cargados con flores y peluches. Su padre se había encargado de darles dinero para que me pudieran dar esa sorpresa. Traían un elefante azul que no cabía en la habitación, compartida con otra mujer que acababa de dar a luz.

Los dos querían coger en brazos continuamente a la niña y discutían en broma para adjudicarse parecidos con ella.

—Pues los ojos los tiene igual que yo —presumía Miguel Ángel.

—No sé, yo creo que se va a parecer más a mí —le contestaba Eva, analizando la carita de la pequeña Inés—. ¿No ves que la forma de la boca es idéntica a la mía?

Me gustaba escucharles desde la cama. Resultaban encantadores. Qué distinto me parecía ese parto a otros que yo había vivido, y sobre todo a la pesadilla del aborto, cuando sentí que mi vida tocaba a su fin y Yusef me dejó en manos de su madre, sin preocuparse de nada. ¡Qué sola y desprotegida me sentí entonces, y qué maravillosamente feliz me encontraba ahora! Era todo tan bonito. Solo ensombrecía este momento la ausencia de mis otras tres hijas. Hacía mucho que no las veía. Hablaba con ellas periódicamente por teléfono y me decían que estaban bien, pero necesitaba su presencia, y ellas a mí también me debían de estar echando mucho de menos. No me cabía la menor duda. Unas niñas nunca se deben criar sin una madre al lado. Mis hijas me tenían, pero en la distancia. Seguro que en muchas ocasiones se sentirían solas y desprotegidas. Su pérfido padre nos había condenado a las cuatro a sobrevivir por separado.

A los tres días de dar a luz me dieron de alta, y a los seis, cuando ya me encontraba instalada en casa, vino a visitarme una tarde la hermana de Ángel, mi primer marido, para conocer a mi nueva hija. Me encontraba muy débil, pero se lo achaqué al parto, que en principio pareció no tener complicaciones, y me senté en una silla a charlar con ella.

—Esperad un momento, voy a por la niña. Está dormidita en la habitación —les expliqué a ella y a su marido.

Pero, al incorporarme, comencé a sangrar de manera alarmante. Dos chorros de sangre, como dos manantiales, resbalaban por mis piernas.

—¡Huy, Loli, sangras muchísimo! Ahora mismo nos vamos al hospital —exclamó mi cuñada, asustadísima al ver aquella hemorragia.

—No me puedo ir. Le estoy dando el pecho a Inés.

—No te preocupes ahora de la niña. Que se quede Agustín con ella, y nosotros le llamamos desde el hospital. Si es necesario, que te la lleve allí, pero tú no puedes seguir sangrando de esta manera.

Así lo hicimos, y nada más llegar a urgencias, me realizaron una ecografía.

—Aún tiene restos de otro embarazo anterior. Se ven como cicatrices adheridas a las paredes del útero —comentó el ginecólogo de urgencias, asombrado, en cuanto vio mi matriz por la pantalla.

Era un recordatorio de aquel aborto clandestino; aún sufría las secuelas. Le expliqué todo lo que había ocurrido.

—Te ha beneficiado tener otro hijo. Así has podido expulsar parte de la porquería que te quedaba dentro —continuó diciendo el médico.

La fiebre, sin embargo, me subía por momentos y decidieron hacerme un legrado de urgencia a la mañana siguiente. Mi cuñada llamó por teléfono a Agustín para contarle las últimas incidencias y él se presentó con la niña en el hospital. Permanecimos allí once días: yo ingresada y mi hija como acompañante en la misma habitación (en un principio). Como tuvieron que darle biberones, la pobre Inés se estriñó y pasó casi una semana sin hacer ninguna deposición, así que la ingresaron en el nido hasta que aquel problema se solucionó. Prácticamente nos dieron el alta al mismo tiempo. Afortunadamente, no pasó de ser un gran susto en ambos casos.

Capítulo 10

Mi boda con Agustín

Tres años más tarde, yo estaba empeñada en que Eva y Miguel Ángel alcanzaran la mayoría de edad antes de que Agustín y yo nos casáramos. Me hacía ilusión que nuestros hijos actuasen como padrinos. Aunque la boda sería por el juzgado, ya que Agustín no tenía la anulación eclesiástica de su primer matrimonio, y los chicos solo podrían firmar como testigos (en el juzgado no existe la figura de los padrinos), a mí me gustaba llamarlos así. Pero Agustín se mostraba impaciente por formalizar nuestra unión y un día me dijo:

—Amor, ya está bien. Quiero que nos casemos cuanto antes. Inés ya tiene tres años. A ver si vamos a celebrar su comunión antes que nuestra boda.

—Sí, cielo, pero es que Eva ya ha cumplido los dieciocho, pero Miguel Ángel no.

—¿Y qué más da? Que él se coloque como si fuera nuestro padrino, aunque luego tenga que firmar como testigo otro invitado.

—Bueno, está bien. Si te corre tanta prisa, lo hacemos como tú quieras.

—No es eso, Loli, pero llevamos ya mucho tiempo viviendo juntos, ya sabemos que nos queremos y nuestra convivencia es buena. ¿O no?

—Tienes razón en todo.

—¿Entonces?

—De acuerdo. Nos casamos cuando tú quieras.

Y empezamos con los preparativos. Compramos la ropa para Eva e Inés, los trajes de Agustín y Miguel Ángel, y el más especial, el mío. Elegí un vestido de fiesta y en esta ocasión aparqué el color blanco, que tan poca suerte me había dado en mi segunda boda, y me decanté por un tono salmón que realzaba aún más mi piel clara y mi pelo moreno. Se ajustaba perfectamente a mi cuerpo y en las pruebas que realicé antes de la boda se me veía una espléndida figura.

Una semana antes de celebrarse el enlace, le pedí a Agustín:

—Cariño, me haría mucha ilusión que nos fuéramos cada uno a casa de nuestros padres dos días antes de la boda. Será emocionante vernos en la puerta del juzgado. Es para hacer algo especial. Salir de nuestra casa juntos no tiene gracia.

—Bueno, como tú decidas. Si lo prefieres así...

Aquellos dos días sin Agustín fueron para mí de reflexión y alegría. Le daba gracias a Dios una y mil veces por concederme esta tercera oportunidad de ser feliz, por haber puesto en mi camino a este hombre tan maravilloso y por haberme permitido engendrar a mi última hija, un auténtico regalo del cielo. Recordé mis dos bodas anteriores, tan distintas a esta. ¡Qué azarosa vida la mía! Por fin descansaba de tanto sobresalto. Acusaba las ausencias, por supuesto. Eran como llagas en el alma. La primera la de mi padre, idolatrado padre; ya no podría ser mi padrino, pero le imaginé feliz, mirándome sonriente envuelto en una luz bellísima.

«Te casas con el pequeño Agustín; buena elección», le oí decir en mi interior.

«Sí, papá. Qué cosas. El hombre que compartirá mi vida para siempre ha estado a mi lado prácticamente desde que nací.»

Hablé con él durante un buen rato. Le expliqué lo emocionada que me sentía, como una novicia ante sus primeros votos. El magnetismo de su mirada me hizo derramar dos lágrimas, que sequé inmediatamente con el puño de mi camisa. Ya había llorado bastante; se acabaron los llantos, pensé.

También hubo recuerdos para mi querido Ángel, mi gran amor de juventud. Me lo imaginaba complacido, sonriente, feliz, extendiéndome sus manos amistosas, francas y abiertas. Sentí cómo me las estrechaba infundiéndome calor, en un gesto de total aprobación. Luego creí ver a los dos juntos; mi padre echaba el brazo por encima del hombro de Ángel; me miraban, se sonreían. Desaparecieron en cuestión de segundos. Pero ya no sentí pena ni dolor. Me encontraba en paz conmigo misma y con todo lo que me rodeaba. A la ceremonia no asistirían mis hijas, ni mi hermana Amelia, pero si Dios quería, volvería pronto a verlas. Seguro que el destino nos tendría preparada alguna grata sorpresa. Estaba convencida de ello.

Agustín y yo nos casamos en el mes de octubre de 1995, en los juzgados de la calle Pradillo, con Eva y Miguel Ángel como «padrinos», e Inés, con tres años y medio, como damita de honor. Estaba preciosa con un enorme lazo rosa que le puse en la cabeza. A la pobre le hice dormir aquella noche con los rulos puestos, para que se le quedara el pelo más rizado. ¡Qué niña más buena! Ni siquiera protestó ante esa tortura. Al día siguiente parecía una muñeca. Eva y yo fuimos a primera hora a la peluquería. Mi hija mayor se había convertido en una mujercita encantadora. Me sentía muy orgullosa de ellas.

Agustín, con su traje negro, su camisa blanca y su corbata gris, parecía un actor de cine. El pelo tan oscuro, peinado hacia atrás, dejaba al descubierto su rostro de facciones perfectas. Al verme llegar, en la puerta del juzgado, me atravesó con la mirada. Cuando salí del coche se abalanzó sobre mí y me dio un fuerte abrazo.

—Pero, hombre, que me vas a romper —le dije entre risas.

—Es que estoy muy nervioso. No sabía si te ibas a echar para atrás. Llevo tanto tiempo sin verte.

—Mi amor, exactamente dos días —nos reímos los dos, y subimos juntos la escalera que nos condujo a la sala en la que nos casaron.

Nos acompañaron unos cien invitados, nuestros seres más queridos: mi hermano con su familia, mis tíos, mis primos, mi madre y su novio, mis amigas, toda la familia de Agustín, sus amigos... Todos celebraron sinceramente nuestra felicidad, que nos pertenecía por derecho propio. Al día siguiente nos fuimos de viaje de novios a Tenerife. Allí nos comportamos como unos recién casados, no podía ser de otra manera. Y, a la vuelta, la vida continuó su curso.

Epílogo

Hasta el año 2000 no volví a ver a mis tres hijas. Hanna, la mediana, convenció a su padre para que las trajera a España a verme. Los pasajes de avión se los pagaron ellas, con el dinero que fueron ahorrando de lo que les daban en fiestas y cumpleaños. Soraya ya tenía veinte años, Hanna, diecinueve y Fátima, diecisiete. El día en que me llamaron para darme la noticia de que pensaban venir a Madrid, no me lo podía creer, y no dormí en toda la noche de la emoción. Volvería a ver a mis hijas, tan añoradas durante los últimos diez años. ¡Llevaba tanto tiempo sin verlas!

El encuentro en el aeropuerto fue indescriptible, cargado de emotividad. Llorábamos, nos besábamos, nos mirábamos analizándonos minuciosamente, para no perdernos ninguno de los cambios ocasionados por el tiempo transcurrido. Se habían convertido en tres preciosas mujeres, mucho más altas que yo.

Las tres se quedaron en mi casa, mientras Yusef se marchó a Granada, donde tenía que realizar un curso en la universidad.

Como era verano y Agustín tenía jornada intensiva, todas las tardes nos íbamos de excursión con mis cinco hijas. Yo no me lo podía creer. Al fin estábamos todas juntas.

Una noche, tras volver después de una de nuestras salidas, me llamaron a su habitación. Querían saber de mi boca todo lo que había ocurrido. ¿Por qué me había vuelto yo a España, dejándolas a ellas sin madre?

—Os voy a contar toda la verdad —les dije—. No tengo por qué mentiros. Me he perdido vuestro crecimiento y eso es irrecuperable. No sé lo que os habrán contado vuestro padre y vuestra abuela, pero ya no tengo nada más que perder, porque vuestra infancia, que era para mí lo más importante, ya no la voy a compartir con vosotras.

Y despacio, intentando mantener la calma, a veces sin conseguirlo, comencé a desgranar una por una todas las vicisitudes vividas en Palestina. No omití nada. A veces debía detenerme en el relato para, abrazada a ellas, llorar juntas tanto dolor.

—Calla, mamá, calla. No puedo seguir escuchándote. No quiero seguir oyendo estas cosas de mi padre —me pidió Hanna en un momento especialmente escabroso de la narración.

—Os estoy contando solo la verdad. Entiendo que es vuestro padre, que os ha sacado adelante, os ha dado de comer y unos estudios, y yo se lo agradezco. Por eso aún le puedo mirar a la cara y mantengo con él una relación civilizada. Os estoy contando mi vida, nuestra vida, porque así me lo habéis pedido y me ha parecido buena idea. Necesitamos hacerlo para desvanecer fantasmas y eliminar tabúes. Está bien que yo os haya podido aclarar vuestras dudas sobre mí y contaros los motivos por los que me fui de vuestro lado. Creo que tengo todo el derecho del mundo a decir la verdad. Vuestro padre nos ha separado; os ha negado el derecho de crecer junto a mí, y soy consciente de que habéis tenido que sufrir mucho por ello.

—Mamá, te quiero decir algo que te va a doler —me dijo Fátima al día siguiente, aprovechando un momento en el que se encontraba sola—. Cuando propuso Hanna este viaje, a mí no me apetecía nada venir. No te quería. Te conocía tan poco. Pero me he dado cuenta de que estaba equivocada. Me alegro mucho de que me hayas contado todo. No sabía lo que habías sufrido.

Llorábamos las dos abrazadas, sin poder despegarnos la una de la otra. Estaba recuperando a mis hijas. Desde esa conversación, Fátima dormía con mi foto pegada a la almohada. Fueron veinticinco días deliciosos. Cuando se marcharon, ya no éramos unas desconocidas. Se fueron sabiendo que no las abandoné y que ese hombre que las había engendrado me hirió salvajemente al apartarme de ellas con sus mentiras y engaños.

Soraya celebró su boda dos años más tarde, en 2002. Se casó con un hijo de aquel vecino de ojos claros, sabio y culto, que venía a visitarnos con frecuencia cuando yo vivía en Jabalia, y toda la familia asistió al enlace. Eva, Inés, Agustín y yo llegamos a tiempo de participar en todos los ritos y celebraciones, a pesar de que los pasos fronterizos hasta llegar a Gaza resultaron ya muy complicados de atravesar, aunque llevábamos todos los permisos y visados en regla. En el paso de Eretz nos retuvieron durante horas hasta permitirnos la entrada. La segunda Intifada (campaña de los palestinos contra el Estado de Israel), que había comenzado en septiembre de 2000 contra la ocupación israelí y contra los acuerdos de Oslo, trajo consigo muchas pérdidas de vidas humanas en Gaza, por lo que la situación, cuando nosotros llegamos, era muy tensa entre judíos y palestinos.

Cuando mis hijas habían venido a verme en el año 2000, meses antes de estos acontecimientos, salieron desde Gaza, donde los palestinos habían construido un aeropuerto años antes, e hicieron escala en El Cairo, desde donde volaron a Madrid. Pero después de la segunda Intifada, los judíos habían bombardeado el aeropuerto palestino, destruyéndolo y convirtiendo Gaza en una auténtica cárcel, con todas las fronteras cerradas y controladas por Israel.

A pesar de este escenario de luchas y enfrentamientos, la boda de Soraya fue tan exótica como la de mi cuñada Saira. Su novio había estudiado Medicina en Moscú y me pareció un chico estupendo. Le recordaba cuando era niño, jugando por el patio de los limoneros con mis hijas. Yo me sentía feliz viendo a Soraya tan ilusionada. Por ser la madre de la novia, tuve un papel estelar en todas las celebraciones, que se sucedieron a lo largo de siete días, como allí es habitual. Me alegró que ya no se practicara aquella escena que tuve que presenciar cuando se casó mi cuñada (la primera noche de bodas todas las mujeres esperamos la desvirgación de la novia). Ahora resultaba más sutil. El mismo día de la depilación la madre del novio comprobaba si su futura nuera iba entera al matrimonio. Supongo que el acto se quedaría en algo simbólico.

En 2003 Soraya tuvo a su primera hija y, para mi felicidad, se vino a Madrid a dar a luz. ¡Mi nieta era madrileña!

Las celebraciones, nacimientos y demás acontecimientos familiares se fueron sucediendo sin cesar a partir de entonces. En 2004 se casó

Hanna, y también asistí a su boda. En esta ocasión no me pudieron acompañar ni Eva ni Agustín. Estaban trabajando. Pero sí fuimos Inés y yo. Aquí sí que la odisea fue monumental. En principio volamos vía El Cairo (Egipto), para pasar desde allí a Gaza, pero nos cerraron la frontera y permanecimos tres días allí sin saber qué hacer. Desesperadas, cogimos un vuelo hasta Tel Aviv. Pero en la frontera de Eretz nos retuvieron durante diez horas por no tener los permisos correspondientes (pensábamos pasar por Egipto). Gracias a un ministro palestino que venía de viaje y que cruzó el paso de Eretz, pudimos atravesar la frontera. Nos vio desde su coche, se apiadó de nosotras y exigió a la guardia fronteriza que agilizara las diligencias para que nos dejaran entrar con él.

En esta ocasión nos perdimos gran parte de los ritos previos, aunque a la ceremonia principal sí llegamos. Hanna se casó con un ingeniero informático que había estudiado en Polonia. Las celebraciones fueron tan divertidas como las de la boda de su hermana, pero lo que nos esperaba a la vuelta sería dantesco. Regresamos por Egipto: la frontera estaba prácticamente cerrada y dejaban pasar a la gente con cuentagotas. Nos agolpábamos unos contra otros y, viendo el tumulto, los soldados israelíes comenzaron a disparar. Sacaron hasta un carro de combate. Fue terrible. Pensé que Inés y yo moriríamos allí. Nos salvamos de milagro.

También Hanna dio a luz por primera vez en Madrid. Fue otra niña, y el parto transcurrió sin ninguna complicación. La siguiente boda, en 2005, fue la de Fátima, y tampoco nos la perdimos (fuimos todos menos Eva). Sin embargo, Fátima, para tener a su primera hija en 2007, no se pudo trasladar a España, por lo que fui yo allí para asistirla. Coincidió este feliz acontecimiento con una terrible tragedia que sacudió mortalmente a nuestra familia. Mi sobrino Mohamed, el cuarto de los hijos de mi hermana Amelia, murió víctima del disparo de un francotirador, integrante del brazo armado de Hamás (una de las organizaciones islamistas de Palestina), que había tomado el poder en las elecciones de 2006. Mi sobrino era policía y miembro de Fatah, partido del presidente de la Autoridad Palestina Mahmud Abás. Las luchas internas entre palestinos acabaron con su vida en mayo de 2007.

El disparo le entró por la espalda y le salió por el corazón. Cuando llegué a la casa de Amelia, me la encontré destrozada de dolor. La abracé intentando transmitirle todo mi apoyo, mi amor y mi solidaridad. Desde entonces, mi hermana no ha vuelto a ser la misma. El dolor por la pérdida de su hijo fue como un sello negro que se imprimió para siempre en su corazón. Nadie debería enterrar a un hijo, va contra natura.

En ese viaje yo misma presencié una ejecución. Iba en un taxi camino de la casa de Amelia cuando vi por la ventanilla cómo unos palestinos sacaban a otro de un coche, le hacían ponerse de rodillas y le descerrajaban un tiro en la cabeza. El impacto que me causó es inenarrable.

Nota final

Los personajes de esta historia son reales. La mayoría de ellos viven todavía y, para no herir susceptibilidades, se han cambiado algunos nombres.

Yusef, cuando se enteró de que yo había vuelto a rehacer mi vida, buscó otra esposa entre los miembros de su misma familia y se casó con una prima suya, a la que le estoy infinitamente agradecida, pues siempre se comportó como una madre para mis hijas. Ahora mi ex marido vive con sus dos esposas. De la primera tiene un hijo y de la segunda tres, todos varones y todos engendrados por inseminación artificial, pues ellas tenían dificultades para quedarse embarazadas.

Mi hermana Amelia tuvo siete hijos con Mohamed, de los que viven solo seis. Mi sobrino, cuando murió, estaba recién casado y su mujer esperaba un hijo. Su hermano mayor se desposó con su viuda. Ahora residen en España junto al pequeño.

Mi cuñado Mohamed se casó con una segunda mujer. Esta esposa pasó a ocupar la planta baja de la casa familiar, y pronto tuvo con ella cuatro niñas. Las dos mayores nacieron tan seguidas que no se llevan entre ellas ni un año de diferencia. Pero esta mujer resultó ser muy celosa y no soportaba la presencia de mi hermana Amelia. Mohamed solucionó el conflicto divorciándose de ella. Por lo que se ve, estaba más enamorado de mi hermana que de su segunda mujer.

Mi hija Soraya tiene ya cuatro niñas. Es bióloga y vive en Gaza con su familia. Hanna es informática y dio a luz a otras dos chicas, lo mismo que Fátima. Ya tengo ocho nietas. Por el momento Eva se resiste a ser madre, e Inés creo que esperará un tiempo prudencial para serlo; tan solo tiene diecisiete años.

Tras la última ofensiva de Israel, toda mi familia se trasladó a Madrid, amparada por el Gobierno español. Allí vivían bajo fuego cruzado y sus vidas corrían serio peligro. Les prometieron un hogar digno aquí, pero fueron alojados por la Cruz Roja en un hostal de mala muerte en las afueras de la ciudad. Aguantaron como pudieron, presas del pánico que les producía el recuerdo de las mil trescientas víctimas, la mayoría civiles, que por esos días cayeron en Gaza, pero en cuanto el panorama se tranquilizó volvieron a sus hogares. Mis hijas y mis nietas estuvieron la mayoría del tiempo en mi casa. Al menos ellas pudieron estar más cómodas.

Mi vida es ahora como la de cualquiera, con mis alegrías y mis penas, mis problemas y mis soluciones. Soy una mujer pragmática y resolutiva, que tira de la vida de manera positiva. Me resulta muy fácil hacerlo así, con Agustín a mi lado. El pasado existe porque existen mis hijas, a las que sigo adorando. El presente es agradable, como lo es mi entorno, y miro hacia el futuro con ilusión. Pude morir en el intento de vivir dignamente, pretendiendo mantener intacta mi integridad; sin cambiar de religión por imposición, sin convivir en poligamia con el padre de tres de mis hijas, aunque consiguió doblegarme por amor a ellas en muchas ocasiones, y no me pesa en absoluto reconocerlo. Tengo la certeza, tras recordar todo mi pasado, de que gracias al apoyo incondicional de mi actual marido he salido victoriosa.

Agradecimientos

Quiero agradecer infinitamente a Dolores Sayans su confianza y dedicación a la hora de contarme su vida, incidiendo, con frecuencia, en los aspectos más dolorosos de ella. En ocasiones era necesario detener la narración porque las lágrimas nos impedían continuar con el relato, tan desgarrador y auténtico que hacía resurgir su pasado con una nitidez escalofriante.

Mi enorme gratitud también para mi editora, Raquel Gisbert. Ella fue quien me puso tras la pista de esta fascinante historia, y quien me ha apoyado incondicionalmente a lo largo de estos largos meses de trabajo intensivo.

Por último, debo agradecer a mi marido, Jesús Duque, su asesoramiento médico a la hora de redactar algunas páginas de este libro. Sus eficaces conocimientos científicos como pediatra y su ánimo y estímulo han significado para mí una gran ayuda.

PALOMA SANZ